小学館文庫

ホステージ
——人質——

クレア・マッキントッシュ
高橋尚子 訳

小学館

First published in the United Kingdom in the English language in 2021 by Sphere, an imprint of Little, Brown Book Group.
This Japanese language edition is published by arrangement with Little, Brown Book Group, London through Tuttle-Mori Agency, Inc., Tokyo

ホステージ——人質——

＊主な登場人物＊

ミナ・ホルブルック…………………………… ロンドン在住の客室乗務員。
アダム・ホルブルック………………………… ミナの夫、犯罪捜査課の警察官。
ソフィア………………………………………… ミナとアダムの娘、５歳。
カーチャ………………………………………… ホルブルック家の住み込みオペア。
ベッカ…………………………………………… ホルブルック家のベビーシッター。
ルイ・ジュベール、マイク・カリヴィック… 79便の機長。
フランチェスカ（チェスカ）・ライト、ベン・ノックス …… 副操縦士。
カーメル、エリック…………………………… 客室乗務員。
ハッサン………………………………………… 機内のバーテンダー。
パトリシア（パット）・バロウ ……………… 乗客。未亡人。
サンドラ・ダニエルズ………………………… 乗客。主婦。
ジェイミー・クロフォード、キャロライン… 乗客。元サッカー選手と妻。
ダグ、ジニー…………………………………… 恋人同士の乗客。
ファインリー・マスターズ…………………… 乗客の少年。
ポール・タルボット、リア・タルボット…… 乗客。夫婦。
マイケル・プレンダーガスト………………… 乗客。裕福な青年。
ジェイソン・ポーク…………………………… 乗客。ユーチューバー。
アリス・ダヴァンティ………………………… 乗客。ジャーナリスト。
デレク・トレスパス…………………………… 乗客。ジャーナリスト。
アリ・ファズィル……………………………… 中東系の乗客。
ロジャー・カークウッド……………………… 乗客。
ジョージ・フリート…………………………… 巨体の乗客。
メラニー・ポッツ……………………………… 乗客。講演家。
エル・サイクス………………………………… 乗客。
ピーター・ホプキンス………………………… 乗客。元ホームレス。
リッチー・ニコルズ…………………………… 乗客。ゲーマー。
ローワン・フレイザー………………………… 乗客。
レナ……………………………………………… 乗客。医師。

シーラ・クロウリーへ

オペレーター　どうされましたか？
発信者　空港の近くにいるんですけど……見えるんです、その……やだ、うそ！
オペレーター　住所を教えていただけますか？
発信者　空港です。飛行機が……ひっくり返っちゃって。すごい速さで落下してます。やだやだ、うそでしょ！
オペレーター　救急隊がそちらに向かっていますので。
発信者　でもそれじゃ間に合わない――だって（聞き取り不能）。ぶつかる、ぶつかる……。
オペレーター　あなたは安全な場所にいますか？
発信者　（聞き取り不能）
オペレーター　もしもし、大丈夫ですか？
発信者　墜落しました、本当に落ちちゃった、うそでしょ、燃えてる……。
オペレーター　一分以内に消防隊が現場に到着するはずです。救急車も。今どなたかとご一緒ですか？

発信者　飛行機全体から煙が出てる――あれって（聞き取り不能）。よしてよ、何か爆発した――でっかい火の玉みたいじゃない……。

オペレーター　消防隊が現場に到着しましたよ。

発信者　飛行機なんてもう見えないです、煙と炎だけ。もう遅いです。もう遅い。誰も生きて出てこられないわ。

プロローグ

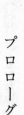

走っちゃだめ、転ぶから。

公園を過ぎて、丘を上って。〝緑の人〟を待って、まだ、まだだよ……。

今だ！

窓辺の猫。置物みたい。小さな小さなしっぽの先だけが動いてる。ぴく、ぴく、ぴく。

渡らなきゃならない道路がもう一つ。〝緑の人〟もいないし、〝棒つきキャンディのおばさん（学童擁護員。緑のおばさん）〟もいない——ここにいるはずなのに……。

右も左も確認して。まだ、まだだよ……。

今だ！

走っちゃだめ、転ぶから。

郵便ポスト、それから街灯、それからバス停、それからベンチ。

大きい学校——私の学校じゃない、まだ私のじゃない。

本屋さん、空っぽのお店、それからおうちを売ってる不動産屋さん。

そうしてお肉屋さん。窓のところに、首に巻いた紐（ひも）で吊（つ）るされた鳥さんたちが見える。ぎゅっと目を閉じる。そうすればこっちを見つめ返してくる鳥さんたちの目を見なくて済むから。

死んでる。みんな死んでる。

第一章

1　午前八時三十分　ミナ

「それやめて、転ぶから」

一週間分の雪が自らの重みで氷になっていて、夜間にうっすらと積もる粉雪の下に毎日危険を秘めている。数メートル進むごとに、ブーツは足が意図していたよりも遠くに運ばれ、転倒を予期して胃が跳ねる。私たちの進むペースは遅く、ソフィアをそりに乗せてくることを思いついていればと悔やまれる。

ソフィアは渋々目を開けながら首を回す。フクロウみたいに。店から顔を背けて、私の袖に顔を隠す。私は手袋をしたソフィアの手を握る。ソフィアは肉屋の窓にぶら下がっている鳥が大の苦手だ。玉虫色した首の羽は、あの命の宿っていない装飾品のような目とはまるで不調和だ。

私もあの鳥たちが大嫌いだ。

アダムは、私があの子に恐怖症をあげたのだと言う。まるで風邪(かぜ)をあげたとか、欲しがってもいない宝石をあげたと言うのと同じような調子で。

「だったら、どこからもらったんだよ？」私が抗議するとアダムはそう言った。それから両手を前に広げて目に見えない群衆の方を向いた。あたかも、答えが挙がらないという事実こそが自らの正しさを証明しているとでも言わんばかりに。「俺からじゃないよ」

　もちろん違う。アダムには弱点などないのだから。

「〈セインズベリーズ〉（イギリスのスーパーマーケット）」ソフィアが店々を振り返りながら言う。もう鳥たちの前は無事に通り過ぎている。ソフィアは今でも〝ゼインズブゥイーズ〟と発音する。それがあまりにかわいくて胸がきゅっとなる。私が大切にしているのはこうした瞬間だ。全てに価値があると思わせてくれる、こうした瞬間。

　ソフィアの吐く息が空気中に小さな靄（もや）を作る。「次は靴屋さん。次は、やああ……」言葉を引き伸ばし、その時が来るまで次の言葉を口の中にとどめている。「……八百屋さん」そしてそこへ到達すると声高らかに発する。〝ようやさん〟。ああ、なんて愛（いと）おしい子。本当に大好き。

　この儀式が始まったのは夏のこと。学校が始まることへの不安と興奮からソフィアがそわそわとしていた時期で、彼女が息をするたびに質問が口から転げ出てきた。どんな先生だろう。コートはどこにかけるのだろう。膝を擦りむいたときには絆創膏（ばんそうこう）があるのだろうか。それから、もう一回教えて。どうやって行くんだっけ？　そこで私は再びソフィアに説明する。丘を上って、道路を一つ渡ったら、もう一つ渡って、それから目抜き通りに出る。中等学校のそばのバス停を越えたら、本屋さんに不動産屋さん、肉屋さんのある商店街を進む。角を曲がって〈セインズベリーズ〉へ向かって、靴屋さん、八百屋さんの方へ進んで、警察署を通りすぎて、丘を上って、教会を越えたら、さあ、到着。よくこうして説明した。

ソフィアと関わるには忍耐強くなければならない。それこそがアダムが苦戦している点だ。ソフィアには物事を何度も繰り返し伝えなければならない。何も変わっていない、この先も何も変わることはない、そう伝えて安心させる必要がある。

九月の初登校日、アダムと私は一緒にソフィアを送りに行った。ソフィアの片手をそれぞれ握って、真ん中にいるソフィアを揺らして歩いた。今でも正式な家族であるかのように。涙が込み上げてくることに対する口実があってよかった、そう思った。

「振り向きもしないで行っちゃうわよ、見ててごらんなさい」家を出るとき、モーおばさんが私の顔を見ながらそう言った。彼女は本当のおばさんではないのだが、ホットチョコレートを作ってくれて、誕生日を覚えていてくれるご近所さんを呼ぶのに、〝ワットさん〟ではあまりに堅苦しい。

私はモーおばさんに笑みを返して言った。「わかってる。どうかしてるよね？」

今でもアダムが私たちと一緒に暮らしていたらと願うなんてどうかしている。あの日が、ソフィアのための役割演技（ロールプレイ）などではなかったと考えるなんてどうかしている。

モーおばさんは中腰になってソフィアに微笑（ほほえ）んだ。「楽しい一日を過ごすんだよ、かわい子ちゃん」

「ワンピースがちくちくする」言いながらソフィアは顔をしかめたが、モーおばさんはすんでのところでそれを見逃した。

「それは素敵だわね」

モーおばさんは電池を節約するために補聴器の電源を切ったままにしている。おばさんの家に顔を出すとき、リビングの窓の外に設けられた花壇の中に立って、おばさんが私の姿を確認するまで手を振らなければならない。呼び鈴を鳴らしたらいいじゃない！　おばさんはいつもそう言う。それまでにすでに十分間、まさにその通りのことをしていたとも知らずに。

「次は何？」初登校のあの日、青果店の前を通り過ぎながらソフィアに訊いた。あの子の指からにじみ出た不安が、私の指に伝わってきていた。

「警察署！」ソフィアは意気揚々とそう答えた。「パパの警察署」

そこはアダムの勤務する警察署ではないのだが、そんなことはソフィアにとってはどうでもいいこと。目にするどのパトカーも〝パパの車〟だし、どの制服警察官も〝パパの友達〟なのだ。

「次は丘を上るの」

ソフィアはもう全て覚えていた。そして翌日、さらなる詳細を――私が見たことも、気づいたこともなかったようなさまざまな事柄を――付け加えた。窓辺の猫、公衆電話ボックス、ごみ箱。そうした解説は毎日の決まり事となり、ソフィアにとっては正しい順番で（上から下という順番で）制服を身につけることや、歯磨きをする際にはフラミンゴのように片足で立ち、反対側を磨くときには足を入れ替えるのと同じくらいに重要なこととなった。こうした儀式は、日によって愛らしく思えることもあれば、見ていると大声で叫びたい気分になることもある。端的に言えば、それが親業というものなのだが。

　学校の始まりは、一つの章の終焉（しゅうえん）とまた別の章の幕開けを告げた。私たち夫婦は昨年、この移行に備えてソフィアを週三日、就学前クラスに通わせていた。ソフィアはそれ以外の時間を私かアダム、それかカーチャ――揃（そろ）いの柄のいくつかの手荷物を携え、英語を全く話せない状態で到着した、派手でない美しさを持つオペア（住み込みで子どもの世話や家事の手伝いをする留学生）――と過ごしていた。カーチャは水曜日の午後に語学学校で学び、週末には品出しのアルバイトをしてできる限りのお金を貯（た）めていた。半年が経過したころ、カーチャは私たちを〝世界一素敵な家族〟だと言い、もう一年滞在させてほしいと頼んできた。私が恋人でもできたのかと訊くと、頬を赤らめてそうだと認めたが、それが誰であるかまでは言おうとしなかった。

　私は嬉（うれ）しかった――それに安堵（あんど）もした。アダムと私の勤務時間では保育園を頼りにすることは不可能だし、私の同僚たちの多くが利用しているナニー（子どもの身の回りの世話だけでなく、しつけや勉強を教える教育係の役割も果たす）を雇う金銭的余裕だってない。他人を住まわせるなんて煩わしいことになるかもしれないと心配したが、カーチャはほとんどの時間を自室で過ごし、故郷の友人たちとスカイプをしていた。それに私たちが繰り返し一緒に食べようと誘ったにもかかわらず、食事は一人でとることを好んだ。家にいるときには有用で、床にモップがけをしたり、洗濯物を分けてくれたりした。そんなことはしなくてもいいと私は伝えていたのだが。「あなたがここにいるのは、ソフィアのお世話と英語の勉強をするためなんだから」

「いいんです」カーチャはそう答えるのだった。「手伝うの、好きです」

ある日家に帰ると、穴が隠れるように丁寧に繕われたアダムの靴下が数足、夫婦のベッドの上に置いてあった。アダムが履く靴下という靴下は、踵が擦り切れてしまうのだ。

「どこでそんなやり方を覚えたの？」私がぎりぎりできることといえば、ボタンを縫いつけたり、丈を詰めたりすることくらいで——雑にではあるけれど——、穴やほつれを繕うなどというのは真っ当な主婦にしかできない領域ではないか。カーチャはまだ二十五にもなっていないというのに。

カーチャは、そんなことは大したことではないとでもいうように肩をすくめた。「母が、私に覚えさせます」

「あなたがいなかったら私たちどうなっていたかな、本当にわからないわ」

カーチャが家にいて学校の送り迎えをしてくれるとわかっていたから、私は余計にシフトを入れることができていた。ソフィアがカーチャのことを慕っていることも重要で、しかもこれは決して当然のことなどではなかった。カーチャは永遠に続くかくれんぼに辛抱強く付き合ってあげていて、そのうちソフィアはどんどん難しい隠れ場所を見出すようになっていた。

「もういいかい、もう行くよ！」カーチャは新しく習得した言葉を注意深くはっきりと発音してから、ソフィアの突然の攻撃を予期しながら家中をこっそり歩き回った。「シューズボックスの中？　違う……浴室のドアの後ろはどう？」

「それってあんまり安全って言えないよ」階段の上から突進してきて、カーチャが温水タンク・収納戸棚の棚板の上で丸くなっていた自分を見つけられなかったと勝ち誇ったように教えてきたソフィアに私は言った。「出てこられなくなるような場所に隠れてほしくないな」ソフィアは私を睨みつけてから、カーチャともう一勝負するために走り去った。私は止めなかった。父はよく、私とアダムの慎重すぎる育児をたしなめたが、それと同じくらい頻繁に私は父に、それほど自由放任主義でいないでほしいと頼んでいた。

「あの子、転ぶよ」父がソフィアを誘導して木に登らせたり、小川を渡るのに飛び石の上をふらつきながら歩かせたりするところはとても見ていられない。

「そうやって飛び方を覚えるんだ」

父が正しいことはわかっていたし、私だってソフィアを赤ん坊のように扱いたいという本能と戦っていた。それにソフィアが冒険を喜びとしていて、〝お姉さん〟扱いされるのが大好きだということは見ていればわかった。カーチャはたちどころにそのことを理解し、二人は急速に絆を深めていった。ソフィアの変化に対応する能力——特に人の変化に対応する能力——はいまだ発展途上の段階にある。カーチャが残ると決めてくれたときに私が胸をなで下ろしたのはそのためだ。カーチャがいなくなることによる副次的な影響を私はひどく恐れていたから。

その日は突然やってきた。六月のある日、カーチャが残ってもいいかと訊いてきた日からほんの数週間後、私の緊張が解れ始めたころからほんの数週間後のことだった。我らがオペアの顔がまだらに赤くなり、涙の跡が残っていて、乾燥機から湿ったままの服を引っ張り出してスーツケースに詰め込み、大急ぎで荷造りをしていた。恋人と何かあったのだろうか。カーチャは私を見もしなかった。私が何かしてしまったのだろうか。

「私、もう行きます」カーチャはそれしか言わなかった。

「お願いよ、カーチャ。どんなことでもいいから、話をしましょう」

カーチャはためらい、それからアダムを見やった。怒っていて、傷ついた目をしていた。アダムの方に目をやると、彼は首を振って無言で指示を出しているところだった。

「何があったの?」私は二人を交互に見た。

アダムは前にこんな冗談を言ったことがあった。カーチャと私の意見が対立するような出来事が起こったら、どうしたって若い方の肩を持つことになるだろうと。「いいオペアの代わりっていうのは、なかなか見つからないものだからね」

「笑える」

「逆の立場だったら同じことする、なんて言うなよ」

私はわざとらしく顔をしかめて見せた。「どうかな」

「何なの?」二人は言い争いをした——それは明らかだった。でも何について? 二人の共通の話題といえばソフィアだけ。アダムが大好きで私が大嫌いな刑事ドラマを考慮に入れるなら別だが。それは土曜の夜、カーチャを唯一自室から引っ張り出す番組だった。私は仕事がなければそれを見ずにランニングに行き、十キロメートル走って帰ってくると、暗く物悲しいクレジットタイトルと、二人の批評の最後の部分だけを見聞きすることになった。

でも誰も刑事ドラマのことで言い争ったりしない。

「彼に、訊いてください」カーチャはそう言い放った——快活でない彼女を見るのは、それが最初で最後だった。外で車のクラクションが鳴り——カーチャを空港まで送るタクシーだった——、ようやくカーチャは私と目を合わせた。「あなた、いい人です。こんな最悪なの、あなたにふさわしくない」

私の中で何か裂けた。凍った湖の縁(へり)に生じた小さな亀裂。後退(あとずさ)りして氷がばらばらになるのを防ぎたかったけれど、遅すぎた。

パキッ。

カーチャが出ていくと、私はアダムを見た。「それで?」

「何がそれで、だよ？」アダムは噛みつくように言った。まるで私の質問が——私が目の前にいるということだけが——彼を苛立たせ、苦痛を与えているかのように。まるで私のせいだとでもいうように。

二人が交わしていたあの視線に考えを集中させてみた。カーチャの泣き腫らした赤い目と、暗黙の警告。こんな最悪なの、あなたにふさわしくない。

「私だってばかじゃない。どうなってるの？」

「何がだよ？」まただ。話し出す前に小さくちっと舌を鳴らした。自分の心は別のところにあって、もっと知的な問題について考えているというのに、関係のないごたごたに引きずり戻されてしまったとでもいうように。

「カーチャと」私は、外国の人に向かって話すときに一部の人たちがするような口調で言った。誰か別の人間の人生に踏み込んでしまったかのような感覚にとらわれた。こんな会話をする必要に迫られることなど以前は決してなかったし、自分がこんな会話をすることになろうとは考えたこともなかった。

アダムは私に背を向けて、さも忙しそうに、する必要もないことをし始めた。燃えるような罪悪感がその首筋をこわばらせているのが見て取れた。新聞を捨ててしまってしばらく経ってからひらめくクロスワードパズルの答えのように、真実が、私の心に入り込んできた。私の口が、発したくはなかった言葉を形作った。

「あの子と寝たんでしょう」

「寝てない！　何言ってんだよ。違うよ！　うそだろ、ミナ――そう思うのか？」

全身全霊、アダムを信じたがっていた。アダムはこれまで、私が彼を疑いたくなるようなことをしたことなど一度だってなかった。アダムは私を愛していた。私はアダムを愛していた。私は声がうわずらないようこらえながら答えた。「私がどう思うと思ってたわけ？　どう考えたって、二人のあいだに何かあったでしょ」

「キッチン中に小麦粉粘土（プレイ・ドー）を広げたままにしてたんだ。それで厳しく注意した。そうしたら彼女、自分自身が攻撃されたって受け取ったんだ、それだけだよ」

アダムを見つめた。顔を赤くして偉そうに振る舞う、うそをつくときのお決まりの姿。

「せめてうまい言い訳でも思いついてよ」うそを隠すための作り話なんて、うそそのものと同じだけ人を傷つける。そんな努力、なんの価値もない。アダムにとって私は、その程度の存在だったのだろうか。

カーチャがいなくなったことで私たち家族の関係にひびが入った。ソフィアは激怒し、突然友人を失った悲しみを、おもちゃを破壊することや写真をびりびりに破くことで表現した。そして私を責めた。カーチャと話していたのが私だったからというだけの理由で。悪いのはパパなのだと口にしてしまわないためには、自分の道徳心を総動員する必要があった。アダムと私は距離を取りつつ互いの周りを回り、牽制（けんせい）し合っていた。私が苛立ち、冷酷な態度でいる一方、アダムはだんまりを決め込み、私が自分自身を疑うよう仕向けるために見せかけの怒りに満ちた様子を見せていた。カーチャがクロスワードパズルだったとしたら、解いてしまった今となれば、ヒントは暗号のように難解なものなどではなかったことがわかる。ここ数ヶ月、アダムは仕事が休みの日を私に教えたがらなかったし、シャワーを浴びるときにはバスルームに携帯電話を持っていくほど慎重だった。すぐに気づかなかったなんて私がばかだったのだ。

「丘を上って」ソフィアが言う。「次は教会、その次は――」

手を握るのが遅すぎた。ソフィアの足が滑って地面を離れると同時に、その五本の指が私の握りしめた手からすり抜けていき、ソフィアの後頭部が地面を打つ。ソフィアはその衝撃に一度大きく目を見開き、それから痛みの程度を、恐怖の程度を、そしてばつの悪さの程度を評価しようと目を細める。私はソフィアがその判定を下すのを妨害しようと、バッグを地面に落とし、あまりに急いで動いたために向こうから歩いてきた男性にぶつかりながらもソフィアを歩道からさっと抱きかかえる。

「おーっとっと！」そしてナニーがするように、冷静な口調でそう言う。

ソフィアは私に目を向ける。下唇が怒りで震えていて、そのこげ茶色の瞳は私の瞳を探り、自分の転び方がいかにひどかったかを測ろうとしている。私は、なんてことなかったよと示すように笑みを見せてから、首をのけぞらせて空に何か形が見つけられないかと探してみる。

「犬、見える？　立ってごらん——そこに頭が見えない？　それからしっぽも？」

ソフィアは泣いたりしない。決して泣かない。その代わりに怒り、言葉にならない叫び声で私の責任にしてしまう。いつだって私の責任だ。あるいは道路に飛び出して、彼女にしかわからない何事かを証明しようとする。私があの子を愛していることを？　私があの子を愛していないことを？

ソフィアが私の視線をたどる。飛行機が空を切るように横切り、飛行機の行く手を塞ぐほど硬そうに見える雲に接触する。

「ボーイング747だ」ソフィアが言う。

私はほっと息を吐く。うまく気を紛らせることができた。「ざーんねん、あれはエアバスA380だよ。ほら、頭の方にでっぱりがないでしょう？」そっとソフィアを地面に降ろすと、ソフィアは雪でびしょ濡れになった手袋を見せてきた。

「かわいそうなソフィアちゃん。見て、教会だ——次はなんだっけ？」

「次はー、学校」

「じゃあもうすぐ着くね」明るい笑みを見せれば、それは絨毯となり、その下に広がる面倒を覆い隠してくれる。私のバッグ——正確にはソフィアのだが——が歩道に転がっていて、中身が散らばっている。私はソフィアの着替えをバッグに押し込んで、向こうに転がっていく水筒を、回転するたびに娘の名前を〝いないいないばあ〟するように見せていく水筒を拾う。

「これ、君のかな？」

先ほどぶつかった男性がソフィアに何か差し出している。ゾウさんだ。五年間にわたって捧げられた愛情ゆえに鼻が握りつぶされてぺしゃんこになり、擦れててかてかになっている。

「返して！」ソフィアは叫ぶ。一歩下がって私の後ろに身を隠そうとしているというのに。

「ごめんなさい」

「気にしないで」男性は我が娘の無礼な態度を気にする様子もなく応じる。ソフィアのしたことに対して謝罪してはいけないのだった。謝罪するということは、ソフィアの感情を否定するということ。こういう時にソフィアが必要としているのは支持してもらうことだというのに。それでも、つり上がった眉を目の前にして、子どもに礼儀作法を教えていない親だという判断を突きつけられながら、黙ってやり過ごすのは至難の業だ。私がゾウさんを受け取ると、ソフィアは私の手からそれをかっさらい、ぎゅっと顔を埋めた。

ゾウさんは、ソフィアが人生最初の四ヶ月を過ごした家にあった物だった。それはソフィアがその当時から今でも持っている唯一の物なのだが、それが本当にソフィアの物なのか、ソフィアが救急治療室に送られた日にひょいと一緒に連れてこられた物なのかは定かではない。どちらにせよ、今では彼女らを引き離すことができなくなっている。

ソフィアはゾウさんの鼻を握りしめたまま学校へ向かい、到着するとジェソッポ先生に自分の濡れた手袋を見せる。私はソフィアのコートをかけて、帽子とマフラーをバッグにしまう。その日は十二月十七日で、休暇への期待から学校全体が活気にあふれている。脱脂綿でできた雪だるまたちが、掲示板にホチキスで留められた色画用紙の上で踊っている。先生たちの中には華やかなイヤリングをつけている人たちもいて、そのきらめく耳たぶからは、祝いの印とも警告の合図とも取れる信号が放たれている。ドアのところでいい加減に踏み落とされた雪が、踏みつぶされながらコートかけのところまで続いているせいで、タイル張りの床は濡れている。

バッグの中を探り続けていた私はソフィアの弁当を取り出し、ジェソッポ先生に渡す。カーチャは一日の終わりにバッグを空(から)にして、べたつく指紋汚れを拭き取り、あまり魅力的とは言えない工作作品をさりげなくリサイクルに分別していた。私も同じようにするつもりではいるのだが、午後帰宅するといつもバッグを玄関ホールに引っかけ、翌朝学校に向かいながらようやくそのことを思い出す始末である。

「クリスマスの準備は万端ですか？」ソフィアの先生はとても華奢(きゃしゃ)で肌はすべすべ。そこから考えるに、おそらくは二十代半ばか、手入れをしっかりとしている三十代だろう。私は、何年にもわたって免税品店で買っている〈クラランス〉のスキンケア商品のことを考えてみる。いつだって真面目(まじめ)な心構えでスキンケアのルーティンを始めるのに、最後にはいつだってクレンジングシートに逆戻り。ジェソップ先生はクレンジングやトーニングローション、モイスチャライザーをちゃんと使っているに違いない。

「まあ、そうですね」

予備で入れておいたソフィアのセーターに氷の塊がくっついていて、その周りが湿って冷たくなっている。私はその氷を振り落としてバッグの中の探索を再開するが、その努力も虚しく、見つかるのは卵ケースの欠片やらジュースの空き容器だけ。「ソフィアのエピペン（アナフィラキシー症状の進行を一時的に緩和する自己注射薬）が見つからないんです――前に渡したもの、まだあります？」

「ありますよ、ご心配なく。ソフィアの名前を書いて、お薬棚に入れてあります」

「私のヘアゴム、色が間違ってるの」ソフィアが口を開く。

ジェソップ先生は腰をかがめてソフィアの三つ編みに顔を近づける。片方は赤いゴムで、もう片方は青いゴムで留めてある。「とても素敵なヘアゴムね」

「いつも学校には青いゴム二つなのに」

「あら、先生、この二つもとても好きよ」ジェソップ先生はそう言ってから私の方に視線を戻す。私は、自分の言葉で議論を終わらせる、先生というものの能力に驚嘆する。私がソフィアとのあいだで繰り広げた〝ヘアゴム論争〟は、朝食の開始から終了までにとどまらず、学校までの道のりのほとんどの時間を費やして続いたというのに。「明日はクリスマスランチを用意しているので、お弁当は持ってこなくて大丈夫ですよ。お忘れなく」

「わかりました。今日のお迎えはベビーシッターが来ることになると思います。ベッカです。会ったことありましたよね？」

「お父さまではなく？」

一瞬、彼女をじっと見つめる。この笑顔の裏に何か隠しているのだろうか。失望？　罪悪感？　しかしその表情から悪意を読み取ることはできず、私は視線を外してソフィアの濡れたセーターを畳み直す。アダムのせいだ。いつも哀れんでいた〝猜疑心に取り憑かれた妻〟に自分がなってしまうなんて。

「夫の仕事が時間までに終わるかわからないんです。だから、ベビーシッターに頼んでおいた方が安心で」

「お母さまは、今日はどちらへ行かれるんですか？」

「シドニーです」

「ボーイング777で」ソフィアが言う。「三百五十三人の乗客と一緒に行くの。到着するのに二十時間かかるの。それから、またずっと遠くから戻ってこなくちゃいけないから、また二十時間かかるの。でもその前にホテルに泊まるの」

「あらまあ！　それはワクワクするわね。しばらく留守にするんですか？」

「五日間です。クリスマス休暇に間に合うように戻ってきます」

「すごく長い距離を飛ぶから、パイロットが四人必要なの。でもみんな一緒に操縦するわけじゃなくて、順番でするの」

ソフィアは私が搭乗する全ての飛行機の詳細を知っていた。ボーイング747の紹介動画がユーチューブに上がっていて、ソフィアはそれをもう百回は繰り返し見たに違いない。今ではその動画を熟知していて、ナレーターの口の動きに合わせて声を出さずに唇を動かす。驚くべき特技だ。

「たまにね、ちょっと不気味だなって思うんだ」私は父にそう話したことがあったが、そのすぐ後で微笑んで見せて、その告白の深刻さを和らげようとした。アダムと私が最近になって気づいたことなのだが、ソフィアがお気に入りの絵本を声に出して読むとき、私たちは、彼女が暗記している言葉を声に出しているのだと思っていた。しかし実際には、文字を読んでいたのだった。当時まだ三歳だったというのに。

父は笑った。それから眼鏡をはずしてシャツの裾でレンズを拭いた。「ばかなことを言うもんじゃないよ。あの子は賢い子なんだ。大物になるんだよ」その目は輝いていて、私は思わず強く目を瞬(しばた)かせた。父は私と同じだけ母を恋しがっていたが、父は覚えているのだろうか。母と二人で、私のこともソフィアと同じように言っていたころのことを。

臨床心理士の先生は、ソフィアを〝過読症(ハイパーレクシア)〟と結論づけた。たくさんの頭字語と否定的なレッテルが与えられてきた中で、初めて下された肯定的な診断だった。愛着障害(AD)。注意欠陥障害(ADD)。病理学的要求回避(PDA)。養子縁組のポスターにはこういったことは記載されない。

アダムと私は、二、三年にわたって赤ん坊を授かるための努力をした。そのまま続けることもできたが、私はすでにストレスを感じ始めていて、自分がああいう女性になりつつあることにも気づいていた。自分の排卵日を正確に言うことができて、友人のベビーシャワー(出産を間近に控えた妊婦のために開くパーティのこと)を避けるようになっていて、繰り返される体外受精に貯金を注ぎ込むような女性に。

「いくらかかるの？」

私の秘密を——少なくとも、秘密のいくつかを——その日一緒に働いていた同僚に打ち明けたとき、私は大西洋上空のどこかを飛行中だった。シャーンは穏やかで母性的な女性で、私たちは車輪が滑走路を離れるころにはもう互いの身の上話をし合っていた。

「ものすごい額」

「ご両親から少しでも援助してもらえるの？」

母については話さなかった。まだ傷が癒えていなかったから。父からお金を借りることに関しては、あんなことがあった後ではとても……。私は首を振り、話の進む方向を変えようとした。「お金だけの問題じゃないの。このままじゃ、このことに執着しちゃいそう。わかるの、そうなるって。もうすでになってるのかも。子どもは欲しいけど、おかしくなりたくはないの」

「そりゃ無理ってものだわ」シャーンは鼻を鳴らした。「うちには四人いるんだけど、一人増えるたびに私、少しずつおかしくなったわよ」

私たち夫婦に養子を迎える許可が与えられた。私たちが一歳未満の子どもを迎えたいとかなり明確に示していたこともあって、時間はかかった。アダムは警察官という仕事上、児童養護制度が生み出した最悪な結果というものに無知ではなかった。私たち夫婦は、自分たちにはそういったケースに対処する力が備わっていないと感じていた。赤ん坊であればより育てやすいはず、そう考えていた。

ソフィアを紹介されたのは、ソフィアが生後四ヶ月のときだった。育児放棄の母親の元から保護された子で、ソフィアの前に生まれた五人の子どもたちについても同じように保護されていた。しかし養子縁組の成立までには時間がかかるもので、ソフィアが里親家族の元にいるあいだ、私たちは彼女と一緒にいることができず、その時間が永遠に続くように感じられた。準備が整ったことを社会福祉(ソーシャル・サービス)の人たちに示さなければならなかったが、同時に私たちは、迷信に悩まされたりもした。アダムは梯子(はしご)の下を通らないようにわざわざ周りを通ったり、黒猫が自分の目の前を横切るようにしたりしていた。私たちは、ペンキを塗ったばかりのソフィアの寝室に、必要な物を全て、箱に入れたままの状態で——問題が起こった場合に返品できるように——詰め込むことで折り合いをつけていた。

裁判所の許可が下りたのはソフィアが十ヶ月のときで、アダムは大急ぎで段ボールとプラスチックの包装ごみをいっぱいに詰め込んだ車をリサイクル処理センターまで走らせたのだった。ようやく私たちは家族を持つことができた。映画であれば、その瞬間こそが幸せな結末であると信じ込ませるところであろう。しかし蓋を開けてみれば、そのためにはもう少し骨を折らなければならないことがわかるのである。

ソフィアが私の元から走り去って友達の輪に加わり、私はそんなソフィアをガラス越しに眺める。一学期ももうほとんど終わりまできたというのに、いまだに一握りほどの子どもたちが、母親に別れを告げるときに涙を見せている。そういう子の親たちは、ソフィアを見て「うらやましい」と思うのだろうか。ちょうど私が、母親にしがみつく子どもたちを見て同じことを思うように。

家に戻った私はベッカにメモを残す。ベッカは時々ソフィアの世話をしにきてくれる、大学進学準備教育課程（シックスフォーム）に在籍する学生だ。アダムが夕食の時間までに帰ってこられないことも想定して、ラザニアを解凍したままにしておく。それからきれいなタオルを空き部屋のベッドの上に放る。エアリング・カバードの場所なんてアダムが知らないはずないのに。誰かの面倒を見続けてきた十年間の習慣はなかなかやめることができない。

「なんで夫婦のベッドに寝ちゃいけないんだよ？」最初アダムはそう言っていた。

私は静かに話した。ソフィアのためだけでなく、すでに負っている以上の傷を、私たちのどちらにも与えたくなかったから。「あれはもう、私たちのベッドじゃないからだよ、アダム」カーチャが出ていった日以来、それは私たちのベッドではなくなっていた。

「なんでそんな態度なんだよ?」

「そんなって?」

「すごく冷たい。お互いのことなんてほとんど知らない、みたいな態度だよ」アダムは顔をくしゃっと歪める。「愛してる、ミナ」

私は口を開いて、自分はもう同じようには感じていないと言おうとしたが、実際に言うことはできなかった。

当然、私たち夫婦はカウンセリングを受けた。私たちのためではなくとも、ソフィアのために。彼女の愛着に関する問題は根が深く、泣くという行為によって安心を獲得することのできなかった数ヶ月間が、筋肉に記憶されてしまっている。もし私たち夫婦が一時的にではなく別れることになったら、そのことはソフィアにどのような影響を及ぼすことになるか。

ソフィアはアダムが夜間働きに出ていることに——私が数日間いなくなることに——慣れていたが、それでもいつだって私たちは家に帰ってきていた。

アダムはセラピストに対して、私にするのと同じような曖昧な態度で接し、よくても一言二言話す程度だった。そして七月に家を出ることに合意した。

「時間が必要なの」私は言った。

「どのくらい?」

答えることはできなかった。わからなかったから。アダムは、マトリョーシカ人形のように入れ子で収納してあるスーツケースを見下ろしながら躊躇っていた。楽観的な考えが、アダムに一番小さなスーツケースを選ばせた。人事部はアダムに、三人の新人警察官——あふれんばかりの熱意と安物のビールで満たされ、新たにそのチャンスを得たばかりの〝制服の恩恵〟にあずかろうと競い合っている新人警察官たち——の滞在する家の一室を見つけてくれた。「そこにソフィアを連れていくわけにはいかないよ」アダムはそう言った。「よくないよ」

私が予備のベッドを用意したのはそのためで、私が仕事に行くときにはアダムがこの家に滞在するようになっている。アダムと私、どちらがこのことをより苦痛に感じているかは私にはわからない。

制服に着替え、機内持ち込み用バッグを再確認する。今日のフライトはとても重要だ。ロンドン発シドニーの直行便が最後に飛んだのは一九八九年のことだった——それは注目を集めるためのPR活動で、二十人が搭乗した。しかし商用飛行は実現しなかった——乗客を最大限搭乗させた状態でそれだけの長距離を飛行するに耐え得る航空機を開発するには時間が必要だったのだ。

ソフィアのベッドに手紙を——サインペンでハートを描き、その下に〈ママから愛を込めて〉と書いた手紙を——置く。ソフィアが字を読めるようになってから、フライトに出るたびに欠かさずこれを続けている。

「手紙、読んだ?」一度ソフィアに訊いたことがある。おやすみを言うためにビデオ通話をしているときだった。そのとき私がどこにいたかは覚えていないが、太陽はまだ高いところにあって、お風呂から上がったばかりのこざっぱりとしたソフィアを目にした途端にホームシックの波が押し寄せてきた。

「なんの手紙?」

「ベッドに置いた手紙。枕の上に置いたんだけど。いつもと同じようにね」ホームシックのせいで理不尽になっていた。私がソフィアを恋しがっているからという理由だけで、ソフィアにも私を恋しがっていてほしいと願うなんて。

「じゃあね、ママ。今カーチャと秘密基地作ってるの」画面が揺れ、私は一人残されてキッチンの天井を眺める羽目になった。カーチャに気の毒だと思われる前に通話を終了した。

空港に向かう道すがら、BBCラジオ2の音量を大きくしてみるが、激しく打ちつけてくる罪悪感の音は打ち消すことができない。

「人は働かなきゃいけないの」声に出して言う。「それが人生の現実なんだから」

シフトの変更があった、私はアダムにそう話した。なんとか免れようとしたけれど、五日間家を空けることになる。だって実際、何ができたというのか。仕事は仕事なのだから、と。

うそだった。

2　午前九時　アダム

「ボスが探してますよ」

なんとか正常に似たような状態に自分を落ち着けようとする俺の内臓を、胃酸がむしばんでいる。ボスが探している、この言葉の後にいいことが起こったためしなどあるだろうか。

「わかった」自分の席からそう答える。突然、大観衆の目に晒（さら）されているかのように感じられ、自分の手がひどく大きく、不格好に見えてくる。実際目の前にあるのは、ウェイの詮索するような視線だけだというのに。

「警部補は今、警部のオフィスにいます」

「ありがとう」パソコンの画面に向かって顔をしかめる。そして何かを探しているふりをして机の上の書類をぱらぱらとめくる。まとめなくてはならない強盗事件の捜査報告書があった。供述によって凶悪傷害（GBH）事件とみなされている事件だが、男性が一命を取りとめなければ今後殺人事件に切り替わる可能性がある——集中しなければならない、配慮を必要とする仕事だ。それなのに今俺は汗で襟を濡らし、いよいよ来てしまったのかなどと考えている。もうおしまいか、と。ウェイの視線を感じ、こいつはもうすでにバトラー警部補がどんな理由で俺と話したがっているのかを知っているのだろうかと考える。

　窓の向こう側の下枠に柔らかそうな雪片が積もっている。こちら側では、誰にも出てもらえない電話が、誰もいない机からまた別の机へと転送され、発信者に同情した誰かがその電話に応答するまで呼び出し音が続いている。GBHのファイルを見つけて目撃者のリストに目を通す。この仕事の対応にあたるという理由で丸一日オフィスを離れることもできる。そのために警部補からの伝言を聞き逃したとしても、それは仕方がないというもの。俺はそのとき調書を取っているか、被害者支援団体との電話中なのだから。俺はリュックにファイルを詰め込んで席を立つ。

「私のオフィスに来るところなのよね？」

　その声は軽やかで、ほとんど好意的にさえ聞こえたが、安心はできない。ナオミ・バトラー警部補のオフィスに笑顔で迎えられ、その三十分後、連署された公式な苦情の写しを怒りに震える拳でくしゃくしゃに握りしめながら部屋を後にする警察官を嫌というほど見てきたから。

「いえ、実はこれから――」

「時間はかからないわ」

　警部のオフィスから出てきたバトラーは、俺に反論の余地を与えることなく歩き続けて自分のオフィスへと向かう。ついていくより他ない。バトラーは白のコンバースを履き、ボトムスにピンストライプ柄のパンツ、トップスには灰色のシルクのブラウスを着ていて、そのブラウスの裾を豹柄のベルトにしまっている。片方の耳の上部にはシルバーの小さな輪がついている。警部補についていく俺は、まるで校長室に向かうガキのよう。心の中で、自分が呼び出されている理由を考えられるだけ考えてみる。そうして最後には、唯一重要といえる理由について思いを巡らせる。全てを失う可能性のある唯一の理由について。

ナオミ・バトラーが警部補に就任したとき、彼女はその部屋にあった重たい机を窓のそばから移動させ、彼女が今閉めたばかりのガラス戸の方を向くようにそれを配置し直した。つまり俺は今、否応なしに廊下に背を向けた状態で席に着かなければならないということ。数分後には、間違いなくウェイが何か理由をつけてこの部屋のそばを通り過ぎるだろう。俺がどの程度の叱責を受けることになるのかを知りたい一心で。背筋を伸ばす。人の背中とは多くを語るものだ。ウェイがチームのメンバーの元に駆け戻り、俺が警部補のオフィスで肩を落としていたとみなに伝えるのは避けなければ。

「調子はどう？」バトラーはそう言って笑みを見せるが、その目は決然としている。痛いほどの鋭さで俺の目を見据えてくるその目から解放されるため、瞬きせざるを得ない。警部補に一点。バトラーがどんな天候であれ着てくるライダース・ジャケットが椅子の背もたれにかけてあって、彼女が寄りかかるたびに革が不満の鳴き声を上げる。机の上には警察無線が置かれていて、ローカルチャンネルに合わせてある。バトラーは無線を一度も切ったことがないという噂（うわさ）がある。家でさえも切らずにいて、興味をそそるどんな仕事にでも駆けつけるのだと。

「いいですよ」

「家庭内の問題を抱えているのはわかっているのよ」

「手に負えないような問題は何も」まさか結婚生活のアドバイスをしようというわけではあるまい。バトラーの薬指に残る青白い跡を見ながら考える。誰が誰の元を去ったのだろう。俺の視線に気づくと――もちろん去ったのはこの人だ――警部補の顔から笑みが消えた。

「仕事用の携帯は持っている？」

不意打ちだ。一応質問の形を取ってはいるものの、警部補はそれに対する答えを知っていて、つまりこれは話の導入にすぎない。

「はい」

バトラーがノートを見ながら俺の携帯電話の番号を読み上げ、俺はそれを聞いて頷（うなず）く。逃げ出したいという衝動があまりに強烈で、立ち上がってしまわないよう自分の体を抑え込むためには椅子の肘掛けを握っていなければならない。

「経理から、あなたの携帯電話の請求書のことで警告があったの」

二人のあいだに静けさが漂い、両者ともに相手がその静けさを埋めるのを待っている。先に沈黙を破ったのは俺だった。たとえルールを心得ていたとしても、ゲームを途中でやめるのは容易ではない。バトラー、一点追加。

「そうなんですか？」

「課の他の誰よりも著しく高いんですって」

一粒の汗が顔の片側を伝って流れていくのを感じる。手で拭えば、警部補に見られてしまう。少しだけ顔を動かしてみるが、もう一方の顔の側面に双子の汗の玉を感じるだけだった。

「例の強盗事件の被害者がいまして。フランスに引っ越した、あの被害者です」

警部補はおもむろに頷く。「なるほど」

さらなる静寂。俺自身はバトラーが被疑者の取調べを行っている姿を見たことはないが、取調べ中のバトラーはヤバいほどかっこいいと評判だ。今の俺はそれを聞いても驚かない。その視線は微動だにすることなくこちらを見据え、俺は、自分の身を守ろうとしているように、あるいは後ろめたさを感じているように見せることなく視線を返すことができない。心臓の鼓動が速まり、左の目尻の筋肉がぴくりと引きつる。バトラーは気づかないはずがない。バトラーはその全てを目にするだろう。そして俺がうそをついていることを見破るだろう。

バトラーはノートを閉じて椅子に背を預ける。まるで堅苦しいのはここまで——ここからはオフレコの会話よ、とでも言わんばかりに。でも俺だってばかじゃない。スターティングブロックについていて、今まさに走り出そうとする瞬間のように、筋肉という筋肉が緊張している。ミナのことを思った。仕事に向かうミナを。ミナに行ってほしくなかったにもかかわらず、次に彼女と顔を合わせるまでに五日間という時間があることを今は嬉しく思っている。

「経理は私に請求明細書を送ると言っているわ」バトラーは続ける。「でもその前に、私に話しておきたいことがあるのなら……」

俺は眉根を寄せて見せる。あたかも自分には彼女の話していることが全くわからないというように。

「私がこう言うのはね、あなたなら、仕事用の電話をプライベートな連絡のために使用してはいけないということを知っていると思うからよ」

「もちろんです」

「それならよかった」

合図を受け取ったと理解して席を立つ。どのような理由でかは考えもせずに「ありがとうございます」と口にして。知らせてくれたことに対してありがとう、というところか。弁護に備える機会を与えてくれてありがとう。しかし世界屈指の弁護士をもってしても、この窮地から俺を救い出す物語を作り上げることなどできない。

カーチャとのあいだに起こった出来事は、俺にとってはささいな問題にすぎない。

バトラーが請求書の明細を見たら、終わりだ。

3 午前十時 ミナ

空港に近づくと、警察が来ているのがわかる。また別のデモが行われているのだ。三ヶ月前に新滑走路のための開発が始まると、抗議者たちが自らの主張を示すべく定期的に到着口付近に集まるようになった。ほとんどの場合、彼らは無害で、私は——このことを公言するつもりは決してないものの——彼らに同情している。彼らは間違った相手を標的にしている、ただただそう思うのだ。私たちは、空を飛ぶ必要のある世界を自分たちで作り上げた——今さらそれを変えることなどできない。工場から排出される有害物質やごみ廃棄場を攻撃する方がずっとましではないだろうか。

毎日使っているクレンジングシートに後ろめたさを覚えて、もう一度〈クラランス〉を引っ張り出してくることを心に決める。道路を横切るように垂れ幕が広げられている。〝飛行機（プレイン）ではなく平原（プレイン）を〟。デモ参加者たちは今しがた垂れ幕をそこに設置したばかりに違いない——空港周辺の警備はかなり厳しいのだから。警察は彼らがデモ運動をすることを止めることはできないが、垂れ幕やプラカードが掲げられた瞬間にそれを撤去する。これが勤務のために、あるいはどこかへ向かう航空券を手に空港まで足を運んだ人間に向けられているのだとしたら、全く意味のない活動に思える。そんなプラカード一つで彼らの考えは変わらない。

環状交差点（ラウンドアバウト）に入るために徐行しながら、左の方を見やる。女の人が、飢えたホッキョクグマの写真を貼ったプラカードを掲げて立っている。私が見ていることに気づくと、女の人は何やら訳のわからないことを叫びながらプラカードを私の方に突き出してくる。脈が速まり、セントラルロッキングボタンに手を伸ばす。急いで遠ざかろうとする足がアクセルの上で滑る。自分の反応があまりにばかばかしくて――それも柵の向こう側にいる女性に対する反応なのだから嫌になる！――大勢のデモ参加者たちに対しても腹立たしい感情が芽生える。彼らに嫌がらせするためだけに、あの忌々（いまいま）しいクレンジングシートを使い続けようか。

駐車場に到着し、車のドアをロックしてからスーツケースを引いてシャトルバスへ向かう。たいていは乗務員室まで歩いていくのだが、今日は車道から跳ね上げられた灰色の氷のせいで歩道が滑りやすくなっていて、自宅の方では新雪だった雪がここでは雪泥（せつでい）になっている。シドニーに着陸して太陽の光を目にするのが待ち遠しい。ホテルの部屋にバッグを放り込んで、ビーチに向かい、フライトの疲れを消し去るべくそこで眠るのが待ち遠しい。

乗務員室には最新の噂話や新しい当番表に関する話題が飛び交っている。コーヒーを待つ列に並び、手にしたプラスチックのカップをまだ冷たい両手で包み込む。私服姿の女性が見定めるような目つきでこちらを見てくる。

「シドニー行きのフライトに搭乗するの？」

「はい」自分の顔が紅潮するのがわかる。女性から〝あなたはここにいるべきではない……〟と指摘されるのではないかと半ばびくびくしながら。

しかし実際には、女性は顔を歪ませてこう続けた。「私じゃなくてよかった」

名札を見ようとするが、見つからない。持論にあふれるこの女性は一体何者なのだろう。清掃作業員、財務管理者、誰であってもおかしくはない。普通の日でさえ、何百人という人々がこの乗務員室を通っていく。そして今日は普通の日ではない。今日は誰もが79便に関わりたがっている。誰もが歴史を作りたがっている。

「チリのサンティアゴまでは十四時間ですけど、それもそんなに悪くはないですよ」私は礼儀正しく微笑み、会話を続けるつもりがないことを知らせるために携帯電話を取り出す。しかし女性はそれを察してくれず、こちらに近づいてきて私を自分の方に引き寄せると、誰かに聞かれてはまずいというように声を潜めて続ける。

「最後の試験飛行で、調子がよくないところがあったと聞いたわ」

私は声を出して笑う。「何言ってるんですか？」彼女の言葉が私の内部に植え付けた小さな恐怖の種を払いのけるように、大きな声で言う。

「飛行機に問題があるのよ。全部もみ消そうとしているだけ――乗組員（クルー）全員に秘密保持契約を結ばせて……」

「もうやめて！」この人と一緒に仕事をしたことがないのは九十九パーセント確かだ――ここにこれだけの人がいるというのに、なぜこの人は私に食いついてきたのだろう。女の顔をじっと見て、どこから来た人間なのかを見極めようとする。ひょっとすると人事部の人間？　顧客サービス部でないことは確かだ――そうであれば、もう二度と誰も飛行機に足を踏み入れないだろう。「ばかげてる」私はきっぱりと言い放つ。「百パーセントの安全が確認できていない状態で、新しい飛行経路の運用を開始すると、本気で思ってます？」

「しなければならなかったのよ。でなければ、カンタス航空が先にそこに到達して――カンタスの方がずっと長いあいだ、これに取り組んできているんだから。試験飛行は定員よりははるかに少ない人数で、荷物を乗せない状態で行われた。最大積載状態で飛べばどんなことになるか……」

「もう行かないと」飲みかけのコーヒーをごみ箱に落とす。その場を去ろうとごみ箱のペダルから足を離すと、ふたが大きな音を立てる。ばかな女――こんな人に腹を立ててるなんてどうかしてる。それでも、わずかばかりの恐怖が心臓を囲むように渦巻いている。二日前、『タイムズ』紙がカンタス航空とワールド・エアラインズの競争に関する報道をし、この話題をねじ曲げた。〝どれだけ速ければ、速すぎるのか？〟という大見出しの下に、手抜き作業と経費削減をにおわせる記事が掲載された。結果、父と一時間電話をつなぎ、うん、安全だよ。そんなことない、そんな危険を冒したりしないから、と安心させなければならなかった。

「もし何かあったりしたら……」

「お父さん、絶対に安全だから。全部確認されてるし、再確認もされてるから」

「いつだってそうだ」その声は重く沈んでいて、父が私の顔を見られなくてよかったと思った。私はぐっとこらえた。考えたくはなかったから。

昨年、四十人のスタッフが三度の試験飛行に参加し、彼らの血糖値、酸素レベル、脳活動が測定された。客室の与圧が微調整され、騒音レベルが下げられ、機内食でさえ時差ぼけ撃退のために特別に考案された。他のどのフライトとも同じだけ安全だ。

「幸運を！」女の人が後ろからそう呼びかけてきたけれど、私は振り返らない。運の問題ではない。

それでも数分後に記者会見室に入ってもまだなお、私の心拍数は高いまま。部屋は人であふれかえっている――クルーだけでなく、たくさんのスーツ姿の人たちも。そのほとんどが見たことのない人たちだ。

「あれってディンダー？」隣の客室乗務員の方を向いて尋ねる。彼とは前に一度、一緒に仕事をしたことがある。名札に目をやる。エリック。

「ああ、ディンダーだ。なんと言っても就航記念だからね」

なるほど。ワールド・エアラインズの最高経営責任者ユースフ・ディンダーは、今日のような日にしか姿を見せない。今回のような意義ある就航とあれば、テレビカメラが集まり、ワールド・エアラインズを陰で支える男たち（それは全員男性だから）に対する称賛が得られる。ロンドン―シドニー直行便をどちらが先に飛ばすかという戦いは長らく接戦だったこともあり、今朝のこのディンダーの自己満足の表情の背後には、なんとか先に成し遂げることができたという安堵の表情が垣間見られる。ディンダーは立ち上がると、全ての目が自分に向けられるまで待った。

「今日、我々は、新聞の一面を飾ることになります！」

みなが拍手をする。部屋の後ろの方から歓声が上がり、カメラのフラッシュが光る。そんな事前祝いの最中だというのに私は背筋がぞくぞくしている。

調子がよくないところがあった……飛行機に問題が……。

頭を左右に振って女の言葉を頭から追い出す。そして周囲の人たちと一緒に激しく両手を打ち鳴らす。私たちは新聞の一面を飾ることになる。二十時間でロンドンからシドニーまで到着する。よくないことなど起こらない。よくないことなど起こらない、高まりつつある不吉な予感を打ち消すため、合言葉のようにそう繰り返す。

なぜあの女が私を混乱させようとしたのかはわかっている。なぜなら私は、ここにいるべき人間ではないから。

人事部は今回のフライトに搭乗するクルーを決めるにあたって、名前で抽選を行った。選ばれれば宝くじに当たったことになるのか、貧乏くじを引いたことになるのか、それはどちらとも言い難いところではあるのだが。ワッツアップのグループチャットにメッセージが飛び交った。

連絡きた？

まだ。

Eメールはつながらなくなったって。

何がなんでもやりたい！

それから画像も。ライアンの携帯電話のスクリーンショットだった。『おめでとうございます！　十二月十七日就航のロンドン―シドニー直行便への搭乗員に選出されました』ライアンはその写真に泣き顔の絵文字と、『二十時間なんて最悪！』という言葉を添えていた。

私はライアン個人にメッセージを送った。代わりに搭乗したいと申し出るためだった。当然、なぜ搭乗したいかについては教えなかった――私にとってそれがどれほどの意味を持つかは気づかれないよう努めた。ライアンは、メキシコシティへのフライトと交換することに加え、私が誕生祝いにもらった山ほどのギフト券を要求してきた。そして『変なやつ！』と締めくくられ、私は同意するより他なかった。

そうして今、私はここにいる。ここ最近で最も重要なフライトに強引に入り込んだ人間。

「この歴史的なフライトを操縦するパイロットを紹介しようと思います」ディンダーはそう言うと、パイロットたちの方を向いて前に出てくるよう手で合図をする。人々が道をあけようと動き、足が床をこする音が聞こえてくる。「機長のルイ・ジュベールと副操縦士のベン・ノックス、機長のマイク・カリヴィックと副操縦士のフランチェスカ・ライトです」

「カリヴィック？」みなが拍手をする中、私はエリックに訊く。「私が持ってる乗組員名簿にはのってなかったけど」

エリックは肩をすくめる。「直前の交代だよ。知らないやつだ」

ディンダーの話は続いている。「招待したお客さまも搭乗する予定です」〝招待したお客さま〟とはつまりお金を払っていない乗客のことだ。ジャーナリストやちょっとしたセレブ、それに二十時間のうち十六時間をインスタグラムへの投稿に費やし、残りの四時間は飲んで過ごすであろう〝インフルエンサー〟たちのこと。「こうした招待客のみなさんにも、お金を払った乗客の方々と全く同じように接するようにしていただきたい」

ええ、そうでしょうとも。ジャーナリストたちは楽しむために来ているのかもしれない、そう、当然そうだろう――オーストラリアまで無料でビジネスクラスに乗れるって？　パスポート持ってこい！　しかし彼らは同時に記事のネタを探してもいる。『デイリー・メール』紙が旅行の口コミサイト〈トリップアドバイザー〉と手を組むのだと考えてみてもらいたい。低アレルギー性枕なしで長距離飛行する衝撃、そんなことを書かれでもしたら。

ディンダーとスーツの男たちの自画自賛が終了すると、私たちクルーで簡単なミーティングを行った。マイクとチェスカ（フランチェスカの愛称だ）が離陸と最初の四時間の飛行を担当し、その後は機体前方、コックピット付近の天井裏に設えられた休憩室で休息を取る。続く六時間はルイとベンが担当し、その後再び操縦を交代する。客室乗務員は私を含めて十六人搭乗する予定で、二グループに分かれて二交代制で働くことになる。勤務中でない時間は、機体後方の上部にあるクルーレストに上がり、あたかも窓のない部屋で知らない人間ばかりに囲まれて眠ることは普通のことであるかのようなふりをして過ごす。

労働安全衛生協会の人が疲労の危険性について話しにきている。その人は私たちに、水分補給を忘れてはいけないと説明し、休憩中に睡眠の質を最大限高めるための呼吸法を実演する。客室乗務員のうち数人が笑い出し、中には居眠りのふりをする者もいた。

「失礼」居眠りしていた男が急に背筋を正し、にやりとする。「本当に効果あるみたいです！」

私たちクルーが機長を先頭に二人ずつ横並びになり、列になって空港内を歩いていると、周囲には期待に満ちた熱っぽい空気が漂っていて、いつものフライトの前と同じように、誇らしさが胸をざわめかせるのが感じられる。私たちの制服は濃紺色で、袖口と裾、それに下襟が翠玉色で縁取られている。左胸のポケットにつけるエナメルのバッジには〈ワールド・エアラインズ〉の文字。そして右胸には、それぞれのファーストネームが書かれたバッジをつけている。エメラルド色のスカーフは、広げると世界地図になっていて、〝ワールド・エアラインズ〟という非常に小さな文字を繰り返すことによってそれぞれの国が形作られている。そして今日のために私たちは新しいバッジをつけている。〈79便 世界をより小さく〉。社内カメラマンにあらゆる角度から写真を撮影され、ゲートにたどり着くまでずっと〝ロンドンからシドニー〟というささやきが私たちにつきまとう。

「レッドカーペットに登場したみたいな気分！」クルーの一人がそう言う。

絞首台に向かうみたい、私はそう考えていた。何か恐ろしいことが起こるという感覚――おいしいりんごの山に紛れた、たった一つの腐ったりんごのようだ――を頭から振り払うことができずにいる。

飛ぶたびにこの感覚に襲われる人もいるのだろう。みぞおちに恐怖が溜まるこの感覚に。私は常々思っていた。この奇跡のように素晴らしい飛行時間のあいだずっと、起こることのない惨事を想像して肘掛けにしがみつき、目をきつく閉じたままでいるというのは悲しすぎる、と。

私はそうした人間ではない。飛ぶことは私の全てだ。これは工学の勝利――自然に逆らってではなく、自然とともに手にした勝利だ。アダムは私が飛行機について熱く語ると決まって笑うが、A320の離陸の瞬間ほど美しいものなど他に存在するだろうか。子どものころ、父に空港に連れていかれるたびに私は文句を言っていた。父は空港周辺に設置されたフェンスのそばに立ち、そこから飛行機の写真を撮っていた。父にとって重要なのは写真だった――父は、アオサギの飛ぶ姿を捉えた最高の写真を撮るまで、川のそばでも空港でと同じだけ長い時間を過ごした――ものの、徐々に私も惹き込まれていった。

「あの777のすごくいい写真が撮れた」父はそう言ってデジタルカメラの画面を見せてくれるのだった。

「あれ、777じゃないよ」私は言った。「SPだよ」

私は絵を描くのが大好きだった。父が土曜日に空港で過ごそうと言ってきてもやがて文句を言わなくなり、そこでノートに飛行機の機首の形を描くようになった。親戚に会うために飛行機に乗ったときには、どんな映画が上映中か、アルミホイルに包まれた皿の中には何が隠れているのかといったことを気にかけたことはなかった。窓に鼻を押しつけて、翼が上下に動くのを、そしてそれに応えるように機体が静かに揺れるのを見ていた。その全てが大好きだった。

だから今、なんとも落ち着かない。お腹に感じる、このそわそわとした感覚。飛行機に乗り込む私に恐怖が忍び寄る。操縦席へ通じるドアが開くと、四人のパイロットが全員でその狭い部屋に入り、フライトの準備を始める。首筋に寒気が走った。

エリックがそれに気づいて声をかけてくる。「寒いの？　エアコンのせいだな——いつも冷やしすぎなんだよ」

「ううん、平気。誰かが私のお墓の上を歩いてるのかも」私はもう一度身震いする。もっとましなことを言えばよかった。客室の設備を確認する。これまでにもう何度となく行ってきたことだったが、今日はいつもとは違って感じられる。気圧。ドアや窓のパッキン。酸素ボンベ。消火器。防煙マスクに救命袋……。どれも絶対に必要なものばかり。どれもが生死を左右する。

「しっかりしなさい、ホルブルック」私はつぶやく。ビジネスクラスの客室を通ってラウンジにトニックウォーターの箱を運び、バーの在庫の補充を手伝う。機内には特別な配置が採用されていて、今回ほど長時間のフライトでも乗客が快適に過ごせるようにと考案されたようだ。前方に配膳準備スペース（ギャレー）があり、操縦室と客室のあいだには化粧室が二つと——ドアに隠されてはいるものの——階段があり、交代要員のベッドへと通じている。客室の最前にはビジネスクラスがあり、その後ろにビジネスクラスの乗客専用のラウンジとバー——ここより後方の座席とはカーテンで仕切られている——、その後ろにさらに二つ化粧室がある。エコノミークラスの客室は前後二つに分かれて配置されていて、その中間部に〝ストレッチを行うための空間〟が設けられている。それからさらに後方にはエコノミークラス用の化粧室がある。乗客数、計三百五十三人。ロンドンでドアが閉じた瞬間からシドニーで再び開かれるそのときまで、その全員が同じ空気を吸うことになる。

最初にビジネスクラスの乗客が搭乗する。私たちクルーが航空券を確認し、上着を受け取ってギャレーのそばの戸棚にかけているあいだ、すでに彼らの視線はバーに向けられ、ベッドの確認も抜かりない。非常に多くのクルーが搭乗することになっていて、十六人の客室乗務員全員が、乗り込んでくる乗客に挨拶をする。離陸後、客室乗務員の半分がクルーレストに姿を消し、ビジネスクラスには私とエリック、カーメルが残り、エコノミークラスには別の四人が残る。全員が一階にいる今、熱に浮かされたような妙な空気が客室全体に浸透していく。二十時間。赤の他人同士がこれほどまでに長い時間、一所(ひとところ)に閉じ込められるような場所など、ここ以外にあり得るだろうか。おそらく刑務所なら。そんなことを考えていると気分が落ち着かなくなる。

ビジネスクラスの乗客にはシャンパンが提供される。一人の男性が、まるでショットを飲むようにシャンパンを一気に喉に流し込み、カーメルに向かってウィンクで二杯目を要求した。

二十時間。

騒ぎを起こす人間(トラブルメーカー)は最初から見分けがつく。自分はお前たちよりも上だ。お前たちの人生を難しくしてやる。そう言わんばかりの何かが、振る舞いだけでなく、見た目にも表れている。そうした人たちがみな酒飲みかというとそうではなく(とはいえ、無料のシャンパンというのは褒められたものではない）、この男性からは悪いオーラのようなものは感じられない。まあ、そのうちわかるだろう。

「みなさま、ロンドン発シドニー行き79便をご利用いただき、誠にありがとうございます」古参のクルーである私には、機内アナウンスをするという貴重ではあるが特にありがたくもない権利が与えられている。私の原稿には、今日という日を特別なものと定めるような文言は一切ないのだが、それでも歓声が上がる。「離陸に際しまして、全ての携帯電話、携帯用電子機器は電源をお切りください」

客室の通路を進んでいくと、緑色のセーターを着た、白髪まじりの長い髪の女性の足元に大きなバッグが置いてあるのに気がつく。

「上の手荷物入れにお入れしましょうか？」

「そばに置いておきたいの」

「申し訳ございませんが、収納スペースに入りきらないお荷物は、手荷物入れに収納する決まりとなっておりまして」

女性はバッグを持ち上げて胸に抱える。まるで私が無理やりバッグを奪うと脅しでもしたかのように。「ここに私の持ち物が全部入っているの」

私はため息をこらえる。「申し訳ありません――ここに置いておくことはできないんです」

一瞬、女性から視線を外すことができなくなる。どちらも負ける気はない。やがて女性の方が苛立たしげに舌打ちをしてバッグの中から中身を取り出し始め、座席を取り囲むように設えられた多数の収納棚に、セーターに本、化粧道具入れなどを押し込んでいく。忘れ物をして席を立ってしまうことも考えられるため、着陸の際にはこの席を二度確認しようと心に留めておく。ようやく落ち着きを取り戻すと、女性は不機嫌な表情を顔から消し去り、シャンパンを飲みながら窓の外を眺めた。

　機長のアナウンスが流れると――乗務員はドアモードをアームドに変更し、確認（クロスチェック）してください――客室全体が共有している興奮の度合いが高くなる。ビジネスクラスの乗客のほとんどがウェルカムギフトの袋の中身をもう調べ尽くしていて、ある女性などはすでに、〈79便〉と書かれた記念品のパジャマに着替えてしまっていて、同クラスの乗客たちを楽しませている。自分の知っている人間でこれが必要だったことのある人間などいないという理由で誰もが全く関心を払わずにいる安全に関する説明の前に、ディンダーからのビデオメッセージが流れる。カーメルと私は空（から）になったグラスを回収する。

「あら、あなた、ちょっとお待ちになって。まだ少し残っているわ」

　生き生きと輝く目をした女性が、歯を見せてにこりと笑いながら私が回収したグラスをトレイからひょいと持ち上げる。そして残っていた二センチ足らずのシャンパンを飲み干す。

　乗客名簿からこの女性の名前は覚えていた――早々に記憶した一握りほどの名前のうちの一つだった。フライトが終わるころには、ビジネスクラスに搭乗した五十六名全員の名前を覚えているはず。

「レディ・バロウ、必要なものは全ておそろいですか？」

「パトリシアで結構よ。いえ、パットでいいわ。気軽にパットと呼んでちょうだい」そう言って女性はいたずらっぽい笑みを浮かべる――母親の目を盗んで子どもの手に余分なチョコレートを滑り込ませるおばあちゃんのような笑み。「レディの称号はね、子どもたちが考えついた冗談なの」

「本当は貴族のご婦人ではないのですか？」

「ええ、ええ、貴族の婦人よ。スコットランド全土を統治しているの」女性は威厳たっぷりにそう言うと、こちらまでつられて笑ってしまうような笑い声を上げる。

「シドニーでは、ご親戚の方がお待ちなのですか？」

ふと、その目に何かが宿る――一瞬の闇。顎先を上げ、再びあのいたずらっぽい笑みを浮かべることで、あっという間に消し去った闇。「いいえ、私ね、家出したの」私の驚いた顔を見て女性は笑い、それからため息をつく。「本当はね、家族の方が私にかんかんなの。自分が本当に正しいことをしているのか、本当のところはわからないわ――もうすでにペットの犬が恋しくてたまらないんですもの。でも、今年は夫のいない初めての年で――」そこで急に話すのをやめ、思い切り一息吐き出す。「でもまあね、私にも色々と変化が必要だったから」そしてマニキュアの塗ってある手で私の腕に触れて続ける。「人生は短いわ、お嬢さん。無駄にしてはいけないわよ」

「ええ、しません」私はそう言って笑顔を作るが、通路を歩く私の耳の中で、婦人の言葉がこだましている。人生は短いわ。あまりにも短い。ソフィアはもう五歳。日々は猛烈な速さで過ぎていく。

仕事に復帰した理由については、お金が必要だから、それにソフィアのケースワーカーが、そうすることはソフィアの愛着障害の克服に役立つと考えているからだと説明している――そのどちらも真実だ。

「でもこれって、ネグレクトが原因なんですよね?」話し合いの場でアダムは言った。「人生で最初の数ヶ月間、基本的にずっと放置されてたって事実が原因なんですよね?」ケースワーカーは頷いたが、アダムはそれを待つ間もなく再び口を開いていて、自分の考えを声に出し続けた。「だったら、ミナが家にいなくなることが、どうしてソフィアのためになるんです?」

ちらりと垣間見えた自由が奪われるかもしれないという強い恐怖が、一瞬胸をよぎったことを覚えている。

「ソフィアはそこから、ミナはいつでも必ず戻ってくるのだということを学ぶことになりますから」ケースワーカーは答えた。「これは重要なことです」

そうして私は仕事に復帰し、家族全員がそのことでより幸せになった。アダムはお金の心配をする必要がなくなった。ソフィアは、私がいつでも必ず彼女の元へ戻るのだということを、時間をかけて理解し始めた。そして私に関して言えば、ソフィアの育児が大変だっためーー本当に大変だったーーそこから離れる必要があった。私には休息が必要だった。しかしそれよりも何よりも、私には、あの子を恋しいと思う必要があった。あの子を恋しいと感じることができれば、自分がどれほどあの子を愛しているか思い出すことができるから。

クロスチェックが完了し、操縦室からの機内アナウンスを待ってからーー客室乗務員(ジャンプシート)は、離陸に備えて着席してくださいーー、窓に一番近い場所にある折り畳み式の補助席に滑り込む。エンジンが唸(うな)り声を上げ、足元で滑走路が速度を上げる。翼の可動部分(フラップ)が鈍い衝撃音とともに広がると気圧が高くなっていき、やがてそれを聞いているのか感じているのかわからない状態にまでなる。車輪が地面を離れる際に感じるわずかばかりの振動。滑走路から上昇する中、自分たちの真下に広がっていく空間を、機体の機首が持ち上がっていく様子を思い描く。これほどまでに優雅で美しく飛行するものにしては、信じられないほど重く、あり得ないほど巨大だ。それでもどういうわけか機体は空を飛び、私たちは昇っていく。私たちが上へ上へと押し上がっていく中、パイロットは操縦桿(かん)を引く力を強めていく。地上付近に乱層雲が垂れ込め、空は暗く、日中というよりは夕暮れ時のようだ。みぞれが窓を激しく打ちつけ、追ってこられないほど高いところに私たちが到達するまで打ち続ける。

高度一万フィートに達したところでポーンというチャイムが数回鳴ると、まるで〈パブロフの犬〉のようにみな一斉に動き出す。5Jに座るブロンドの小柄な女性が、首を伸ばして窓から地上を見ようとしている。女性の体がこわばっているのを見て、私は彼女を〝緊張状態にある乗客〟だと判断する。しかしその直後、目を閉じて座席に背中を預けた女性の顔に、悦に入っているような笑みがおもむろに広がった。

私たちは飛行中だ。シートベルト着用サインが消え、乗客は立ち上がっていて、早くも酒を要求するコールボタンが押されている。もう手遅れだ。このフライトに搭乗してはいけないという警告の声が頭の中で響いているが、それに対応するにはもう遅い。でもこれは私の良心の問題、それだけのこと。ソフィアと家で過ごすのではなく、ここに来られるよう画策したことに対する、人生が全く異なる方向に進んでしまいかねないという状況にありながら、そもそもここに来たということに対する、私自身の罪悪感に他ならない。

手遅れなのか、そうでないのか、声は執拗に繰り返す。

二十時間、声は続ける。二十時間もあれば、何が起こってもおかしくない。

4　座席番号　5J

私の名前はサンドラ・ダニエルズ。79便に搭乗した瞬間に、これまでの人生に別れを告げた。夫がいなければ、飛行機に乗ろうなどと考えることすらなかったと思う。家庭内暴力の被害者は、ついに逃げることに成功するまでに平均して六回、家出を試みると言われている。私が試みたのは一度だけ。時々、考えることがある。六回も家出を試みた女性たちにはどんなことが待ち受けているのだろう。八回試みた女性たちには。十回なら。二十回なら。

私が家を出たのは一度。一度きり。しっかりやらなければ見つけられてしまうとわかっていたから。見つかれば、殺されてしまうとわかっていたから。

被害者たちは、平均すると、三十六回目に暴行を受けて初めて警察に通報すると言われている。三十五回しか殴られたことがないというのはどのような感じなのだろう。数えていたわけではないが（そもそも私は、昔からずっと算数がからっきし苦手だった）、週に二、三回が四年間続けば、三十五回よりはもっとずっと大きな数になるということは私にだってわかる。でも、もしかしたらそれはひどい暴行――骨が折れるほどのものや、度重なる頭への殴打によって視界がぼやけ、もやもやとした黒い星が見えるようになるようなもの——だけを数えるという意味なのかもしれない。平手打ちではなく。つねられることではなく。そういったものはおそらく数えないのだ。ああ、私らしい。また大袈裟に捉えてしまった。ヘンリーのせいではなかったのだ。完全に彼のせいというわけでは。人を叩いてはいけないのはわかっている——もちろんそれはいけないことだ——が、ヘンリーは仕事を失った。男性にとっては大きな衝撃だ。そうではないだろうか。妻の収入に頼らなければならないなんて。食卓に食事を並べたり、トイレ掃除をしたり、食器洗浄機の修理屋が来るのを待っていなければならないなんて。

公平とは思えなかった。ヘンリーの言っていたように、ヘンリーこそ自分の仕事を愛していた人間で、私などは流れるままに仕事をするようになっただけ。キャリアと呼べるほどのものではなく、ただの仕事。ヘンリーが出世に向かっているころ、私は足踏みしていた。ヘンリーは尊敬されていた——仕事ができた。私はといえば……そう、あれはヘンリーが私たちのクリスマスパーティに来たときのことだった。バーで私の噂を耳にして、後で私に教えてくれた。

それからというもの私は職場の飲み会に参加するのをやめた。彼らが本当は私のことをどう思っているかを知ってしまったというのに、どうやって参加することができたというのだろう。頭が悪い。不細工。無能。私だって薄々気づいていた気がするが、わざわざ自分の欠点を確認したがる人間などいるだろうか。それでも同僚たちは演技を続け、私は彼らに満面の笑みで応じた。「週末はどうだった？」「本当に一緒に飲みに行かない？」私は忙しいと答え、何度もその返答を繰り返すうち、同僚たちは誘ってこなくなった。

ヘンリーが再び仕事に就いたとき、彼は私に辞表を出すよう提案してきて、私はそれをありがたく思った。仕事に戻りたくなることなどないだろう、そう思った。それは色々な意味で新たな門出になるはずで、二人で話し合ったわけではなかったものの、このことでヘンリーの気分の落ち込みもよくなるものと確信していた。私は働かなくなるのだから、これまでよりずっとしっかりと彼を支えてあげることができるだろうと思った。それから家事と料理の合間にジムや絵の教室にも通える。友達だってできるかもしれない。

ヘンリーがオンラインのフィットネス教室の広告を見つけてきた。ジムに通うよりもずっと安いし、どこかまで車で行く必要ももちろんないのだから、文句の言いようがない。それでも私は絵画教室に通い始めた。私の下手（へた）なことといったら！　本当に下手くそなのだ。最初の課題は鉛筆で花瓶のスケッチをすることだった。ヘンリーが言うように、何にでも見えるような絵になった。私は教室に行かなくなった。始めようとするなんて、本当にばかな私。ことわざにもあるように、〝老犬に新しい芸は仕込めない〟。

それでも友達はできた。それもなんとフェイスブック上で。〝偽りの友達〟、ヘンリーはそう呼んだが、それでも彼らは色々な意味で、私の周囲のどんな人たちよりも——例えばお隣に住むカップルやエイボン化粧品のカタログを持ってきて、時々お茶を飲んでいく女性よりも――現実味があった。私は彼らと話をした。そう、〝偽りの友達〟と。最初は掃除の話なんかをしていた――私たちはみなフェイスブック上で、家事のコツを共通の話題に集まった仲間だった――が、おわかりだと思うが、そのうち互いのことをよく知るようになるものだ。誕生日おめでとうを言い合ったり、そういった感じで。そうして気づいたときには、私たちは個人的にやりとりをするようになっていた。

――旦那さん、あなたをそんなふうに扱っていいはずがない、あなたもわかっているでしょう？　彼らは言った。

もちろん心のどこかではわかっていた。でも自分以外の誰かに言われることによってようやく、その考えが心に根づいた。次にヘンリーに殴られたとき、私はすぐにパソコンに向かった。

――また殴られた。

――家を出ないと。

――できない。

――できるわ。

四人に一人の女性が、一生のうちに何らかの家庭内暴力に苦しむと言われている。全女性の四分の一だ。

機内を見回して乗客の数を数える。統計に基づくと、このビジネスクラスの客室だけでも最低五人の女性が恋人か配偶者から殴られている――あるいは、この先、殴られる――ことになる。その考えは、慰めにもなるが、恐ろしくもある。

あの年配の女性がそのうちの一人かもしれない。目に輝きのある女性だが、あのCAとの会話中、目に涙をにじませているではないか。あの人も逃げているところなのだろうか。

あるいは、あのサッカー選手――誰もが彼に気づいている――の妻。艶のある髪と赤い果実のような唇をしていて、手入れの完全に行き届いた姿で夫の肩にべったりもたれかかってはいるけれど。結局のところ、閉じられた扉の向こうで起こることについては誰にも知られることがない。私の扉の向こうで何が起こっていたか、それを知る人間は誰一人としていなかった。

客室乗務員はどうだろう。

違うとは言い切れない。家庭内暴力は人を選ばない。客室乗務員たちの名札を探し、彼らが被害者であるかどうか考えてみた。カーメルは被害者だろうか。ミナはどうだろう。

ミナは顔全体に広がる笑みの持ち主のようだが、カーテンの裏に身を隠した瞬間、その顔から笑みが消えて石のように固まった。あの目の背後には何かある。何かが彼女を悩ませているはず。ミナは被害者のようには見えないが、私だってそんなふうに見えてはいなかったのだろう。それに、世界が本当はどのようなものであるかを友人たちが私に見せてくれるまでは、自分を被害者だと考えたこともなかった。

ヘンリーがひどくばかにしていた〝偽りの友達〟に対して私がどのように感じているか、それを言葉で言い表すのは難しい。

命を救ってくれた人に対しては、どのように感謝すべきなのだろう。

彼らは実際に私の命を救ってくれた。ヘンリーがしていることはどういうことなのか、それをしっかりと私に見せてくれた。私に、失った自信を取り戻させてくれた。

79便が離陸したとき、この十五年間で初めて心が休まった。ヘンリーはシドニーまでは追ってこないだろう。ヘンリーは決して私を見つけられない。

ようやく私は自由になれた。

5　午後三時　アダム

バトラー警部補との会話以降、その日はずっと注意力が散漫になっていて、何を伝えるにも本来かけるべき時間の倍の時間が必要になった。

「大丈夫ですか？」最初の証人が、俺が震える手で書き殴った字を見て心配そうに首をかしげた。

俺はそれを適当に受け流した——「それはこっちの台詞だ」——が、証人は俺が陳述書に書き加えるのを神経質な面持ちで見ていた。読み返してみると書き間違いがあまりに多く、もう一度書き直した。サイレントモードに設定された携帯電話は二十七件の不在着信があったことを告げていて、留守番電話のアイコンが赤く点滅していた。請求明細書が届くのにどれくらい時間がかかるのだろう。バトラーが請求明細書に目を通すのに、同じ番号が何度も繰り返し記載されているのを——そして右端の列に書かれた数字の桁がどんどん上がっていくのを——確認するのに、どれだけ時間がかかるだろう。築き上げるのに二十年を要したキャリアが終わるまでに、あとどれだけ時間が残されているのだろう。

署を出るのが遅くなり、どうにか駐車場を見つけられないかと考えて町を二周したものの、結局は諦めて車を家に停めに帰ることになった。時間を無駄にしてしまったということはつまり、ソフィアを迎えにいくのに走らなければならなくなったということ。ブーツに雪がまつわりついて、歩みを遅らせる。標識を無視して教会の墓地を通り抜けると、向こうから大勢の女性が歩いてきていて、そばを歩く子どもたちは絵を抱えている。くそっ。お迎えに遅れると、子どもたちはアフタースクールクラブに移されて、その料金として五ポンド請求される。五分後に迎えにいったとしてもだ。大した金額じゃないかもしれないが、それでも今の俺には払えない。

九分後に門に滑り込んだ。

「ホルブルックさん」ジェソッポ先生は顔をしかめる。嫌でも支払いはしなければならないことをどうやって俺に伝えるべきか考えているに違いない。「ソフィアのお迎えなら、もう来ましたよ」

「誰がです？」

「ベッカさんです。」ミナのはずはない。ミナは正午前のフライトで出発したはず。

「ベッカさんです。お宅のベビーシッターの」ジェソッポ先生は、俺がそのことを忘れでもしたかのように言い足す。「奥さまから聞いていませんか？」職員室で披露する噂のネタを見つけた、そんなところだろう。ソフィアのご両親の関係、ひどく悪いに違いないよ――今じゃ、まともに会話もしてないいんじゃないかな……。

「ああ、聞いてます。忘れちゃってました。すみません」俺はなんとか笑顔を作ろうとするものの、ミナに腹が立って仕方がない。これじゃ俺がばかみたいじゃないか。

全速力で目抜き通りに出ると、角のところ、警察署がある辺りで二人に追いつく。スピードを落として走るのをやめる。ソフィアの髪の毛――実際にはあり得ないことではあるが、ミナから受け継いだとよく言われる真っ黒な巻き毛――が毛糸の帽子に収まりきらずに飛び出していて、鮮やかな赤色のダッフルコートの両肩の上で弾んでいる。昼食の時間には必ずといっていいほどほどけてしまうにもかかわらず、ミナはいつも朝食を食べるソフィアの髪を三つ編みにする。ソフィアは下を見ながら歩いていて、踏みならされた雪泥の合間に、まだ誰にも踏まれていない雪を探している。そこにブーツを沈めたいのだ。

「おーい、ソフィア」

ソフィアが振り返る。最初は無防備な笑みを見せたが、すぐに用心深さがその顔に広がる。あの子にそんな表情をさせてしまう自分が憎い。

「パパ」

「こんにちは、アダム」

「ベッカ、元気？　どうして迎えにきたんだ？　今日は早く上がれるって、ミナに言ってあったのに」

ベッカは肩をすくめる。「連絡がきたんです。普段は二晩連続で受けないんだけど、今は一年の中でもお金がかかる時期だから。違います？　クリスマスのプレゼントに、年越しイベント。〈ブル〉で入店料二十ポンドのイベントがあって、お酒も飲むし、二次会に行くなら……」

三人で家に向かって歩き出す。俺はベッカの話を聞き流す。ソフィアはベッカの釣り糸にかかった魚のように踊りながら歩く。ベッカとつないでいない方の手袋に手を伸ばすが、ソフィアはポケットにその手を突っ込む。俺は鉄の味がするほど強く頬の内側を噛む。

ミナの野郎。俺がソフィアを迎えにいくと言ったのに。メッセージを送っておいたのに、どうしてこうなるんだ――はっきりと伝えたのに。こうなってしまえば、現金を渡さずにベッカを帰すことなどできない——俺が仕事から帰ってくるまでは金を受け取れるものと思っていたのならば、追い返すことなどできない。

「八百屋さん」ソフィアが言う。「〈セインズベリーズ〉」

いかにもミナがやりそうなことだ。ミナは俺に分担を果たせとしつこく言ってくるくせに、突然今回のように人を驚かせるようなことをしでかして、結果、俺がばかを見ることになる。

「次は肉屋さん。うーん。それから不動産屋さん、ここで——」

「家を売ってくれる、そうそう、みんな知ってるんだよ、もういい加減よしてくれ、ソフィア！」

ソフィアが黙り込む中、ベッカの視線を感じる。

子どもがいないときには、完璧な保護者になるのは容易いこと。子どもたちの妙ちくりんな行動の数々に苛立つことなく、愛おしいとさえ思える。ソフィアが学校への道のりを順番に並べ立てていくのを千回も聞かされれば、あるいは、ミナが『おやすみなさい　おつきさま』の読み聞かせをするのを毎晩、毎晩、五年間ずっと聞かされれば、そのときはベッカにも理解できるだろう。

ミナは着陸するまで携帯電話を見ない。それでも、俺の内部で湧き上がるこの不満をどこかへ発散させる必要がある。だから俺は携帯電話を取り出す。ミナは会話をしていないのは俺の方だと考えているようだが、ミナの方こそ、誰が子どもを迎えにいくかという親業の分担における基本すら――

携帯電話の画面を見つめる。ミナを容赦なく批判してやろうという心づもりで開いたメールのスレッドを、じっと見つめる。

ベビーシッターは必要ないよ。明日は早く帰れるようにしたから、俺が

メッセージは書きかけのまま残っていた。ふと記憶が蘇(よみがえ)った。昨日の午後、留置場から電話があったこと、被疑者の準備書面がようやく開示される段取りが整ったと聞いて携帯電話をポケットに押し込んだことを思い出した。

送ったと思っていた。

送ったと信じ込んでいた。

体がかっと熱くなる。怒りによく似た自責の念。これまでも何度となく感じてきた熱。これは全て、ミナが俺の電話に出なくなったせいで起こったことだ。電話をする代わりにSMS(ショートメッセージサービス)でメッセージを送れと言ってくる。それか電子(E)メールか。Eメールだって？　一体誰が自分の妻にEメールで連絡を取るっていうんだ？

そっちの方が楽だから。

誰にとって楽なんだ？　俺じゃない、それは確かだ。俺の声を聞くことさえ耐えられない

んだろ？　ミナは、Ｅメールで連絡を取るほど離れたところに俺を遠ざけておきたいのだ。そうすれば俺という存在は、ソフィアのために対処しなければならない管理上の頭痛の種にすぎないのだというふりをすることができる。

「だったらいてくれて構わないよ」ベッカにそう伝えるものの、自分でさえその声に宿る辛辣さを感じずにはいられない。それでもなんとかこらえて続ける。「ソフィアにお茶をいれるとか？　きっと喜ぶ」

ベッカはためらい、それから肩をすくめる。「いいですよ」

ミナだったらこうしていただろうか。それとも、なけなしの金を無駄にしていると言うだろうか。ミナの前では決して間違いを犯さない時期もあった。でも今は、何をやってもへまばかりだ。

うそつき。

詐欺師。

父親になる資格がない。

最悪なのは、ミナが正しいということ。俺はうそつきだ。詐欺師だ。それでも、俺が自分を嫌っている以上にはミナは俺のことを嫌いにはなれない。鏡で自分の顔を一瞬目にするだけで胸くそが悪くて気分が悪くなるなんてことを、ミナは知る由もない。どうしてこんなことになってしまったのだろう。

バトラーはもうすでに携帯電話の請求書を手にしているのかもしれない。蛍光ペン片手にそれに目を通し、そこから真実を読み取ることだろう。そして俺のキャリアの終わりに色を塗っていく。

俺はどうしたらいいんだ。警察官というのは、他のどんな仕事とも異なる——バーで働いてみたり、商売に手を出してみたりするのとは訳が違い、この仕事をやってみてから次に進む、というわけにはいかない。教職に就く、あるいは医者になるのと似ている。仕事が自分の一部なのだ。そして俺は今、それをみんな失おうとしている。

元夫、元父親、元警官。これ以上に悪くなることはない。

町のはずれまで来ると、ソフィアはベッカとつないでいた手を離す。また雪が降り始めていて、ソフィアのレインブーツが道に小さな足跡を残していく。ソフィアは一人で二十メートルほど先にある角を曲がる。俺が名前を呼んでも、くすくす笑いながらさらに速く駆けていく。

「競走だ！」

俺も小走りで駆け出す。角を曲がったが、通りには誰もいない。車道から跳ね上げられた灰色の雪泥が歩道を汚していて、その上にソフィアのサイズの足跡を探す。「ソフィア！」

「落ち着いて、かくれんぼしてるんですよ」ベッカが数メートル後方からそう声をかけてくる。「あら、どうしましょう！」そしてわざとらしい大声で叫ぶ。「ソフィアはどこにいるのかしら？」こちらを見てにやりと笑いかけるが、俺は遊んでなどいない。

「ソフィア！」

車が一台通過した。車内を見る。ナンバープレートと運転手、それから進行方向を記憶する。子どもを連れ去るには数秒で事足りる。数分もあればすっかり姿を消し去ることもできる。

「ソフィア！」俺は走り出す。「今すぐに出てくるんだ――おもしろくないぞ」

「怒ってるって思ったら、出てきませんよ」ベッカはそうささやいてから、あの歌うような声色で呼びかける。「どこにも姿が見えないなぁ！」

あまりに急に立ち止まってしまって転びそうになる。「頼むから、俺の子どもをどうやって育てるか、俺に教えようとしないでくれ」その場で体を回転させて通りを見渡す。どこに行ったんだ？

子どもが巻き込まれた事件を捜査していると、ふとこんなことを考えてしまう瞬間がある。これが自分の子だったら？　俺はどうするのだろう？　どんなふうに感じるのだろう？　でもそれも一瞬だけ。一瞬よりも長くそのことについて考えてしまえば、その仕事をまっとうすることなどできない。

しかし今、そんな瞬間がもう一分も続いている。

「ソフィア！」あまりに大きく声を出したせいで喉の奥で耳障りな音がして、咳払(せきばら)いをするはめになる。

「ああ、困ったわ」ベッカが芝居がかったため息を吐き出す。「ソフィア抜きでおうちに帰らなきゃならないみたい」

「だめー！」キャスター付きの大きなごみ箱と複数並んだ樽(たる)型のごみ箱の後ろから、ソフィアがベッカめがけて飛び出してくる。「ここにいるよ！」

「あら、びっくりした。隠れてたんだね！　煙みたいに消えちゃったと思ったよ！」

耳の奥で血管が激しく脈打つのを感じながら、かがみ込んでソフィアの腕をつかみ、自分の方に引き寄せる。「もう二度とこんなことするな。わかったか？　何が起こってもおかしくなかったんだぞ」

「ただ遊んでただけ――」

ベッカを目で黙らせてから、ソフィアにしっかりと俺の顔を見させる。ソフィアの下唇が震えている。

「ごめんなさい、パパ」

顔が火照(ほて)り、目の奥に刺すような痛みがある。心拍数がゆっくりと正常に戻っていく。ソフィアに向かって短く笑顔を見せてから、その腕を離し、帽子をまっすぐに直してやる。

「怖がらせないでくれよ、ソフィア」

ソフィアが俺を見つめる。その黒っぽい瞳があまりにも長くこちらをじっと見つめてくるせいで、この子は俺の秘密を何もかも知っているのではないかと思えてくる。「パパっていうのは、怖がったりしないものだよ」

「誰だって怖くなることはあるさ」俺は軽い調子でそう応じる。ソフィアは家までの残りの道中、俺に手を握らせてくれた。それが俺にとってどれほどの意味を持つか、この子はわかっているのだろうか。ベッカの視線に気づく。俺が過剰に反応し過ぎたと思っているのだ。彼女の眉だけが、そのことをどうにか俺に伝えていた。当然、言葉にして言ってくることはない。ミナとは違う。あなたって本当に破滅論者だよね。ミナはそう言う。いつだって最悪なことが起こるって信じてるんだから。

おっしゃる通り。しかし事実、それは本当によく起こるものだから。

「ママは飛行機に乗ってる」レインブーツを脱ぐのを手伝っていると、ソフィアが言う。レインブーツを打ち合わせてから、玄関マットの、俺の仕事用のブーツの隣に置く。我が家――〈ファーム・コテージ2〉――は、三つ並んだ連棟住宅（テラスハウス）の真ん中にあって、元々は一・五キロメートルほど離れたところにある農場が所有する建物だった。

「そうだよ」

どのコテージにも庭がある。庭のすぐ裏には公園があって、そこには巨大なナラの木が並び、数字の〝8〟の形をした小道がある。〝8〟の半分は子どもの遊び場になっていて、もう半分には小さな湖があって、その湖にはカモの家のある小島が浮かんでいる。野生の草花が生い茂っていて、夏にはジギタリスやヤグルマソウでいっぱいになる。その中に小道があり、ソフィアはその道を駆け抜けるのが大好きだ。

「ママは二十時間飛行機に乗って、それからまた家に戻ってくるんだけど、それにも二十時間かかって、でも途中でホテルに泊まるの」

「その通りだ」

「賢い子」ベッカが携帯電話を見ながら言う。

「ボーイング777で、三百五十三人乗るの」

「そうだ」ママ、ママ、いつだってママ……。

「ママどこにいるの？」

五秒数えて忍耐力を奮い起こす。「ママがどこにいるか、今パパに教えてくれたばかりじゃないか。ママは飛行機に乗ってるよ」

「わかってる、でも正確には？」

俺と同じように感じている男たちは他にもいるのだろうか。自分の子どもがいつでも母親だけを必要とするのを見せつけられている男たちは。どれほど懸命に頑張ったところで、常に自分が残念賞扱いされているように感じている父親たちはいるのだろうか。しかしその答えはきっといつまでもわからないままだ。その答えを見つけるということはつまり、自分の娘が自分以外の人間しか必要としていないとき、どれほど最悪な気分になるものかを他人に教えるということだから。

携帯電話を取り出して追跡アプリを起動する。飛行機の撮影や追跡を趣味にしているスポッターたちや、離れ離れに暮らす家族に人気のアプリだ。「ママは……」アプリがミナの飛行機の居場所を読み込むのを待つ。「ここだ」

「ベラ……ルス」

「ルーシ。女の子の名前のルーシーみたいに。ベラルーシだ」

ソフィアは画面に表示されたその言葉を繰り返し口に出し、学んでいる。次に目にするときにはもう覚えてしまっていることだろう。ソフィアは覚えたことを決して忘れない。

「ナ・ズダローヴィエ」ベッカが言う。

「なんだって？」

ベッカがキッチンに入ってきてレインブーツを床に置くと、タイルの上に水たまりができる。「〝乾杯〟のロシア語です」

ベッカのレインブーツを玄関マットに移動させてから、携帯電話の画面上で点滅する点を見る。ミナは、その地点の高度三万五千フィート上空にいる。点滅する点はすぐにロシアの領空を越え、カザフスタンの領空、それから中国の領空を越えるだろう。そうしてついにフィリピン、インドネシアの領空を越え、俺とソフィアが目覚める前にミナはオーストラリアに入り、シドニーに着陸する。

「二十時間」ミナがこのフライトに搭乗すると話してきたとき、俺は言った。「クソみたいなシフトだな」

「アダム、私が航空会社を経営してるわけじゃないの」

俺は再び話し始める前に、一瞬、沈黙の時間を作った。ミナが吹っかけようとしている議論に参加するつもりはなかった。「まあでも、この時期にシドニーで数日過ごせるなんて、それは楽しいだろうな」

「休暇で行くんじゃないの！」

そこで俺は降参した。俺たちは学校の外に立っていた――その朝、うっかり置いていかれてしまったゾウさんを受け取るところだった。ソフィアはミナに抱きついてから、俺の方を見て会釈するように頷いた。まるで人脈作りの会合で一度会ったことがある者同士のように。それで、どのようなお仕事をされているのでしたっけ？　その日は、六時までには家に帰すという厳格な約束をした上で、数時間を娘と過ごすことを許されていたのだった。

ミナはまだ突っかかってきていた。「罪悪感を持たせようとするのはやめてよね、アダム。これが私の仕事なの」

「わかってるよ、俺はただ――」

「私が決められるわけでもないんだから」ミナは怒りで顔を真っ赤にしながら、大袈裟な仕草でソフィアのコートのボタンを留めていた。ミナが深く静かに息を吐き出すのがわかった。それから背筋を伸ばして立ち上がったが、その姿から彼女の内心の葛藤を読み取ることのできる者はいなかっただろう。

「寂しくなるよ」俺はそっとそう言った。守るべき一線を越えてしまったかもしれないと思ったが、ミナの目に光るものを見た。ミナは背を向けた。俺に見られたくなかったのだと思う。

「いつものフライトと同じだよ」

そうはいっても、二十時間だ。

このフライトに対する熱狂的な期待は、二年前からずっと続いている。ミナが働いているために余計に俺の目につきやすかったこともあるのだろうが、至る所でワールド・エアラインズが取り上げられていた。テレビ広告では、ビジネスクラスのフラットシートの滑らかな動きや、エコノミークラスの乗客たちが足を伸ばして座る様子などが紹介された。試験飛行に搭乗したパイロットたちのインタビューや、一九四〇年代に五十五時間かけて、六ヶ国に寄航しながら航行した〝カンガルー・ルート〟との郷愁を誘う比較なども行われた。

「一九〇三年に」数日前、ユースフ・ディンダーが朝の情報番組〈BBC　ブレックファスト〉のソファに座って語っていた。「ライト兄弟が、エンジン駆動の飛行機で初めて持続飛行に成功し、重力に抵抗したんです。それから百年以上も経った今、我々は百五十トンもの重さの金属を、連続して二十時間、空中に浮かべることができるようになりました」それから背もたれに寄りかかると、自信に満ちた様子で片方の腕をソファの後ろに回し、笑顔を見せた。「地球の力は強力ですが、我々は、我々の力の方が強いことを証明したんです。自然を打ち負かしたんです」

今、奴のこの上ない自信に満ちあふれた表情を思い出すと、首の後ろに悪寒が走る。奴が最高のチームと、最高の航空機を手にしているのは間違いない。俺もそう思う。しかし、自然は町を飲み込み、摩天楼を倒壊させ、海岸線一帯を海に潜らせることだってできるというのに……。

頭の中で止(とど)まることなく繰り返される最悪のシナリオからどうにか抜け出し、意識を現実に引き戻す。ミナは正しい。俺は破滅論者だ。このフライトの試験飛行は三度行われている。全世界が彼らを見ているのだ。何百という人々の安全はもとより、会社の評判も懸かっている。

よくないことなど起こるはずがない。

6　シドニーまで十七時間　ミナ

私たちはどこか東ヨーロッパの上空にいて、眼下に見えるのは雲の渦ばかり。指で窓に触れ、ソフィアがここにいたら一緒に探しているはずのさまざまな形を見つけようと目を凝らす。年取った女の人、腰を曲げて足を引きずりながらお店に入ろうとしてるところ——見て、あそこにおばあさんの手さげもある。ヤシの木——ほら、あそこ！　ちょっと目を細くしなきゃ……。

母と一緒に雲が描く絵を探したのを覚えている。私は庭に仰向け（あおむ）けに寝転がり、母は花壇の雑草を抜いていた。母は美しい庭を維持していた。名前を知っている植物は何一つなかったものの、本能的に、どれをどこに置いたらよいのかがわかっていた。

「植物がよく育つには五つのものが必要なの」母はそう言いながら、前の年には白い優美な花をつけたものの、その年にはうまく花をつけなかった低木を掘り起こしていた。私は生物の授業で習った知識を披露する機会を得たことを嬉しく思いながら上半身を起こした。

「水」私は言った。「それから栄養。光、光合成のためにね」一瞬考えたのち、続けた。

「熱？」

「賢い子ね。五つ目は何かしら？」

私は顔をしかめた。五つ目があったことすら覚えていない。

「空間よ」母は丁寧に低木を地面から持ち上げると、穴があいてしまったところを土でふさいでから、隣接して生えている植物の周囲の土も一緒に叩いていった。「この三つは、最初に植えたときには一緒にしていても平気だったの。でも今では、この子が押しつぶされちゃってたのね。枯れはしないでしょうけど、健康に育つこともできないわ。これをどこか別の場所へ移してあげましょう。そうしたら、見ていてごらんなさい——この子、すごく喜ぶわよ」

飛行機に乗り込み、ソフィアを置いてきたことに対する罪悪感を飲み込むたびに、母と交わしたこの会話を思い出す。健康に育つためには、空間が必要。私たちみな同じだ。

目を強く瞬いて、雲が一人で絵を描き続けるに任せる。機内は明るく、話し声であふれている。食事の提供は入念に計画されていて、第一に乗客の目を覚ますためという目論見があり、第二には乗客に休息を促す目論見もある。

「全員に眠剤を配るべきだな」メニューに目を通している途中、エリックはそう言った。

「そっちの方が安くつく」

何か必要としている乗客はいないか確認しながら通路を歩いていく。座席は全部で横七列。

客室の両側に二席が並んでいて、中央には四席ひとかたまりの座席が配置されている。

仕切りのおかげでそれぞれの席が隣席から分離されていて、乗客一人一人にプライベートな空間が確保されている。眠りたいときには座席の下半分を前に滑り出させることができ、出てきた部分はテレビ画面の下に収まり、もうすでに座り心地抜群の椅子が真っ平らなベッドに変わる。二十時間を過ごす方法としては悪くない。それに、エコノミークラスの客室とはえらい違いだ。エコノミークラスの座席は横一列に九席が三十三列並んでいて、リクライニングの幅は約八センチメートルしかないのだから。

「もうすぐ着きますか?」中央の席に座る、連れのいない男性が訊いてくる。私は愛想笑いをしておくが、この質問をしてきたのはこの男性で四人目だ。その四人全員が、なるほどと思わせるような独特さを持つ乗客だった。男性の後ろにはラブラブな恋人たちがいて、彼らは互いの席のあいだにある可動式のパーティションを格納して、座席を二人全く同じ角度に倒している。二人のテレビ画面には同じ映画が流れていて、両画面が、意図的にしか達成し得ない同時性を見せている。新婚さんなのかもしれない。もしそうだとすれば、乗客名簿を見る限り、女性の方は苗字（みょうじ）を変えていないことになる。

「ブランケットをもう一枚いただけません?」女性の方は二十代後半だろうか、鳶（とび）色の巻き毛を幅広のヘアバンドで後ろに流している。「すごく寒くて」

「ジニーは体の一部がトカゲでね。心から幸せだと感じるには、保温球が必要なのさ」男性の方は彼女より年上で、額に皺（しわ）が刻まれている。男性は顔に笑みを浮かべてはいるものの、彼の目には女性の目に見られるような輝きは見られない。

「それなら、シドニーの現在の気温が二十五度だと聞けば、喜んでいただけるでしょうね」

私は二人にそう伝える。「どのくらい滞在されるご予定ですか？」

「三週間です」ジニーは、自身が放ったその言葉の力に押し出されでもしたかのように体を上下に弾ませる。「私たち、駆け落ちするんです！」

「まあ――それはワクワクしますね」アダムとの結婚式のことを――教会、家族写真、ホテルでの披露宴――、その後、ギリシャで過ごした一週間のことを思った。よくある結婚、ハネムーンだったかもしれない。それでも、安心感のある〝よくある〟だ。堅実だと感じられた。安全だと感じられた。

「ジニー！」

「何？　もうどうでもいいでしょ、ダグ――やっちゃったんだから。誰にも私たちを止めることはできないの」

「だとしてもだ」ダグと呼ばれた男性が耳にイヤフォンを入れると、ジニーは顔を紅潮させる。彼女の興奮はぐしゃりと押しつぶされてしまった。私はそっとその場を離れ、二人は静かに映画に目を向ける。二人は先ほどと同じ距離で座っているが、二人のあいだで何かが変わってしまった。私は二人を思って心許（こころもと）なくなる。彼女を思って、心許なくなる。突如として、かつて恋人同士だったころの私とアダムを思って、ギリシャのあの島を連れ立って訪れた恋人たちを思って悲しみが込み上げる。そして、その恋人たちがどのような関係に行き着いたかを思って。子どもを持てばどんな関係性にも変化が訪れる。どのような形で子どもを持つに至ったかには関係なく。しかし特別支援を必要とする子どもというのは、夫婦の関係に、夫婦のどちらもが準備していなかったほどの圧力をかけてくる。そのことに対して私は、解決方法を探すことで対応した。養子縁組に伴う心的外傷（トラウマ）や愛着障害に関して書かれたものであれば、可能な限り全て読んだ。

一方アダムは、逃げ出すことでそれに対応した。

アダムの体はそばにあったものの——仕事に行っているとき以外は——、心に関していえば、もう何年も前から私はそれを失い始めていた。アダムの浮気が始まったころからなのかはわからない。何度浮気をしてたのか、それも私にはわからない——私が確実に知っているのは、カーチャとのことだけ。

一度、アダムに訊いたことがある。私の知らない銀行口座のカードを見つけた上に、携帯電話のパスコードを私の知らない番号に変えていたことに気づいたときだった。

「浮気してるの？」

「してないよ！」

「だったらどうしてパスコード変えたの？」

「間違った番号を三回押したんだよ。だから変えなきゃならなくなって」その顔に大きく〝うそ〟と書いてあった。

通路を挟んで反対側の座席の乗客から呼びかけられる。丸い眼鏡をかけた薄毛の男性がノートパソコンの画面に向かって眉をひそめている。「まだＷｉ－Ｆｉにつながらないよ」

「ええ、そうなんです、申し訳ありません――原因を究明するために最善を尽くしているのですが、まだ――」

「すぐつながる？」

占い師よろしくこめかみを指で押さえながら、目に見えない水晶玉を覗き込んでみせようか。そんな衝動に抗う。「どうでしょう。ご不便をおかけしてしまい、大変申し訳ございません」

「ただ仕事で必要でね」男性は期待するような目を私に向ける。まるでＷｉ－Ｆｉ接続が改善するか否かは、完全に私の手中にあるかのように。「すごく長いフライトだからね」

「おっしゃる通りです」

クルーたちは最初の引き継ぎの準備がほぼ整っている。これからチェスカとマイクは二階へ上がり、クルーレストで六時間休息を取る。彼らが操縦室に戻ってくるころには、シドニーまであと半分というところに到達しているはずだ。機体の後方に二つ目の休憩スペースがあり、こちらは客室乗務員のためのものになっていて、後方に配置されたギャレー内にある鍵のかかったドアから行けるようになっている。小さなベッドが八台あり、それぞれが発泡材の仕切りとカーテンで区切られている。一回目の休憩時間にはそれほどしっかりと眠ることはできないだろうが、二回目となると話は変わってくる。クルー全員が到着の二時間前に勤務に戻ることになっている。しかもディンダーから、到着記念写真の撮影に備えて、疲れを感じさせぬ爽やかな状態でいるようにという厳しい指示を与えられているのだ。

私たちは帰りのフライトに搭乗する前に、二日ほどシドニーで過ごすことになる。町を散策するのも楽しそうだが、ソフィアの叫び声に邪魔されない静かな眠りを満喫する方がずっといいだろう。ここ数ヶ月、ソフィアは毎晩悪夢に悩まされている。寝る前の習慣をどのように変えようとも、どこで眠ろうとも、必ず。心臓がドキドキした状態で目を覚まして、階段を駆け下りていくと、ベッドから飛び起きているソフィアを見つける。ソフィアは私の腕の中で一秒か二秒、体をこわばらせて固まった後、ようやく私の腕に体を預けてくれる。

「カーチャがいなくて寂しいのかもしれない」一度、アダムに言ったことがあった。何を言わんとしているかは明らかで、責任はアダムにある、私はそう言いたかった。アダムは顔を紅潮させた。カーチャの名前を聞くといつもそうだ。私はすぐにその話をやめにしたものの、痛む歯のような不快な何かがまとわりついていた。そしてその不快の正体は次の日になってようやく明らかになった。ソフィアの悪夢は、カーチャが出ていくより前から始まっていた。

「すみません」男の子――九歳か十歳くらいだろう――が、教室でトイレに行きたくなった生徒のように片手を挙げて指を振っている。男の子の横には母親がいて、フルフラットに倒した座席で手足を伸ばしている。〝充電中――コンセントを抜かないで〟という刺繍が施されたサテンのアイマスクの下、口がわずかに開いている。

「こんにちは。お名前は？」

「ファインリー・マスターズです」

私はにっこり笑う。「こんにちは、ファインリー。何か飲み物を持ってきましょうか？」

「ヘッドフォンが絡まっちゃった」少年に真剣な眼差しで見つめられると、突如として、胸をぐっと引っ張られるような感覚に襲われる。ソフィアと離れているとき、しばしば不意に襲ってくるあの感覚だ。

「あらまあ、それは大変。私に直せるか、見せてくれないかな？」爪を使ってコードにできた結び目をつまんで元通りにしてから、少年に笑いかけながらヘッドフォンを返す。

「ありがと」

「いつでも言ってね」

ファインリーはビジネスクラスにいる唯一の子どもだ。中央に配置された座席の最前列に座る、一組の男女に連れられた小さな赤ん坊を別にすればの話だが。赤ん坊は子猫のような声で泣いていて――うるさくはないものの執拗だ――、両親が心配そうに顔を見合わせている。二人に笑いかけて、泣き声を気にすることはないと告げようとしたが、二人は赤ん坊の洋服のことで言い合いをしているではないか。あたかも赤ん坊の不快の原因が、その小さな耳の中で高まる気圧にあるのではなく、カバーオールの閉じ方にあるかのように。

乗客名簿を確認してから――ポール＆リア・タルボット――必要なものはないかと尋ねにいく。赤ん坊は生後一ヶ月になるかならないかくらいに見える。

「三週間と二日よ」私が質問すると、リアが答える。リアはオーストラリア人で、髪の毛は紫外線を浴びて退色していて、顔は日に焼けていてそばかすがある。真っ直ぐに並んだ白い歯は、彼女を健康的で、野外で過ごすタイプの人間に見せていて、夫婦が来るクリスマスの日にビーチでバーベキューをしている姿が想像できる。私とアダムとソフィアも、いつの年にかやってみよう――寒さから逃げ出して、太陽の光の下に向かうのだ。

ということは、まだアダムも一緒なの？　内なるセラピストが思い出させる。

「なんて可愛いんでしょう！　お名前は？」潜在意識を無視する。習慣になっているだけのこと。五年間も家族だったのだから。アダムは彼の優先順位がどこにあるのかを明確に示した。そしてそれは妻と娘のところではなかった。

「そうね、素晴らしい子よ」リアは息子を見つめながら顔を輝かせる。リアは私より年上だが――四十代後半といったところだろう――、私よりはるかに健康的な体型をしている。

「ラクラン・ハドソン・サミュエル・タルボットです、よろしく」

「長い名前ですね」

リアの夫がにやりと笑う。「決められなくてね」アクセントは英国人のものだが、語尾を上げて話している。地球の反対側の話し方の特徴を早くも習得したようだ。

「とてもお元気そうですね」リアに言う。「出産したばかりだなんて、とてもそんなふうには見えません！」

リアはその褒め言葉にまごつき、頭を下げて赤ん坊の頭に唇を近づけると、赤ん坊の匂いを吸い込んだ。リアの夫が片手で彼女を抱くと、二人で私を締め出そうとしているかのような雰囲気が漂う——私が何かいけないことを言ったかのような雰囲気が。

「少し眠りたいときには、息子さんをお預かりすることもできますので、そのときには声をかけてくださいね」

「ありがとう」

石を飲み込んだかのような痛みを胸に感じながら二人のそばを離れる。養子を迎えたとしても、不妊の悲しみが消えるわけではない。時折ではあるものの、大きく張ったお腹や、生まれた直後、生後一分の赤ん坊の体重を感じることへの心からの憧れに襲われることがある。ソフィアは私の世界の全てだが——出産せずとも母親になることはできる——、だからといって、もし子どもが産めていたらという考えに心が痛まないわけではない。

せめてソフィアが新生児のときに私たちの元に来てくれていたらよかったのに。そうなることも可能だったはず。そうなるべきだった。ソフィアの母親はすでに監視リストに名前が挙がっていて、ソーシャル・サービスが周辺で様子を窺い、先に生まれたきょうだいたちはすでに保護されていた。しかし済ませなければならない手続きがいくつもあった。それは私たち夫婦からソフィアの人生における最初の一年を奪い、ソフィアから人を信頼する能力を奪った。私たちから、あり得たかもしれない家族の姿を奪った。

ソフィアが最初に私たちの家にやってくることになっていた日の前の晩、うまくやれないかもしれないという恐怖から、アダムも私も眠ることができなかった。

「あの子の本当の父親だって感じられなかったらどうしよう？」

「大丈夫だよ！　あなたなら感じられるに決まってる」アダムが神経質になっていたのはわかっていたが——養子を迎えるという考えを受け入れるのに、私よりも時間がかかったし——、アダムがすぐにソフィアに首ったけになることもわかっていた。家族は遺伝子ではなく、愛によって築かれるのだから。

ところがアダムとソフィアのあいだには、絆が生まれないように思えた。ソフィアは赤ん坊のころからすでに要求の多い子どもで、私たち夫婦のどちらも彼女をなだめることができなかった。やがて私の抱っこで眠ってくれるようになったものの、アダムが抱こうとすると、体をこわばらせ、顔が真っ青になるまで泣き叫んだ。年齢が上がるにつれて、ソフィアは私の時間をより独占したがるようになり、アダムを締め出すようになった。「もう少し我慢してあげて」私はアダムにこう言うのだった。「あの子があなたを必要とする日が来るよ。その日のために、準備しておいてあげて」

「気を落とすなよ、お嬢さん（ラブ）——心配なんて大半がするだけ無駄なんだから」タルボット夫妻の後ろに座る男性のそばで回想から引き戻される。男性はウォーターボトルと本をのせたトレイテーブルの下で長い脚を伸ばしている。

　大学生だったころパブでバイトをしていて、そこは銀行家や道楽者、学部生であふれかえっていた。カウンターの中に足を踏み入れた瞬間、教育において私と同等の者たちが、知性において私よりも優位に立ち、まるでそこで働く私たちはドラマ〈イーストエンダーズ〉のエキストラであるかのように、「頑張って、お嬢さん（ラブ）」、「大丈夫さ、かわい子ちゃん（ダーリン）」などという声をかけられた。この仕事でも時々同じように感じることがある。乗務員たちの中には、実にさまざまな資格を持った、さまざまな種類の人たちがいる。元救急救命士、大学講師、晩発性の旅行熱に浮かされて引退した警察官などがいる。しかし乗客のほとんどはそんなことを知る由もない。彼らが見ているのは制服で、給仕係だ。緊急保安訓練も、水上安全も、火を消したり乗客を座席から解放したりする能力も、彼らにとってはどうでもいい。

　歯を食いしばって笑みを浮かべる。「何かお持ちいたしましょうか？　ワインはいかがでしょう？」

「ありがとう、でも飲まないんだ」

「そうですか、では何かご用がありましたらいつでもお申しつけください」

他の乗客たちが徐々に陽気になっていく中、こうしてしらふでいる乗客というオアシスを私はありがたく思う。突然、家に帰ってソファの上でソフィアと体をくっつけ合って、アニメの〈ペッパピッグ〉を見たくてたまらなくなる。旅をしているときにはいいことばかりが思い出される。そういうものではないだろうか。アダムとのいい思い出さえも思い出す――笑い声、親密さ、私を包み込む彼の腕の感覚。

バーの方からざわめきが聞こえてくる。用のある乗客はいないかと確認しにいく。バーは多くの乗客でにぎわっていて、ビジネスクラスの乗客たちがそこに加わるたびに話し声も大きくなっていく。中には記念品のパジャマを着ている客もいる。離陸からもう何時間も経つというのに、まだその記念品を楽しんでくれているようだ。一組の男女が、互いに誘うような表情や身ぶりをしながらバーカウンターの前に並んで立っている。

「コルクスクリュー見ませんでした？」バーテンダーのハッサンが困った様子で訊いてくる。

「さあ――さっきまではそこにあったけど。ギャレーから一つ持ってきますね」

「だから私はシャンパンしか飲まないのよ。必要なのはグラスだけでしょ。ストローもいるかしら！」カウンターの前にいる女性が、その小柄な見た目にそぐわない低くしゃがれた声で笑う。髪は長いブロンドで、しっかりと化粧をしていて、唇には血のように赤い口紅をつけている。一緒にいる男性は、彼女から目が離せずにいる。ずんぐりした体型の男性で、身長はブロンドの女性とそれほど変わらないくらいだが、その上腕二頭筋は女性のウエストほど太い。これほど短く刈り上げられていなければ巻き毛になっているのだろうと想像できるような黒い髪の毛をしていて、濃いひげが顔の半分を覆っている。女性は左手の親指を男性のズボンの後ろポケットに引っかけている。互いに相性のいいことを察知した者同士が何げなく自然にやるやり方で。アダムとの関係が、まだいちゃいちゃするほど新鮮で、それでいて居心地のよさを感じる程度に親密だったころの数年間を思い出して喉の奥がきゅっと痛くなる。

バーを離れようとしたそのとき、ある動きが視界を捉えた。ビジネスクラスとエコノミークラスを仕切っているカーテンが揺れたのだ。振り返ってみると、黒髪の女性がバーに近づいていくのが見える。女性は何かを待つような様子で周囲を見回すと、壁にかかった大画面のテレビを見ながら、乗客が自由に取って食べられるよう用意されたお菓子入りのバスケットに手を入れる。

「シャンパンをお願い」

ハッサンが私の方を見る。「申し訳ありませんが、こちらはビジネスクラスの乗客専用のバーになっていまして」その声から彼の緊張が窺えて、今にも女性にシャンパンを提供するのではないかと思えるような様子で両手をシャンパンのそばでうろうろと動かしている。

「一杯だけ」

女性に一杯だけ飲ませて、さっさとエコノミークラスに連れ戻せば話は早いように思える。

しかし彼女の見せるどこか偉そうな態度が私の癇に障った。私は一歩前に歩み出る。

「申し訳ございません――エコノミーの客室に戻っていただかなければなりません」

「クソうるさいわね――あたしが望んでるのは、一杯の酒だけなの」

私は笑顔を見せる。「私が望んでいるのは、仕事中に暴言を吐かれないことだけです。お互い、今日は望みが叶わないようですね」

「パジャマの着心地はどう？」女性はくるりと向きを変えると、同じ服に身を包んで自撮りをしているカップルに向かって吐き出すように言う。

「えっと、すごく――」

「あたしたちへの〝お土産袋〟に何が入ってたか、知ってる？」女性は両手の人差し指と中指を荒々しく折り曲げて空中で引用符を作って見せてから、大声で続ける。「クソみたいなショートブレッドよ！」

「そのくらいにしておいてください」私が女性の肘をつかむと、女性はその手を振り払う。

「触んないでよ！　これは暴行よ、そう、暴行だわ」そして辺りを見回して続ける。「誰かこれを撮ってる人いない？　この人、今、あたしに暴行したわ」

「ご自身の席にお戻りください」バーにいる全員がこちらをじっと見ている。ビジネスクラスに座る乗客たちは首を伸ばして、自分たちの後ろで何が起こっているのか見ようとしている。「ここはビジネスクラスのお客さま専用の場所です」

「だったらなんであの男はここにいられるわけ？」女性があのずんぐりした体型の男に指を突きつけると、男は全力で彼女を無視しようとする。

「あの方は――」言いかけて私は、男の首が不自然に赤くなり、飲みかけのグラスをカウンターの向こうへ押しやるのを目にする。

「悪い」男はそう言うが、それが私に向けられた言葉なのか、あのブロンドの連れに向けられた言葉なのかは定かではない。

「どうしてこうなるわけ？」私がハッサンに向かって言うと、ハッサンは唇を噛む。

「二人一緒だったんです。二人が注文してきたとき、静かだったし、だからてっきり……」

「ビジネスクラスの搭乗券をお持ちでない方は全員、ご自身の席にお戻りいただけますか」

私は声を張り上げる。「客室乗務員が喜んで飲み物をお席までお持ちしますので」

「悪い」ずんぐりとした男がもう一度つぶやく。そして最後にもう一度ブロンドの女性をじっと見つめてから、カーテンをくぐって自分の席へと戻っていく。私は腕を組んで酔っぱらいの女を睨みつける。まるまる一分間そうして視線をぶつけ合い、やがて女の方が目をそらした。

「お高くとまりやがって！」女はあらんかぎりの大声で捨てぜりふを吐く。この先十五時間、この女に酒を提供することを断り続けなければならないエコノミークラスの乗務員たちを気の毒に思う。

息を吐き出して、バーにいる乗客たちから起こるまばらな拍手に顔を赤らめる。

「あなた、子どもがいるんでしょう？」パジャマ姿の女性が歯を見せて笑いながら言う。

「すごくママっぽい声だった」

私はにこりと笑う。ギャレーに戻ると、勤務が始まって以来初めて心が休まり、不安な気持ちがようやく消えていくのを感じる。私の直感は正しかった。本当にこのフライトでは何かが起こるはずだったのだ。でも対処できないほどのことではなかった。十二年間この仕事をしてきたのだ――相当なことが起こらない限り、驚き慌てることはないだろう。

子どものころ、頭上をジャンボ機が飛んでいくのを見つけるたびに母は空に向かって腕を伸ばしていた。

「急いで！　おじいちゃん（マニ）とおばあちゃん（ババ）に愛を届けてちょうだい！」私は声を出して笑った。それでも私も手を振るのだった――迷信を信じる質（たち）で、そうしないわけにはいかなかった。祖父母が亡くなってしばらくのち、この習慣は深く根づくようになった――一羽のカササギを見つけたら、不運を避けるために会釈をするように。そのころにはもうアルジェリアを訪れる理由も、海の向こうに愛を届ける理由もなくなっていた。父と一緒に空港に行かなくなってからも――十代半ばの私は、飛行機を観察しているところを人に見られることなど耐えられないような〝イケてる〟女子だった――飛行機を見かけるたびに心の中で腕を挙げていた。やっほー、マニ、ババ――大好きだよ。

それから数年後、私たち家族はフランス旅行からの帰りの飛行機に乗っていた。両親は当時まだ、フランスに家を持っていた。父の両親の所有していた家で、思い出のたくさん詰まったぼろ家だった。私は飛行機の窓から外を眺め、上に立つことができそうなほど硬く見える雲を見ていた。私たち家族は学校が長期の休みに入ると決まってフランスで過ごしていて、その習慣は私が大学生になってからも続いていた。母が忙しく出歩いては旧友たちとの時間を楽しむあいだ、父はロンドンでの生活の厳しさから遠ざかって、くつろいでいるように見えた。

「パイロットになりたいな」私がそれを言葉にして口に出したのはそれが初めてのことだった。ひどく大それたことだったように感じられた。ばかげているように思えた。

「それならなるといい」父は言った。

全く父らしかった。手に入れたいものがある？　それなら実現させなさい。

飛行機のずっと前方、操縦室へのドアが開いていた。首を伸ばして覗き込むと、制御盤と、雲の絨毯に面している湾曲した巨大なガラスが垣間見えた。興奮に脈が速まった。「でもすっごくお金がかかるの」

「どのくらい？」

「その……八万ポンドくらいかな？　少なくても」

父はそれからしばらく何も言わなかったが、やがて肩をすくめると、書類をかき集めてから言った。「詳細を調べてごらん」

　それから六週間後、両親はフランスの家を売りに出した。

「パイロットを目指すといい」父は言った。

「でもあのお家、大好きだったでしょ！」両親の顔の表情を読もうとしたが、そこには興奮以外の何ものも浮かんでいなかった。「二人の年金になるはずだったのに」

「パイロットの娘がいるのに、年金が必要になる人なんているのかな？」父はそう言ってウィンクした。「老後に父さんたちを養ってくれればいいよ」

　母は私の腕を握った。「私たちなら大丈夫。あなたと一緒にワクワクしてるわ」

私が訓練学校に入学するため家を出る日、母は私の写真を撮った。まるで子どもが初めて登校する日のように。私は黒いズボンに、肩章に金の線が一本入った下ろしたてのシャツを着て玄関ドアの前に立った。

　自分が今身につけているスカートを、マニキュアを塗った爪を、薄だいだい色のタイツを見下ろす。この仕事は大好きだが、こうなるはずではなかった。

「紅茶でも飲まない？」カーメルが空のマグカップの上でティーバッグを持ち上げながら言う。

「じゃあ、もらおうかな」勤務開始からわずか数時間しか経っていないというのにこうして休憩を取るのは妙な感じがする。それに目が覚めても、到着まではまだ何時間も残っているのだと考えると、さらに妙な感じがする。私たちの下では、人々が目覚め、仕事に行き、帰宅して、ベッドに入る。そのあいだずっと私たちは空の上にいる。あり得ない。ほとんど異世界のことのように思える。

搭乗してから一度たりとも笑顔を見せないエリックと違って、カーメルは愛らしい。まだ二十二歳で、明らかに崇拝している恋人と間もなく同棲（どうせい）を始めるらしい。

「彼、シティで働いてるの」離陸に備えてジャンプシートに座っていた際、カーメルは誇らしげにそう教えてくれた。

「彼、お仕事は何をしてるの?」

カーメルは目を瞬かせた。「シティで働いてるの」

私は自分自身に向かって舌打ちをした。「ああ、そうか、そう言ってたよね。ごめん」

カーメルが紅茶をいれてくれているあいだ、私はギャレーの隣に置いてある帽子入れに手を伸ばし、ソフィアが機内に持っていくよう私に約束させた小さな紙袋を探す。「飛ぶまで開けちゃダメ」ソフィアはそう言っていた。ソフィアはいつも私が荷造りをしていると部屋までやってくる。今では、ベッドの上にスーツケースが広げてある光景が馴染（なじ）みのものになっている。

紙袋を開く。そこには週末に二人で作ったフラップジャック（オート麦、バター、砂糖、糖蜜などを混ぜてオーブンで焼いた英国のお菓子）が一切れ入っていて、シロップの香りによだれが出そうになる。四隅のうち一ヶ所がかじられていて、娘の真珠のような歯が跡をつけたその場所に手で触れてみる。

フラップジャックの下、油でべとべとになったところに一枚の紙が敷いてある。〝ママへ、ソフィアより愛を込めて　チュッチュッチュッ〟。カーメルにそれを見せると、カーメルは両手で胸をとんとん叩いた。

「まあ！　娘さん？」

私は頷く。

「ああ、もう、可愛い以外の何ものでもないわね。ママになるのが待ち遠しい。娘さんとなんでも一緒にやるんでしょう？　絵を描いたり、工作したり、なんでもかんでも」

「ほとんどがお菓子作りかな」私はフラップジャックを持ち上げて言う。「すごくたくさんのお菓子。あの子、ほとんど自分一人で作っちゃうの――まだ五歳なのに」

「すごいじゃない」

フラップジャックを少しちぎって口に入れ、手紙をポケットにしまってから、フラップジャックの残りを二階に上がってから食べるために包み直す。それからギャレー内をきれいに拭き、次のチームのためにその場を整頓する。カウンターに誰かのペン型自己注射器が置いてある。カウンターを拭く際にごみ箱に落としてしまわないよう、拾っておくことにする。

「これ誰のか――」言いかけたところで、ペンに貼ってある薄れかけのラベルが目に留まる。手描きのスマイルマークと印字された名前のついた白い長方形のラベル。

ソフィア・ホルブルック。

「お砂糖とミルクは?」カーメルが訊いている。

どうしてソフィアのエピペンがこんなところに? スマイルマークが描いてあるということは、それはソフィアのリュックに入っていたものだということ——どのペンがどこにあるかを把握しておくためにアダムが思いついた、単純だけれど効果的な解決策だ——で、そのラベルは、私が苦労してソフィアの靴やお弁当箱、水筒に名前をつけていったラベルと間違いなく同じものだ。

今朝、ソフィアを学校に送った後のことを思い返してみる。家に帰って制服に着替えた——もしもエピペンが私のジーンズのポケットに入っていたとしても、それが別のポケットに移動するというのは論理的に考えて無理がある。空港に着いたときに仕事用のハンドバッグに私が入れてしまったのだろうか。何年も同じ仕事を続けていたため、惰性で行動する生き物になってしまっていた。パスポートと身分証明書は、ハンドクリーム、リップスティック、小銭でいっぱいの財布とともにずっと仕事用のハンドバッグに入れてある。仕事用のバッグにエピペンを入れたりはしない——入れる必要がどこにあるというのか。ソフィアが私と一緒に来ることなどないのだから。

「もしもーし、ミナさーん——大丈夫ですかー?」

「ああ、ごめん。ミルクだけお願い。ありがと」

私はプラスチック製の青色のペンをポケットに入れる。他に説明のしようがない。私が機内に持ち込んでしまったに違いない。

でなければ、どうしてここにあるというのだろう?

7 午後六時 アダム

「ベッカは私と一緒に雪だるまを作る」ソフィアが言う。娘の口調に疑問形が少ないのは、彼女の言語運用能力に原因があるというよりはむしろ、性格の問題だ。ソフィアは俺に質問しているのではなく、伝えているのだ。

「もうすぐ夕飯の時間だ——外も暗いし」俺がそう応じるとソフィアの顔が曇る。俺は考える、現実的な行動なんてクソ食らえだ、良識ある親業なんてクソ食らえだ——たまには俺がソフィアを笑顔にする立場になったっていいじゃないか。「外灯をつければ大丈夫か。冒険になるぞ! 驚くほどすごい雪だるまを作ってやるよ。こつは——」

「だめ。ベッカと私が雪だるまを作るの」

「わかったよ」俺はソフィアと同じ歳の子どものように不機嫌に応える。塩はすり込んでしまえばひりひりしなくなるわけではない。親業というのはこれほどまでに痛みを伴うものなのだろうか。そうであるならば、親たちはただそれに耐えなければならないものなのだろうか。

ベッカはキッチンにいて、オーブンから取り出したラザニアを指で突いている。「これって、野菜（ベジタリアン）ラザニアだと思います？」

俺はベッカの手からフォークを取ると、溶けたチーズがあふれ出している表面をめくる。「野菜も入ってはいるけど」

ベッカは俺に向かってあきれたというように目を回して見せる。「それってジョークのつもりですか？　牛から排出されるメタンは、二酸化炭素の二十五倍環境に悪いって知ってます？」

「興奮した十二人の警官と会議室にいてみるんだな——牛たちだって奴らにはかないっこないさ」

「パパが、雪だるま作っていいって！」

ベッカは肩をすくめる。「やりたいなら」それからまた携帯電話を手に取ると、絶えず届き続ける通知を確認する。それに反応して俺の指がぴくりと動く。依存症は条件反射を引き起こすもので、意識的に考えることができるようになってそれを止める間もなく、親指があの決まった動作をしている。

ソフィアは冷蔵庫を開けっぱなしにして野菜室を引っかき回し、人参を手に勝ち誇ったような様子でこちらを振り向く。「次は帽子」それから必要なものを探しに玄関ホールに駆けていく。俺はラザニアが冷めないようにオーブンの中に戻す。冷凍庫にポール・マッカートニーの元妻にして菜食主義者の料理研究家リンダ・マッカートニーが開発した冷凍ベジタリアンバーガーが入っていて——前回ベッカが来ていたときの残りだろう——それをグリルの中に入れる。

ベッカとソフィアは再びブーツを履き、コートに身を包んで出ていった。二人は新雪を抱えられるだけ腕に抱え上げ、ソフィアはいつもとは違って暗くなってから遊ぶことを許された喜びに叫び声を上げている。俺はドアを閉めてから、一瞬だけ裏口のガラス戸から外で遊ぶ二人に目をやる。

すぐに五本の指が携帯電話を包む。ドアから離れてみるが、まだ近すぎる。寝室に向かうことにする。階段を一段抜かしで上がっていくと、期待に脈が速まる。もうすぐごはんの時間だとわかってよだれが口内にたまるのと同じように。窓の外をちらりと見やって娘たちがまだ夢中になっていることを確かめると、ソフィアを目にするときにはいつでもそうであるように、相反する感情が湧き上がってきた。

「ソフィアはとっても幸せな子ですよ」懇談会でジェソッポ先生はそう言っていた。ミナはちらりと俺を見た。「そう言っていただけると嬉しいです。あの子は……私たちは、あの子に手を焼いているんです、時々」時々。ほとんどいつも、と言ったらどうだ。ミナは助けを求めてもう一度俺を見た。

「挑発的な態度をとることがあるんです」俺は言った。「怒りが爆発（メルトダウン）することがありまして——ヤバいくらいのメルトダウンです。その状態が一時間かそれ以上続くんです」ソフィアと生活するのは氷の上を歩くようなものだと言っても過言ではない。いつ割れてしまうか見当もつかない。全ては五歳児の感情次第。

「それに、とても支配的にもなります」ミナが付け加えるように言った。ゆっくりと、言葉を慎重に選びながら話していた。「独占欲が強くて。ほとんどが私に対して、ですけど。それが原因で……」ミナはわずかにためらってから続けた。「空気がぴりぴりすることも」

　ジェソッポ先生はこれを受け止めるのに一瞬黙り込んだ。「ふうん、私たちが学校で目にしている様子とは違っている、と言わなければなりませんね。つまりその、ソフィアにどのような精神医学的評価がなされているかは承知していますけれど、正直言いまして、あの子を見ていてそういったことを感じることはありません。もしかしたらですが……」それから俺たち夫婦を交互に見て、首をかしげた。「ソフィアがお家での問題を感じ取っている、という可能性はありませんか？」

　俺が怒りを爆発させなかった唯一の理由は、そんなことをしてしまえば相手の理論に説得力を与えることになるだけだとわかっていたから。俺たちは学校の敷地を出るまでこらえたが、先に敷地を出たのはミナだった。

「信じられない！　じゃあ何？　要するにソフィアの問題行動は私たちの責任だってこと？　自分に子どもがいるってことをほとんどいつも忘れてる生みの母親がいたことも、私たちのところに来る前に別の二つの里親家族に預けられてたって事実も、全く関係ないって言いたいわけ？」ミナはそこで突然泣き出した。「アダム、私たちのせいなの？　私たちが何か間違ってるの？」

稀に見る連帯感に包まれ、ミナは俺が両腕で抱きしめることを許してくれた。「俺たちのせいじゃないよ」俺はそう言った。いつもと違う匂いがして——おそらく新しいシャンプーだろう——胸がちくりと痛んだ。彼女の一部が、俺の知らない人間のように感じられた。

「少なくとも、君のせいじゃない。君は素晴らしい母親だよ」

かつては二人の寝室だった部屋に一人でいる俺は、携帯電話を見ている。メッセージを開くと、馴染みの恥の感覚と恐怖がどっと押し寄せてくる。取り返しのつかないことをしてしまった。有毒なものに深く深くはまり込んでしまって、そこから抜け出せなくなっていた。そしてミナとソフィアまでをも巻き込んでしまった。

娘の顔がふと頭に浮かぶ。涙に濡れていて、困惑していた。怖くて口をきくことさえできずにいた。ソフィアが泣きやみ、病気にかかっているかのようにテレビの前にうずくまってブランケットにくるまっていたとき、話をしてくれたのはカーチャだった。

「もう私、これ以上、できない」カーチャは二階へ向かった。俺は彼女を追いかけた。「頼むよ、カーチャ」

カーチャはベッドの下からスーツケースを引っ張り出すと、服を投げ入れ始めた。「うそはこれ以上、できません。終わり」

「ミナには言わないでくれ、頼むよ」夫婦の関係はそのときすでに悪かった。ほとんど話もしていなかったし、ミナはそれまでしたことがなかったような質問をしてくるようになっていた。どこにいたのか。仕事は何時に終わったのか。誰と電話していたのか。「あいつ、出ていっちゃう」

「私の問題、違う！」カーチャは振り返ると、俺の胸に指を突きつけて言った。「あなたのです」

メッセージを閉じて代わりにフェイスブックを開き、ミナのプロフィール画面を表示させる。俺を追い出した後、俺をブロックしたかもしれないと思っていたが、何も変わっていなかった。交際ステータスはまだ〝既婚〟になっていて、あたかもそれが希望の光であるかのようにそれに必死でしがみついている自分を情けなく思う。プロフィール写真は更新されていた。フィルター加工されていない自撮り写真で、俺にはどこだかわからない場所で雪の中で撮られている。ファーのポンポンのついた帽子をかぶっていて、まつ毛に氷の結晶がくっついている。

取り返しのつかないことをしてしまった。心から愛した唯一の女性を、失ってしまった。

ミナと出会ったのはラグビーの試合後だった。バーでミナが俺の前に割り込んできたのだった。

「気にしないで」俺はあの受動攻撃的な、イギリス的なやり方で応じた。相手の〝すみません〟を聞き逃していたときにごまかすことができるあのやり方で。

ミナは体を半分こちらに向けながらも、十ポンド紙幣を握りしめた片手でカウンターの自分の場所を確保していた。「ごめんなさい、私、列に割り込んじゃいました?」

その表情に申し訳なさそうなところは一切なかったものの、そのときにはもうどうでもよくなっていた。ミナはワイルドな髪型をしていた——ミナが体をこちらに向けると、天然の巻き毛が顔に落ちてきて、肩の辺りで跳びはねた。左頰にはイングランドの国旗が描かれていて、右頰にはフランスの国旗が描かれていた。

俺は国旗を指差して言った。「両方に賭けてるんだね」

「半分フランス人なの」

「君のどっち側が?」独創的な冗談ではなかったものの、それでもミナは笑ってくれて、俺に一杯おごってくれた。俺たちは酒を手に店を出て、暗黙の了解で通りにあふれかえる人々から離れるようにして歩いていった。そして角を曲がったところで低い塀に腰を下ろした。

「母がフランス人なの」ミナは一口飲んで続けた。「正確には、フランス系アルジェリア人――私が生まれる前にトゥールーズに移り住んだの。父は半分フランス人で、半分イギリス人。私たち家族がイングランドに来たのは、私が六歳のとき」ミナはにやりと笑った。「私、雑種なの」

お代わりを買いにミナのそばを離れると、ミナがいなくなってしまうのではないかという恐怖にとらわれ、俺は人混みを押しやってバーカウンターに急いだ。心の中で〝恋愛と戦争に反則はない〟と自分に言い聞かせながら。

「遅かったね」俺が戻るとミナはそう言った。彼女の目の輝きが顔全体に広がったのを見て、俺も笑みを返した。

「遅くなってごめん」

ミナはパイロットになる訓練中だった――全寮制のコースに入ってまだ数週間が経過したところだった。それまでパイロットに会ったことはなかったし、ましてやこれほど若く、とんでもなく魅力的なパイロットとなれば会ったことがなくて当然だった。俺がのぼせ上がってしまったのは、ビールをすでに何杯か飲んでいたこととは全く関係なかった。

「別にそんなに華やかってわけじゃないよ」ミナは言った。「少なくとも、今の時点ではまだね。教室で講義を受けてて、学校みたいにね、想像を絶する量の数学をやらなきゃならないんだから」

「いつから飛べるの？」

「来週。セスナ150で」

「それって？」

ミナは歯を見せて笑った。「超音速旅客機（コンコルド）とはすっごくかけ離れてる、って言っておこうかな」

俺はミナの寮までついていった。ミナとならどこにでも行くつもりだった。もう帰らなければならなくなったとき、ミナがあまりにも熱心に、自分から電話をかける、また会いたい、何か楽しいことを、何か重要なことを一緒にしようと言ってくるものだから、俺の電話番号は渡したものの、彼女の番号を訊くことはしなかった。ミナから電話がかかってくることを信じて疑わなかった。

しかしミナから電話はこなかった。ようやく勇気を奮い起こしてミナの寮に顔を出したときには、もう彼女は引っ越した後だった。置き手紙もなく、携帯電話にメールもなかった。

俺は彼女を失ってしまった。

「大ばか野郎だ」声に出して言う。

全て手にしていたのに。愛する女性。家族。それなのに、俺が台無しにした。すでに一度ミナを失っていた。取り戻すことができたというのに、自分で追いやってしまった。油断すれば、ソフィアまで失うことになる。ソフィアがしがみつくのはいつだってミナで、俺はもうこの家には住んでいないのだから、ソフィアの人生に関わるだけのためにでさえ戦う必要がある。愛着障害というのは克服するのに何年も要する。ソフィアの誕生日や特別な行事のとき、あるいは隔週の週末に会うだけでは十分とは言えない。ソフィアが膝を擦りむいたとき、夜に怖くなったときにそばにいてやる必要がある。俺はソフィアを見捨てない、そうソフィアに示す必要がある。

脚をぶらつかせてベッドから下りる。雪だるまの仕上げを手伝ってやれるかもしれない。そしてソフィアが雪だるまに帽子をかぶせて、首にマフラーを巻くのだ。手伝うのを嫌がられても、そばで見ていることならできる。上手にやったと声をかけてやることもできる。

決意新たに階段を駆け下りる——至る所にある言葉が見える。どんな言葉が？〝現在〟。携帯電話をポケットにしまい、自分自身に満足する。メールは無視した。返信はしなかった。つまり、ミナがなんと言おうとも、俺には決断力があるということ。

玄関ホールの床が濡れていて、解けて水になった雪が一階のトイレまで続いている。もう遊び終わったのだ。

「甘ったれな二人だな」キッチンに入りながら俺はそう言う。「寒さに耐えられなかった？」

ベッカはカウンターに座って何やら携帯電話をいじっている。俺は誰もいないキッチンを見回す。

「ソフィアは？」

「外です。私はホットチョコレートを作ろうと思って、先に入ってきました」

お湯は沸騰したばかりらしく、やかんの注ぎ口から湯気が立っているが、カウンターの上にマグカップは見当たらない。「そんなに遠くまでは行ってないよな」俺は裏口のドアのそばに置いておいたブーツに足を突っ込む。

我が家の庭は小さな長方形で、一角に南京錠(ナンキン)をかけた納屋と、パティオには寄せ集められた哀れな植木鉢が置いてある。雪の下には、コンクリートの小道が納屋まで続いている。俺もミナも庭の手入れが得意ではない――そこはソフィアが遊ぶための空間でしかない。

ただ、今ソフィアはそこで遊んではいない。

庭には誰もいない。

ソフィアがいなくなった。

8　座席番号　2D

私の名前はマイケル・プレンダーガスト。79便に乗り込み、左に進んだ。

子どものころ、飛行機で長距離の旅に出るときはいつでも、両親は自分たちのためにビジネスクラスに席を取り、私には後方のエコノミークラスに席を取った。父と母は代わる代わる後方の席に顔を出しては私の様子を確認し、ビジネスクラスでコーヒーのお供として提供される箱入りのチョコレートを〝和平の贈り物〟として置いていった。

「余計な空間なんて、あなたには必要ないでしょう」母は言った。「それによ――一度飛行機で左に進んでしまったら、あなたは一生だめな人間になるわ。もう二度と、右には進みたくなくなってしまうんだから」

母が何を言わんとしているのか私にはわからなかった。リスボンで過ごす週末の休暇であれ、毎年マスティク島の父の顧客の所有する別荘で過ごす二週間の旅行であれ、飛行機で移動するたびに左に進むのに十分な金を持っていた。豪勢な旅行ができるというのに、なぜ質素にする必要があるのだろう。

アンティグア島に向けて飛び立ってから五時間が経過したとき、両親に会いにこっそりビジネスクラスに忍び込んだことがあった。遅い時間で、ほとんどの人が眠っていた。息を潜め、足音を立てないように通路を歩き、手足を伸ばしてくつろいでいる母の席に到達した。私は当時十二歳のひょろりと背の高い少年で、座席を共有するには大きすぎたが、それでも母の隣に体を押し込んだ。

「あなたはここにいちゃいけないの」

「少しだけだよ」

母は未開封のポテトチップスと炭酸水をくれて、私がテレビを見られるようにヘッドセットのプラグを差し込んでくれた。チャンネルを――私が座るエコノミー席の四倍もの数のチャンネルを――かちゃかちゃ替えたが、背後にぬっと人影が現れて、番組を決めることすらできなかった。

「すみませんね」母が言った。そして〝あらやだ――見つかっちゃった〟というような笑みをスチュワーデスに見せて、私の頭からヘッドセットを外した。

「さあ、こっちにおいで」スチュワーデスは母に笑みを返していたが、私を席に連れ戻す際、私の肩に指の爪をぐっと食い込ませてきた。恥ずかしさで頬がかっと熱くなった。誰かを傷つけたわけではないのに――私をあの席にとどまらせることで、どんな弊害が生じるというのだろう。それに両親に関して言えば、私を二流市民扱いするなんて、どういう神経をしていたのだろう。

着陸すると私は、前方に座る乗客たちが先に降りていくのを観察した。彼らの身に着けているものやバッグをつくづくと眺め、自分が人生を築き上げていくにあたって中心にしていきたいブランドの一覧を心の中で作成した。両親はルイ・ヴィトンを持っていて、私は父が買ったブリーフケースにおまけとしてついてきたキャリーケースを持っていた。

「自分で稼げるようになったら」父は言った。「どんなスーツケースでも欲しいものを持てばいい」父は何度もしつこいくらいに金の価値を理解するようにと話してきた。どのような見方をしたところで、一千ポンドは一千ポンドに変わりはないのに。友人たちの中には週に二十ポンドもらっている連中もいたというのに、私の小遣いはといえば、ここで五ポンド、あちらで十ポンドをもらえるだけだった。

「お金の問題じゃないんだよ」父は言った。私がもうすぐ十八歳になろうとしているころだった。私はこのことについて父と冷静に話し合おうとしていた。男同士、腹を割って。「信条の問題だ」

どう考えたって金の問題だった。一度、マスティク島へ向かう飛行機でビジネスクラスに空席があった。

「座席が離れていらっしゃいますよね」カウンターの女性が言った。「本日はわずか三百ポンドでお席をアップグレードすることができますよ」

三百ポンド！　母が汗を流すことなく、一足の靴にそれ以上の金を使うのを見たことがあった。興奮して胸が躍った。ようやく実現するのだ！　柔らかいブランケットの下で手足を伸ばし、次から次へと映画を切り替え、コーラを好きなだけ飲む自分を想像した。

「この子はエコノミーで大丈夫。ありがとう」

私はぽかんと口を開けた。「でも――」

父は私を睨みつけて私の抗議を遮ると、笑顔でチェックインカウンターの女性に向き直った。「最近の子どもときたら。自分が恵まれていることに気づいていないんだからな」
泣けば父の暴言をさらに誘発するだけだとわかっていた私は鼻をすすって涙をこらえ、引きつった笑みを父に向けた。カウンターの女性はそんな私にちらりと目を向けた。父はいつもこうなんです。彼女にそう言いたかった。金の問題でも、信条の問題でもないんです。彼がこういう人間だというだけの話なんです。

そのフライトのあいだ中、私は自分の席で身をよじらせていた。自分自身の両親から自分を遮断しているあのカーテンから、癪に障る向こう側の様子が垣間見えるたびに憤りを感じた。紙箱に入ったサンドイッチを手に取り、紙パックのジュースを飲みながら、ビジネスクラスでは何が提供されているのだろうと考えた。柔らかくて温かいロールパン、それに搾りたてのオレンジジュースがたっぷり入ったグラスについた水滴を想像した。

幸い、私にはおばあちゃんがいた。両親が働いているあいだ、おばあちゃんの家で何時間も過ごした。一緒にリアリティ番組を見て、料理研究家ナイジェラ・ローソンがチョコレートムースを食べて色っぽい顔をするのを見て笑い、ヒューゴボスよりバーバリーが優れている点について議論した。おばあちゃんは僕にプレゼントを買ってくれて、ファストファッションの〈プライマーク〉の紙袋にデザイナーズのシャツを滑り込ませて、こっそり家に持ち帰らせてくれた。おばあちゃんはスイミングプールと厩舎のある広大な教区牧師館に住んでいて、彼女自身が〝人生における贅沢〟と呼ぶところのものを享受していた。

「あんたの母さんの高級志向は私に責任があるんだよ」あるとき、紅茶とスコーンを楽しみながらおばあちゃんが言った。「昔はよく土曜の朝にオックスフォード・ストリートに行って、うそじゃなく倒れるまで買い物をしたものなのよ」

「先週末ね、ママが僕にジーンズを買うのに二十ポンドくれたんだ」私は惨めったらしい声で言った。「二十ポンドだよ！」

おばあちゃんは唇を猫の尻の穴のようにすぼめた。「まあ、それはあんたの父さんの影響なのだけれどね。あんたの母さんはね、あの人と結婚するまでは決して意地悪な人じゃなかったよ」そして鼻を鳴らした。「そもそもが、あの男の金だってわけでもないしね。金目当ての寄生虫、それがあの男よ。あの男は私とあんたのおじいさんに出会って――どうぞ安らかにお眠りください――この場所を一目見て、あんたの母さんの指に指輪をはめたの。こっちが〝相続〟って言葉を口にする間もなくすぐにね」おばあちゃんは言葉を選ばずに言った。

「まあ」そして陰気な声で言った。「今にわかるわよ」

「今に何がわかるの？」

おばあちゃんは教えてくれなかった。しかしおばあちゃんが亡くなった後、それが何を意味していたのかが明らかになった。おばあちゃんは両親を切り捨てた。父さんも母さんもどちらも。おばあちゃんの遺言書には、あの莫大（ばくだい）な財産の一ペニーさえも――彼女自身が所有していたプールなどの財産に関しても全て――両親には渡さないということが明確に記されていた。

おばあちゃんは全てを私に遺した。

父は激怒した。「やりすぎだ。本気なわけない」

二人はキッチンで話していたが、その声は階段の踊り場で壁に背中をもたせかけて座っていた私のところまで届いてきた。

「それが母の望みだったのよ」母は言った。「本当にあの子のことを愛していたんだわ」

ろくに嚙まずに飲み込んでしまったときのように、胸に痛みを感じた。おばあちゃんのいない人生など考えられなかった。突然億万長者になったところで――それはなんとも常軌を逸した事実ではあるものの――彼女を失ったことの埋め合わせにはならないように思えた。

「気が変になっていたに違いない――遺言書の有効性を争う必要があるな」

「母は、母より年齢が半分も下の人間よりも頭がはっきりしていたわ。あなたも知ってるでしょう」

「まさか黙って受け入れるつもりじゃないよな？　あの金は俺たちのものになるはずだったんだよ！」

「正式には私のね」母がそう言ったのを私ははっきりと耳にしたが、父は応えなかった。

「勘弁してくれよ、あいつはまだ十八だぞ――全く無責任な奴じゃないか」

母が反論するのを待ったが、私がそれを耳にすることはなかった。私は唾をのみ込んだ。

クソ食らえ。二人とも、クソ食らえ。金のことは気にしていなかったが――おばあちゃんのことを気にかけるほどには――それでも両親には渡さなかった。もうあいつらに我慢する必要がなくなったのだ。自分の家と、好きなことをするのに十分な金を手に入れたのだから。

人生はよいものだった。私にとってだけでなく。私は両親のようにケチではなかった。自分のために一ポンド使うたびに、人に二ポンド使った。バーで他人に気前よくおごり、最後には新しい友人たちに囲まれて夜を終えた。恋人たちには、花にチョコレート、宝石を浴びるように与えた。金を使えば使うほど、彼女たちは私を愛してくれた。巨額の寄付もして、胸の内では心を躍らせながらも、称賛など気にしていないふりをした。

そして――当然――左へ進んだ。常に。父が言っていたように、これは金の問題ではなく、信条の問題なのだ。

79便には、ビジネスクラスで旅するのはこれが初めてという乗客たちもいる――彼らが引き出しという引き出しを開ける様子や、コントロールパネルの全てのボタンを押す様子、客室乗務員を呼んでベッドはどのように動くのか、映画のチャンネルは全て視聴可能なのか、食事は何時に出てくるのか……といったことを尋ねる様子を見ればわかることだ。私は静かに深く腰かけて、サヴィル・ロウ（ロンドン中心部にある高級な紳士服の仕立て屋が立ち並ぶ通り）で仕立てたスーツのように座席がひとりでに体になじむに任せる。

客室乗務員たちが乗客たちのあいだを歩き回る中、私はぼんやりと二人の女性乗務員を見比べる。歳の差はあれど、二人とも魅力的だ。年上の乗務員は明らかに上司で、一席一席に視線を走らせていき、どれほどささいな点であっても、乗客の快適さを損なう点はないか探っている。その視線が私に向いた。私は凍りつく。突如として十二歳に引き戻される。

「さあ、こっちにおいで……」

肩に食い込む指の爪……。

客室乗務員が微笑む。「何かお持ちいたしましょうか？　ワインはいかがでしょう？」

「ありがとう、でも飲まないんだ」飲まなくなってもう何年も経つ。酒を飲んで頭が鈍くなるよりも、カフェインでいい気分になる方がいい。

「そうですか、では何かご用がありましたらいつでもお申しつけください」

息を吐き出す。これほど長い年月が経った今でもなお、侵入者のように感じるなんて笑える。

全てうまくいっている。ビジネスクラスのチケットを持っている。ポケットには金もある。ようやく人生が、自分の思う通りに進もうとしているのだ。

9　シドニーまで十二時間　ミナ

休憩室は部屋というよりむしろ高さのないただの空間で、内向きに湾曲した壁が、やがて上部でつながって屋根となっている。ここでは操縦席と同じくらいに飛行機の形がはっきりとわかる。床は格子縞(こうしじま)模様のマットレスでできていて、学校の体操用マットを思い出す。そこに棺桶(かんおけ)ほどの大きさのベッドが並び、それぞれが病室にあるような天井から垂れ下がるカーテンで仕切られている。

あまりに妙な気分でみな眠ることができずにいた。エリックだけが自分のベッドの周囲にカーテンを引き、小声で話を続ける私たちの輪から外れた。

残りのクルーたち——全部で七人——は手足を伸ばして床に横たわり、ギャレーでするには安全とはいえない乗客たちについての噂話をし合った。

「エコノミーの真ん中あたりにいる男性なんだけどね——本当にうそじゃないよ——百五十キロ以上は確実にありそうなんだよね」エコノミークラス担当のクルーの一人が言った。

カーメルが顔をしかめた。「かわいそうにね、すっごく座り心地悪いんじゃないかな」

「それを言うなら、かわいそうなのは隣の乗客だよね！　その男性客、通路側に座ってるんだけど、通るたびにミールカートが引っかかっちゃって。だから私、『その、もし可能でしたら……あの……お腹を動かしていただけますか？』って」

　私たちは大笑いしたが、エリックがカーテンの向こうで咳払いするのを聞いて、急いで笑うのをやめた。自分以外誰一人として眠ろうとしていないときに眠ろうとするのがどのような感じか、みんなわかっていた。しかし休憩室にはどこか子どもじみた雰囲気が漂っていて――お泊まり会で真夜中のお楽しみに興奮するあの雰囲気だ――そのために私たちはみな両手で顔を覆って笑いをかみ殺した。少なくとも、乗客の邪魔になることはない。休憩室と客室では、互いに音が届かない。階上(うえ)にいるとき、私たちは完全に隔離されている。

　私は半分、心ここにあらずの状態だった。みなが盛り上がっている〝キスするなら(スナグ)？　結婚するなら(メリー)？　避けたいのは(アヴォイド)？〟ゲームや、インテリアデザインについて思案するカーメルの問わず語りに心を半分向けて、もう半分は最後にソフィアのエピペンを見たのがいつだったかを思い出すことに向けていた。

　昨日の朝はリュックに入っていた。それは間違いない。いつもお弁当箱と水筒をリュックから出すときにそれを確認しているし、昨日だけそれをしなかった理由など何もない。学校の後、お弁当箱を空(から)にするときにエピペンを取り出してしまったのだろうか。そんなことをしたことは今まで一度もなかったものの、仮にそうしていたとしても、ではなぜそれを飛行機に持っていったのかということまでは説明がつかなかった。

誰かが私に悪ふざけを仕掛けているのだろうか。

何年も前、アダムが、自分がどのようにして新人警察官としての〝手ほどきを受けた〟かについて話しながら、顔に皺を寄せて笑っていたことがあった。「巡査部長が、遺体安置所の新人アシスタントをびびらせるのに、遺体の一つが生きていたと思わせてやろうって言ったんだ」アダムは言ったが、笑いすぎているせいでようやく言葉を発することができるような状態だった。「それで俺が搬送台車に乗って、みんなが上からシーツをかぶせて、その台車を冷凍庫に滑り込ませたんだ。引っ張り出されたときに、どんなふうに『うぅぅぅぅ！』って幽霊みたいなふりしたらいいかって考えたらおかしくて、一人でくすくす笑ってたんだよ。ところがだ……、ところが……」そこで再びげらげらと笑い出し、体を二つに折り曲げた。私も笑わずにはいられなかった。遺体に囲まれているところを想像すると寒気はしたものの。「次の瞬間」アダムは続けた。「俺の上に置かれてた遺体から『ここ、死ぬほど寒いよな？』って声が聞こえてきたんだよ」それからアダムは、最初からずっと自分こそがからかいの対象だったのだと理解したときのおかしさを思い出して顔を真っ赤にして大笑いした。

アダムのいる世界には両極端が共存している。一方では極めて重要な決断と激しい口論の数々が。もう一方には、トイレにラップを巻いたり、携帯電話を〈セロテープ〉で机に貼りつけたりするいたずら、それに偽のスピーカーを使って、緊張している警察官を冗談の通じない警視の元へ呼び出したりするいたずらが。

「緊張を和らげる喜劇的要素(コミック・リリーフ)さ」アダムはいつもそう言っている。交通事故死やレイプ、子どもの失踪といった暗さを相殺する軽さ——どれほど子どもじみていたとしても——だと。

私がアダムと出会ったとき、アダムはすでに警察官だった。以前のアダムはどんな人だったのだろうとよく考えた。気分が変わりやすく、そのせいで私には到達し得ないところまで落ちていってしまうようなことは、以前からずっとあったことなのだろうか。結婚当初、そうした気分の落ち込みは数時間——長くても一日——で収まっていたが、時が経つにつれ、それはより長く続くようになった。去年などは耐え難いほどだった。

「誰にメールしてるの?」二人でテレビを見ていたが——去年の今時分のことだったはずだ——アダムはろくに携帯電話から目を上げなかった。カーチャは自室にいて、ソフィアはもう眠っていた。

「別に」

「相手が誰だか知らないけど、楽しそうには見えないね」

アダムの顎に力が入っていて、親指が画面をこつこつと叩いていた。私はアダムをそのまま放っておくことにしたが、その晩はそれ以降ずっとアダムを盗み見することになり、それがどんな番組であれ、二人で見ているはずだったコメディ番組に集中できなかった。

アダムが家を出て、カーチャがウクライナに帰国した後、私は不安のせいで未明まで眠ることができなかった。ようやく浅い眠りへと漂い始めたとき、携帯電話からメールの着信音が鳴った。アダムだった。芽生え始めた自責の念——あるいは罪の意識——に襲われたのだろう。

ごめん。
会いたい。
愛してる。

それからというもの、私は携帯電話をサイレントモードにしておくことにした。
ある朝目が覚めると、アダムからメールが六件と不在着信が二件あった。睡眠不足のせいでふらつきながら階段を下りていると、携帯電話の着信を告げるフラッシュが執拗に点滅した。着信が続くのをただ放置しておくのではなく、〝拒否〟ボタンを押した。傷つけるとわかっていて行う、私なりの小さな抵抗だった。階段を下り切ると、階下の部屋という部屋に妙な臭いが充満していて、発生場所を特定するのに少し時間がかかった。オーブンの中に何か入れ忘れていただろうかとキッチンを確認したが、その薬品臭は玄関ホールでの方がより強烈に感じられた。

ドアマットがガソリンまみれだった。

眠気で頭が朦朧（もうろう）とする中、寝る前に何かこぼしてしまっただろうか、あるいは道路で何かに足を踏み入れてそのまま帰ってきてしまっただろうかと考えた。悪臭を外に追いやろうとドアを開けた私は、車から降り、玄関まで続く小道をこちらに向かって歩いてくるアダムの姿を認めて目を瞬かせた。

「電話したんだ。大丈夫か？」

アダムは異常に興奮している様子で、まるで私よりも眠っていないかのように見えた。びくびくとしながら視線をあちこちへ動かし、まるで何らかの薬物を使用した人間のようだった――絶対にしないとはわかっていたが。

「なんで電話したの？」清々（すがすが）しい朝の空気に目が覚めると、いくつもの断片がつなぎ合わされ、見たくなかった一枚の写真が浮かび上がってきた。「だいたい、ここで何してるわけ？」

「服を取りにきた」

「朝の七時に？」アダムの弁明は待たなかった。「警察に電話するところだったの。誰かがドアからガソリンを流し込んだみたいで」

置かれている状況を考えれば、自分がこれほどまでに落ち着いていられることは驚きだった。アダムを追い出したことで強くなれたし、以前より冷静にもなれた。睡眠不足も手伝って、実際に起こっている出来事とのあいだに距離があるように感じられ、まるで上空から自分自身を眺めているような心地がしていた。

「何だって?」アダムは犯人がまだ辺りをうろついているかのように、躍起になって周囲を見回した。「いつ?　大丈夫なのか?　ソフィアは?」

アダムは様子がおかしかった。私から何かを隠そうとしているように見えた。考えてみれば、全く驚いていないようにも見えた。

「大丈夫。昨日の夜は私と一緒に寝たの。１０１番に電話して報告するよ」

「俺がしとくよ——これから仕事に行くんだし。そうすれば調べないで放置される可能性も低くなるし」

その後、ソフィアは保育所(ナーサリー)に行き、私はそのあいだに玄関灯の電球を交換しながら、モーおばさんに誰か見ていないか尋ねてみた。

「ごめんなさいね」モーおばさんは言った。「お医者さまがね、よく眠れるお薬を出してくれてるの——だから最近はあっという間にぐっすり眠ってしまって。ただね、二週間くらい前に、公園に子どもたちが集まっていてね、ごみ箱に火をつけようとしたのよ——同じ子たちって可能性もあるわね」

この追加の情報を伝えるべく、警察に電話をかけた。

「申し訳ありませんが、その住所で器物損壊が発生したという記録はありません」

「今朝、夫が報告したんですが。ホルブルック巡査部長です。犯罪捜査課(CID)の」

「まだ報告しにきてはいないようですね——私が詳細をお伺いしましょうか？」

その後、アダムにメッセージを送った。

報告してくれた？

はい、全部報告済み。どこまでやってくれるかわからないけど、常習の放火魔を調べてくれるって。

私は携帯電話をじっと見つめた。なぜアダムは報告しなかったのだろう。それに、なぜうそをついたのだろう。

またメッセージが届いた。

一緒に家にいられたら少し安心なんだけど。ほんの数日でも——客間で寝るから。

霧に覆われたような心の奥深くで、ある考えが形をとり始めていた。ドアからガソリンを注いだのはアダムで、私にアダムを取り戻したいと思わせようとする哀れな試みを企てていたのではないだろうか。我こそが輝く甲冑（かっちゅう）を身にまとった騎士だ、とでも考えているのだろうか。

私たちなら大丈夫、ありがと、私はそう返した。怖くはなかった。アダムはばか者かもしれないが、精神病質者ではなかったから。

「みんな少し寝なきゃいけなかったんだ」みなで休憩室を出て、客室へと続く急な螺旋階段を下りているとエリックが言う。「次の休憩まではかなりあるんだから」

「ありがと、パパ」上の方から誰かがつぶやく。押し殺したような笑い声が聞こえてくる。エリックは正しい。みんな眠るべきだったのだ。しかし他の子たちのおしゃべりが、ソフィアのエピペンがどのようにして79便に乗ることになったのかという疑問から気をそらしてくれていた。アダムの仕業ではないだろうかと考えずにはいられない。ソフィアを置いて仕事に来たことに対して、私に罪の意識を感じさせようとしているのだろうか。あるいは、私が彼の支えを必要とするほど不安になることを望んでいるのだろうか。あのガソリンのときのように、これが彼なりの、輝く甲冑を身にまとった騎士になるための歪んだ方法なのだろうか。

私が一緒に仕事をしている人たちの中に犯人はいない、それは確かだ。何年もともに仕事をし、互いの限界がわかっているアダムと彼の同僚たちとは違い、私は出勤時間を記録するたびに新しい人たちと仕事をすることになる。一体誰が、見知らぬ人にこんな悪ふざけを仕掛けるものか。

客室に戻った私の視線が、3Fに座る男性に留まる。ジェイソン・ポークはえくぼのある爽やかな顔をしていて、十代の女の子たちをとろけさせ、母親たちに「ああいうのには気をつけなさい」と言わせるタイプの男だ。元々は熱狂的ファンを持つユーチューブ・チャンネルだった〝ポークの冗談(ポークス・ジョークス)〟がチャンネル4で放送されるようになると、番組は瞬く間にメジャーになった。これを見逃すなんて、文明から離れて生活している以外には考えられない。アダムとの関係が何もかもうまくいかなくなる以前に二人で見た、あるエピソードを覚えている。ポークが牧師の格好をして——つけ鼻をして、白髪のかつらをかぶっていた——なんの疑いも持たぬカップルの前で結婚式の誓いの言葉をしくじるのだ。「互いを所有し、叩き合い——じゃなくて助け合い」それを合図に参列者からくぐもった笑い声が聞こえてくる。ポークはしゃっくりをして、次の文言を不明瞭に続ける。それからポークが幸せなカップルに背を向け、腰にぶら下げていた〝聖杯用ワイン〟の印のついたスキットルに口をつけてぐいっと飲み込むと、カメラが年配の女性にズームインする。女性は唇をすぼめている。新婦は口をぽかんと開く。その後ろで、ポークがつけ鼻などを引き剥がし、カメラマンが聖具室から出てくるのを見て、新郎の付添人がどっと大きな笑い声を上げた。「これもまたポークのジョークだ！」というナレーターの声。

「笑えるな！」アダムは鼻を鳴らして笑った。

「私だったら絶対に激怒するね」

「最初だけだろ。だんだんおかしさがわかってくるよ」

「かわいそうに、あの花嫁さん」テレビでは、先ほど見たばかりの〝反応する人たちの顔〟がアップで映し出されていた。新婦は驚愕し、彼女の母親は涙を流している。「何ヶ月もかけて計画したっていうのに、突然あんなばか男が現れて台無しにするなんて」

「新郎の付添人が頼んだんだ。ポークが勝手に行ったわけじゃないだろ」

「それでも」

ポークの席を通り過ぎながら、彼が何を見ているのか知りたくて画面を盗み見る。驚いたことにポークはアウシュビッツ強制収容所のドキュメンタリー番組を見ていた。ポークが顔を上げて、彼を見ている私の方をじっと見ていることに気づいて顔がかっと熱くなる。

「真剣に考えちゃうよね」ポークはそう言ったが、ヘッドフォンをかけているせいでその声は必要以上に大きかった。

私が自分であのエピペンを飛行機まで持ってきたに違いない。そういえば、普段使いのバッグに入れてあった雑誌を、仕事用のバッグに入れ替えたのだった——そのときにページのあいだに挟まっていたのかもしれない。あるいはソフィアが、私に渡した紙袋にうっかりフラップジャックと一緒にエピペンも入れてしまったのだろうか。きっとそうだ。

頭の中でささやく声を無視する。ペンはソフィアの学校のバッグに入っていたのであって、あなたのバッグにはなかった。バッグからバッグへ二度も移動するなんて、あまりにも都合のよすぎる偶然だ。ペンはフラップジャックの近くになどなかったのだし。ドアから流し込まれたガソリンや、最近よくある、こちらが出る前に切れる着信、それにここ数ヶ月のアダムの妙な振る舞いについて思い出させる声も無視する。何もかも、聞こえないことにする。たかがエピペン一本。それを飛行機に乗せることで、誰がどんな得をするというのか。

ベッカにメールをして、何も問題がないことを確認できたらと思うが、地上管制官によるとWi－Fiの不具合に対してできることは何もないらしい。ディンダーはこのルートのために最大限の努力をした――エコノミーに通常より広い座席を用意し、クラスに関係なく全乗客のために高画質の映画や〝カーボン・オフセット〟サービス、無料のWi－Fiを提供していた。さらに機内誌の全面広告を使って、乗客にハッシュタグ〝#ロンドンシドニー〟をつけて旅の様子をリアルタイムでツイートするよう呼びかけてまでいる。Wi－Fiに不具合が生じていると知れば、ディンダーは怒り狂うはず。

ジャーナリストを特定しようと客室を見回す。一人目は鋭い顔つきをした、『デイリー・メール』紙にコラムを書いている女性だ。署名欄にのっている似顔絵にあまりによく似ていて、名前を確認するために乗客名簿を見る必要もなかったが、それでも念のため確認しておく。アリス・ダヴァンティの名で寄稿しているが、渡航書類はアリス・スミスとなっている。結婚後の姓かもしれないし、ダヴァンティというのは、その魅力的な響きのために選んだペンネームかもしれない。

二人目のジャーナリストを見つけるのにはもう少し時間がかかりそうだ——顔や名前を知っている相手ではないし、グーグルがなければお手上げだ。通路を行ったり来たりしながら、乗客たちのパソコンの画面や本を覗き込む。丸い眼鏡をかけた男性がノートにワインリストを滑り込ませている。二度目にその男性のそばを通ると、彼が携帯電話ではなく正式なカメラを使って、よくあるような〝足を上げて映画を見ている写真〟を撮っているのがわかる。保守的ではないか。乗客名簿を確認する。デレク・トレスパス。Ｗｉ－Ｆｉ問題をよそに、完全にくつろいでいるように見える。

もう一度エピペンに手で触れる。ソフィアのそばにいるような感覚と、何千キロメートルも遠く離れているような感覚が同時に湧き上がる。ソフィアの枕の上に置いてきた手紙のことを考える。もう見つけただろうか。ソフィアにメールができたらいいのに。操縦室には、パイロットが三十分おきに、それから国の領空を出たり入ったりする際に航空交通管制に連絡を入れるためのＶＨＦラジオだけでなく、スカイフォンもある。こうした通信手段を使って個人的なメッセージがやりとりされるのは、ない話ではない（出産の告知がなされるのを聞いたことがあるし、ワールドカップ開催中には、イングランドがゴールを決めるたびに喜びが伝えられたこともあった）ものの、これは緊急事態ではない。

「壁を灰色に塗ってね、一面だけローズゴールド色の壁紙にしてアクセントウォールにしようと思ってるのよね——どう思う？」カーメルが、恋人と一緒に購入したマンションの部屋について話している。

「素敵だと思う」

「淡いピンク色のベルベットのソファが欲しいなと思ってるんだけど、ローズゴールドに合わせちゃうとやりすぎかしらね——どう思う？」

「かもね」もう一度腕時計を見る。時の経過が遅くなったように感じられて、早く次の休憩時間になればいいのにと考える。そうすれば階上のベッドに行って、周囲にカーテンを引けるのに。そのころまでにはＷｉ－Ｆｉもつながるようになっていて、家に連絡することができるだろう。

小さな人影がギャレーに忍び込んでくる。ファインリーだ。おそらくは恥ずかしくて呼び出しボタンを押すことができなかったのだろう。

「あら、こんにちは」私は声をかける。「何か食べたい？」

ファインリーはヘッドフォンを持ち上げて言う。「これをね——」

「またなの？　一体これで何をしてるの？」

カーメルがその場を引き受け、先端を白く塗った爪で結び目を解いていく。「私のもいつもこうなっちゃうのよね。片づけるときにね、すっごく丁寧に巻いちゃうから、次に使おうと思ったときにはスパゲティみたいになってるのよ」

突然、客席から叫び声が上がる。客室全体が騒然とし始めているのが感じられる。「手を貸して！」という叫び声を耳にして、心が重くなる。またエコノミーのあの女性、バーで問題を起こしたあの女性かもしれない。

様子を見にいこうとしたちょうどそのとき、エリックがギャレーに駆け込んでくる。いつもの無表情が上気している。

「何があったの？」

エリックは私の質問に答えることなくインターホンに手を伸ばすと、彼自身の興奮を隠すような落ち着き払った威厳のある口調で話し始める。「お客さまの中にお医者さまがいらっしゃいましたら、機内前方にお越しいただけますでしょうか。よろしくお願いいたします」

「病気の人がいるの？」カーメルが尋ねる。私はエリックがつっけんどんな態度で、当たり前のことを訊いてくるなとカーメルをはねつけるものと考えて待ったが、エリックはカーメルをじっと見つめている。よく見ると、体は震えている。

「病人じゃない」エリックは続ける。「死人だ」

10　座席番号　6J

私の名前はアリ・ファズィル。この飛行機になど足を踏み入れなければよかったと後悔している。

クルーたちは通路を走っている。機内には混乱した雰囲気が漂っている——人々は大声を上げ、助けを求めて叫び、何が起こったのか見ようと自分の席で立ち上がっている。正直なところ、パニックに陥っているのが自分だけではないのだとわかり、私は気が楽になった。

ここに座っていなければならなかったあいだずっと、自分たちが置かれている危険な状況を無視している周囲の人たちを見ながら、私の心臓は激しく脈打ち、手のひらには汗をかいていた。乗客の中には頭のいい人たちもいるはずだ。記事を読んだ人たちもいるだろう。真実を知る人たちもいるだろう。その人たちは、なぜ私ほど恐怖を感じていないのだろう。

何をお考えかはわかっている。飛行機で飛ぶことに対してこんなふうに感じているのであれば、一体どうしてこの二十時間のフライトに搭乗したのか、そうお考えだろう。しかし飛行機に乗らなければならない仕事もある——選択の余地などなく。

『実のところ、私は飛行機で飛ぶことに対して非常に神経質な人間でして、それほど長い時間、空の上にいるなどと考えると眠れなくなってしまいまして……』ボスにメールでそう伝えることを想像してみる。

それでは飛ばなくて結構。ボスは私に解雇通知を出すことだろう。

妹は、そんな仕事辞めるべきだと言っていた。そんなふうに誰かの言いなりになるなんて健全とはいえない、と。しかし彼女は、理解するに至るほどには事情を知らない。もちろん序列はある。どんな組織にもあるように。しかし私たちは団結している。家族のような存在なのだ。

私は恐怖を克服しようと努力した。催眠療法を受けた。リフレクソロジーや認知行動療法（CBT）も受けた。心理学者にとってはなんとも皮肉なことではないか。結局、私が何をするかは問題ではない。いつだって事実が勝るのだから。

一九七〇年以降、一体どれほどの人が飛行機の事故で命を落としたかご存じだろうか。八万三千七百七十二人だ。その数字を聞けばパニックに陥るのではないだろうか。搭乗することについて考え直すのではないだろうか。

原因はいくらでもある。時には、燃料切れという単純なことが原因になることもある。車を運転する人たちにとっては、よくあることだろう。誰も意図してガソリン切れを起こそうなどと思ってはいないものの、それでも時々起こってしまう——車を路肩に止めるか、それができなければ路上で立ち往生することになる。急に減速してやがて完全に停止し、給油ランプが点滅する。これは痛手だ——何時間も路肩に追いやられるか、必要なガソリンをガソリン携帯缶(ジェリカン)いっぱいに入れるために、ガソリンスタンドまで何キロメートルも歩かなければならなくなる——が、それでもガソリン切れで命を落とすことはない。

　ところが乗っているのが飛行機となれば話は別だ。

　ご存じだろうが、飛行機も燃料切れを起こす。迂回(うかい)しなければならなくなったり、悪天候のために着陸ができなかったり、誰かが計算を誤るということもある——どれだけの燃料が必要になるかを算出するのはパイロットの仕事で、機械がやっているのではない。知っていただろうか。これまで計算ミスをしたことがどれだけあるか、ご自身のことを考えてみてもらいたい。疲れのせい、恋人と喧嘩(けんか)したせい、計算を誤る理由など星の数ほどある。パイロットたちが計算を間違えば、そのときには否応なく……。

　飛行機は路肩を惰走することができない。ハザードランプをつけて止めることもできない。そこから降りてガソリンスタンドまで歩いて行くこともできない。ただただ、三百トンもの金属の塊が空から落下するだけ。

　金属の塊と、それから私たちも。死に向かって真っ逆さまに落ちていく旅鼠(レミング)（集団で海に飛び込んで自殺をする動物として知られていた）たち。

フロントガラスが砕け散るという事故もある——パイロットの体が座席を離れて窓の外に突き出してしまう。火事だって起こる。ばかな乗客が化粧室でたばこを吸い、吸い殻をペーパータオルと一緒に放り投げるのだ。乗客たちは徐々に煙に巻き込まれ、やがて、窒息した方がましか、黒焦げになる方がましかわからない状態になる。

それからもちろん、惨事が意図的に引き起こされる場合もある。

みなただ座席に座り、食べたり飲んだりしながら、空に浮かんでいることなど全く当たり前のことで、空から落下する可能性など絶対にないかのように振る舞っている。誰も『安全のしおり』を読んでいないし、安全を確保する方法をまとめたビデオを見ていない。

もちろん私は読んだし、見た。

非常口が確実にわかっていることも確かめた。飛行機に乗り込んで真っ先に、座席が何列あるか数えた。仮に明かりが消えてしまっても、数がわかっていれば手探りで出口までたどり着くことができる。座席の下に救命胴衣があることを確認したし、もし可能であるならば、酸素マスクを引き下ろして、しっかり機能するかを確かめたいところだった。

準備を整えておきたいのだ。

九十五パーセント以上の人が飛行機事故を生き延びるが、それは滑走路で起きた事故も含んでの数字のため、信頼できる統計とは言えない。ボーイング777が海に墜落したとして、あるいは山に激突したとして、九十五パーセントの搭乗者が生き延びるとは思えない。飛行機内に閉じ込められた状態で火事が起こったとして、九十五パーセントの搭乗者が生き延びるとは思えない。

今や全員が立ち上がっている。私も立ち上がる。喉の奥がぎゅっと苦しくなる。床に男が倒れている。呼び出しに応じた女医がかがみ込んで男を覗き込んでいるが、彼は動いておらず、その顔は……。

私は顔を背ける。そしてもう一度非常口までの座席の列の数を数え、救命胴衣を確認し、安全情報が記載されたカードを取り出し、何度もひっくり返して見直す。妹の言うことを聞いておけばよかった。

みな同時にいなくなるものだと思っていた――恐ろしくはあるが慈悲深い、たった一度の瞬間的な爆発で、飛行機と体の破片が何千メートルも向こうに飛ばされていくのだと思っていた。しかしおそらく私は間違っていた。きっと私たちは、一人ずついなくなるのだ。

おそらくこの男は最初の一人にすぎないのだ。

11　午後七時　アダム

雪が夜気を和らげ、静けさだけが俺の狼狽(ろうばい)した叫び声に応じる。作りかけの雪だるまのそばを通り過ぎて庭を駆け抜け、納屋のドアを力任せにガタガタと引っ張ってみるが、南京錠はまだ雪に覆われている。納屋とフェンスのあいだの狭い隙間に頭を押し込んでソフィアの名前を呼んでみる。積み上がった雪には足跡一つ残っていないけれど。フェンスの高さは百八十センチメートル以上あって、ソフィアがそれを登っていくなどということは考えられない。それでも、ぐらつくガーデンチェアの上に立って向こう側を覗き込む。「ソフィア！」

「ソフィア！」

ソフィアが一歳半くらいだったころ、俺とミナでソフィアを連れて屋内遊戯場(ソフトプレイセンター)に行ったことがあった。そこで俺とミナは、ある女が、こちらの居心地が悪くなるほどじろじろとこちらを見ていることに気がついた。女が少しずつ近づいてくると、その女が、ソーシャル・サービスが作ったアルバムの写真に写っていた女だということがわかった。ソフィアの生みの母親の母親で、彼女自身がまだ四十代だった。彼女自身の一番下の子ども——ソフィアと同じ年に生まれた子どもを連れてきていた。何もしてはこなかったものの、なんとも落ち着かなかった――そして安全対策について改めて考えるに至った。インスタグラムに写真を投稿したり、フェイスブックで〝チェックイン〟したりする際、ほとんどの家族には考える必要もない安全対策について。

それからしばらく、俺たち夫婦は被害妄想に取り憑かれた。どこへ行くにも後ろを振り返らずにはいられなかったし、家からほんの数メートルのところに車を停めていたとしても、玄関のドアの鍵をかけにいくのにソフィアを車中に残していくことができなくなった。月日が流れ、ソフィアの生みの家族がこちらに接触しようとしてこないことがわかると、俺たちの緊張はわずかにほぐれ、娘に、彼女が渇望していた自由を与えてやることができるようになった。

しかし今は状況が違う。

以前よりもリスクが大きいし、考えられる結果はより深刻だ。それに助けを求める相手もいない。ソーシャル・サービスも、警察もだめだ。全て自分で蒔いた種なのだから。

「ソフィア！」フェンスのてっぺんを握る。静まり返った公園に向かってソフィアの名前を呼んでいると、指にとげが刺さる。公園の小道沿いに並んだ街灯が硫黄色の仄暗い光を放っているが、何も動いていない。見えるのは影だけ。

春――まだ俺が、自分はいけないことなど何もしていないのだというふりを必死で続けていたころ——ソフィアがいなくなった。その晩ソフィアはもうベッドに入っていて、俺とミナはリビングでテレビを見ていた。そんな中、ソフィアが階段を下りる足音が聞こえてきて、次の瞬間、玄関のドアがバタンと閉まる音がした。顔を上げると、ミナの顔に、俺の顔にも浮かんでいたに違いない驚きの表情が浮かんでいた。俺たちは急いで立ち上がって外に出ると——俺は裸足(はだし)で、ミナはスリッパを履いていた——二手に分かれて、ソフィアの名前を叫びながらそれぞれ別の方向に走っていった。

二十分後、俺は心配で気が狂いそうになりながら家に戻った。するとキッチンのテーブルにソフィアがいて、落ち着き払った様子でビスケットを食べていた。ソフィアを両腕で包み込むと、全身に安堵感が駆け巡った。同時に、ほんの一瞬ではあるものの、ソフィアが体をこわばらせたのがわかった。俺が抱きしめるときにはいつでもするように。

「どこにいたんだ？」安堵が怒りに変わりつつあり、俺は強く問いただした。

「ここ」

ソフィアは外に出てなどいなかった。ソフィアはドアを開け、それから勢いよく閉め、冬の夜には閉めるようにしている厚手のカーテンの後ろに隠れていた。そしてその場所から、俺たちが正気を失った人間のように慌てふためいて表へ飛び出していくのを眺めていた。自分の名前を呼ぶ声の調子から、親たちがパニックを起こしていることに気づいていながら。

「私のことを探すかどうか、確かめたかったの」ソフィアはそう言った。その口調は冷静で、むしろほとんど冷淡と言っていいほどで、まるで科学の実験でも行っているかのような調子だった。

「普通じゃないよ」後になって俺は言った。ソフィアが完全に眠っていることをミナが確認し、俺は玄関ドアの、ソフィアには高すぎて手が届かない位置についている掛け金錠をかけた後だった。

「へえ、それって自分の娘に対して言うには素敵な言葉だね」

「あの子が普通じゃないなんて言ってない。あの子の言動が普通じゃないって言ってるんだよ。あの子には専門家の助けが必要だ。カウンセリングとか、なんだっていいよ。あの子に診断名をつけて、うちに小冊子を送ってくるだけじゃ不十分なんだよ。だから俺が言いたいのは、ああ、わかるだろ、ミナ、これ以上どれだけこういうのに耐えられるかわからないんだよ」

「それってどういう意味?」

自分でもわからなかった。

「私たちを見捨てるってこと?」

「違うよ!」

「それともあれだ、あの子を返したいんでしょ!」ミナは吐き捨てるようにそう言ったが、その夜に起こった最悪なことはそんなことではなかった。最悪なことは、その台詞の後に訪れた沈黙の中、俺の頭の中にはミナに指摘された通りの考えが浮かんでいたことをミナに気づかれたことだった。

「そんなわけないだろ」俺はそう返したが、信じてもらうにはあまりに遅い返答だった。

キッチンに飛び込むと、ベッカはまだカウンターに座っていた。「ソフィアがいない」

「ほんの一秒前まで、本当にすぐそこにいたんですけど」ベッカは驚いたように口をぽかんと開くと、俺が勘違いでもしていて、ソフィアは俺のすぐ隣にいるかのようにキッチンを見回す。「私、ほんの一分前に家に入ってきたばっかりなんだけど」それから床に足をついて立ち上がると、カウンターの上に携帯電話を落とす。

「どっちなんだよ、ベッカ。一秒前なのか？　一分前？」ベッカの答えに興味はなかった。もう一度ソフィアの名前を呼んでみる。〝今すぐ出てきてくれ〟という思いと、〝俺は怒ってはいない〟という思いとのあいだでバランスを取ろうとしながら。「ソフィアが家に入ってきたのに気づかなかったって可能性は？」

ベッカは開け放たれた裏口のところに立って、何度もソフィアの名前を呼んでいる。その声は恐怖でかすれている。「わかりません。もしかしたら」

俺は家の中を探すことにする。仕事モードに切り替え、一部屋、一部屋、順番に確認していく。雪を踏みつけながら家の中を進み、バスルームやエアリング・カバードの中を覗き、鍵はソフィアには手の届かないところにあるものの、キッチンの床下にある湿っぽい貯蔵室のドアも開けてみる。家の中にはいない。もう一度庭に出ると、見逃していた点があったことに気づいた。フェンスの下の方に外れかけの板があって、ひっくり返った植木鉢がなんとかその板を支えている。ところが今、その植木鉢はその場所に見当たらず、植木鉢があったはずの場所にだけ雪が積もっていない。しゃがみ込んで板を持ち上げてみると、子どもがくぐり抜けるには十分な大きさの穴があらわになった。木製の板に、赤いウールの破片が引っかかっている。

俺の背後でベッカが泣き出す。「あの子に何かあったらどうしよう」

彼女自身まだ子どもだ。しかしだからといって俺の怒りが収まるわけではない。俺たちはベッカに、ソフィアの面倒を見てもらうために金を払っている。〈キャンディークラッシュ〉をしてだらだら過ごしたり、男友達にメッセージを送ったりするために金を払っているわけではない。最悪のシナリオが頭の中を駆け巡る。そのどれもが現実に起こるのだという事実が、さらに恐怖を煽(あお)る。殺人、性的暴行、児童売買——俺の仕事人生は、こうしたものを土台に築かれているのだ。

「公園だ」俺は言う。「早く」

ベッカが長い道のりを——家に戻って玄関から外に出て、角を曲がり、公園の入り口まで向かう道のりを——走っていくあいだ、俺は今にも壊れそうなガーデンチェアの上に立ち、フェンスの上までよじ登り、そこから飛び降りる。着陸の衝撃で歯ががちんと音を立てる。外れかけの板のこちら側には雪を引きずった跡が残っている。ソフィアは膝をついてここをくぐっていったに違いない。所々、雪がすくわれて脇に積み上げられ、草が見えているところがある。小さな足跡がかすかに残っているのだが、もうすでに降る雪に半ば消されてしまっている。そしてフェンスから一メートルほど離れたところに、半分雪に埋もれた状態で転がっているゾウさんが見える。胸がぎゅっと締めつけられる。

「ソフィア！」

ソフィアを返すつもりなどさらさらない。本気でそんなことを言おうと思っていたわけではなかった。ソーシャル・サービスに電話をかけて、自分たちの手には負えない、もうこれ以上ソフィアの両親でいたくはない、そう伝えるところを実際に思い描いたことなど一度だってなかった。単なる反発、それだけのこと。ソフィアの雲隠れや喧嘩腰の態度、俺の抱っこを嫌がることに対する反発だった。素直な子どもたちを持つ全ての親たちに対する羨望だったのかもしれない。

「ソフィア！」声がさらに大きくなっている。公園の中心に向かって走りながら、声に表れる狼狽の色を隠すことができない。もしこれが競走なら、あとどれだけ走らなければならないか気に留めてペース配分を考えていただろう。でも知ったことか、そんなことはどうだっていい。娘を探すためなら夜通し走り続けるつもりだ。

辺りはすでに暗くなっていて、まばらに並ぶ街灯と、反対側の住宅街から届いてくる淡い黄色のぼんやりとした明かりだけが公園を照らしている。携帯電話を懐中電灯代わりにして足跡をたどりながら、どのくらい進んだら999に電話をかけるべきか考える。数分の内にヘリコプターを緊急出動させてくれるだろう。林の上空を飛び、湖を確認してくれて——。

木の根っこに足を取られて転びそうになる。まだ百メートルも走っていないというのに息が苦しくなってきた。恐怖が手足から力を奪っていく。

「ソフィア！」ベッカが追いつく。マスカラが頬に流れている。「入り口には人の気配がありませんでした」それから地面に目を落とし、自分の足が雪をかぶせてしまった場所に足跡を見つけると、はっと両手で口元を隠す。静寂の中、金切り声が響き渡る。興奮状態に陥ったベッカの姿が、俺の興奮を冷ます。

「遊び場の方を見てきてくれ。俺は林の中を探してみる」カモの住んでいる小島のある、湖のことを思った。それから、ソフィアがひっきりなしに訊いてきたいくつかの質問。何羽いるの？　なんていう鳥？　どうやって寝る時間がわかるの？

そのとき、ぴりっとした夜の空気を伝って何かが聞こえてきた。

「しーっ」ベッカの腕をつかむと、ベッカは泣くのをぐっとこらえる。

また聞こえた。

笑い声だ。

「ソフィア！」音のする方へ向かって走る。心臓が、地面を蹴るブーツと同じ速さで脈打つ。カーチャが出ていった日のことを思った。それから、ソフィアの涙に濡れた顔。誰でもない俺の取った行動のせいで、その顔には恐怖と失望が浮かんでいた。

小さな木立の向こう側にソフィアがいて、ティーンエイジャーたちに向かって雪玉を投げている。ティーンエイジャーの一人がしゃがみ込み、片手いっぱいに雪をつかんで丸めると、ソフィアの腕に向かってその雪をそっと投げる。

俺は彼らに向かって声を荒らげる。「その子に手を出すな！」

ソフィアが傷つけられたようには見えなかったものの、それでも俺は両手を握りしめる。近づいてみると、彼らはまだティーンエイジャーと呼べる年齢でもないことがわかる。せいぜい十一、二歳くらいだろう。決まり悪そうにしている少年が三人と、反抗的な目で俺を見ている女の子が一人。誰かの手先として悪事に手を貸しているのだろうか。どんどん近づいていって、対戦相手がどんな人物であるかを彼らの方でも確認できる距離まできてようやく足を止める。「誰に頼まれたんだ？　誰に、この子を連れてこいって頼まれた？」

一番背の高い少年が唇を歪めて答える。「何わけわかんないこと言ってんだよ？」

「君たちは何をしてるんだ？」

「これって公共の場所だろ。あんたと同じく、俺たちにもここにいる権利があるんだよ」

「うちの娘と一緒にはだめだ。君たちにそんな権利はない」

ソフィアは地面に視線を落としている。俺は顔が見えるようにソフィアの顎をぐいっと持ち上げる。まずいことになっていると気づいていて、ソフィアは俺から離れようとする。

「この子があんたの娘だって、どうやったら私たちにわかるっての？」少女は茶化すような調子でそう言うが、他の三人は少女の言葉を真に受ける。

「この子、あんまりあんたのこと好きじゃなさそうだけど」

「そうだ、あんたがこの子を誘拐しようとしてる可能性だってある」

「ロリコン！」

「ソフィア、家に帰るんだ」ソフィアの手をつかむと、ソフィアは俺の手を振りほどく。頼むよ、ソフィア。今はよしてくれ。

「行きたくないってよ！」

「誘拐犯！」

「ロリコン！」

ゾウさんを差し出すと、ソフィアはゾウさんの濡れたコートに顔を押しつける。俺は警察手帳を取り出し、ぱっと開いて中を見せる「俺はホルブルック巡査部長だ。そしてこの子は俺の娘だ。わかったら失せろ」

少年たちはすぐに失せた。住宅街に向かって走り、もう追いつかれることはないと安心できる場所までたどり着くと、及び腰で「まぬけ！」と叫びながら。

娘に目をやる。俺の心臓は激しく脈打っていて、彼女を怖がらせないよう、なんとか心を落ち着けようとする。「どうして？」

「ここの方が、雪がいいから」

「怖がらせないでくれよ。誰かに連れ去られたかと思ったよ」涙が込み上げる。両膝をつき――たちどころに雪でズボンがびしょ濡れになる――両腕を伸ばす。「おいで、可愛いソフィア」

ソフィアがまだよちよち歩きだったころ、友人の子どもたちがみな分離不安を乗り越えようとしている中、ソフィアはその〝逆〟に苦しんでいた。ソフィアの友達はナーサリーに送り届けられると泣くか親たちにしがみついたりしていて、ソフィアのように、柔らかいブロックなどが積み上げられた遊び場を探索しにいく子はいなかった。「とても自信に満ちあふれていますね」保育士たちは、ソフィアがなんの不安もない様子で小走りで離れていく姿に感心して言うのだった。「あの子がどんな経験をしてきたかを考えれば、保護者にべったりくっついて離れなくなってもおかしくないのに」

今では俺も愛着障害について詳しくなった。養子に出された子、その中でも特に永続的な家族が決定する前に別の家庭に預けられた経験のある子に非常によく見られる障害だ。兆候についても理解していて（ソフィアの場合は、愛情の拒絶や他人に対する不適切な愛着だ）、それに対する最善の対処法も心得ている。これはソフィアの責任ではない――ソフィアは環境の被害者なのだ。それはわかっている。

俺にわからないのは――わかったためしなどない――どうすれば心が痛まずに済むのかということだ。

俺がどう感じるかなどということは重要ではない。もちろんそれはわかっている。助けを必要としているのはソフィアで、そのことに疑問の余地はない――育児放棄をする母親の元に生まれた子どもは、どんな子どもであれ、関心の中心になるべきだ。俺は超然とした態度でいるべきで、抱きしめる俺にあの子が背を向けるときにも、気が変わったらまたおいで、パパはいつでもここにいるから、と笑顔で言ってやるべきなのだ。

やってみるといい。

自分が育てた子ども相手に、一目見た瞬間から自分の子どもとして愛してきた子ども相手にやってみるといい。やってみて、それでも心が引き裂かれることがないのであれば、そのときは俺に教えてほしい。

ソフィアは俺を見ながら、視線を俺の目から離すことなく、ベッカに手を差し出す。ベッカは一瞬ためらったのち、その手を握る。何かが喉につかえる。窒息するのかもしれない。

「えっと――」ベッカが雪の上で足をもぞもぞと動かしながら口を開く。

「家に戻っててくれ！」

踵に尻を落とす。二人が行ってしまうと、雪に覆われた暗い公園に座り込み、俺は一人むせび泣く。

　三十分後、俺とソフィアはミナが置いていったラザニアを食べていて、ソフィアは赤ピーマンをつまみ出しては皿の脇にのせている。ベッカはサラダとトーストを三枚、それに救いようがないほどに焦がしたベジタリアンバーガーを平らげた。俺は裏口のドアに鍵をかけて、再びソフィアがふらりと出て行こうとしたときのために玄関ドアの上部についている掛け金をかける。

「もう帰った方がいいんじゃないか」ベッカに視線を向けて声をかける。

「いいんです、今日は外出の予定がないから」

「あんまり長いと――」どうすれば軽蔑を――あるいは哀れみを――誘わずに終わらせることができるのだろう。ミナはベッカに渡す金を封筒に入れて置いていった。でも超過分の金を払う余裕が俺にはない。「ATMに行ってないんだ」

　わずかに間があった。「別にいいです。もう少しいますよ。ソフィアに寝る準備させるの、手伝いますよ」

　ベッカは、俺とミナのあいだに起こったことについてどれだけ詳しく知っているのだろう。ミナはベッカに、俺のことを信用していない、娘の面倒を見るのにふさわしくない、などと言っているのだろうか。ソフィアがベッドに入るまでいるよう頼んでいるのだろうか。

でもきっとミナではない。俺が信用できない人間だと言ったのは、きっとカーチャだ。ベッカとカーチャは知り合いなのだから。二人は友達なのだろうか。どれくらい親しかったのだろう。俺はカーチャに口外しないよう約束させたが、カーチャはベッカに打ち明けてしまっただろうか。妄想が、手の届かない痒み(かゆみ)のように体を這(は)っていく。

「フラップジャック食べてもいい？」ソフィアが訊いてくる。「そこに入ってるの」そしてやかんのそばにある小さな缶を指差すので、蓋を開けてテーブルに置いてやる。「私が作ったの」

「すごいじゃない」ベッカはそう言って一つ手に取る。「私もお菓子作り好き。外からならただで材料が集められるって知ってた？　松の葉のビスケットも作ったし、タンポポだって使えるんだよ。野草採取(フォレジング)についてのってるウェブサイトが山ほどあるんだから」

「変なの」ソフィアは自分に理解できない会話に飽きて、俺の顔を見る。「またママに会いたい」俺は追跡アプリを起動させてからソフィアの方に携帯電話を滑らせる。「パパ、ありがと」ソフィアはそう言って俺に笑みを見せる。両頬にえくぼのできる華やかな笑みで、俺も思わず笑み返さずにはいられなくなる。ソフィアは矛盾の塊だ。俺から体を引き離すたびに、俺の心臓をナイフで切りつけていることなど露(つゆ)ほども理解していない。

当然、あの子にそんなことわかるはずないよ、ミナはそう言う。まだ五歳だよ！　あなたの方こそ大人でしょ――理解する側になるのはあなたの方でしょ。

　ソフィアはミナの飛行機がたどる経路を示す線を指でなぞっていく。「乗客は昼ごはんと、夜ごはんと、それから朝ごはんを食べるんだよ」ベッカにそう教えている。「そのあいだにはおやつもあって、飲み物もたくさん――なんでも飲みたいものを飲むの」

「飛行機に乗ったことはあるの？」

「いっぱいあるよ！　フランスにも、スペインにも、アメリカにも行ったし……」

「うらやましいよ。私があなたくらいの歳のころはね、一年に一回、オートキャンプ場に行くくらい――外国に行ったのなんて、去年が初めて。それもフェリーでね」

「キャンピングカーもいいね」親切にもソフィアはそう応じる。それから椅子から飛び降りると、ベッカの膝の上に飛び乗る。

　この愛着障害というものはなかなか人に理解されない。人々はソフィアがやたらに人に抱きついたり、郵便配達員をくすぐろうとしたりするのを目にする。彼らの目に映るのは、愛情深く、思いやりのある、愛すべき女の子だ。そのどれも間違ってはいないのだが、その矛先がいつも正しい方向に向かっているわけではないという問題を孕んでもいる。

「そうねえ、私には問題なんてこれっぽっちも見つけられないけど」数時間ソフィアのお守りをした後、おふくろはそう言った。「私のお膝に座っておしゃべりして――かわい子ちゃんじゃない」

　ソフィアは、自分にとってそれほど重要ではない人間との方がうまく関係を築くことができるのだとおふくろに伝えてしまえば、おふくろは傷つくだろう。郵便配達員やベビーシッター、祖父母など、数ヶ月に一度しか会わないような人たち――ソフィアはそういった人たちには心を開く。彼らからはなんの見返りも期待していないから。

でも俺とミナは？　ソフィアにとって重要なのは俺たちだ。俺たちを愛するということは、傷つくということ――そう彼女の直感が伝えているのだろう。

食べた皿を片づけにかかる。「俺たちがこんなに色々なところに旅行するのは、ミナの仕事のおかげだよ。俺とソフィアは、空港でキャンセル待ちするんだ。結局そのまま家に戻ってくることだってある。そうだよな、ソフィア？」

「そうなったときって嫌い」

「パパもだ」

ソフィアがベッカにボーイング777の燃料容量について説明し始めると、年上の少女は笑ってそれに応じる。「本当によく知ってるんだね」

「飛行機の操縦もできるの」

「ええ、そうなの？」ベッカが受け流すようにそう言うと、ソフィアは不機嫌そうな顔をする。

「できるよ。パパ、教えてあげて」

「空港で〈家族の日〉があって」俺は説明する。「ミナがソフィアをフライトシミュレーターに連れていったんだ――パイロットの訓練に使うみたいなやつだよ。ソフィアは結構上手でね――ソフィアもミナも」

「私、パイロットになるの」

警察署も一般公開日を設けたりしないのだろうか。ソフィアがパトカーに乗ったり制服を着たりして楽しめる日があったらいいのに。

「ママはパイロットになりたかったんだよ」俺は初めてミナに出会ったときのことを思い出しながら、シンクに熱いお湯をためていく。ミナが見せてくれた、制服姿のミナのあの写真。彼女の顔に浮かんでいた混じり気のない喜び。

ミナが俺の前から姿を消した後、俺は及び腰で彼女を見つけようとした。フェイスブックでは見つけられなかった。だから訓練学校のある空港まで足を運んだ。受付にいた警備員はミナの名前を調べてさえくれなかったが――データ保護の規則に反するからと言っていた――俺が去りかけると後ろから声をかけてきた。

「角を曲がったとこにある〈白鹿亭〉（ホワイト・ハート）に行ってみるといい。ほとんどの訓練生があそこで飲んでるから」

生ぬるいビールを一杯注文して時間をかけてちびちび飲んでいるうちに、訓練生たちの集団が明日の天気を予想しながら店内に流れ込んできた。

ミナはコースの途中で学校をやめていた。

「パニック発作を起こしたんだよ――初めて飛行機を飛ばしたときに」ミナの元同僚は、その声に嘲笑を表すまいと必死だった。「それで危うく墜落しそうになったんだ。完全なる失敗さ」

「本当ですか？」

カウンターに座り、俺たちの方に向かって片眉を上げていた年配の男性の方を向いて訊いてみた。男性は俺を見て頷いた。「ヴィック・マイヤーブリッジだ。教官をしている。ザビエルの話は聞き流すんだね――彼は大袈裟に言いがちだから」

「ミナはパニック発作を起こしたわけではないんですか？」

ヴィックの返答は考慮されたものだった。「飛行機が墜落する危険はなかった。それにわかるだろう、中退者というのはたくさんいるものなんだ――厳しいコースだからね。これが自分に向いていないと気づいたのは彼女が初めてじゃないし、最後でもない。そうなる運命じゃなかっただけ、そういうこともままあるんだよ」

「彼女が今どこにいるか、ご存じないですよね？」

「悪いね、見当もつかないよ」

そのときは、それで終わりだった。ミナは本当に俺の前から消えてしまった。

三ヶ月後、俺は目抜き通りのある店に入っていくミナを見つけた。俺は危うく車にはねられそうになりながらも道路を走って横断したものの、それでも結局は店の向かいまで行って急に足を止めてしまった。俺は一体何を考えていたのだろう。もう一度改めて拒絶されることを、本当に望んでいるのだろうか。しかも今回は、面と向かって？

でももし、ミナが俺の電話番号をなくしただけだったとしたら？

ミナが店から出てきたとき、俺はまだためらっていた。ミナは髪を切っていた。あのワイルドな巻き毛は全てなくなっていて、巻き毛になりようがないほど短い、坊主に近い髪型になっていた。その髪型はミナの顔立ちを際立たせていて、目は以前よりも一層大きく見えた。初めて会ったときと同じ欲望が込み上げてくるのを感じた。

「ああ」ミナは言った。

「やあ」

「電話しなかったね。ごめん」

「いいんだ」

「いいの？」

「いや、その……」

ミナは一つ呼吸を吐き出した。「もし今から電話するって言ったら……その、本当に今ここでってわけじゃなくて、当たり前だけど、でもそのうち電話するって言ったら、それでどこかに行こうって誘ったら……もう遅いかな？」

俺の顔を二つに裂かんばかりに広がった間の抜けた笑みには、平然さはかけらも含まれていなかったに違いない。「いいね。電話番号、もう一度——」

「あるの」

「まだ俺の番号、持ってるの？」

「まだあなたの番号、持ってるの」

その週の金曜日、二人でカレーと酒を楽しんだ後、ミナは俺の家に来て、月曜日の朝まで帰らなかった。

よくある恋物語ではないかもしれない。それでも、これが俺たちの物語だ。

「パイロットになりたかったんなら」ベッカの声で現実に引き戻される。「なんでスッチーになったの？」

「ママの気が変わったの」

俺はパイロットの訓練に戻るようミナを説得しようと試みた。何があったにせよ、パニック発作の原因となった出来事を乗り越えるためにカウンセリングを受けてみるといい、と。しかし彼女の決意は揺るがなかった。ミナはいくつかの仕事に就いたものの、どの仕事にもなかなか専念することができなかった。ミナの母親が亡くなると、ミナは、自分は反省しなければならないのだと言った。「母を失望させちゃった。父も。二人は私の訓練のためにあんなにお金を出してくれたのに、それに今じゃ父は、夫婦で大切にしていたあの家さえ持っていないっていうのに。二人は私が成功することを願ってたのに」

「違うよ」俺は静かに言った。「二人は君が幸せになることを願ってたんだ」でもミナは幸せではなかった——俺が初めて見たときのように、歓喜に満ちてはいなかった。ためらいがちにではあるものの、俺はミナにパイロットの代わりになる職業を提案した。ミナが切望している旅行と、愛してやまない飛行を同時に行える職業を。ミナは最初決めかねていたものの、一般公開に参加し、少し詳しく調べてみて、やがてそれを志すことに決めた。

俺はベッカにタオルを放り投げる。「どうでもいいけど、客室乗務員って呼ばれるんだよ。スッチーじゃない」

ベッカは両方の眉を上げる。「それってPC（ポリティカル・コレクトネスの略称。差別や偏見を含まない中立的な表現を用いること）ですか？」そして笑いながら皿を拭き始める。「あれ？　なんかおもしろいですね。それじゃおたくは、PCPC（ポリス・コンスタブルの略称。巡査）になるじゃないですか」

「正確にはDS（巡査部長）だ」俺はそうつぶやくが、ベッカはすでにソフィアに向かって話している。

「さあ、お風呂に入って、寝る準備をするの手伝ってあげる。そうしたらパパが本を読んでくれるよ」

「ベッカに読んでもらいたい」階段を上がっていく二人の声が聞こえてきた。

浴槽に水の流れる音が聞こえてくると、俺はグラスにワインを注ぎ、一口で半分の量を飲み干す。思い起こしてしまった記憶に取り憑かれた状態で。俺とミナは一緒にやっていくチャンスを二度も与えられたというのに、俺が全てふいにしてしまった。

二階では、ソフィアがくすくす笑いながら駆け回っている。ベッカが〝風呂モンスター〟になっているのだ。すぐに――お湯が十分たまったら――モンスターはソフィアを捕まえて、ソフィアを泡のひげと泡の角のついたモンスターの仲間に変えてしまう。それはソフィアが二番目に気に入っている遊びだ。一番好きなのは〝飛行機遊び〟――ミナが仰向けになって両脚を宙に上げ、ソフィアがミナの平らな足の裏に乗ってバランスを取り、立ったままスカイダイビングをする人のように両手両足を広げる遊び――だ。

玄関の呼び鈴が鳴る。俺はワインの入ったグラスを手にしたままドアを開けにいく。と、身の毛がよだつような感覚に襲われてはっとして動きを止める。モーおばさんは時々、外に俺の車があって、俺に何か手伝ってもらいたいことがあるときに家にやってくる。でもこんな遅い時間には、こんな天候のときには来ない。窓台にグラスを置いて、ゆっくり掛け金を外す。その前に、ソフィアがちゃんと二階にいることを忘れずに確認しておいた。

警戒したのは間違いではなかった。身長百八十センチメートル以上、横幅はその半分くらいはある男だった。頭はつるつるに剃られていて、首を一周するように入った緑がかったタトゥーだけが影になっている。「調子はどうだ？　アダム」

「あなたのこと、知ってましたっけ？」

男はおもむろに笑みを浮かべる。男は黒いダウンジャケットとジーンズを身につけていて、革のブーツは爪先が擦り切れて、古くなったスチールキャップが剝き出しになっている。

「いんや。でも俺はお前を知ってるんだよ」

「意味がわからない」俺はそう言ってドアに片手をかけるが、男の動きはあまりに俊敏だった。こちらに向かって進んできたかと思うと俺を玄関ホールに押しやり、壁に押しつけてきた。グラスが倒れ、ワインが床にこぼれる。俺は手のひらを前に向けて両手を突き出す。

「まあ聞けよ、相棒——」

「てめえの相棒なんかじゃねえよ。なめた口きくんじゃねえぞ、アダム。俺は自分の仕事をやってるだけなんだよ。てめえがてめえの仕事するのと同じようにな。夜中まで時間をやるよ、それでもだめなら……」男は続きを言わなかった。肉づきのいい片手で俺の首をつかみ、動きを封じるように壁に押しつけてくる。とっさに男の腹にパンチをしてみるが、その隙に男は右腕を振り上げて、俺の顔を真正面から殴りつけてくる。男が手を離し、俺はもう一度パンチを繰り出してみる。が、顔に血が垂れてくるし、男に片腕をつかまれて背中にひねり上げられ、壁に頭を一度、二度、三度、激しく打ちつけられる。男が俺を床に解放すると、俺は横向きに寝転んで両腕で顔を隠し、男を追いやろうと片脚をじたばた動かす。しかし玄関ホールは狭く、男から遠ざかることもできない。男の狙い澄ましたブーツが見事に命中し、完全に息ができなくなる。きっとこのまま気を失うのだろう。男はもう一度、さらにもう一度俺を蹴り、俺はただボールのように体を丸めて頭を守り、男がやめるのを待つより他なかった。

何時間も続いたように感じられるが、実際にはほんの数分なのかもしれない。男は蹴るのをやめた。俺を見下ろすように立っている気配が感じられる。その呼吸は荒い。

「これはボスからだ」

そう言って男は咳払いをする。次の瞬間、耳に粘っこい唾液の塊が落ちてくる。男は玄関ホールの絨毯に血を吐き出すと、ドアを開け放ったまま俺をその場に残して去っていった。

12　座席番号　17F

私の名前はジョージ・フリート。79便の乗客だ。

買い物に出かけているときに腹が減れば、サンドイッチでも食べたりするだろう。ハンバーガーということもあるだろう。店で食べていくこともあれば、テイクアウトして、ベンチに座って——あるいは歩きながら——食べることもあるだろう。

私の場合はどうなるか聞いていただきたい。

まずは覚悟を決めなければならない。本当にそれをする必要があるだろうか。わざわざそれを行うほど、それほど腹が減っているだろうか。ああ、そうとも、当然腹が減っている──俺はいつだってクソほど腹が減っている。わかった、それなら食べなくては。考えるだけで汗が流れてくる。それでもやるんだ。

ハンバーガーを食べたいが、本当にそんなことを自分に許していいのだろうか。壁に貼られた各メニューのすぐ横に、カロリーが表示されているというのに？　いいや。やめておこう。それならばサンドイッチだ。そこで私は列に並び、ショーケースの向こう側に目を向け、ツナエッグサンドののったトレイを見る。

誰かに見られているとき、人はそれを感じ取ることができるということを知っているだろうか。そんな経験は一度もない？　なんと幸運なことか。ささやき声や忍び笑いが聞こえてくる前からすでに、その感覚はまるで酸のように首筋に熱傷を引き起こす。当然、私が注文を口にするときには、その感覚はさらにひどいものになる。ハムサラダサンドでいいだろう、私は考える。これでいい。これなら健康的だ。

「マヨネーズはどうします？」

腹が鳴る。誰かが笑う。私は首を横に振る。

「バターは？」

たいていはその質問にも〝いらない〟と答える。嘲り（あざけり）に直面するくらいなら、乾いたパンを飲み下す方がましだ。でも時々──ああ、クソ食らえだ！　──そう、時々は、みんなが食べているものを食べたくなる。みなが一考することさえなく食べているものを。

「ああ」私は言う。「バターはお願いします。ありがとう」

後ろで誰かが鼻で笑う。ひそひそと話す声が聞こえてくる。カードをかざしてサンドイッチを受け取りながら、首に感じている暴力的なまでの火照りが顔にまで達する前に店を出なくてはと気が急く。顔が赤らめば、奴らは自分たちが私の気分を害したと気づくだろう。私が全て聞いていたのだと。でぶ。サラダを頼んだ方がいいんじゃないか。運動って言葉、聞いたことないのか？　ブーブー……。

私はずっと大きかった。それに背も高かった。幅もあった。それに、そう、太っていた。十三歳のときには、女子たちよりも大きな胸をしていた。一般中等教育修了試験（GCSE）の初日、試験会場の体育館に入ると、係の人たちが、机がくっついているタイプの椅子を大量に運び入れているところだった。片側に隙間が空いていて、そこから体を滑り込ませて座るタイプの椅子だ。吐き気がした。トーマス先生と目が合ったから、私の体はとてもじゃないがあんな椅子には収まりきらない、あんなのは借り暮らしの小人たちのために作られたものだと気づいてくれ、そう無言で懇願した。しかし先生はただクリップボードに目をやって、出席簿の私の名前にチェックマークをつけただけだった。

そう、今でもあのときの悪夢を見る。一瞬、あの場面に舞い戻ったような感覚に陥り、暗闇の中で汗だくになって目が覚める。体育館に響き渡る百人もの生徒たちの笑い声が聞こえる。みなが席に着く中、机と椅子が運び込まれるのを待って立ち尽くす私は恥ずかしさで身が燃えるようだ。

結局、大学進学準備教育課程(シックスフォーム)には進学しなかった。

まあ、とにかくだ。サンドイッチを買う。公園に持っていって、中央部分に肘掛けがつけられていないベンチを見つけるまで歩き続けることにしよう。あれは人がベンチで横たわるのを防止するために設置されているのだろうが、ジョガーパンツを〈ビッグボーイ・ドットコム〉でオーダーメイドするようになったら、そこに尻を押し込もうとしてみてもらいたい。それよりも、ただ芝生に腰を下ろすのもいいかもしれない――靴を蹴り飛ばして、日の光を浴びながらサンドイッチを楽しむ、そんなところだろうか。それもいい。ただし私がそれをやれば、本格的な機械でもないかぎり立ち上がることができなくなる。

でぶは食べるべきではないと考える人たちの批判的な目から逃れて、ようやく座れるところを見つけたときにはもう、サンドイッチは魅力を失っている。それでも人間は食べなければならない。そうだろう？　着実に体重を落としていくには、一日五百キロカロリー抑えるようにすればいいと言われている――まあ、五百キロカロリー減らしたとしても、私が一日に必要とするカロリーは三千キロカロリー以上ということになるのだが。

おかしな話だが、私はあまり出歩かない。パブでは、十分すぎるほど恥をかいた結果、椅子の強度というものは見た目では計り知れないということを知るに至ったし、かといって腰に痛みがあるせいで長い時間立っていることもできない。実に皮肉なことに、私はスタンダップコメディアンになりたいと思っていたのに。

ご存じないかもしれないが、私はおもしろい人間なのだ。今はおもしろくないかもしれない、今の私がおもしろいと言っているのではない。でもおもしろくなれるのだ。それが——自分自身を笑い飛ばすことが——唯一うまくやっていく方法だから。そうではないだろうか。笑わなければ泣くことになる、つまりはそういうことだ。

　だから飛行機に乗り込んで、シートベルトが締められないと気づいたときには左隣の男に向かってそれをネタに冗談を言ってやった。「僕はおたくのエアバッグです——膨らむのが少し早すぎたみたいだ！」

　彼は作り笑いをして見せた。私の尻の半分が、彼の座席側の肘掛けの下にひどくはみ出していたというのに。そうやって体を左側に傾けたまま五時間、十時間と経過したころ、彼はどれだけ冷静でいられるだろうか。彼の隣の空席に向かって私が重たい体でのしのしと進んでいったとき、そのことに気づいた彼の表情を私は見逃さなかった。勘弁してくれよ——なんであいつが俺の隣の席なんだよ？

　私に与えられたのはなんとまあ通路側の座席で、ということはつまり、ミールカートが通るたびに体を反対側にひねらなければならないということ。従って私はこれから二十時間、ずっと起きていることになるのだろう。〝悪人に休息なし〟、そう言うではないか。より広い空間が確保できるビジネスクラスに席を取ることもできたが、どこへ行っても序列というものが存在していて、私はいつもその一番下にいる。

トレイテーブルを下げることができないのはわかっていたから、試してみようとさえしなかった。ということはつまり、提供される全ての食事を断ることを意味していた。ポケットにいくつか栄養補助食品（エネルギーバー）を忍ばせてきたから、トイレの中で食べることができるだろう——トイレに入れれば、の話だが。考えなくてはならないことが山ほどある——飛行機が離陸してからというもの、頭の中はたくさんの考えであふれている。

しかし、オーストラリアで全て変えてみせる。体重を落とし、友人を作り、コメディアンとしてのキャリアを始動させるのだ。79便は、二度と読み返したくない一章に終止符を打つ。そして全く新しい章の始まりを記すのだ。一からまたやり直すのだ。

今私は、人生で一番の幸せを感じている。

13　シドニーまで十一時間　ミナ

乗客たちの顔は青白く、汗がにじんでいる。医者が——エコノミークラスの女性で、髪の毛をきっちりとポニーテイルにまとめ、耳には馬蹄形のピアスをつけている——自らの踵の上に座り込む。

「残念ですが」

私の隣でカーメルが呻吟と嗚咽の中間のような音を発する。カーメルを片手で抱きしめる。彼女を落ち着かせるためだけでなく、自分自身の気を静めるためにも。突如として、自分の脚が自分のものでなくなってしまったような感覚に襲われたのだ。そのニュースは驚きに満ちたささやき声でもって客室中を駆け巡り、臆面もなくそばに立って見ていた乗客たちは、ゆっくりと自分たちの座席に身を埋めていく。アリス・ダヴァンティが反対側の通路から首を伸ばしてこちらを見ている。アリスは私に見られていることに気づくと自分の席に座り、携帯電話をさっとポケットにしまった。まさか写真を撮っていたのだろうか。

「何があったんでしょう?」目の前に横たわる体から視線を外すことができない。一点を見つめる虚ろな目や、剥き出しになった胸の青白さ、それらが私の視線を捉えて離さない。

医者は除細動器の電極パッドをはがすと、丁寧に男性のシャツのボタンを留めていく。

「なんらかの発作でしょう。心臓発作かもしれない」

「気分があまりよくないと言っていました」

みなが声の方に振り向く。眼鏡をかけ、顎ひげをきれいに整えた長身の男性が、座席の前で立っている。灰色のスウェットを着ていて、突然注目の的になったことに居心地の悪さを感じているかのように袖を引っ張っている。「さっきトイレ待ちの列に一緒に並んでいたんですけど、片手で胸を押さえていて。ちょっとした消化不良、そう言っていましたけど」

「ポートワインをライビーナ（カシスジュース）みたいにがぶ飲みしてたよ」客室の最後尾、バーの入り口付近に立っていたのは元サッカー選手のジェイミー・クロフォードで、彼からは他の乗客に見られるような不安そうな様子が全く感じられなかった。たとえ自分の命がかかっていたとしても、彼のプレイしていたチームを答えることは私にはできない。しかし美容室で読んだゴシップ雑誌や、無意味な事実を覚えてしまうというばかげた記憶力のおかげで、彼が三十四歳で引退し、チェシャーに寝室が九つある家を持っていて、複数のガールズグループの女の子たちと浮気を繰り返したにもかかわらず、奇跡的に今でも妻のキャロラインと離婚していないことなら知っている。夫婦はともにセットアップのスウェットを着ている。夫のが灰色で、妻のがサーモンピンク色で、胸にはスパンコールのようなキラキラしたもので〝LOVE〟と装飾されている。

「それから、クリームの挟まったスイーツを二つ食べてたわ」妻の方が言う。

「そうですか。ありがとうございます」突如として、床に横たわる哀れな男性を擁護したい気持ちになる。赤の他人から人生における選択をとやかく言われることになるなんて。「それではみなさん、お席にお戻りいただいてもよろしいでしょうか？」ジェイミーとキャロラインはゆっくりとした足取りでバーに戻っていく。私はカーメルの方を向いて声をかける。

「大丈夫?」カーメルはおぼつかなげに頷く。「操縦室にも伝えてくるから」

ギャレーまでの短い距離を歩き、そこで乗客名簿を手に取ると、亡くなった男性の名前がロジャー・カークウッドであることを確認する。ギャレーを抜けて操縦室の前までくると、アクセスコードを入力し、パイロットたちが私が一人であることをカメラで確認するまでのあいだ、数秒待つ。ブザー音とともにドアが解錠されると、コックピット内に立ち入るといつでも生じる、あの相反する感情が湧き上がってくる。二つの操縦席の正面に制御盤が広がっている。席のあいだにもまだいくつか設置されている。ディスプレイが、高度や速度、燃料残量、その他の情報を伝えている。天井にずらりと並ぶスイッチのせいで、狭い空間がより狭く感じられる。外の広大で明るい白さだけが、閉所に対する恐怖心を和らげてくれる。

私もこの席に座っていたかもしれない。副操縦士として右側の座席に、あるいはいつの日か、機長席にだって座っていたかもしれない。クルーたちの列の先頭に立って空港を歩き、フライトごとに行う離陸前のミーティングを指揮するのは、私だったかもしれない。私が、乗客を目的地まで快適に送り届け、飛行中、ミシュラン星つきレストランの料理長よろしく客室を回っていったかもしれない。ボーイング777が離陸する瞬間に両手のひらに感じる、あの凄(すさ)まじい振動。

それなのに。

耳鳴りが、自分はまだまだ乗り越えられていないのだと告げている。落ち着いて呼吸を繰り返し、制御盤を見ないようにすることで、それをなんとか抑え込むことならできる。今の自分の仕事に集中することで抑え込むことなら。しかしそれは、まだ私の内に存在する。あの恐怖は。

ベンは喉の奥を見せびらかしているのかと思えるほど大きなあくびをしていた。そして私が起こったことを説明すると動きを止める。

ルイは飛行計画に何やら書き込んでいる。「くそっ」それから顔を上げてベンを見る。「どうしたい？」

「今か？　ビールでも飲みながらくつろいで、それから自分のベッドで眠りたいな。しかしだ、それができないんであれば、このフライトを問題なく遂行したいね」

「それはちょいと無理な話だな」

ベンが私を見る。「ビジネスクラスの乗客？」

「はい」

「連れはいない？」

私は頷く。

ベンは指で太ももを叩く。「そのままにしておいてくれ」

「いいんですか？」

「こうなりゃ〝進むも地獄、退くも地獄〟、だろ？　ディンダーの愛しい初飛行を頓挫させたとなれば、ディンダーは怒り狂うことになるよ。その乗客の座席の仕切りは、確実に全て上がった状態にしておくように。遺体をそこに運んで、全身を覆い隠すんだ。それから、暖房は一つ下げといてくれよ」そう言ってベンはにやりと笑う。その言葉の裏にある意味に苦いものが込み上げてきて、どうにかそれを飲み下す。飛行機がシドニーに到着するまでに、まだ十時間以上もある。

乗客に死者が出た場合の対処方法に関する記載は、訓練の手引きの、ざっと目を通して読み進めてしまうセクションの一つだ。その情報が必要になる可能性はごくわずかだと考えられているためだろう。しかし飛行機というのはそれ自体が空中に浮かんだ一つの市であり、市では人々が生き、死んでいく。1Jの紳士は、飛行機が着陸するまでは法的に死亡宣告されることがなく、それまでは我々は、他のどの乗客に対するのとも同様の責任を彼に対して負わなければならない。つまり、彼の面倒を見なくてはならない。

ロジャー・カークウッドの体は、人間の体がこれほどまでに重たくなれるなどとは考えられないほどに重い。私とカーメルが彼の脚を片方ずつ持ち、エリックとハッサンが肩を乱暴につかむ。私たちは力を合わせてカークウッド氏の体を彼の座席まで引きずっていき、仕切りの中に押し込む。カーメルは涙をこらえている。

「私が体を覆っておくから」私は言う。「三人は乗客の様子を見にいってちょうだい――全員平気そうか、しっかり確認してね。砂糖たっぷりの紅茶か、ブランデーでもいいかもしれない、そういうものが必要そうな人たちもいたから。私だって欲しいくらい」カークウッド氏が倒れたときに落ちたグラスが通路の床に転がっていて、濃い赤色の染みが床に飛び散っている。私はグラスを拾い上げる。底にわずかに液体が残っているが、それだけではない――紅茶の中にビスケットを落としたときのように、小さな粒が沈澱(ちんでん)している。匂いを嗅いでみるが、感じられるのはポートワインの匂いだけ。

私がワールド・エアラインズで働き始めて間もないころ、バルセロナへの短距離飛行中に一人の女性が居眠りをしていて、結局そのまま目を覚まさなかったことがあった。その飛行機は満席で、女性の体を移動させる場所がなかったため、飛行機が着陸するまでのあいだ、女性はシートベルトを締めて娘の手を握った状態で元の座席に座ったままでいた。緊急着陸は珍しいことではない。特に、まだ命を救うことのできる可能性がある場合には。しかし、乗客の体を座席三個分に横たえた話や、床やギャレーに横たえたという話まで聞いたことがある。訓練中に笑い話として聞かされた都市伝説にはこんなものまである。乗客の遺体を化粧室に収容しにいった不運なクルーがいたが、遺体の死後硬直が始まり、結局はクルー自身がそこに閉じ込められる羽目になった、という話だ。

カークウッド氏の両脚を真っ直ぐに伸ばしながら身震いする。私がベンとルイに伝えにいっていたあいだに、誰かが――おそらくは医者が――彼の瞼(まぶた)を閉じていたが、口は開いたままになっている。舌が膨らみ、青ざめた唇のあいだからだらりと横に垂れている。結婚指輪をしていて、むくんだ指の肉が両側から金の指輪をその場所に固定している。飛行機が着陸して正式に死亡が宣告されるまでは、近親者にさえも彼の死が伝えられることはない。妻は空港で手を振って彼を見送っただろうか、あるいは、家族はシドニーにいて、彼の帰宅を心待ちにしているのだろうか。

ブランケットは未使用のままだ。プラスチックの袋から取り出して、両脚を覆うようにかぶせる。それから、しわくちゃにずり上がってしまったジャケットを引っ張って下げてやる。彼がその皺を不快だと感じることなどないのに。ジャケットの左側のポケットに財布が入っていたため、念のため抜き取ってギャレーに持っていく。機内における窃盗は稀(まれ)である上、遺体から物を盗むほど冷酷な人間がいるとは思えないものの、それでも安全に保管しておくに越したことはない。革製の黒い折り畳み財布で、高価だけれどもシンプルな財布だ。財布を開くと、写真が一枚、ひらりと落ちる。自宅で安価な用紙に印刷した写真。

自分の体を支えるため、片方の手を前に出す。飛行機は揺れてなどいないというのに。あり得ない。ただの偶然、それだけのこと。似ている、ただそれだけのこと。

しかし、見間違うはずなどない。この顔なら、自分の顔と同じだけよく知っている。

これはソフィアの写真だ。

14　座席番号　1B

私の名前はメラニー・ポッツ。弟を追悼するために79便に乗っている。

客室乗務員たちは遺体を一枚のブランケットで覆った。彼らがこの状況にどのように対処するものと期待していたのかは自分でもわからないが——うまく収めると思っていた——期待していたのとは違っていた。ほんの数メートル先に死んだ男がいる状態で、みな飲んだり食べたり、映画を見たりしている。超現実的(シュール)だ、実にシュールだ。

あの男性の遺体以外で私が目にしたことがあるのは、弟の遺体だけ。弟を見たくはなかったけれど、ちゃんと別れを告げたかった。後になって、やはり行ってよかったと思えた。肉体は空っぽだといわれるが、それは本当だ。そこを棲(す)み処(か)とする人間の器でしかない。そう考えれば、ビジネスクラスに肉体を放置しておくのもそれほど不気味なことではないのかもしれない。

弟は警察に殺された。裁判所の記録にはそう記載されていないかもしれないが、私は自信を持って、弟は殺害されたのだと断言できる。六人の警察官が——その一人一人が弟よりも大きな体をしていた――弟のアクセントを聞くなり判断を下し、自分たちが見たい姿を弟に見た。

「拘束術を使う必要がありました」警察官の一人は法廷でそう言った。「被疑者はますます暴力的になっていましたから」

六人もの警察官に上から押さえつけられたら、暴力的にならずに済むだろうか。そこから解放されるために、叩いたり蹴ったり嚙みついたりするものではないだろうか。弟がやったのはまさにそれだ。私の可愛い弟がやったのは。それなのに奴らは弟を地面に押さえつけて、彼の呼吸ができなくなるまでそうしていた。体位性窒息、奴らはそう呼ぶ。

殺人、私はそう呼ぶ。

警察は、腐敗した警察官や暴力的な警察官、恨みを秘めた警察官を一掃しますと口先だけではいいことを言う。そうして時折、仲間の一人を槍玉(やりだま)にあげ、自分たちはその人物から距離を置き、彼はこれを彼自身の判断で行ったのだ――私たちとは関係ない――と主張する。しかし表面を削ってみれば、警察の残虐行為に対する何百という苦情や、何千という無礼、人種差別、不平等、偏見がすぐに出てくる。彼らは法律を味方につけている。彼ら自身が法律なのだから。フリーメイソンの集会所(ロッジ)は裁判官や治安判事、権力者であふれかえっていて、一度の握手によって、〝不適切な時間に不適切な場所に現れる〟公営住宅に住む男による迷惑が一掃されることが約束されるのだから。

それで私はどうなってしまったのか。最初は、ただただ漂った。自殺願望を抱いていた。あまりに長くその願望を抱いていたため、それが私にとって新たな〝普通の状態〟となった。包み隠さず打ち明けると、ベッドから出られない日が何日も続いたし、なんとか体を引きずって外を歩いたとしても、気がつくと高速道路にかかる橋の真ん中に立っていて、大型トラックを見下ろしながら、さあやるんだ、全て終わりにするんだ、と考えていたこともあった。

でも私はやらなかった。私が死んでいたら、奴らは二人の人間を殺したことになる。それでは全てに意味がなくなってしまう。私は何を残したことになるのだろうか、私がこの世に生きた証(あかし)はどこへ消えてしまうのだろう。死んでしまえば、私は、生前の弟と同じように、重要ではない人間――目に見えない人間――になってしまう。法廷でも。起きてしまった悲劇から学んだことがあるとすれば、一日一日を大切に生きなければならないということ。

私は声を上げ始めた。議員に手紙を書き、ユーチューブに動画をアップした。警察や刑務官、あるいは収益ばかりを気にかける金持ちの重役たちに牛耳られた病院の怠慢な看護師によって愛する家族を殺された、他の家族たちにも会った。私は、私たち全員のために語った。

来てほしいという依頼が全国から届いた。圧力団体や婦人会、学校や慈善団体が、私から学びたいと願い、私に助けを求めた。当局からも――多様性トレーニングへの参加を希望した警察当局や地方当局からも――招待を受けた。長い時間をかけて怒りを飲み込んでからようやく彼らに返信し、小切手を受け取った。このお金があれば、別の場所で無料の講演を行うことができる。

人々は私に金を払って、海外で講演することを依頼してきた。弟の死から三年後、ワシントン行きのフライトのファーストクラスから降りた私は、そこで涙をこらえなければならなかった。私は自身の声を有意義なものにしている、弟の犠牲を有意義なものにしている、そんな感情が込み上げてきた。それに、あの高速道路の橋から飛び降りなくてよかったと——本当によかったと——思えた。

生き続けることで、私は世界により多くのことを提供できるのだから。

15　午後八時三十分　アダム

ベッカが階上(うえ)から何か叫んでいるが、耳鳴りのせいで何を言っているのかよく聞こえない。叫び返そうとするが、口の中いっぱいに血があふれている。その血が喉の奥に流れてきて思わずえずく。息をするのさえ苦しく、背骨の付け根辺りと腹の至る所に鈍い痛みがある。

「アダム？　大丈夫ですか？　誰ですか？」

どうにか四つん這いの状態まで体を起こし、玄関ドアに向かって這って進む。〈ファーム・コテージ〉に用がある者以外、誰もこの道を車で通ったりしない。それでも誰かに質問されるような危険は冒せない。

夜中まで時間をやる。

うめき声を漏らす。俺は一体どうしたらいいんだ。

「大丈夫ですか？　争ってるのが聞こえてきて、でもソフィアがお風呂に入ってたから——やだ、どうしよう、ひどい怪我してません？」ベッカは階段を半ばまで下りたところ、階段がL字に折れ曲がっているところに立っていて、俺を見てあんぐり口を開ける。「ヤバいじゃん」

「どこ、だ。ソフィ、ア？」一言発するたびに痛みが増し、吐き気がひどくなる。

「まだお風呂に」

「一人、に。する、な。ソフィア」

「でも——」

「いいから！」

ベッカが階段を駆け戻る。その姿を見ながらもう一度えずくと、肋骨の周りに鋭い痛みが走る。どうにかドアまで体を引きずっていき、玄関前の道に嘔吐する。それからドアを引いて閉じる。できる限り呼吸を浅くして——何をするにせよ、深すぎたり速すぎたりすれば、強烈な痛みを伴って目眩がする——膝をついてゆっくりと体を動かし、立ち上がって鍵をかける。割れたグラスの破片が靴下を突き通して足に刺さるが、痛みはほとんど感じない。二階で風呂の水が排水管を流れていく音がする。俺はソフィアに見られる前に顔や体をきれいにしておくために階下のトイレに入る。

片方の目は完全に閉じていて、その周辺の皮膚はあざができて腫れ上がり、切り傷が残っている。顔の大部分とシャツのかなりの部分を染めた血は、幸い全て鼻から出たものらしい。そしてその出所である鼻は、いつもの倍の大きさになっている。洗面器に水をためて顔を洗う。水がピンク色に変わったのを見て顔をしかめる。

「アダム、大丈夫ですか？」

俺は「ああ」と曖昧な返事をしてから鏡に映る自分の姿を見る。血がなければ、わずかにではあるもののましに見える。シャツを脱いで洗面器に放る。暗い色の肌着を着ているため、染みはほとんど目立たない。

「別人みたい」

「いや、変わらずアダムのままだ」俺は素っ気ない調子で応える。「今なら、キリストの磔刑の方がましだって思えるくらいだけどね」

ベッカは笑わなかった。ベッカは階段を下り切ったところにいて、ソフィアがその数段上に立っている。手摺りの隙間から、恐怖に怯えた表情で俺を見ている。

「パパは大丈夫だよ」

「大丈夫には見えませんよ」ベッカが言う。

「相手の男を見たら驚くぞ」笑みを作ろうとすると、顎に痛みが走る。笑おうとするのはやめにした。「奴には傷一つない」

「誰だったんです？」

俺が答えずにいると、ベッカはキッチンまで俺についてくる。ソフィアはベッカの後ろに隠れるように立ち、片方の手でゾウさんを握ってぶらぶらさせている。〈アクションマン〉のパジャマを着ていて、その上からユニコーンで埋め尽くされたフリースのガウンを着ている。ベッカが三つ編みを編んでくれていたが、髪の毛はまだ濡れていて、水滴がガウンにぽたぽたとしたたっている。俺は食器用のタオルをつかむと、それで余分な水を絞ってやる。こうしていれば娘に顔を見られずに済む。

「パパ、痛い？」

「ちょっとヒリヒリするかな」

「救急車呼ぼうか？」

「いや、いいよ、きっと――」

「呼び方知ってるよ。ママが教えてくれたの」

「いや、いいんだ、パパは――」

「9、9、9」

「えっと、誰かに見てもらった方がよくないですか？」ベッカが言う。「健康体には見えないけど」

俺はソフィアの髪の毛を拭き終えると、救急箱をしまってある戸棚を開ける。上に向かって腕を伸ばすと鋭い痛みが走り、目の前に黒い点が漂う。叫び声を上げるのをなんとかこらえなければ。部屋がものすごい速さで迫ってくる。

「ああ、やりますよ。ぶっ倒れる前に座ってください」ベッカはそう言って椅子まで誘導してくれる。ソフィアは不安と好奇心の入り混じった大きな目で俺を見ている。

「救急車はいらない」俺はきっぱりと言う。「もし俺が病院に行ったら、犯罪が起きたと誰かが警察に通報することになるだろ」

「だからなんです？」

「だから、俺は警察を巻き込みたくないんだよ」何気ない口調で静かに話そうとするが、顔を見れば俺の心理状態はかなり明白なはず。

ベッカは詮索するような——あるいは疑うような——目で、じっと俺の目を見つめている。

「どうして？　だって、私にとっては好きになれない連中だけど、あなたにとっては仲間でしょう？」

ベッカが水の入ったグラスと、片手いっぱいの薬を渡してきたので、俺はそれを一気に喉に流し込む。急に、ひどい疲れを感じる。めった打ちにされたことだけが原因ではない。ここ数ヶ月間にわたって全てをつなぎ止めようと努力してきたが、これはひどく労力を要することで、ミナやソフィア、仕事仲間全員にうそをついていることからくるストレスも疲れの一因だった。今朝バトラー警部補と話し合ったのは、もう何ヶ月も前のことのように思える。

「やらかしたんだ」出し抜けに、俺は言う。

信頼して秘密を打ち明けることのできるあらゆる人たちの中で、十七歳の女の子というのは俺が真っ先に思いつく相手ではない。しかし時には、個人的な関わりのない人間の方が話しやすいということもある。俺は含みのある視線をソフィアに向ける。

ベッカはすぐに反応する。「〈パウ・パトロール〉見ない？」そうしてソフィアに手を差し出し、リビングに連れていく。すぐにお馴染みのテーマ曲が流れてきて、ベッカは一人でキッチンに戻ってくる。そして腕を組んで口を開く。「あなたをぼこぼこにしたあの男、カーチャの恋人なんじゃないですか？」

不意打ちを食らって答えることができない。

ベッカは皮肉っぽい笑みを見せる。「あなたがオペアとやってたの、私が知らないとでも思ってました？　ソフィアを学校に迎えにいったとき、あるママさんが教えてくれたんですよ。私のこともたらし込もうとしてくるかもしれないから教えておくって」その声には辛辣な響きがあって、これまで俺に見せてきた敬意は偽りだったかのようにさえ思える。

「たらし込むだって？　そんな――」

ベッカは笑う。「そんなチャンスありませんね！」

「勘弁してくれよ」自分がどのようなありさまであるかを忘れて顔をこする。結果として生じた痛みは、ありがたいことに、ソフィアの友達の両親に性犯罪者だと思われていると知った衝撃から気を紛らせてくれる。

「お約束の展開ですよね」こうして見るとベッカは十七歳よりも大人びて見える。男性にうんざりしているようなこの態度は、一体どこで身につけたのだろう。男というのも、それほどひどいものではないはずなのだが。「年寄りの男が若い――」

「年寄り？」

「――ウクライナ人オペアと寝るって」

「いい加減にしろよ、ベッカ。俺はカーチャと浮気なんてしてないんだよ！」

急に静けさが訪れる。〈パウ・パトロール〉のケント少年と彼の仲間の犬たちの声だけが聞こえている。ベッカの表情を見れば、彼女が俺を信じていないことは明らかだ。

「だったらどうしてカーチャは国に帰っちゃったんです？ ミナの話し方から、ミナはあなたに責任があると思ってるってことがすぐにわかりましたよ」ベッカは立ち上がるとグラスにワインを注ぐ。あたかもこれは彼女の家で、彼女は子どもではなく大人であるかのように。

「まだ飲んでいい年齢にもなってないだろ――」

「飲みます？」ベッカは俺の答えを待たずにもう一つのグラスにワインを注ぐ。しかしベッカの様子には、自身のその尊大な態度や図々しさを客観的に意識しているような節があり、まるで役を演じているかのように見える。ふと、ある考えにとらわれる。俺がたらし込もうとしている云々の話をしたのも全て演技だったのではないだろうか。ある目的に導こうとする企てだったのではないだろうか。ミナが思いついたことなのだろうか。これはある種の――俺には荒唐無稽な考えにさえ思えるが――ハニートラップなのだろうか。

肌が冷たくてじっとりしている。鎮痛剤の粉っぽい後味と、喉の奥に残る血の味を消し去るべく、ベッカからワインを受け取って一口飲む。鼻があまりにひどく腫れていて、鼻で息をすることができない。

「俺はカーチャと寝たことなんて一度だってない」俺はきっぱりとした口調で――頭がくらくらした状態で可能な限りきっぱりとした口調で言う。「誰とも浮気なんてしてない。でもカーチャが出ていったのは、俺のせいなんだ」ベッカは首をかしげてカウンターにもたれかかる。「あの男が――それか、あの男みたいな男が――カーチャを脅迫したんだ。ソフィアも一緒だった」突如として、あの最悪な一日が鮮明に蘇る。カーチャとソフィアが家に駆け込んできた。二人とも、話もできないほどに泣きじゃくっていた。

パパ！　パパ！

私を傷つける、ソフィアを傷つける、彼、そう言っています！

「その男がカーチャに何を言っていたのか、ソフィアは正確には理解してなかった」俺はベッカに説明する。「それでもソフィアはカーチャの反応を見て、それだけでも悪夢を繰り返し見るほど恐怖を感じたんだ」

窓の外を見やる。外は暗く、庭の朧(おぼろ)げな輪郭が、窓に映る俺の姿と重なって見える。雪が先ほどより激しく降っていて、いくつもの白い柔らかな点が窓の向こうをふわふわと舞い落ちていく。

「理解できない——どうして警察に通報しないんです？　何も悪いことをしていないのに、どうしてミナに、浮気をしたと思わせておくんです？」

「悪いことなら、したんだ」窓に映る自分の姿の向こうを、庭を見つめる。「金を借りてるんだ。それも大金を」

借金の総額は日に日に膨れ上がる。当座借越にクレジットカード——ミナの知っているカードが一枚と、知らないカードが五枚ある。特定の店だけで使用できるクレジットカードに車のローン、〝ミナに追い出されてちょっと厳しくて〟職場の人たちから借りた現金。

それから大きな借金。仕事で関わったことのある金融業者から借りた——不純な動機から借りた——一万ポンド。その金は、一番ひどい借金を返済するために借りたもので、金利については気にもかけなかった。借りるのはほんの短期間のはずだったから。俺には計画があって、全てうまくいくはずだったから……。

ただ、俺にはやめることができなかった。

「ギャンブルの問題を抱えてる」

三年。頭の中でさえ、そう認めるのはこれが初めてだ。切り詰める必要がある、自分自身にそう言い聞かせてきた。宝くじは週に一度だけと決め、一回に二十ドル分購入するのではなく、スクラッチカード一枚だけ買うようにしようと。三日間立て続けにドッグレース会場の外に立ち、入ろうか入るまいか迷っていた。あのころは、その状態に名前をつけることを――依存症という名前をつけることを――認めていなかったが、実際には依存症そのものだった。そして俺は、その依存症に振り回されている。

「金融業者から借りた一万は、今じゃ二万近くになってる」俺はベッカに話し続ける。たとえ今ベッカが部屋を出ていったとしても俺は話し続けていただろう。うそも全て、恥も全て、何もかも吐き出すのだ。「奴らは俺を恐喝するためにあの男を送り込んできて、カーチャとソフィアを脅したんだ。俺はカーチャに、ミナには言わないでくれって頼んだ。それから数週間経ったころ、カーチャが一人で家にいるときに何者かが家に来て、彼女を脅迫した。カーチャは次の日に出ていって、そのときだよ、ミナが、カーチャと寝たんだろって責めてきたのは」

「正直に話した方がいいですよ」

「俺だって今はそう思ってるよ！　でもあのころは、自分でどうにかできると思ってたんだ。一発でかいのを当てさえすれば、借金をきれいさっぱり返すことができるって。そうすれば……」その台詞が自分をどれほど哀れに見せているかに気づき、俺は声を弱めていく。困ったときは、リビングから聞こえてくる。いつでも呼んで！

「警察に言えないのは、ヤミ金からお金を借りたからなんですか？」

「警察に言えないのは、ギャンブル問題を三年間隠していたからだ」ワインのボトルに手を伸ばし、二人分のグラスになみなみと注ぐ。「警察に言えないのは、秘密の借金で首が回らなくなってるから。そしてそれは規則違反だから」ベッカは口をつけずにグラスをカウンターに置いたが、俺は半分の量を一気に喉に流し込む。複数の鎮痛剤を飲んだ後に行うには最良の行動とは言えないが、もうどうでもいい。「警察に言えないのは、ばれたら職を失うかもしれないから」

ベッカは胸の前で腕を組む。笑いをこらえようとしているのがわかる——こらえ切れてはいないものの。俺は考える。この子が愉快に感じているのは、俺の失脚そのものなのか、あるいは、このことを知っているのは自分だけだという事実なのだろうか。「ほんとにヤバいことになってるじゃないですか」

「お気遣いありがとう」

「それで、どうするつもりなんです？」

残りのワインを飲み干す。それから水切り台に両手のひらを押しつけて、体を前傾させる。腕立て伏せでもしようとしているかのように。あざのできた顔の内部で血管が脈打つ。

「計画なんて、これっぽっちもないさ」

16　座席番号　40C

私の名前はエル・サイクス。79便に搭乗したことは、両親に対する最後の〝クソ食らえ〟だ。

私は十四科目のGCSEを受験した。お決まりの科目にプラスして、上級数学、追加科学、ラテン語、中国語、一般教養を受験した。私の小さな天才ちゃん、ママはよく私のことをそう呼んだ。その年、私はぐんと背が伸びて、ママを抱きしめるとママの頭のてっぺんが見えるくらいに大きかったというのに。

「全教科でAスターを取るだろうと言われていてね」父はよく人にそう話していた。私はあきれて目をぐるりと回し、それはすごいですねというお世辞から逃れるためにこっそりと部屋を出ていくのだった。内部を締めつけるような感覚がエレベーターのように胃から上がってきて、それを飲み下すためにオレンジジュースを喉に流し込んだ。それでもまだパパの声が聞こえてくることがあって——Aレベル試験では、数学、上級数学、物理を受験することになるだろうな――、そんなときエレベーターは、私がどれほど必死でボタンを押そうとも上昇を続けるのだった。中国語を諦めるのは惜しいよな――あの子の学年で中国語を取ってるのはあの子だけだからね――それにラテン語はいつだって役に立つものだよ。やがてエレベーターは喉にまで到達する。私はシンクに顔を近づけて、釣り針にかかった魚のように口をぱくぱくさせる。

学校が〝類い稀な才能を持つ（ギフテッド＆タレンテッド）〟と称するグループには、男子が四人、女子が二人の計六人の生徒がいた。当然、男の子たちは互いに関わろうとはせずに個人行動を取っていたため、私がサリーを無視して過ごすというのはなかなか気まずいことだった。サリーはいつも膝丈の靴下をはいていて、気軽に制汗剤を使うタイプの子だった。彼女のことが嫌いだったわけではないが、試験のたびにトップになる能力があるという以外、私たちには共通点が全くなかった。サリーはランチの時間に微分積分を解いているのが好きで、私は仲間と一緒に学校の裏でたばこを吸うのが好きだった。仲間は私が賢いことを許してくれていた。私はたばこの煙で輪を作ることができたし、どこでハッパを入手できるか知っていたから。

それに実際のところ、私は賢くはなかった。サリーのような賢さではなかった。ＩＱが高くて、生まれながらの天才で、十三歳で大学に行けるような賢さではなかった。私は記憶力がよかったし、頭の回転も速かった。それに、必死で勉強した。一生懸命勉強すればするほどいい結果が出て、いい結果が出れば出るほどさらに勉強することが期待され、そうすればさらにいい結果が出た。そうしてぐるぐると走り続け、やがて結果発表の日に十四のＡスターを獲得したことを知らされたが、その瞬間に感じたのは、幸福感ではなく、安堵でもなく、みぞおちの辺りのむかむかとした感覚だけだった。

「ケンブリッジは確実だな」家へ向かう車の中で父が言った。私は背もたれに体をあずけると、父から顔を背けて目を閉じた。瞼（まぶた）というフィルターの向こうで、田園の風景がちらちらと揺れる光となって過ぎていった。パパはケンブリッジに入ることができなかった。そのとき以来パパが抱えるようになった小石ほどの地雷は、今では驚くほどの大きさに膨れ上がっていた。私は物心ついたときにはすでにケンブリッジで医学を学びたいと思っていた。〝私は〟というものの、それが誰の思いつきだったかは想像がつくだろう。別にそれを気にしてるというわけではなかった――何かにはならなければならなかっただろうし、医者になることに異議があったわけではなかったから――が、時々考えることがあった。もしも突然私が、言っておきたいんだけど、私、演劇の学校に行きたいんだ、あるいは、来年は体育に集中することに決めたからと言ったら、どうなるのだろう。実際、それはなかなか魅力的な考えだった。ラフバラー大学でスポーツ科学を学ぶのだ。

ちなみに、試験結果発表の日になるまで、私には夏休みが与えられなかった。毎日、午前中には家庭教師がつき、午後には宿題をしなければならなかった。九月には、みんなの一歩先を行っていることになるよ。裕福ではなかったから、私に個人指導をつけるために両親が大きな犠牲を払ったことはわかっている。しかしそのときすでに、私の内部では恨みの核心が形成されつつあった。個人指導を受けたい？　中国語を学びたい？　Aレベルを三科目でなく六科目履修することについてどう思う？　それは〝既成事実〟として私に提示された。両親は、自分たちが私のために交渉して得たこの新たなチャンスに、誇りと興奮で胸が張り裂けんばかりだった。

「フランクリン先生が、毎週土曜の午前中に学校においでと言っていたぞ」シックスフォームに入学したばかりの一学期のあの日、パパが言った。「サリーも一緒だ。面接準備のためだよ」フランクリン先生は私たちの学校の校長先生だった。その学校は選抜試験のない（コンプリヘンシブ）公立の学校（スクール）で、――素晴らしい成果を挙げながらも――いまだに〝オックスブリッジ〟への進学者は一人も出していなかった。

「いいね」言いながらも私は考えた。精神の疲労から実際に死ぬということは可能なのだろうか。激しい雷雨のように頭の中を圧迫しているこの感覚は、現実のものなのだろうか、あるいは、心因性のものなのだろうか。これから二年にわたって続く勉強の日々を、大学入学前に訪れる夏のことを――間違いなく、学位取得準備のための補習授業に参加することになっているはず――思った。自分の頭蓋骨のてっぺんが粉々に砕け散るのを想像した。知識の断片が、互いにしがみついている。

师父领进门、修行在个人。

$z^2 = x^2 + y^2$.

クソみたい。どうだって。いい。

もう限界だった。

「私、ギャップイヤーを取ろうと思う」

両親は互いに顔を見合わせてから、私を見た。

「それはいい考えかしらね」ママは言った。「ケンブリッジはものすごく競争率が高いからねえ――あなたが熱心に取り組んでいないように見えたら、あなたを合格させてはくれないのではないかしら」

「大学入学に関連した経験をするんであれば……」パパは声に出しながら考えていた。「たとえば野戦病院でボランティアをするとか？　もしそうならパパが――」

「しない！」思っていたよりも棘のある口調になっていた。私はひと呼吸してから続けた。「自分で考えたいの。普通のギャップイヤーにしたいの。ホステルに泊まったり、旅行したり、人に会ったり、授業に関係ない本を読んだりしたいの。私はただ――」ぞっとしたことに、私の声は震えていた。「私は普通になりたいの」

両親は少し考えてみると言ったが、私の心は決まっていた。私は少し休憩したかった。酔っ払ったり、男子といちゃついたり、薬をキメたり、クラブに行ったり……。仲間たちがこれからの二年間でやっていくようなことを、全てやりたかった。その二年間、私の寝室にはママがやってきて、睡眠中の学習能力を高めてくれるからと部屋中にエッセンシャルオイルを振りまいていくことになるのは目に見えていたから。

履修したAレベルは全て取得する。そうしたら飛行機に乗って、両親からできる限り遠くに行きたいと思っていた。一生涯心に残るような経験をしたかった。

私は、生きることを欲していた。

17　シドニーまで十時間　ミナ

マイクとチェスカがパイロット専用の休憩室から下りてきたとき、二人とも、機首の天井裏にある狭いベッドで六時間を過ごした人のようには見えなかった。チェスカの化粧は完璧で、一つだけ言うことがあるとすれば、片頰に小さく枕の跡が残っていることだけだった。

カーメルがコーヒーを二杯用意する。

「どうも」マイク・カリヴィックは白髪頭で、礼を言いながら私に笑みを見せると、青い目の端に皺が寄る。すぐにマイクとチェスカが飛行機を操縦することになり、交代要員となるベンとルイはこれから六時間、睡眠を取る。

マイクは自分の飲み物を一口すると、満足そうにふうっと息を吐く。「全て順調かな？」

一瞬、間ができる。

「1Jの乗客にとっては順調じゃありませんでしたけど」カーメルが暗い声で答える。私はマイクとチェスカへの報告をカーメルに任せて、窓のそばへ移動する。薄暗がりの中、私の蒼白（そうはく）な顔だけが浮かび上がる。中国の上空のどの辺りかを飛行中で、現在、英国時間で午後九時ごろ、東洋では夜が明けるまでにあと数時間ある。客室では照明が落とされ、乗客たちに休憩を取ることをそれとなく促している。1Jの方に目を向ける。プライバシー保護用の仕切りが、ブランケットに包まれたロジャー・カークウッドの体を視界から遮っている。

私の娘の写真で一体何をしていたのだろう？

血が凍るように感じられ、頭の中がグルーミングギャング（イギリスで少女に対する強姦事件を繰り返した集団）や児童人身売買犯、小児性愛者の顔でいっぱいになる。カークウッドの青白い顔とだらりと垂れ下がった舌を思い出して、喉に苦いものが込み上げてくる。

ソフィアのエピペンを機内に持ち込んだのもカークウッドなのだろうか。それが誰であれエピペンをあそこに置いた人間は、私にそれを見つけさせようとしていたのだと思っていた——悪趣味な冗談か、アダムが私に後ろめたさを感じさせようとしているのだと——が、ソフィアが必要とする可能性があるからという理由でそれを持っていたのだとしたら。

ソフィアのことも連れ去るつもりだったとしたら。

窓に額を押しつける。マイクとチェスカはもう操縦室にいて、ベンとルイがこれまでの飛行状況を手短に報告している。このことを誰かに伝える必要がある。引き継ぎが終わるのを待って、それから何かやるべきことがあるはず。アダムに連絡して、ソフィアの無事を確認しなければ。

カークウッドが倒れる際に落としたグラスが、まだギャレーの脇に置いてある。グラスを手に取って、内側を指でこすってみる。指先に残留物が付着した。最初それはワインの澱だと思っていたが、実際には粒子の大きい粉で、すり潰した錠剤のようにも見える。

薬物。

カークウッドは自らそれを飲んだのだろうか。あるいは、誰かが彼の飲み物にこっそり混入させたのだろうか。

もしもロジャー・カークウッドが殺されたのだとしたら、飛行機全体が犯罪現場となり、乗客全員が容疑者ということになる。

クルー全員も。頭の中で声がする。

呼び出しボタンの音が鳴るが、私は動かない。視線を感じて目を上げると、エリックがじっとこちらを見ていた。エリックは、呼び出しランプに意味ありげな鋭い視線を投げる。

「行ってくれない?」私はやっとのことでそう言う。

カークウッドが娘の写真を持っていた。それは私の責任ではない。彼の死は、私の責任ではない。しかし、そう捉える人もいるだろうか。

　警察は、そう捉えるだろうか。

　エリックは苛立ちを隠そうともせず声に出したものの、私に背を向けて客室を確認しにいく。私はカークウッドのグラスを紙ナプキンに包(くる)んでロッカーの奥に押し込む。

　操縦室のドアが開いてベンとルイが姿を現すと、両頬がかっと熱くなり、思わず顔をそらす。何かを隠しているように見えたに違いない。

「チェスカとマイクってとっても親切ですよね」カーメルが交代要員のパイロット二人に言う。「マイクは最後の試験飛行に乗ってたんですよね。ディンダーを説き伏せて、最初の公式飛行に乗せてもらったんですって。履歴書のためでしょうね」ベンとルイが客室を見回りにいくと、カーメルは二人が休憩室に持って上がるための飲み物を作り始める。

　呼び出しボタンの音が再び鳴る。私はエリックが胸の前で腕を組み、カウンターにどっしりと体重をあずけるより先に、カーメルとエリックのあいだ辺りに目を向ける。

「私が行くよ」私がそう言うと、エリックは、まるで私が仕事をするのは珍しいことであるかのように目を大きく見開く。怒りが湧き上がってくるのを感じる。私がどのような状況に立たされていて、どのようなことを経験しているのか、彼には見当もつかないのだ。まずはエピペン、それから写真。誰かが私を混乱させている——私の心が、あの忌々しいアリス・ダヴァンティにカクテルを提供することを拒否したのも至極当然だ。

戻ってくると、化粧室待ちの列がギャレーの中まで続いていた。突然目の前に出現した人だかりに神経が張り詰める。一人になるスペースが必要だ。この微笑みのマスクと、〝どうなさいましたか〟を脱ぎ捨てて、カークウッドについてどうするべきか考えたい。ソフィアの写真について考えたい。

そもそも、あの写真に写っていたのはソフィアなのだろうか。あまりに多くのことが起っていたし、乗客が亡くなったあの衝撃もあって……黒っぽい髪の毛を三つ編みにした少女が写っているのは見たが、脳が、実際には存在しないものを連想させただけなのだろうか。同じ制服を着ていた。

「機体後方にもお手洗いはありますので」列に並ぶ人々にそう声をかける。ぞんざいな口調にならないよう努めるものの、うまくいかない。

眼鏡をかけ、きれいにひげを整えた男性が、発言するのに許可が必要かどうかわからず戸惑っている少年のように小さく手を挙げる。「トイレの一つがずっと閉まっていて——それでどのトイレも並んでるんです」

私は顔をしかめる。ディンダーの調査では、満席で運航した場合の化粧室の稼働効率に関して、どの程度の時間が充てられたのだろう。

ベンとルイが戻ってくる。二人とも急いで階上(うえ)に行こうとする気はないらしく、何気ない様子でギャレーのカウンターに寄りかかると、化粧室待ちの列に並ぶ乗客とおしゃべりを始める。体の中がかっと熱くなり、頭蓋骨が破裂しそうなほどに締めつけられている。もう一人のジャーナリスト——デレク・トレスパス——が化粧室から出てきたが、すぐに席には戻らず、ベンに高度や最大積載量、雲量などについて質問している。五分だけでいいから一人になりたい。写真を見るために、ほんの数分でもいいから必要だ。

別の子だという可能性もあるだろう。カールした黒髪で、青と白の制服を着た、別の五、六歳の子どもだという可能性も。

至る所で声が——話し声が、笑い声が——していて、そうした声の下、飛行機のホワイトノイズが絶え間なく鳴り響いている。人だかりをかき分けると——急に自分がどれほど疲れているかに、足が、頭がどれほど痛んでいるかに気づく——誰かがぶつかってきて、手にしていた飲み物を私の袖にかける。

「ここはバーじゃないんですよ！」

みな話すのをやめる。カーメルが目を丸くして私を見る。

「ごめんなさい。私——」必死でこらえようとしても、目の奥に涙が込み上げてくる。

「散らかしてしまったようですね」ベンがプロフェッショナルな快活さで静けさに割って入り、私が作り上げたのと同じだけあっという間に、その緊張を解く。「クルーが片づけますので、この場所を空けていただけないでしょうか」

「申し訳ありません」乗客たちは次々にギャレーから出ていく。「少し——」

「君は重要な仕事をしてるんだ」ベンがウィンクして続ける。「いつだって僕に、乗客より飛行機の心配をさせてくれなくちゃ」

「少し忙しくて、それだけなんです」

もしあれがソフィアでなければ問題など何もないはず。エピペンは知らず知らずのうちに私が機内に持ち込んでしまっただけ。亡くなったあの男性については、確かに恐ろしいことではあるものの、その事実は私とは、ソフィアとは関係ない。もし写真に写っている少女がソフィアでないのであれば。

ベンはカーメルが用意した飲み物を手に取る。「僕たちはこれを持って、上に退散することにするよ。ありがとね」

そうして二人はいなくなった。自分が無礼な態度でいることはわかっているが、頭の中が締めつけられるような感覚がある。それに、どうしてもあの写真をもう一度見なくてはならない。次はちゃんと見なくては。娘との相違点を確認して、似ているところがあるように思うなんてひどくばかげていた、そう気づかなくては。

化粧室待ちの列に並ぶ人が徐々に少なくなっていく。呼び出しボタンの音が鳴り、カーメルがほんの一瞬だけ私の方に目を向けてから、対応に行く。私は自分の役割を十分に果たしておらず、それが露呈し始めている。でもようやく一人になれた。印刷された写真をポケットから取り出し、手で皺を伸ばす。

それはいわゆる〝いい写真〟ではない。額に入れたり、おじいちゃん、おばあちゃんに送るような写真ではない。思いがけず撮れた写真ではあるものの、その時の思い出が呼び覚まされるからという理由で記念に取っているという類の写真でもない。ソフィアが――ソフィアであることについては疑問の余地がない――学校の教室で座っている写真だ。ソフィアの後ろには絵の具で描かれたたくさんの蝶が飾られていて、頭上には紙で作った惑星がいくつかぶら下がっている。背景には教室のドアが写っていて、そこからコートかけのところでコートを脱いでいる子どもたちの姿が見えている。つまり、この写真は朝の見送りの際に撮られたもの。

学校のウェブサイトから印刷したものなのだろうか。許可書にサインしたことを思い出そうとしたが――どんなウェブサイトだったかさえ定かではない――写真は前景が不明瞭で、宣伝用の写真として選ぶにしてはお粗末な写真のように思える。

いや、不明瞭なわけではない。反射だ。誰かが、窓越しにこの写真を撮影したのだ。私は娘に――娘の顔に、額にかかる巻き毛に、ボリュームのある巻き毛を撫でつけて編んだ、肩にかかる二本の三つ編みに――指を走らせていく。恐怖に、血が凍る。

一つは赤いヘアゴム、もう一つは青いヘアゴム。

写真は今朝撮られたものだ。

突然、機体が左に傾く。ウォーターボトルがカウンターの上を一方の端からもう一方の端へと転がり、ほんのわずかに動きを止めてから、右に傾く私たちと同じようにころころと転がりながら右端へと戻っていく。機体が今度は前方に傾くと、客室の乗客たちは中身をこぼさないようにと飲み物を体の前にもってくる。また別の激しい横揺れが、化粧室から戻ってくる途中のアリス・ダヴァンティを襲う。ダヴァンティは一番近くの座席にしがみついてから、一つずつ順番に座席をつかみながら自分の席へと戻っていく。私は操縦席に連絡をする。

「異状ありませんか？　客席はかなりひどく揺れています」私がそう話している最中に、ポーンという音とともにシートベルト着用サインが点灯する。カーメルとエリックがそれぞれ別の通路に向かい、乗客全員がしっかりとシートベルトを着用しているかを確認しにいく。

「悪いね」マイクが言う。「横風がひどい――航路に戻るために旋回しなくちゃならなくて。恐らく数分はかかりそうだ」ギャレーのカウンターの上で行ったり来たりを繰り返していたウォーターボトルは、最後に落下することに腹を決めたらしく、床の私の足元にどすんと墜落した。チェスカの指示がインターホンを通して、それから機内アナウンスでも聞こえてくる――客室乗務員は着席してください。

私たちも着席し、シートベルトを締める。窓に目をやり、ここから見れば悪意などあるようには見えない夜の空を眺める。オーストラリア大陸が視界に現れてくるまでにまだあと六、七時間はあるにもかかわらず、もうすでに家からは八千キロメートル以上も離れたところにいる。ソフィアに会いたい気持ちがあまりに大きくなり、胸に物理的な痛みを感じる。愛情と罪悪感が複雑に絡み合い、引き離すことができない。ソフィアのそばを離れるべきではなかった。ここにいるべきではなかった。

きつく両目を閉じ、心の中で意味のない約束をつぶやく。全員の安全を守ってください。そうしたら私はもう二度とあの子のそばを離れたりしません。もう二度と飛んだりしません……。訓練学校で起こったあの出来事を知っている人間がいるのではないかというばかげた考えにとらわれる。私はあの時死ぬべきだったのに、生き延びてしまったのだという事実を。運命を欺(あざむ)いたのだという事実を。

「ただの乱気流だよ」隣のジャンプシートに座るエリックが言う。私は膝頭から指を離す。エリックは、私が墜落することを恐れていると考えているが、私が恐れているのは、墜落よりももっと恐ろしいものだ。

カークウッドはなぜソフィアの写真を持っていたのだろう。

カークウッドはソフィアの実の家族とつながりがあるのだろうか。何年も前のこと、屋内遊戯場(ソフトプレイセンター)でソフィアの母方のおばあさんに出くわした。女性がソフィアを見ていることに気づいたとき、本能的な不安に駆られたことを今でも覚えている。家族はソフィアを取り戻したいと考えているのだろうか。この五年間、家族が私たちに接触してきたことは一度たりともなかった。

これは罰――業(カルマ)――なのだという考えを振り払うことができない。これまで幾度となく娘の態度に不満を漏らし、幾度となく拳を握りしめては空に向かってもうこれ以上は無理！と泣き叫んだことに対する罰なのだと。

一度、自分自身に宛ててメモを書いたことがある。その日、私たち――私とアダムとソフィア――は公園で遊び、完璧な一日を過ごした。遊び終えると、三人とも夜用のガウンを羽織ってキッチンのテーブルに着き、ホットチョコレートを飲んだ。アダムがソフィアをベッドに連れていくと、私は携帯電話を取り出して、買い物リストと、配管工を探してコイルを確認してもらう等の無数のリマインダーの下にメモを残した。

私は娘を愛している、書き出しはこうだった。

あの子が動物園の情報板に書かれた情報を全てくまなく覚えられるところを愛している。他の家族に、「正確にはあれは類人類（エイプ）だよ――サル（マンキー）にはしっぽがあるもん」と言えるほど自信に満ちているところを愛している。小さな男の子がアイスを落としたのを見て、その子にもう一つアイスをあげたがったところを愛している。とても面白くて、とても賢くて、新しいことを貪欲に学ぼうとするところを愛している。それに何よりも、あの子が私たちのもので、私たちがあの子のものであるという事実を愛している。

その三日後、ソフィアが私に向かって、大嫌いだ、死んでくれたらいいのにと叫んだとき、私は階下（した）のトイレに閉じこもって、そのメモを何度も読み返した。

私は娘を愛している、私は娘を愛している、私は娘を愛している。

そんなリマインダーを必要とするなんて、そんな母親がいるだろうか。私だ。私には必要だ。自分に向かって大嫌いだと叫んできたり、愛情を込めていれた紅茶を床に向かって投げつけたりするような誰かのことを愛しているのだということを忘れずにいるというのは、外気温度がマイナス二度のときに夏を思い出すようなもの。一週間で一番のご馳走となる日曜のランチを平らげてうめき声を上げているときに、もう一度空腹の状態になることを想像しようとするようなもの。それは一時的なもので、すぐに指のあいだをすり抜けていくような感覚で、あまりに簡単に忘れ去られてしまうもの。抽象的な方法で覚えておくもので、感じられるものではない。

私は娘を愛している。

今はそのメモが必要ない。リマインダーは必要ない。娘の顔を思い浮かべたり、思い出を呼び起こしたりする必要もない。ソフィアへの激しい思いが血管という血管を、神経終末という神経終末を駆け巡り、身を焦がさんばかりだ。無条件かつ果てのない愛。

そして恐怖。

今回のフライトの前半部分を詳しく思い出そうと記憶をたどってみるものの、これといって記憶に残っているようなことは何もない。ロジャー・カークウッドが私に、特別に強い関心を寄せていた兆候も見られなかった。彼の財布からはなんの手がかりも得られなかった。ワールド・エアラインズのフリークエントフライヤー・プラチナカードが一枚、彼の妻と成人した子どもたちと思われる人たちの写る写真が一枚――こちらは正式に印刷されたものだ――、それから彼が清涼飲料水会社の営業部長であることを示す名刺が一枚。

着席の指示が解かれると同時に、あることに気がついた。カークウッドの妻の写真は財布の札入れに丁寧にしまってあったし、名刺はクレジットカードとポイントカードに紛れるようにしまってあった。しかしソフィアの写真は、厳密には財布の中には入っておらず、折り畳まれた革財布のあいだに挟まっていただけだった。彼のジャケットのポケットから財布を回収したときのことを思い出してみる――あの写真は丁寧にしまわれていたのではなく、まるで大慌てで押し込まれたかのようにしわくちゃな状態だった。

カークウッドが気づかないうちに、誰かが彼のポケットに写真を押し込んだという可能性もあるだろうか。彼を殺害したのも、その人物なのだろうか。ソフィアのエピペンと写真を機内に持ち込んだ人間は、殺人犯なのだろうか。

エリックが私に対して、職務を怠っているとぶつぶつ不満を漏らしている。私はそれを無視してバーに向かう。

そばを通りかかると、ファインリーが片手を挙げる。私は苛立ちをこらえて言う。「今ね、ちょっと忙しいの。お母さんが手伝ってくれるんじゃないかな。一緒にお母さんを起こそうか？　お腹も空いているころかもしれないし」

「起こすなって言われてるの。ママ、飛行機が大嫌いだから、着くまでずっと眠っていられるように薬を飲んでるんだ」

「幸せな人」私は歯を食いしばる。ファインリーからヘッドフォンを受け取ると、さっきよりもひどく絡まっているのがわかる。「待ってて、用が済んだらすぐに直すから。いい？」ファインリーはヘッドフォンからなかなか目を離そうとしない。「ちゃんと返すから、約束する」お行儀のいいファインリーが抗議できずにいるのを見ながら、私はヘッドフォンをポケットに押し込む。そうすることで、もつれが余計ひどくなるとわかってはいるものの。

バーの椅子は濃紺色のベルベット張りで、エメラルドグリーンの縁飾りが施されている。天井には何百という数の小さな照明がちりばめられていて、ナイトクラブのような雰囲気が漂っている。あとは音楽があれば完璧だ。窓の外を眺めて初めて、自分は飛行機に乗っていて、地上と自分のあいだには何千キロメートルという空以外の何もないのだということが思い出される。

「亡くなった男性ですけど」声に切迫感を出さないよう努めながらハッサンに話しかける。

「彼と何か話しました？」

「飲み物を提供しましたからね。世間話ならしましたよ」そう言いながらハッサンは私の手をちらりと見やる。そこでようやく、自分が山積みになっているカクテルナプキンをボールのように握りしめていることに気づく。

「何か言ってました？」

「何について？」

口を開けるものの、言葉が出てこない。私の娘について。飲み物の味がおかしいというこことについて。誰かが彼のポケットに写真を入れていったことについて。ハッサンは、バーの隅に座っているジェイミー・クロフォードと夫人の方を顎で指す。「あちらのお二人と少し話してましたよ」

私は小さいバーを横切る。「お邪魔して申し訳ありません」そして二人に声をかける。「もしよろしければ――」

「ああ、いいよ」元サッカー選手は気だるそうな笑みを見せて立ち上がると、私の肩に腕を回す。「キャロラインが撮るから――君の携帯は？」

「いえ、私はその――」息を吸い込み、どうにか気持ちを落ち着ける。「写真をお願いしたいのではなくて、あることについてお尋ねしたいだけなんです」

クロフォードは〝君は損しているよ〟とでもいうように肩をすくめると、椅子に座る。

「亡くなった乗客の方についてなんですが、ポートワインをたくさん飲んでいたとおっしゃっていましたよね」

「三十分のあいだに四杯は飲んでたんじゃないかな」

「誰か見かけたりは――」言いかけて言葉を切る。もしも今この二人に、カークウッドの飲み物に何かを混入させた人物を見なかったかと尋ねてしまえば、その噂はものの数分で飛行機中に知れ渡ることになるだろう。私たちは着陸を余儀なくされ、警察があとを引き継ぐことになり、それから……。ソフィアの写真のことを、紙ナプキンに包んでロッカーの奥に隠した空のグラスに付着した自分の指紋のことを思い出し、汗が出てくる。

キャロラインが身を乗り出す。「あの人、なんで死んだの？」

毒を盛られて。

私は唾をのみ込む。「その、心臓発作だと思います。少しでも何かお話しされました？」

「健康維持ができていない、それが問題なんだよ」元サッカー選手は、専任シェフとフィットネストレーナーが短縮ダイアルに登録されていることからくる自惚れた態度でため息をつく。

「でも私たち、彼と話したわよね？」キャロラインが夫の膝に手を置いて言う。その薬指は、巨大なダイアモンドで覆い隠されんばかりだ。「ちょっと酔っ払ってて、ずっとあなたに酒をおごりたがってた人よ」

「ああ、そうだったな！　だから俺は、『ここは無料で酒を提供してるバーだけど、お好きなように』ってな感じだったんだ」

「誰かと一緒にいたところを見たりはしませんでした？」

「赤ん坊連れの夫婦がいたわ」キャロラインはそう言って顔をしかめる。「確か自分はジャーナリストだって言ってた男も」

私は一体何を期待していたのだろう。誰かがカークウッドに毒を盛るところを、二人が見ていたとでも思っていたのだろうか。それでもやはり、なんとも焦れったい。クロフォード夫妻に感謝を述べてから、カーテンを押し分けて客席を見渡し、エリックの救助要請に応じてくれた医者を探す。

私が近づくと、医者は本から顔を上げる。その表情には警戒の色が浮かんでいる。「また病人が出たなんて言わないでよね」

「いいえ、私はその——その、ご協力に改めてお礼を申し上げたいと思いまして」

医者は顔を赤らめる。注目されたことを気まずく感じているのがわかる。「間に合わなくて残念だった、それだけよ」

医者の隣に座る女性が悪びれる様子もなく聞き耳を立てているが、それでも私は話を続ける。「航空管制が、近親者に伝えるために詳細を確認しているところなんです。もう少し詳しいことをお伺いできればと思いまして。例えばですけど、なぜ亡くなった男性が心臓発作を起こしたと思ったのですか？」

「あなたの同僚や他の乗客たちから話を聞く限り、心不全の診断基準と一致したの」

「他の原因というのは考えられませんか？」

「あなたたちは〝医者〟に助けを求めた。だけど〝病理医〟って指定はしなかったわよね」

医者はそう言いながら微笑んでいて、その声には誤解を招くほど愉快そうな、ユーモアがあると言ってもいいような響きがあった。しかしその目つきは冷淡だ。「本格的な病理解剖をやってみましょうか？　ここのおしゃれなバーカウンターに遺体をのせて、マドラーで体を突き回そうかしら？」隣の女性は鼻を鳴らすのをこらえている。医者は女性を見てから、もう一度私の方を見る。その表情は先ほどよりも和らいでいる。「多くの原因が考えられるわ」

「例えばどんな？」

医者はため息をつく。「ねえ……」それから私の名札に目をやって続ける。「……ミナさん。私はできることをやった——残念なことに、大したことはできなかったけど——でもね……」そうして両手に持っている本を開くという、小さくはあるものの、意図のある動きをする。私はその意図を理解する。

ギャレーに戻る途中、ビジネスクラスの後方に座る乗客に呼び止められる。その乗客は目の前の画面から視線を離さぬまま、指を鳴らして私を呼んでいる。ゲームの最中なのだ。反射的な反応だけを頼りにブロックを積み上げていき、レベルが上がるたびに落下スピードが速くなる類のゲームだ。

「コーヒー」乗客は言う。

私は「かしこまりました」と言う前にわずかに間を取り、彼から「お願いします」の言葉を引き出せるのを期待して待ったが、どうやら彼には伝わらなかったようだ。私がギャレーに戻ると、エリックとカーメルがはたと会話をやめた。乗客の飲み物を用意しながら、自分が二人の邪魔をしてしまったのだということをはっきりと感じた。

客席に戻り、笑顔で飲み物を差し出す。「コーヒーをお持ちしました」そしてチップを期待している人間のように、しばらくそうして立ったままでいる。客はブロンドの長身男性で、顔の各パーツを別々に彫り出してから組み合わせたような、角の多い顔をしている。「どういたしまして」

乗客の顎がぎゅっとこわばる。

「本当に」私はそう言いながら立ち去る。「どうぞお気になさらず」

ギャレーに戻ったところで、またエリックとカーメルが何やら意味ありげな視線を交わしたのを目撃する。「何か問題でもあるの？」

「なんでもないの」カーメルが答え、エリックは鼻を鳴らす。私はエリックを睨みつける。

エリックは怯まない。「出しても大丈夫なのか？　あのコーヒー？　ちゃんといれられたのか？　あんた、あんまり練習してないみたいだからさ」

「なんて？」すっかり面くらい、まともな文で話すことができない。

「俺とカーメルでね、俺たちで全部やったんだよ。食事も飲み物も、トイレ清掃も――あんたはなんにもしてないじゃないか！」

「エリック、よして――乗客に聞こえるわよ」カーメルが不安そうに客席を見やる。

「ごめんなさい」私は鼻筋をつまむ。涙が出てきたことを告げる痛みを鼻に感じる。「ちょっと疲れていて」

「俺たちみんな――」

私はポケットに手を突っ込んでソフィアの写真を引っ張り出し、震える両手でその写真を差し出す。しかし私が言葉を発するより先に、カーメルが両腕で私を包み込み、ぎゅっと抱きしめる。

「ああ、ミナさん――娘さんが恋しいんでしょう。娘さん、パパさんと一緒なの？ 二人で素敵な時間を過ごしているはずよ、間違いないわ――娘さんきっと、あなたがいなくなったことにも気づいていないんじゃないかしら。子どもってそういうものでしょう」カーメルの肩越しに、エリックがあきれたとでもいうように目を回してギャレーを出ていくのが見える。カーメルは私から腕を離すと、写真を手に取って続ける。「ああー」それから写真を丁寧に折り畳んで私のポケットにしまう。「こんなふうにして娘さんを忘れずにいるなんて素敵だわ。さあ、お水をあげるわね」カーメルは、私自身が子どもであるかのような口調で私に話しかけ続ける。「更年期かしら？ ママが言ってたわ、私はホルモンの奴隷よってね」

「私まだ三十四なの！」

「だからやっぱり更年期ってこと？」

「違うってこと。更年期じゃないの」

「まあいいわ、ミナさんはここにいてちょうだい。客室は私たちで対応できるから。あったかい紅茶でも飲むといいわ」

窓に映る自分の姿を見る。輪郭がぼやけていて不明瞭だ。ソフィアの学校で、何者かがカメラを掲げて窓ガラスのそばに立っているところを想像する。頭の中はホワイトノイズであふれているというのに、雑念を遮断するには十分ではない。

私はここにいてはいけない。

カーメルとエリックは食事を下げ始めていて、二人のトレイの上にはグラスや汚れたナプキンが山のように積み上がっている。カーメルはトレイを脇に放って手際よく片づけていて、私はどうにか自分の足をそちらに向かわせ、ごみや汚れたカトラリーを分別する。エリックがトレイを運んできて、カーメルがまた別のトレイを運んでくる。リネンのテーブルクロスを選り分けていると、ナプキンの下に半分隠れた状態で置いてある一枚の封筒が目に留まる。水色で、昔ながらのエアメール封筒といった感じで、表にはインクで一言だけ書かれている。

ミナ。

「これ何?」私は封筒を手に取る。

片づけを手伝おうという私の努力も、エリックの怒りを鎮めることはできなかったらしい。

エリックは私をじっと見て言う。「封筒」

「チップかもしれないわよ」カーメルが言う。

エリックは鼻を鳴らす。「何をしたことに対する?」

「誰から？」私の口調は必死だ。

二人とも肩をすくめる。カーメルは困惑したような表情で、自分たちが客席から下げてきたごみの山を見やる。誰からの可能性だってある。

「ラブレターかもしれない！」カーメルが言う。「５Ｆの男性からだったら嫉妬しちゃう——彼、セクシーなのよ」

「チップだったら山分けしなきゃだからな」

飛行機の壁という壁が、私を押しつぶそうと迫ってきているように感じられる。肺がひどく締めつけられ、肋骨がひどく小さく感じられる。カーメルを押しのけて化粧室に駆け込み、ドアに鍵をかけてそこに背中を預け、それから封筒を破って開ける。中には紙が一枚だけ入っていて、封筒に使われたのと同じ濃紺色のインクで、丁寧な手書きの字で便箋いっぱいに何か書かれている。

最初の文を読んでみる。私の世界が、バラバラと音を立てて崩れていく。

以下の指示に従えば、娘の命は助かる。

18　座席番号　8C

私の名前はピーター・ホプキンス。79便に搭乗中。

離陸したとほぼ同時に、乗客たちは足元の空間について愚痴をこぼし始めた。隣の席の女性はすぐに座席を後ろに倒したが、後ろの席の男から腎臓辺りを蹴られることになった。エコノミークラスで旅するに際してはエチケットというものがあるらしい。シートベルト着用サインが消えるまでは座席を倒してはいけない。そんなこと誰が知っているというのか。

私からすれば座席の座り心地はかなりいい。もっと劣悪な場所に頭を預けたことが何度もあるから。空き家に置かれた小便の臭いのするマットレスや、私のような人間の侵入を防ぐために窓に格子を取りつけた店々の戸口の前に置いた段ボールのあいだ。友人宅のリビングや、土砂降りの時に現れた私をはねつけることができずに家に上げてくれた、見ず知らずの人たちのソファの上。当然ビジネスクラスのフラットベッドは快適だろうが、人というのは与えられたものに満足するようになるもの。そもそも眠ろうだなんて思っていない。常に用心しておくのだ。これもまた、路上暮らしから学ぶレッスンの一つだ。

お偉方は、いとも簡単にホームレス問題を解決することができたではないか。あのとき、ウィンザー城でロイヤルウェディングが行われたときのことを覚えているだろうか。あのとき、四十八時間ものあいだ路上で眠る者は皆無になったではないか。当然、お二人がハネムーンに出発した直後、再び全員シェルターから追い出される羽目になったわけだが、ここで重要なのは、実際には十分なベッドが確保できるという点だ。彼らはそれを証明した。政府は全員に基本所得の保証を提供し、全員の頭上に屋根が、胃に食べ物が行き渡るようにすることができるのだ。それでも彼らは、私たちのような人間を社会の底辺にとどめておきたがる。有権者登録されない私たちには発言権がない。税金を払わない人間に、どうして発言権が与えられなければならないというのか、つまりはそういうことなのだろう。全ては結局、私たちを元の場所にとどめておくため。二流市民にとどめておくためなのだ。

私たちには革命が必要だ。大反乱が。議会へのデモ行進を行い、政府を転覆させるのだ。舌打ちしながら口座振替で寄付するような中産階級のリベラル派たちが署名する、あのくだらないオンライン嘆願書などとは訳が違う。真の革命だ。直接行動、これこそが唯一効果のある方法だ。ロンドンの裏通りで警官といたちごっこをしたり、機動隊の車両のフロントガラスにワセリンを塗りつけたり、車両の排気口にジャガイモを詰め込んだり。小さな行動、大きな打撃。かなり前のことになるが、私たちは夜間シェルターの過密問題について、一年半か、それ以上の期間にわたってしつこく訴え続けた。しかし奴らはクソほども何もしてくれなかった。小火、必要なのはそれだけだった。怪我人はおらず、実際の被害は何もなかったものの、改装する云々と奴らが御託を並べていたあの倉庫は、それから一週間と経たないうちにあっという間に修繕された。ベッドが十二個増え、密集しなくなった。いとも簡単に。直接行動、これに尽きる。

過密問題について話が出たので念のために言っておくと、この飛行機にこれ以上座席数を増やしたいと思ったところで、それは不可能だ。私たちは長い列に並んで搭乗し――まるでガス室に追いやられる集団のように少しずつ前進して――、自分たちの席に尻を押し込んだ。人の脚をまたいだり、持っているバッグで誰かを殴ってしまわないように頭上に抱え上げたりしながら。そこで考えた。火事が起こらなければいいけど。非常口の場所がわかっているというのは結構なことだが、私が思うに、そこにたどり着ける可能性は低い。誰かに強く踏みつけられるかもしれない。我先にと急ぐ人たちに引っかかれるかもしれない。誰もが自分の身を守ろうとするのだから。

誤解しないでいただきたいのだが――先ほども言ったように、私はここことは比べ物にならないほど劣悪な場所で夜を過ごしてきた――、考えてもみていただきたい。自ら進んで、四十五センチ四方ほどの座席に二十時間ものあいだ座り続けようとするなんて、かなりどうかしている。それは本質的には可動式の〝死への罠〟なのだから。インドで目にするような、牛や鶏、荷物でぱんぱんの買い物袋を抱えた女たちをあふれんばかりに詰め込んだトラックのようなものなのだから。

　にもかかわらず、誰一人として不満を口にしない。ただ座席に座り、クソみたいな袋入りのナッツやら、メサドン（麻薬系の鎮痛薬）を投与する薬剤師の判断によって提供されることになったごく小さなワインのボトルをありがたがっている。なぜなら彼らはこれからシドニーへ向かうから！　とても興奮しているから！　なんたる幸せ！　笑わせる。

　何をお考えかはお見通しだ。最初に不満を言うのは私だ、そうお考えだろう。

　そう、確かに私は揉めごとを起こすタイプの人間だ。しかし同時に、身を潜めて静かにしておくべき時もわかっている。うまい仕事にありついたのだ。オーストラリア行きの航空券に人生初のパスポート、それに着陸後にはベッドで眠ることまで約束されている。ここからやり直すのだ。

　それなのに、一体私がどんな不満を口にするというのか。

19　シドニーまで九時間　ミナ

以下の指示に従えば、娘の命は助かる。

今から一時間後、パイロットの一人を操縦室の外に連れ出せ。どんな理由を使ってもかまわないが、いかなる方法によっても警報を発してはならない。操縦室に隣接する化粧室はすでに占拠されている。操縦室に残るパイロットが一人だけになったら、操縦室への入室を求め、化粧室にいる人間を操縦室の中に入らせろ。それからドアを閉めろ。

ミナ、やってもらいたいのはこれだけだ。もしこの指示に従えば、娘は助かる。

従わなければ、娘は死ぬ。

手紙が手からはらりと落ちる。膝が崩れてトイレに座り込む。洗面台の上にある棚の中でアメニティがカタカタと音を立てていて、耳の中で強く鳴り響く音が、飛行機の音なのか自分の鼓動の音なのかわからなくなる。休む間もなく執拗に鳴り響いている。

これはハイジャックの企てだ。他に説明しようがない。何者かがこの飛行機の運航を支配しようとしていて、もしも私がそれを許してしまえば、この飛行機に搭乗中の全員が命を落とすことになるだろう。もしも私がそれを許さなければ……。

それを考えることさえ耐えられない。そんなことが起こってはならない。あの子はまだ五歳で、あの子の人生はまだ始まったばかりだ。こんな報いを受けるようなことは何一つやっていない。

ならば、この飛行機に搭乗中の人々は？

客室乗務員は航空機の脅威に対処する方法を学ぶ講義を受けさせられる。隠語。護身術。拘束装置。警戒を怠らず、乗客の行動上の特質や風貌、挙動から、テロリストの可能性のある人物を特定するよう教えられる。

教室内では、それはどれも非常に簡単なことに思える。昼食休憩時間になると、廊下中に会話があふれる。実際にああいう状況に対処しなきゃならないことがあるなんて、想像できる？　トレイにサラダを目いっぱい盛りつけ、ダイエットコーラを買い、週末に遊びに出るのは誰かなどと話しながら。〈プリンス・アルバート〉はレディーズ・ナイトだよ。シナリオに沿ってロールプレイをしたことを覚えている。あれは交渉の練習だった。応じれど、降伏はするな、こう教えられる。しかし、言うほど簡単ではない。

こんなふうになるのだとは想像だにしなかった。

弾の込められた銃や、同僚の喉に突きつけられるナイフ、そういうものを想像していた。叫び声、脅し、喜んで殉教する狂信者たち。犯人対私たち。素早い行動、とっさの判断。ハリウッド映画で、つやつやの唇をした客室乗務員に男たちが銃を突きつけるのを見て、自分だったらどのように対処するのか、どのように感じるのか考えた。その恐怖を、混乱を、自己制御の喪失を想像していた。

これほど孤独を感じるものだとは、想像だにしなかった。

カーメルがドアをノックする。「ミナさん、大丈夫なの？」

「大丈夫。すぐ出るよ」真とは言い難いその言葉は、響きにさえうそっぽさがある。トイレの水を流し、洗面台の蛇口をひねる。それから鏡に映る自分をじっと見つめる——目に見えている姿と心の中を調和させることができない。私はこの飛行機に乗り込んだときと同じ人間でありながら、あのときの自分とひどくかけ離れている。二〇〇一年九月のあの悲惨な一日のことが思われる。世界中が、ツインタワーが崩壊するのを目撃したあの日。目の前で、ニューヨークの何千人という人々が死にゆくところを目撃したあの日。

もしも一人の人間にその全てを止めることができたのであれば、誰だって直ちにそうしていたはず。

私だってそうしていたはず。

それでも。

従えば、娘は助かる。従わなければ、娘は死ぬ。

もう遅い時間であることに安堵する。ソフィアがまだ学校にいたり、友達と遊んでいたりしたら、誰かが彼女を連れ去る方法など百万通りだってある。しかし。自宅ではもうすぐ午後十時。ソフィアはもう布団の中で、父親は階下でネットフリックスでも見ているところだろう。さまざまな欠点はあるものの、アダムはいい父親だ。ソフィアを守るためなら、彼自身の命を危険にさらすだろう。アダムと一緒なら、ソフィアは安全だ。

「その手紙のこと?」私が化粧室から出ると、カーメルが訊いてくる。心配そうに顔を歪めている。

「手紙?」明るさを装う努力に押しつぶされそうになりながら答える。「ああ、違うの、これはW-i-F-iのことで文句がある誰かからだったの――手紙を書いたって直るわけないのにね! 私その、ちょっとお腹が痛くって――さっきは、ちょうどトイレに駆け込まなきゃって状態だったの」

　エリックは反感をつのらせたらしく、後退りして私たちのそばからいなくなった。これで少なくとも一つは問題が解決できたわけだ。カーメルは私の言い訳を額面通りに受け取ったようだ。

「かわいそうね。ママがいつも言ってたわ、お腹の調子が悪いときには気の抜けたコーラが効くって――持ってきましょうか?」

「ありがとう」

　カーメルは人助けできたことに喜んで顔を輝かせる。私は、カーメルが必要なものを見つけようと冷蔵庫を探るのを見ている。カーメルはまだ二十代前半で、最近は〝シティで働く恋人〟と幸せの絶頂にいる。それに、とにかく性格がいい。

「ごめんね、カーメル」視界がぼやけ、目を瞬かせてあふれてきた涙を抑える。

　カーメルは困惑した表情でこちらを振り向く。「謝ることなんてないわ、体調が悪くなるのは仕方がないことだもの」それから力いっぱいコーラをかき混ぜる。泡が水面に浮上し、弾（はじ）ける。「これで少しはよくなるはずよ」

私はコーラを受け取り、一口飲んでからカーメルに伝える。よさそう、絶対に効果あるよ。ああ、よかった、すぐに元気になるはず。また呼び出しボタンが押されたのを聞いてカーメルは目を回す。悪人に休息なしね。

悪人に休息なし。

カーテン越しにビジネスクラスの客席をのぞく。ポール・タルボットが期待するような視線を私に向けている。タルボット夫人は映画を見ながらうとうとしている。赤ん坊のラクランはようやく大人しくなり、父親の腕に抱かれてすっかり目を覚ましている。私は笑顔を浮かべてタルボット一家の方へ何歩か進んでいく。

「トイレに行くあいだ、ちょっとだけこの子を抱っこしてもらえないだろうか」ポールが言う。「下に置こうとするたびに泣き始めてしまって」

一瞬、彼らをじっと見つめたままになる。世界がいつもと同じように続いていて、彼らの命が私の手に委ねられていることなど誰も知らないのだということを理解するのに頭がついていかない。ラクランが口を開けると——新生児特有の、歯茎を見せるあの笑みだ——液体化した罪悪感が体を浸透していく。ソフィアの人生はまだ始まったばかりだ。しかし、この赤ん坊の人生だって始まったばかりだ。

私は唾をのみ込む。「いいですよ」ラクランが私の首筋の辺りで丸くなる。胸がぎゅっと締めつけられる。

私とアダムがソフィアを最初に見たのは、雨の降る日だった。私たちは傘とコートであふれる町を通って里親の家に到着した。神経が高ぶっていたせいで、私は多く話しすぎたし、アダムはあまりに話さなすぎた。

「ソフィアはこちらにいますよ」

ソフィアはプレイマットの上、羊やら牛やらのぬいぐるみがぶら下げてあるアーチ型のおもちゃの下に仰向けで寝転んでいた。私の娘、そう心の中でつぶやいた。それから考えた。ペテン師のような気分になることなくその言葉が言える日はくるのだろうか。

「とっても可愛い。アダム、可愛いよね？　こんにちは、ソフィア。あなた、とっても可愛いのねえ」私はアダムに何かしゃべってもらいたかった。ソーシャルワーカーが、アダムの無言を献身の欠如ととらえるのではないかと心配していた。しかしソフィアに目を向けると、ソフィアは微笑んでいて、私と、目に涙を浮かべたアダムを交互に見つめていた。

「この子、完璧だね」アダムは言った。

ラクランからは、新生児特有の温かく眠気を誘う、ビスケットのような甘い香りがする。タルボット家から通路を挟んだ側の座席に座る女性が、ラクランに向かって――あるいは私に向かって――顔をしかめる。先ほどまで下ろしていた女性の灰色の長い髪の毛は、ポニーテイルにまとめられている。この女性に子どもがいたとしたら、その子どもたちはもう成人しているだろう——赤ん坊と旅するのがどんなふうだったか、彼女はきっと忘れてしまったのだろう。

不安が喉の奥でテニスボールほどの大きさにまで膨れ上がり、唾をのみ込むたびに唾がその周囲に触れていく。この飛行機の中の誰かが私を観察している。誰かがあの手紙を書いた。誰かが、今私がどんな気持ちでいるのかを——そしてなぜそんな気持ちでいるのかを——知っている。

アリス・ダヴァンティのそばを通りすぎると、小型のキーボードに何やら一心不乱に打ち込んでいるのがわかる。レディ・バロウは目を閉じて、ヘッドフォンから流れてくる音楽に合わせて指を動かしている。乗客一人一人に目を向けていく。猜疑心が神経の末端を疼かせる。目に見えない蜘蛛たちが、背筋を、腕を、這っていく。

誰なの？

ジェイミー・クロフォードと妻はまだバーにいる。四、五人の乗客が加わっていた。ジェイソン・ポークもそのうちの一人で、シャンパンを飲みながら撮影中の話を披露して小さな観衆を楽しませている。

「……完全にユーモアのセンスが欠如しててさ、そいでカメラマンにパンチをお見舞いしたってわけだ！」

みなが大声を上げて笑うと、驚いたラクランがものすごい勢いで頭を後ろにのけぞらせ、声を上げて泣き始めた。

「ジェイソン、どうやらあの小さな男性はお気に召さないらしいぞ！」

これは何もかも仕組まれたことなのだろうか。これも〝ポークズ・ジョーク〟の一つなのだろうか。私は天井を見上げて隠しカメラを探す。ラクランは私の視線の先を追い、そこにちりばめられたきらきらと輝く星に目を丸くする。その短い生涯の中で、この子は一体どれほど夜の空を見たことがあるのだろう。喉の奥が締めつけられ、私の内部で恐怖が潮のように満ち、勢いを増していく。誰も――ジェイソン・ポークでさえ――テロリズムについて冗談を言ったりしない。飛行機の中では。一昔前であればもしかしたら。でも今はあり得ない。

あのような悲惨な出来事が起こってしまった後では、あり得ない。

またどっと大きな笑いが湧く。もう一人のジャーナリスト、デレク・トレスパスは片方の手にノートを持っている。おそらく彼は仕事のために、あるいはネタ探しのためにバーにやってきたのだろう。しかし今はそのような仕事への献身ぶりを見せることなく、ポークの話の合間に自分の話を押し込もうとしている。

「副首相も同じだったよ――ユーモアのセンスがまるでない。二〇一四年のインタビューのときだけど……」

バーの反対側では、また別の乗客が三人、コーヒーの方へ移動した。彼らがカウンターに並べてあるケーキをつまんでいるのに気づいたハッサンが、取り皿と折り畳んだナプキンを差し出している。ラクランを抱いてビジネスクラスへ戻ろうとしたところで、三人の会話の断片が耳に入ってくる。

「もう何年もずっとシドニーに行こうって思ってたんだけれど、旅の道のりを考えると行く気がしなくなっちゃってね。直行便で行けるようになったって知って、すぐに予約したのよ。そうよね、あなた？」

「やはり全然違いますよね。そのためなら割増料金くらい払う、というものですよ」

「初めての直行便——光栄なことですよ。明日には私たちみんな、世界中の新聞に載ることになりますよ！」

突如として、この飛行機がニュースとして取り上げられている映像が鮮明に思い浮かぶ。空から落下し、炎上する。テレビ画面の下の方でニュースの見出しが流れていく。ワールド・エアライン79便、生存者なし。

私はそもそも、ここにいるべきではないのだ。

私とアダムは毎年、クリスマス前の最後の丸々一週間、休暇を取るようにしていた。クリスマス間際に駆け込みの買い物をしたり、ドイツのクリスマス市（マーケット）をぶらついたりする。それから熱々のドライフルーツ入りのミンスパイを食べたり、砂糖や香料入りのおしゃれなホットワインを一杯、あるいは三杯飲んだりもする。それが私たち夫婦の伝統になっていた。共に過ごす特別な時間。

「今年もいつも通り過ごしたっていいんじゃないかな」アダムはさりげない調子でそう言ったが、その目を見れば、彼がどれほど私に〝いいよ〟と言ってもらいたがっているのかがわかった。まだ夏のことだったが、アダムは事前に休暇申請をする必要があり、そのためにこのような会話をすることになった。「それこそ俺たちに必要なものなのかもしれない。自分たちだけで過ごす時間が」

「考えておく」

次の日、ロンドン―シドニー便の乗組員名簿が出された。

「ごめん」ライアンとの勤務日交換が完了するのを待ってアダムにこう告げた。「シドニー行きのフライトに搭乗することになったの。その週はずっと家を空けることになりそう」

一つの小さなうそ。そうして今、私はここにいる。

私はここにいるべきではない。このフライトには。どのフライトにも。

客室に戻り通路を歩いていると、数人の乗客が私の方を見ているのがわかる。私が赤ん坊を抱いているからだろうか。飲み物のお代わりが欲しいのだろうか。

あるいは、あの手紙を書いた犯人なのだろうか。

〝わからない〟ために自意識が高まり、赤ん坊を落としてしまうのではないかと恐ろしくなり、突如として自分の腕がぎこちなく思えてくる。相変わらず乗客一人一人に目を向けながら進むものの、何を探しているのか自分でもわからなくなる。自信に満ちた――尊大な乗客だろうか。あるいは、私と同じくらい怯えている乗客だろうか。

5Gの女性の目が充血していて、くしゃくしゃに丸めたティッシュペーパーを片方の拳から もう片方の拳へとしきりに移動させている。

「大丈夫ですか?」私は膝が許す限り腰を落として、女性と目の高さを合わせようとする。

「大丈夫とは言えないわ」荒っぽく、辛(つら)そうな声だった。飛行機をハイジャックする人間というのは、正気を失っているものではないだろうか。精神が不安定な人。過激な人。この女性もそういう種類の人間である可能性が。

「どうなさったのか、話してくださいませんか?」今の私にできるのは、声を荒らげないよう自分を抑えようとすることだけ。冷静でいなくてはならないことはわかっている。

女性は私の腕の中の赤ん坊をじっと見つめる。「若いときにはね、時間なんて有り余るほどたっぷりあると思うものなのよね」

私は息を凝らして待つ。

「でもあるとき気がつくのよ、時計の歩みが速くなっていることにね。やろうと思っていたことの半分もやっていないし、重要なことの半分もやっていないというのに」

女性の前腕に手を置くと、女性は私の方に顔を向ける。

「死にそうなの」彼女の目の色は青白く、冬の海の色をしている。そしてその目を瞬かせることなく、じっと私を見つめている。涙がとめどなく流れている。「私の親友なの。姉さん、そう呼んでいたわ。私の知っているどんな姉妹よりも仲が良かったけれどね。二十年前、彼女はサーフボードを持ったばか男と結婚してシドニーに引っ越してしまったの。必ず遊びにいく、そう固く約束したのに、日々の生活が何かと邪魔をしてきてね」その目に浮かぶ涙が今にもこぼれ落ちそうだ。「そうして今は、死が邪魔をしているの」

「クリスマスはその方と過ごすご予定ですか？」

「彼女がそれまで持ちこたえてくれたらね」女性は静かに言う。

「もちろん大丈夫ですよ」他になんと答えていいかわからず、そう答える。この女性は私が受け取った手紙とは無関係なのだから。この女性が求めているのは、さようならを伝えるのに間に合うようにシドニーに到着することだけなのだから。

通路を挟んだ側の、一列後ろの座席に、中東系と思しき男性が座っている。その浅黒い肌には健康そうな艶があり、そのためにより一層その浅黒さが際立っている。神経がピリピリしてくる。直感と偏見が手を結んだ。

「何かお困りのことはありませんか？」なんとか笑みを作って尋ねる。男性が震えているのを見て、心の中で警告欄にチェックマークをつける。見た目にわかる神経の高ぶり、奇矯な振る舞い、独り旅。

「この飛行機、大丈夫？」

「飛行機は大丈夫ですよ」私は慎重に応える。「全て問題ありません」

「飛行機は好きじゃないんだ。抗不安薬（ジアゼパム）を飲んだけど、効いていない」

「全て問題ありませんよ」私は繰り返す。「最近の飛行機はとても安全なんです。厳重に警備されていますし。何かおかしなことが起こる可能性など、全くありませんから」

「それはうそだね。いつだって墜落事故が起こる――ニュースで見てるはずだよ」

「しかしこの飛行機は……」声が震える。「……この飛行機は安全です」そう言って立ち去る。普段客室を歩くのと同じように、ゆっくりと歩くよう自分に言い聞かせながら。これ以上、ラクランを抱いていたくはない――この飛行機には罪のない人々が乗っているのだということを、こんなふうに肉体的に意識させられるのはごめんだ。ようやくポール・タルボットの手にラクランを戻すことができた。

航空会社はいつでも安全な操縦で運航している。火災報知器、不時着水訓練、標準操作手順（SOP）の試験。隅々まで抜かりがないように、このルートだけでも十回以上行うことになったはずだ。これもまたディンダーの試験の一つなのだろうか。このフライトがいかに安全かを証明する目的で行われる、人目を引くための宣伝活動なのだろうか。

私はSOPを知り尽くしている。

ステップ1、何が起こったかを操縦室に報告する。私の娘の安全は、パイロットの判断に影響しない。それはわかっている。無慈悲に聞こえるかもしれないが、理解している。もしも誰かが操縦室のこちら側で人質（ホステージ）に取られていたとして、パイロットはそのドアを開けてはならないことになっている――人質が乗客であれ、クルーであれ同じこと。自分たちの家族が搭乗していたとして、監視カメラを通して自分たちにはすぐそこにハイジャック犯が立っている姿が確認できていたとしても、自分の愛する者の喉に刃物が突き立てられていたとしても、操縦室へのドアを開けることは決して許されない。ソフィアに危険が迫っている可能性はあるものの、そのことがマイクとチェスカの行動に変化をもたらすことはない。あまりに多くの命が危機にさらされているのだから。

コックピットのドアが開き、私は中に入る。広大なフロントガラスの向こうには、ただただ闇だけが広がっていて、突如として、落下していくような感覚に陥る。アリスのうさぎの穴を転がり落ちていき、自分の体を制御できなくなるような……。

「やあ……」マイクが、いかにも見知らぬ人間と旅することに慣れっこの人間らしく、私の名札をちらりと見やって続ける。「……ミナ。客室の様子はどんな感じだろう？」

今この瞬間は、まだ全てが順調だ。この瞬間を終わらせたくない。私たち全員の人生が一変してしまう前のこの瞬間をどうにか長引かせたい。私が伝えれば、パイロットたちはすぐさま航空交通管制に報告することになるだろう。無言で入力するコード。７５００。ハイジャック発生。

そこから先は、なすがままだ。一番近い空港に緊急着陸するか、戦闘機の護衛を受けながら人口の多い町を避けるように飛行を続ける。危険な空域では撃ち落とされる可能性さえある。計画的に機体を爆発させることは、飛行機がどこかに激突するのを黙認するよりはましな選択肢だと考えられているのだ。

私は思い切り唾をのみ込む。それは私が決めることではない。私の仕事は乗客の安全を保つことであり、飛行機の安全ではない。私の仕事は、この飛行機にハイジャック犯が搭乗している事実をマイクとチェスカに伝えることだ。

「全て順調です」私は言う。「ただ……」鼓動が大きく感じられて、口早に報告を終わらせる。「ビジネスクラスの男の子が、なんとしてもお二人のどちらかに会いたいみたいで。本物の航空オタクです。少しだけ顔を見せにいくことは可能でしょうか？」

二〇一五年、ジャーマンウィングス9525便の副操縦士が、機長を操縦室から締め出し、エアバスA320をアルプス山脈に向かわせた。乗客乗員全員が死亡した。航空会社の反応はふたつにわかれた。半分は直ちに、パイロットを決して一人にしてはならないという方針を打ち出した。残りの半分は、方針にそのような変更を加えることなく、代わりに、このような悲劇の原因となった精神衛生上の問題を未然に解決するにはどうしたらいいかについて検討した。

ワールド・エアラインズは方針転換を行わなかった。

「彼の母親がちょっとだらしない女性で」私は付け加える。「自分は好き放題しておきながら、子どもには着陸までのあいだずっと、自分で自分の面倒を見させているんです」

「そういう親は我慢ならないね」マイクが言う。「ここは託児所なんかじゃないっていうのに」

「私が行く」チェスカが立ち上がって背伸びをする。「どのみちトイレに行きたかったし」

私は〝ありがとう〟を言わない。言葉を発することができない。口の中が砂漠のようにカラカラで、唇に歯がくっついている。チェスカをすぐ後ろに感じながら操縦室を出ていくと、胆汁が上がってきて喉がピリピリと痛む。

私は母親だ。

こうするより他ない。

20　午後九時半　アダム

頭がぼーっとする。ワインと鎮痛剤を同時に摂取したせいで吐き気がする。ワインの入っていたグラスをすすぎ、そこに目いっぱい水を入れる。グラスの縁(ふち)周りがぼやけて見えてきて、激しく目を瞬かせる。あばら骨が痛んでいるし、腎臓周辺に感じる痛みが、先ほど食らった蹴りを執拗に思い出させる。

抜け出す道を見つけなくては——高利貸から借りている金を返して、あのゴリラ野郎たちから解放されなくては。そうすれば銀行の借金を返していくことができる。借金が増え続けるのを止めることさえできれば、俺にだって再びそれを小さくしていくことはできる。一発でかいのを当てればそれで済む話だ、耳元で悪魔がささやく。

両手を水切り台に強く押しつける。

俺はいつだって少額を賭けて楽しむのが好きだった。決まってやるものはなかったし、毎年四月に行われる競馬の障害競走(グランド・ナショナル)に賭けたり、たまに仕事仲間とドッグレースに行ったりするくらいだった。ここで十ポンド、こっちで二十ポンド、といった具合に。ミナと結婚したとき、結婚式の引き出物として宝くじ券をみなに配った。その封筒一つ一つに、二人の出会いはまさにジャックポットという陳腐な文言が書かれていた。私たちと同じくらいの幸運が訪れますように！　ミナのおばは百ポンドを手に入れたし、十ポンド儲(もう)けた人も二、三人いた。意図した通り、楽しんでもらえた。

それからずいぶん長いこと、ギャンブルというのはそれ以上でもそれ以下でもなかった。キャリーオーバー額が大きいときには二人で宝くじを買った。当選していればメールで連絡がくることになっているのだが、それでも俺たちは家のソファに座って当選発表のライブ中継を見た。俺たちが何よりも楽しんでいるのは、あの期待感だったから。

「誰に最初に教える？」ミナが訊いた。

「誰にも。こっそり人助けするよ。毛むくじゃら（ヘアリー）な妖精（フェアリー）のゴッドマザーってことで。俺が死んで初めてみんなその事実を知るんだ。そうすればみんな俺を聖人扱いさ」

ミナは俺に向かってクッションを投げてきた。「くっだらない。当選したすぐ次の日には、ランボルギーニのショールームに行ってるよ」

「言えてる。赤がいいかな、黄色かな？」

「黄色。私たち、派手になるだけじゃなくて、下品にもなるはずだから」

俺たちは一度も当選しなかった。数字が三つそろったことさえなかった。最初はそれでも別にどうということはなかった。可能性はわずかなのだから――ちょっとした楽しみの一つなのだから。しかし月日が経ち、だんだんと生活にかかるストレスが増えていくと、気づいたときには、土曜の午後になるのを待てずに月曜日に宝くじ券を買いにいくようになっていた。一週間ずっとその紙切れを肌身離さず携え、財布を開けるたびに今週はきっと……、と考えるようになっていた。

仕事を辞められたらどれほど素晴らしいか、ミナだって仕事を辞めることができるのだから、そんなことを考えていた。ソフィアはもうこれ以上、見捨てられるかもしれないという恐怖を抱かずに済むのだ。あの子を一人にしておく必要がなくなるから。仕事のためにも、なんのためにも。

土曜日がやってきて、当選していないことがわかると、俺はその券をくしゃくしゃに丸めてごみ箱に放り投げる代わりに、じっと目を凝らして見つめ、番号を再確認した。当選者に嫉妬して、それが自分たちではなかったことにひどく腹を立てた。ソフィアが俺の腕の中で体をこわばらせるようなときには、心の中で、宝くじが当たれば、これも解決するんだとつぶやいた。

そうして毎週購入するようになった。

「毎週二ポンドずつにするって決めた方がいいと思うんだ」ミナが言った。「そうすれば少なくとも、年末に百四ポンド使ったってことがわかるから」

「それのどこが楽しいの？」そのころまでにはもう楽しいなどとは感じられなくなっていたものの、そう応じた。俺は銀行口座からの自動引き落とし設定をして——そうする方が毎回現金を探すよりはずっと楽に思えた——、そうすればチャンスを増やすこともできると考えた。俺が五口購入するようになったとき、ミナは俺を止めた。

「週にたかが十ポンドだろ」

「年に五百ポンドだよ、アダム。それだけあれば休みに旅行にいけるよ」ミナは口座引き落としを停止し、土曜の夜には八時を過ぎるとテレビのチャンネルを替えて、ＢＢＣの番組を見るようになった。そうでもしなければ俺は……。

「座った方がいいですよ」ベッカの声がする。

「大丈夫だ」その言葉は不明瞭で、ベッカが怪訝な面持ちで俺を見ているのがわかる。舌が口に対して大きすぎるように感じられ、頬の内側が乾燥していて粉っぽい。カウンターの横をつかむ。蹴られているあいだ、できる限り頭を守っていた。腎臓が一番ひどくやられたことはほぼ間違いないが、脳震盪(しんとう)を起こしたのかもしれない。前に一度起こしたことがあったため――ラグビーの試合中だった――どのような感覚だったかを思い出そうとするが、詳細は記憶からすり抜けていく。

　俺をダメにしたのはスクラッチカードだったが、それを認めるのが恥ずかしいとさえ感じている。アルコール度数の低い洋梨酒(ベイビーチャム)を乱用するアルコール依存症や、子ども用の解熱鎮痛剤(カルポル)を手放すことができない薬物依存症と同じだ。最初に購入したカードで二百五十ポンド当たったのだ。二百五十ポンド！　街角の店先の男にキスしたくらいだった。ミナを外食に連れ出し、ソフィアにはずっと欲しがっていた色の変わるユニコーンを買ってあげた。そして二十ポンドを次のスクラッチカード購入資金に回した。これこそが秘訣(ひけつ)だ、俺はそう確信した。余裕がなくなるほどの額を賭けてはいけない。勝った分から少しずつ取って、その金でスクラッチカードを買う。そうすれば面倒に巻き込まれることはないはず。

　しかし二度目は一ポンドしか勝てなくて、その次はゼロで、そのまた次は……。

　何もかもがぼやけて見える。ソフィアがキッチンに入ろうとしているのがぼんやりとわかる。ソフィアはベッカに尋ねている。「パパどうしたの?」ベッカの返答が、水の中で聞いている音のように響いてくる。頭を振って、はっきりと聞こえるようにしようとする。

「パパは大丈夫だよ、ちょっと疲れただけだから」救急箱がまだ脇に置いてある。鎮痛剤がどれほど強いものだったのかを確かめたくて箱を引っかき回す。頭はくらくらしているというのに、まだ全身に痛みを感じているから。「さっきくれたのはイブプロフェンだった？　パラセタモール？」ベッカに訊く。どちらか一方だけを飲んでいたのであれば、もう一方を試すこともできる。

「パパ？」ソフィアは目をこすっている。数ヶ月前に新しく始まったばかりの学校生活のためにすっかり疲れ切っているのだろう。

救急箱にはあらゆる種類の使えないものが入っているが――べたべたする咳止め薬の瓶や色々なサイズの絆創膏など――鎮痛剤は見当たらない。瞬きをして、海から駆け上がる犬のように頭を振る。

「どこだ？」ベッカの方に顔を向けると、ベッカは無表情のままこちらをじっと見つめ返している。もう十代の少女には見えない。もっと年上で、もっと世慣れていて、もっと色々なことを知っているように見える。

痛みと目眩（めまい）に襲われる中、突如として、あることがはっきりとわかる。

「ベッカ、俺に何を飲ませたんだ？」

口の中がからからに乾いてこわばり、言葉を発するのが難しい。朦朧（もうろう）とする頭の中で、言葉たちが鉢合わせしている。おれになにをのませたんだ？　肋骨と腎臓の痛みはもう遠くにあるように、誰か別の人間のものであるように感じられる。

「眠りを促すもの」ベッカは何か役に立つことをした人間のような満足げな笑みを浮かべている。俺は必死でこの状況を理解しようとする。そもそもこの家に睡眠薬なんてあっただろうか。ミナが処方してもらって――ミナは不眠に苦しんでいたのだろうか――、救急箱に残しておいたのかもしれない。しかしどうしてミナはそんなことをしたのだろう。それに、たとえそうしていたところで――。

「なんの薬なのか、包みに書いてなかったのか？」そう伝えるつもりだった。しかしベッカのぽかんとした表情を見れば、俺の口から出てくる言葉は、意図したものとは全く別のものになっているのだということがわかる。急に何かを理解したように、ベッカの表情が晴れ晴れとする。

「ああ、なるほどね！　私が鎮痛剤をあげようとして、間違って睡眠剤をあげたと思ってるんだ」ベッカは大声で笑う。「ううん、私そんなにばかじゃないの。わざとなの。あの薬、私が持ってきたの」

揺れを止めようとカウンターをつかむ。揺れているのは俺の体なのか、部屋だろうか。ソフィアはまだドアのところに立っていて、最初に俺を、それからベッカを見る。俺はソフィアに微笑んでみせるが、ソフィアはたじろいでいる。

「パパ、具合が悪いの？」

ソフィアが警戒していることに対して彼女を責めたりしないが――ここ数ヶ月の自分の言動を考えれば、ソフィアが俺を信用していなくて当然だ――、今この瞬間には、俺といることが一番安全だということを理解してもらう必要がある。ソフィアに向かって腕を伸ばす。手が震えているし、安心させる言葉をかけようとするものの、それは不安を誘うような形で口から滑り出ていく。だいじょぶだよそふぃぱぱのとこおいで。

ソフィアは三つ編みに結った髪を引っ張って、それをきつく指に巻きつけながら、視線をベッカから俺へ、俺からベッカへと移動させている。

「こっちにおいで、かわい子ちゃん」ベッカが両腕を差し出す。

「ソフィア、だめ、だ！」

あまりに大きく、あまりに乱暴な声になっていた。ソフィアは両手で耳をふさいで叫び声を上げ、ベッカの方に向かって走っていく。ベッカはソフィアを抱え上げて体を左右に揺らす。ソフィアはまるで猿の子のように両脚をベッカの体に巻きつけ、ベッカのセーターに顔を埋めた。

ソフィアの頭上でベッカのほくそ笑む顔が見える。勝利の笑みだ。ゲームに勝ったとでも言わんばかりの笑み。俺の方では、参加していることさえ知らなかったというのに。

単語と単語のあいだに間を置くよう努めて話す。「今、すぐ、ここから、いなくなれ」

「まだ始めたばっかりだよ！」

部屋がまだ揺れているように感じられ、カウンターを手で握りしめながら二人の方へ歩いていく。「なんの遊びをしているのかは知らないけど、君はもうすでに重大な罪を犯しているんだぞ」ゆっくりと言葉を発する。水分を失った唇が、一言一言と格闘している。「有害物質の投与行為は実刑に値する——君がまだ学生だからといって、放免してもらえるなんて考えないことだな」どうにか理解させようと必死になり、息が苦しくなる。まるで流砂の中を進んでいるかのよう。

「本当は私、二十三なの。あー、びっくり、だよね！」ベッカは、ソフィアに話しかけているような軽やかで耳に心地よい声で話し続ける。ソフィアはまだベッカにきつく抱きついたままだ。ベッカはソフィアを安心させるよう、左右に体を揺らしている。「そのまま動かないで、アダム」

これまでに数えきれないほど何度も同じような状況に立たされてきた。酔っ払い、怒る人たち、正気を失った人たち。パトカーで町の中心部を走っていると、殴り合いへの期待にアドレナリンが急増する。しかし三対一でこちらの数が上回っているときには、手を出さずに耐える。

窮地に追いやられたこともある。穏やかな巡回のはずが急に質の悪いものに変わってしまったこともあれば、囚人を独房に連れ戻す際に、やぶから棒に殴り合いになることもあった。それらは突発的に起こることではあるのだが、それでも仕事中であればいつだって準備は整っている。

しかし今は、整っていない。肉体的にも、精神的にも。体が動かないし、自分の家だし、娘も一緒にいる。しかも十七歳の少女だと思っていた人間が、実際には成人したサイコパスだと判明した今は。

「その子を離せ」

「そこを動くなって言ったの」

「俺は、その子を離せと言った」

ベッカは空いている方の腕を動かし、笑みを浮かべる。

俺は動くのをやめる。

ベッカの手が移動した先、ソフィアの首からほんの数ミリメートルのところに、中身の詰まった注射器が突きつけられていたから。

21　座席番号　7G

私の名前はリッチー・ニコルズ。79便のフライトの前半はゲームをして過ごした。

コンピューターゲームが嫌いだという人が理解できない。どのゲームのこと？　私はいつもそう尋ねる。なぜならそれは動物が嫌いだと言っているようなものだから。あるいは食べ物。世の中には実にさまざまなゲームがあるのだから、その全てが嫌いなどということはあり得ない。戦闘ゲームに興味がないのであれば、スポーツゲームだってある。あるいはロールプレイング。クソみたいなものを集めて回るストラテジーゲームだってある。そういったゲームは私の得意とするものではないが、人にはそれぞれ好みというものがある。飛行機にはパズルゲームしかないのだが、それでも少なくとも暇つぶしにはなる。

私はといえば、ＦＰＳ（ファーストパーソン・シューティングゲームのことだ）に夢中だ。こうしたゲームはその世界にのめり込むことができる――ただゲームの世界を見下ろすのではなく、その世界の中に入り込むことができるのだ。電気を消してヘッドフォンをして、何時間だって続けられる。キャラクターの息づかいが聞こえてきて、一度ゲームにはまり込んでしまえば、自分の呼吸音は聞こえなくなる。現実の自分とアバターが一体化して、一人の人物になる。自分と悪い奴らのあいだにあるものは銃身だけ。銃が放たれ、両手の中でコントローラーが激しく振動すると、肩に銃の反動が感じられるような気がする。なにしろ全てがそこにあるのだから――汗、発砲音、血……。

私は子どものころからゲームをしてきた。母はいつだって〈プレイステーション〉を取り上げるぞと脅してきたが、本当に取り上げたことは一度だってなかった。そのころ私はまだ毎週末を父のところで過ごしていて、母は、ゲームをすることが父子の楽しみだということを知っていた。家でゲームをやらせてもらえなくなると、私がゲームしたさに放課後に父のところに行ってしまうと母にはわかっていたのだ。初めのころ母は、夕食の時間には私をリビングにこさせようとしていたが、やがてそれを諦めた。代わりに母は、夕食をトレイにのせて階上の私の部屋の前まで運ぶようになったが、その夕食が手つかずのまま冷たくなっていることに気づくと、今度はサンドイッチを作るようになった。私はそれも大して食べなかった。電気ケトルを用意して、次のゲームがロードされるのを待つあいだに〈ポットヌードル〉を食べるようになり、ドアの向こうに空のカップを積み上げていった。

ゲームがやりたいことの全てだった。実際にやっていたのはゲームだけだった。でも私だけじゃない。学校にも同じような奴らが大勢いた——彼らと夕方からずっとマルチプレイをして、真夜中過ぎまでずっと一緒にゾンビを叩きのめしたりもした。徹夜でゲームをして、科学の授業をサボり、バリアフリートイレで眠ったことは一度や二度ではなかった。授業中はほとんどの時間を、その晩のセッションに備えて戦略を練ることに費やした。だから私がAレベルにとどまるのに必要な数のC評価を取ることができたとわかったとき、私以上に驚いた人間はいなかったと思う。

シミュレーションゲームをするようになったのはシックスフォーム在籍中のことだった。授業にノートパソコンを持っていくことが許されていて、教室内にいさえすれば何をしてもいい自習時間がたっぷりあった。ただし、暴力的なゲームをしているところを見つかると大目玉を食らうのだったが。最初は自転車を走らせた。自分でも一台買おうかとさえ考えた。そして初めて空を飛んだとき、完全に虜（とりこ）になってしまった。旅客機、戦闘機、第二次世界大戦の複葉機――みんな操縦した。

全てがおかしくなったのは大学に入ってからだった。学校では単純に思えたことが単純ではなくなり、ばかばかしいと感じながら少人数授業（チュートリアル）に出席するくらいなら、自分の部屋にいる方が楽だった。母は社交ダンスで知り合った男と一緒に住み始めて、私の部屋を自分たちのスパンコールの衣装を収納する衣装部屋に変えてしまった。ゲームをすることだけが、私が目覚める理由だった。そうしてどんどん上手くなっていった。

「それで食っていけないなんてな」父は、自分がどれだけ多くの金を私に送っていて、最後にはなんらかの成果を残してもらいたがっているという、これまで何度も繰り返されてきた口論の真っただ中、そう言った。

大学は、二年目の途中で私を退学させた。工場での仕事についたものの、最初の週でやめさせられた。そしてそれ以降は同じようなことの繰り返しだった。我が身と公共職業安定所（ジョブセンター）、町のクソみたいな地域のクソみたいな家のクソみたいな部屋。

落ちるところまで落ちたちょうどそのとき、状況が好転し始めた。友達ができて――本物の友達だ――ゆっくりとではあるものの、以前までのように自分自身に対して肯定的な気持ちを抱くようになった。体を鍛え始め、自信を取り戻した。相変わらず四六時中ゲームをしていたものの、しっかりと食べるようにもなった。時には外出さえするようになった。

仲間の一人が私に仕事を紹介してくれた。仲間は私が〝クソすごいゲーマー〟だと（私の言葉ではなく、彼らの言葉だ）知っていて、その私の技術を必要としてくれた。私を必要としてくれた。そして――父よ、ざまあ見やがれ――報酬を支払ってくれると言った。

ゲームが私の仕事になった。開発者のために新作ゲームのテストプレイをして、課金をしてアップグレードすることなく全種類の武器を集めようとした場合、どのようにしてシステムにハッキングすることができるかを考えるのだ。それから開発者側がより安全性を高めることができたと判断した後で、もう一度プレイしてみる。

それからは毎日、新しい目的意識を持って目覚めるようになった。報酬でまともな服を買ったり、ついには車を買うことさえできたが、私にとって意味があったのはその報酬だけではなかった。チームの一員になれたという事実でもなかった（今でも一人で仕事をする方がいい）。目的があること、締め切りがあること、これが私にとって重要だった。

79便に搭乗するころには、私は別の人間になっていた。自分がどこに向かっているのかわかっていた。私の座席はビジネスクラスにあった。自分たちがそこにいる権利について疑ったこともないような人間たちに囲まれた場所に。私だって今はそんな疑いを抱いていない――ようやく私も彼らの一員になれた気がする。

ようやく、自分が重要な人間なのだと感じている。

22　午後十時　アダム

ソフィアの首筋、太い三つ編みが垂れ下がっている辺りに青白い月が見える。そしてその皮膚からわずかに離れた辺りを針がさまよっている。

ソフィア、動くなよ……。

ソフィアの右の目尻が見える。まつ毛が頰に影を落としている。片手の親指が口元のあたりで落ち着き、ベッカがそっと体を揺らすリズムに合わせて指しゃぶりの音が聞こえている。

じっとしていてくれ。

「ベッカ、注射器の中には何が入ってるんだ?」ソフィアを怖がらせないよう、なんとか声を荒らげず、明るい口調を保とうとする。天気やベッカの勉強の話をしているのであって、特に重要な話など何もしていないとでもいうように。そうはしようとするものの、言葉同士が血を流し合う。頭の中で自分の声のこだまが響いていて、数秒おきに視界がぼやける。ベッカとソフィアの輪郭のそばにもう一つの輪郭が浮かんでいるように見える。被写体が動かなくなるのを待たずに撮ってしまった写真のようだ。

「インスリン」

インスリン？　父は糖尿病だった。父は疾患を管理するのが得意ではなかった。週に何度か低血糖に陥り、額に汗をにじませながらブドウ糖錠剤を探し回っていた。ソフィアには、彼女の体が自然に生成する以上のインスリンは必要ない――わずかにでも余分に投与すれば、死を招きかねない。

「量は？」

「たっぷり」

冷静に虚勢を張りながらも、その陰で声を震わせているのを感知したように思えたが、ベッカはそんなことは露ほども見せずにいる。体の機能が停止していく。少しずつ全身の感覚がなくなっていき、一日二回勤務（ダブルシフト）をこなした後に寝酒をしてベッドに潜り込んでいるような気分だ。「どうして？」どうにかそう絞り出す。片方の足を、時間をかけて前に踏み出す。おばあちゃんの足取り。だーるまさんが、こーろんだ。

「世界は目を覚まして、何が起こっているのか見る必要があるから」

血管が凍っていく。俺の視線は、こちらをじっと見据えるベッカの冷たい目と、ソフィアの真っ白な肌を刺さんばかりの距離をうろついている針の先を行ったり来たりする。ベッカは薬でハイになっているのだろうか。当然のことながら、子を預ける親がベビーシッターと過ごす時間というのは長くない。子どもを預ける前か引き渡し後の五分間ほど顔を合わせるだけで、残りの時間はベビーシッターと子どもだけで過ごすことになる。ベビーシッターにはどんなことだってできる。どんな人間であってもおかしくはない。

「どんな戦いであれ、勝利には犠牲が伴うものなの」

ベッカの声には、台本を暗唱しているような、どこか機械的な響きがある。仕事で参加した、英国各地におけるティーンエイジャーの急進化に関する勉強会のことがふと思い出された。そのときのビデオに登場した若者たちがちょうどこんなような話し方をしていた。イスラム過激派に煽られた言葉を力強く吐き出すような話し方だった。彼らは教え込まれ、啓発され、〝砲弾の餌食〟として使い捨てられる。

俺たちはベッカについて、本当のところ何を知っているというのだろう。ベッカは、カーチャが出て行ってから二十回ほどソフィアの子守りをしにきてくれた。いつも母親が大通りの角のところまで迎えにくるのだと言っていた――〈ファーム・コテージ〉までの穴だらけの道を嫌っていたのだ。俺が仕事から戻ると、ベッカはバッグに教科書を押し込んで――。

本当は私、二十三なの。

ベッカは最初から俺たちを騙していたのだ。教科書、Aレベルへの不安、大学で進むべき学科についての母親との口論……。全ては、自分がまだ子どもだと見せかけるための芝居だった。俺たちに自分を信用させるための。

カーチャが彼女に、学校から帰った後のソフィアの面倒を見てくれる人を私たちが探しているかもしれないって話したんだって。

　俺もミナも、ベッカの話が本当かどうか調べたりしなかった――というより、俺たちにはその術（すべ）がなかった。カーチャは詳細な連絡先を残していかなかった。だからベッカのことを知りたいと思ったところで、俺たちはカーチャにそれを尋ねることができなかった。

　ソフィアの呼吸がゆっくりになってきている。先ほどまでベッカの胴にしがみついて決して離れなかった両脚が、今はだらりとぶら下がっている。ベッカの揺れと抑揚のない口調になだめられて眠ってしまったのだ。

「私たちは今、大量絶滅を阻止するために行動を起こさなければならない」

　大量絶滅？　胸に宿る不安をどうにか抑え込む。ベッカは正気とは思えない。なんだってやるだろう。また数センチ、足を前に引きずり出す。「わかった……」ベッカに視線を集中させたまま、もう数センチ。足じゃなく、目を見て。だーるまさんが、こーろんだ。脳が、必要としているもの同士の関連性を見出すことができずにいる。思考がまるで、増水する川に配置された飛び石のようだ。間隔が広すぎて飛び移ることができない。

「ベッカ、それが俺たちになんの関係があるっていうんだ？」名前を呼ぶこと。いつだって名前を呼ぶこと。心が通い合う関係（ラポール）を築くのだ。俺にならできる。これが仕事なのだから。説得して岩棚から下りてこさせた自殺志願者のことを、手首にナイフを突きつけて自室でうずくまっていた若者のことを思った。話してくれないか。何を考えているのか、話してほしい。

もう三歩は先を読んでいる必要があった。ドアにたどり着くルートを考え、鍵を探し出し、それから武器も。計画を立てる必要がある。しかし痛みと薬で頭は朦朧としているし、手足は床にだらりと引き寄せられる。顎が濡れているようだ。ぎこちない動きで片手を挙げ、よだれを拭う。

「あんたの妻は大義のために戦うこともできたのに、それをせずに、忌々しい飛行機に乗ってるんだよ！」

理解が追いつかない。誰かがミナを仲間に引き入れようとしているのだろうか。ミナを急進派にしようとして？　ばかげている。まともじゃない。

「ミナが飛行機に乗っているのは、それが彼女の仕事だからだ」言葉同士が互いの懐に滑り込む。

「その通り！」ベッカが勝ち誇ったように叫ぶ。まるで俺が自分のために答えを探したのではなく、彼女が聞きたいと思っていた通りの回答をしたかのように。

「あんたはミナに、仕事を辞めてもらいたいと思ってるんだよね？」頭がくらくらする。ベッカは訳のわからないカルト集団の——女性は家にいるべきだと信じている、時代遅れの組織の——一員なのだろうか。「大丈夫。そのうち辞めるよ」決して約束をしてはいけない、仕事ではそう言われる。クソ食らえだ。これは仕事じゃない。自分の娘のことだ。あの子を危険から守るためなら、世界相手にだって約束するつもりだ。ベッカの意のままに操られようじゃないか。

ソフィアが目を覚ます。髪の毛がベッカの手に触れ、注射針がソフィアの首に触れるぎりぎりのところまで近づく。「ママ！」

「ソフィアに触るな！」脳からの指示を待たずに両腕が前に出ていた。

ベッカが怒鳴り声を上げる。「そこを動くな！」

「ママ！ ママ！」ソフィアは驚き、恐れ、ベッカの腕の中で体をよじらせる。ベッカの腕から抜け出そうともがくものの、ベッカがソフィアを抱きしめる腕にさらに力を入れると、混乱して泣き叫ぶ。

「ソフィア！」俺は大声で呼びかける。「動いちゃだめだ！」

「パパ！」

一歩前に踏み出し、カウンターをつかんでいた手を離す。部屋が俺の周囲を回転しているように感じる。ベッカが注射器を振りかざす。二人との距離は二メートルもない――と思う。二人が絶え間なく動いているように――あるいは俺か――、部屋が動いているように感じられる。やらなければならないことはただ一つ、注射器を持つベッカの腕をつかむことだ。ベッカがソフィアを落としてしまったとしても、それは問題ない。地面からそれほど離れたところにいるわけではないし、インスリンほどの害をソフィアに与えることはない。どれだけの量が入っているのだろうか。投与されたら、ソフィアはどうなってしまうのだろう。

「それ以上近くに来るな」ベッカが言う。「やるよ。やるから。やるからね！」

ベッカがそう繰り返したことに、俺は希望を見出す。ベッカは怯えている。自分にはできる、そう自身に言い聞かせようとしているのだ。俺はゆっくりと、落ち着いた口調になるよう努めて話し始める。

「ベッカ、自分の信念を共有するよう人を納得させる方法としては、これは正しいやり方とは言えないよ」

「私たちはみんなに、会話をする機会を作らせようとしてるだけ――これが最初のステップになる」

私たち。

ベッカはまだ若い――彼女自身が偽っていたほどには若くないものの。裏で糸を引いている人間がいるはずだ。

「誰に言われてこんなことを？」

「誰にも言われてないよ。私は自分の目で見ることができるから。行動を起こすのは、全ての人間の義務なの」

「トップは誰？」

ベッカが声を出して笑う。「典型的な警官だね！　あんたたちにとっては、全てが階層なんでしょう？　支配階級。時の権力者。一体いつになったら気づくわけ？　全てをめちゃくちゃにしてるのは支配階級だってことに！」

ソフィアは泣き叫んでいる。どうにか自由になろうともがいているが、彼女をつかむベッカの力が強すぎる。二人ともパニック状態に陥っていて、争い合っていて、今すぐにでも針がソフィアの……。

「もしそれを注射したら、その子は死んでしまうだろう。そうしたら君は、殺人罪で刑務所に入れられることになるんだ」

ソフィアが叫び声を上げる。その叫び声を聞くのは死ぬほど辛いが、今は手遅れになる前にベッカのところまでたどり着かなければ。頭の周りに靄が立ち込め、急に頭の重みに体が耐えられなくなる。今俺がここで意識を失ったら、ソフィアはどうなってしまうのだろう。ベッカはソフィアをどこに連れていくのだろう。

「ミナが正しいことをすれば、この子は解放するよ」

何もかもが曖昧だ。何もかも支離滅裂だ。ミナは何日も家に戻ってこない——ベッカはそれまでずっとソフィアをこんなふうに捕らえておくつもりなのだろうか。「ミナは飛行機に乗っていて、しばらくは——」

「ミナが言われた通りのことをしていれば、飛行機の航路が変わったことが追跡アプリでわかるはず。そうなったら解放してあげる」

「なんだって……？　ミナがそんな——？」文をまともに組み立てることができない。ベッカの言葉の意味を理解することすらできない。ミナに飛行機の航路が変えられるはずがない——でも、もしミナが……。突如として、その意味がはっきりと理解できる。

もしミナが脅迫を受けているのであれば、話は別だ。

「飛行機が航路を変えなかったら？」

ベッカの注射器を握る手がほんのわずかに動きを見せる。透明な液体の玉が、一瞬だけ針の先端にとどまり、すぐにソフィアの首に落ちる。視界がぼやけ、自分と娘のあいだに暗いトンネルが現れる。二人の周囲には、それ以外のものは何もない。それ以外のものは何も頭に入らない。ソフィアのところまで行かなければ。ソフィアを奪い返さなければ。ベッカが針を刺したら砂糖が必要になるし、救急車を呼ぶし、９９９に電話をするし、ソフィアを見殺しにはしない、ソフィアを見殺しには……。両脚に走れと指示を出すと、両脚はなんとか動くものの、十分な速さだと言えず、目の前に地面が迫ってきて黒い霧が俺にまとわりついてくる中、全てが静かになる。

23　シドニーまで八時間　ミナ

チェスカが私の後に続いて客室に入っていくと、客室全体が興奮に包まれた。上司がオフィスに入ってくると空気が変わるのと同じようなもの。チェスカがこんにちは、空の旅をお楽しみくださいね、コンディションはよさそうですよ――予定時刻より早く到着することもあるかもしれません、と話す声が聞こえてくる。罪の意識で頭が重い。乗客に道をあけるために立ち止まると、チェスカも同じように立ち止まる。少しのあいだチェスカと並んで立つことになり、視界の端に彼女の姿が入ってくる。私より年上だが若々しい。高い頬骨に、重たい前髪を目の上に流した黒髪のベリーショート。

乗客が私たちの横を通り過ぎると、汗と、不安と、一所に長くいすぎた臭いがかすかに漂った。6Jの座席の中東系の男性で、階段でも上っていくかのように、そばにある座席の背もたれを順に両手でつかみながら進んでいく。チェスカの挨拶にも反応することなくカーテンに向かって歩き続けている。脈が速くなる。彼なのだろうか。男性がギャレーの中に姿を消したのを見て追いかけたい衝動に駆られるが、私たちはもう4Hのところまできている。

ファインリーがピクサーの映画を見ていて、私に気づくとヘッドセットを外す。

「直してくれた?」

一瞬、何を言われているのかわからず戸惑ったが、すぐにポケットの中にある絡まったコードのことを思い出す。コードを受け取ったのは、もう完全に別のときに起こった出来事のように感じられる。私が私の仕事をまともにしていたときに、シドニーに向かっていて、誰も私を脅迫などしていないときに起こった出来事のように。

「やっておくから。約束する。ただ今はちょっと——」私はそこで言葉に詰まる。ソフィアが私に何かしてほしいと頼んでくるたびに、今と同じような前置きをしてからあの子に応えていたことが思い出された。仕事の電話をかけなきゃならないの……これを終わらせなきゃならないの。わかった、一緒に遊ぼう。でも先に、これを終わらせなきゃならないの。どうしてただ、〝いいよ〟と言ってあげなかったのだろう。

「パイロットになりたいんだって?」チェスカがファインリーの座席のそばにしゃがみ込む。ファインリーは困惑した表情でチェスカをじっと見つめ、その隣で——ようやく眠りから覚めた——母親がヘッドフォンを外している。私はうそが露呈する前にその場を離れる。それに最後まで指示に従うつもりであれば——そのつもりだ、そう、そのつもりだ、そうでないとソフィアが——今やるしかない。耳の奥で血がどくどくと脈打つのが聞こえてきて、その音が飛行機から発せられる音と融合して、聴くに耐えない音へと、頭蓋骨の内側を打ち破らんばかりの激しさで打ちつけてくるような音へと変化する。客室とギャレーを仕切っているカーテンを開けた瞬間、自分の席に戻る途中の中東系の男性がぶつかってきて、思わず大声を上げそうになる。男性は私と同じくらい怯えているように見えて、ぼそぼそと謝罪の言葉を口にしてから、座席を一つずつ引っ張るようにしてつかみながら自分の席へと戻っていった。

ジェイミー・クロフォードと妻はもう自分たちの席に戻っていた。タルボット夫妻と小さなラクランはみな眠りについている。ジャーナリストのデレク・トレスパスとジェイソン・ポークの姿が見えない。首を伸ばして後方の座席を確認しようとしても、彼らの座席が空いているのか、あるいは座席を倒して横になっているだけなのかを判断することができない。客席にいないのは誰だろう。ハイジャック犯は一体誰なのだろう。

チェスカが立ち上がろうとしている。まだファインリーと母親と何やら話しているチェスカを見て考える。親子は彼女になんと言ったのだろう。チェスカは、私がうそをついたことに気づいただろうか、そしてなぜそんなうそをついたのか不審に思っているだろうか。もう数分もすれば——数秒ということもあり得る——チェスカは、私はそろそろ戻らないとと言うだろう。それから二人に向かってフライトの残りの時間も楽しんでくださいねと声をかけるだろう。着陸したら操縦席においでとファインリーを誘うかもしれない。機長席に座らせて、帽子を貸してあげるかもしれない。ファインリーはその姿を撮った写真を誰に見せようかと考えながら、その瞬間を心待ちにするだろう。本当にパイロットになることを考え始めるかもしれない。雲の上を飛び、制服に身を包み、カリフォルニアやメキシコ、香港行きのフライトに搭乗するために空港内を闊歩(かっぽ)することを夢見るようになるかもしれない。私がかつて見た夢を、見るようになるかもしれない。

罪の意識から涙が込み上げる。熱く、制御できない涙が頬を伝っていく。全てが恐ろしい間違いであってほしいと願いながら、操縦室のそばにある化粧室のドアの鍵に視線を向ける。どうか全ては訓練でありますように。ユーチューブの企画でありますように。自分の子どもの命を救うために、何百人という人々の命を犠牲にするつもりだったという理由で解雇され、さらし者にされ、非難を浴びせられたってかまわない。どんなことになってもかまわないから、これが現実ではありませんように。

サインは〝使用中〟になっている。

私は化粧室に向かって進んでいく。自分の動きがコンピューターゲームのグラフィックのようにぎこちなく感じられる。銃弾を待ち構えて筋肉という筋肉が緊張しているかのように。それが誰であれ、この中にいる何者かのすぐそばまで来ている。何をしているのだろう。何を考えているのだろう。武器は持っているだろうか。爆発物だろうか。体の向きを変えると、汗が背筋を伝い、シャツが肌にまとわりつく。

ドアは操縦室に対して直角に設えられている。うつむいたままコードを入力する。何もかも顔に表れているに違いないから。操縦室へのドアが解除される音が聞こえた直後、背後でカチリと音がする。化粧室のドアの鍵が開いたのだ。

首筋に視線を感じる。平然とした表情を保つよう努めながら操縦室のドアを押し開ける。マイクはこちらを振り向かない。紙に視線を落としていて、クロスワードを解いている。誰かの父親で、きょうだいで、夫であるはずのマイク。クルー全員と握手を交わし、たくさんのカメラに向かって笑顔を向けていたマイク。

数分後にはもう生きていないであろうマイク。

一歩脇に寄る。頭の中にソフィアの顔をしっかりと思い描きながら、これまでの人生の中で最も悲惨な行為を行う。マイクがこちらを振り向く。その顔に広がりかけた笑顔が、完全に広がる前にふっと消える。視線を、私から、礼儀を知らない、角ばかりの顔をした、ゲームばかりしていた男に移したマイクの顔に浮かんだのは、最初に困惑、次に狼狽だった。ドアが閉まる。この瞬間、79便がハイジャックされたことを知るのはこの世で三人だけ。

私は手紙の指示に従った。

私の夫と子どもは安全だ。

この飛行機に搭乗中の全員には、危険が迫っている。

第二章

24　座席番号　1G

私が初めて法律を破ったのは、グリーナムコモン空軍基地で行われた〈女性平和キャンプ〉でのことだった。そのとき私は、母と、ポケットいっぱいにフラップジャックを詰め込んだ八十代の女性に挟まれて立っていた。私が石を投げると、その石が警察官に当たった。ナイスショットだ、と母は言った。当時私は九つで、その年齢のおかげで私の行動は罪に問われなかった。警察官が振り返り、肩をさすりながら犯人を見つけようとしているのを見たとき、力がみなぎってくるのを感じた。

ありふれた風景の中に潜み、疑いの余地を与えない。あれ以来、それが私の目指すところと定まった。

信じようと信じまいと、痛みや苦痛を与えるのは私の性分ではない。しかし、行動を起こした場合に生じる結果と、起こさない場合に生じる結果を天秤(てんびん)にかけなければならないことがある。例えば、戦時においては、敵兵に対して暴力を使用することが認められる。民間人に死傷者が出るのは悲劇的なことではあるものの、武力衝突による副次的な影響からは逃れることができない。ターゲットを撃ち抜くことに失敗した爆撃機は、今度は自分がターゲットになる。

それに私たちは戦争をしているのだ――そこは間違えないでいただきたい。戦争のようには思えないかもしれないが、それは第二次世界大戦や第一の大戦とは全く別物であったとしても、それでもやはり戦争には変わりない。それに、それが戦争であることに気づいていない人々の方がずっと危険なのだ。

刑法は私たち全員に――警察官だけにではない――〝犯罪を防止するという条件の下において、合理的な範囲でそのような有形力〟を行使する権限を与えている。と、ここで疑問が持ち上がる。犯罪とは何か？　辞書を引くと、それは法律で罰せられる作為または不作為だと書かれているだろう。しかし、国によって法律は異なる。例えばギャンブル。これは英国では犯罪ではないが、イスラム世界における法律では禁じられている。シンガポールではガムを噛むことが法律で禁止されているし、アラブ首長国連邦では未婚のカップルが同棲することは許されていない。つまりだ、〝犯罪〟と一言に言えど、それは人によって実にさまざまな受け取り方ができるということだ。

言論や移動の自由を与えられている私たちには、目の前で繰り広げられる犯罪に対してどのように反応するか選択する贅沢（ぜいたく）が許されている。ただそばを通りすぎることもできるし、国の法律から生じる力に訴えて行動を起こすこともできる。私は行動を起こすことを選択した。あなただって同じ選択をするはず、私にはそれがわかる。私たちはまだ知り合ってから日が浅いかもしれないが、あなたが、何もせずにぼんやりと立っていられる人間でないことが私にはわかる——あなたはそんなふうに生まれついていないから。

〝合理的な範囲〟の有形力ということに関しては、どのような犯罪に対してかによって当然変わってくるわけだ。命を奪うというのは、多くの場合において——ほとんどの場合においてと言った方がいいかもしれない——合理的限界を超えているが、その奪われた命が殺人者の命であった場合はどうだろう。あるいは強姦犯の。その命を奪うことによって、さらなる殺人が起こることを、強姦が起こることを食い止めることができるのだとしたら？

つまりそう——善悪の区別というのは、それほど明確にできるものではないということ。そうではないだろうか。

私たちが遂行しようとしているこの戦いについて伝えておきたいことがある。これはいつの時代においても最も偉大で、大規模で、危険な戦いだ。これに関わる犯罪は多く発生する。そしてその影響は広範囲にまで及ぶ。すでに生まれている命も、これから生まれてくる命も、あらゆる命が危険にさらされることになるのだ。

そのような犯罪であるならば、止めるべきだと思わないだろうか。

それほど由々しき悪行に比べれば、死がなんだというのか。

死などなんでもない。なんでもない。

25　真夜中　アダム

瞼を無理やり押し開けようとすると、瞼が抵抗する。目をこすってごみを取り除こうとするものの、両腕の感覚がなくてうまく動かすことができない。頭がガンガンしていて、口の中はからからだ。それに喉の奥に不快な味が残っている。まるで前の晩にパイントグラス十杯のビールとケバブを食べたかのような……。頭を振ってすっきりさせようとする。昨晩本当は、何が起こったのだったか。

もう朝なのだろうか。辺りは厚い毛布のような暗闇に包まれていて、自分の目が開いているのか閉じているのかわからない。音楽が――マニファクチャード・バンドのヒット曲ベストテンが――流れている。ベッドにはいないようだが――体の下は冷たくて硬い――一体どこにいるのだろう。

ゆっくりと、脳内のよどんだ空気の中に記憶が浮かび上がってくる。借金取り。ベッカ。ソフィア。

「ソフィア！」その言葉はささやき声として発せられ、かすれていて聞き取ることができない。水。水が必要だ。俺はまだキッチンにいるのだろうか。倒れたとき、俺はキッチンにいたのではなかったか。体中が痛む。骨という骨が折れていて、全身があざだらけであるかのように感じられる。

突如としてある映像が襲いかかってくる。娘の皮膚に触れる、インスリンがたっぷり入った注射器。ベッカはソフィアに注射しただろうか。十七歳ではなく二十三歳、そう言っていた。つまりAレベルの学生ではない。というより、おそらくそもそも学生などではない。一体何者なんだ。

針が刺さると同時にソフィアが悲鳴を上げ、インスリンが体組織に浸透する衝撃に体を震わせる姿を想像する。

「ソフィア!」声が跳ね返ってくる。

俺は一体どこにいるんだ。不自然に横向きに寝転んでいるのだが、床がひどく冷たくて湿っぽい。暗闇の中で目を瞬かせて、なんとか座った姿勢になろうとする。何かが手首を引っ張っていて、立ち上がるのを阻止しようとしている。

縛りつけられているのだ。

いや、縛りつけられているのではない――手錠だ。両手が背中側にあって、壁につながれている。腕を回転させて指先で手錠の金属に触れてみる。手錠を一つにつなげているラチェット部分の鋭さを感じる。手錠はきつく締められていて、手首が痛くて両手の感覚がなくなっている。硬いプラスチックが両手を引き離している。これは警察の手錠か、それに近いものだ。

俺と壁のあいだに何か冷たくて硬いものがあって、腰の辺りに食い込んでいる。金属の棒か、あるいは細いパイプで、壁とのあいだに手錠が通るくらいの隙間がある。指で金属に触れ、地面まで伝わせ、また上に移動させる。地面から二十五センチメートルほどの辺りで、その金属は壁の中に消えている。引っ張ってみるものの、びくともしない。音楽が止まり、コマーシャルが流れる。ラジオから聞こえているのだ――エネルギーに満ちあふれたパーソナリティが四十曲を繰り返し流し続ける民放ラジオ局。

床には石板が敷かれていて、土か砂のざらざらとした質感を指先に感じる。暗闇の中、片方の脚を前に蹴り出し、体をひねり、その脚が自分のつながれている壁にぶつかるまで伸ばす。それからもう一方の脚も同じように動かし、自分のいる位置を確認する。部屋は狭く、頭上に湿り気を感じるほど天井が低い。

どこにいるかわかった。

家の地下にある貯蔵室だ。

「ソフィア！」最後の方はすすり泣きと化して消えてしまった。両腕をぐいっと引っ張ると、手錠が金属を打つ激しい音が鳴る。もう一度、もう一度、さらにもう一度――。

あの子の存在を耳で感じる。

リスナー参加型企画の今日のお題——あなたがこれまでに受け取った、最悪なクリスマスプレゼントはなんですか？　——を説明するパーソナリティの陽気な声が癪に障る。ぎゅっと目をつぶり、俺に必要な、たった一つの感覚だけに意識を集中させる。

それか、あなたがあげてしまったもの、でもいいですね！　クリスマスまではもう一週間しかないってのに——ミシェル、このことで僕を判断しないでよ——まだ妻にプレゼントを買っていないんだ。

ラメシュ、これだけは信じてもらいたいんだけど——奥さまにフライパンセットを買うのだけはよしてね。

でも妻は料理が好きなんだ！

私の苦境がおわかりいただけますよね、不眠症のみなさん？　さあ、番組に電話をかけて、あなたのエピソードや提案などを教えてください。そして引き続きクリスマスソングをお楽しみください。ラメシュ、私の言った意味わかってもらえた？

ライズFMのミシェルとラメシュの空虚な語りの背後で、息づかいが聞こえてくる。

「ソフィアなのか？　ソフィア、そこにいるのか？」

「パパ？」

安堵が体中を駆け巡る。「パパはここだよ、ソフィア。痛いとこないか？」

ソフィアは答えない。何かをひっかくような音が——靴が石をこする音だ——聞こえてくる。両目に残っている砂利のようなものを瞬きして追い出してから、暗闇に目を慣れさせようとする。暗闇を見るのではなく、暗闇の向こうを見なくては。犯罪捜査課に所属するようになってからというもの、勤務時間のほとんどを路上ではなく机に着いて過ごすようになった。しかし俺にも制服警察官だった時期がある。真夜中に人気（ひとけ）のない倉庫を手探りで進み、侵入者を追って漆黒の運動場を駆け抜けたこともあった。懐中電灯の光は誤った安心感を呼び覚ますもので、四隅に影を作り、光の当たらない部分をより暗く見せる。自分の目を信じろ、そう心の中でつぶやくのだった。

この家の貯蔵室は幅が約三メートル、長さが約六メートルで、一方の隅に傾斜の急な石の階段があり、上っていくとキッチンにつながっている。この家を買ったとき、俺たちはここを部屋に改装するという壮大な計画を立てていた。石炭シュートを取り壊して、前庭から掘り下げていって壁の高い位置に窓を設える。しかし見積もりを出してもらうととんでもない金額で、俺たちはその計画を断念することにした。貯蔵室は湿気が多すぎて何を保存するにも適していないし、気温が下がると暖かさと食べ物を求めて鼠（ねずみ）がやってくる。本能的に指を隠すように拳を握っている。

僕が受け取った最悪なプレゼントはね、ミシェル、義理の母親からもらった、手編みの靴下の片方だよ。

ラメシュ、片方だけなの？

毛糸がなくなったんだって。

「パパ」暗闇の中、すすり泣く声が聞こえてくる。

貯蔵室の壁は煉瓦造りになっている。基礎部分に煉瓦が埋め込んであるのだ。壁一面一面に視線を走らせながら、暗がりの中に周囲と違って見えるところを、灰色の中に浮かぶ黒い部分を見つけようとする。

あそこだ！

ソフィアは階段にいた。子どもの形をした影が、階段の一番上に座っている。キッチンのドアの下から漏れるかすかな光が、その辺りを照らしている。切れる直前の電球のように光がちらちらと揺れている。徐々にではあるものの目が慣れていく。

「ソフィア、大丈夫か？」

ソフィアは両脚を胸に引き寄せて、膝を両腕できつく抱きしめていて、そこに顔を埋めている。俺は無駄だとわかりながら背後にある金属のバーを引っ張る。それがなんであれ、ベッカが俺に飲ませたものの効果が薄れつつあり、脳内の霧が少しずつ晴れてきている。肋骨の辺りに鋭い痛みがあって、手首を引っ張るたびにはっと息が止まりそうになる。ベッカが俺をこの貯蔵室に連れてくることのできる唯一の方法といえば、俺を階段まで引きずり、そこから下に突き落とすことだ。体の隅々が、それこそまさにベッカがやったことだと訴えている。

「ここ嫌だよ、パパ」

「パパもだ。怪我はしてない？」

「お腹がなんか変」

「ソフィア、ベッカに何かもらわなかったか？ 食べるものとか？」ベッカに対して、自分自身に対して、びくともしない忌々しいパイプに対して憤りながら、手錠を力一杯引っ張る。少しで、いいから、動いてくれ。「もらったか？ 大事なことなんだよ!」ソフィアは再び顔を埋めてしまう。俺は一度口を閉ざし、口調を和らげて続ける。「ソフィア、ベッカから、何か薬をもらわなかったか？」

ソフィアが動いたのがわかったが、頷いたのか、首を振ったのか定かではない。

「〝ノー〟って意味か？」

「そう」

「薬はもらってない？」

「薬はもらってない」

俺は息を吐き出す。「でもお腹が痛いんだろ？」

「なんか変な感じがするの。パパがくるくる回してくれるときとか、お風呂モンスターが来るときとか、ママが〝飛行機遊び〟してくれるときみたいに」その声はか細く、怯えている。

「なるほど。正直言うとね、パパのお腹もちょっとそんな感じなんだ」ラジオのリスナー参加企画は自然な流れで天気予報に移行する。夜のあいだにさらに雪が降り、気温はマイナス三度にまで下がる、天気予報はそう告げている。石の床の湿り気が骨にまで染み入る。俺はスーツのパンツとワイシャツを着ていて、ソフィアはパジャマにガウンを羽織っている。ソフィアがスリッパでも履いているのは幸いだ——靴下しかはいていない俺の足は寒さで感覚がなくなっている。

ラジオから聞こえる音の向こうに、家の中の音が聞こえてこないかと耳を澄ます。が、何も聞こえてこない。ベッカはもういなくなったのだろうか。あるいはまだ家にいるのだろうか。

「ソフィア、ドアには鍵がかかっているのかな？」

「うん」

「もう一回、試してみてくれないか？　音を立ててみてくれない？　パパに見えるように」

ソフィアがおもむろに立ち上がると、ドアの下の隙間から漏れる光の線の幅が大きくなる。ソフィアはドアノブを回してから、力を込めてドアをがたがたさせる。ドアはわずかにも開く気配はない。

「動かないの」ソフィアはドアノブをもう一度激しく揺さぶる。

「ドアを叩いてみて。拳を作って、できるだけ力を込めてドアを叩くんだ」

ソフィアは繰り返しドアを叩く。地下の貯蔵室ではひどく大きな音に聞こえていて、これなら当然町中に聞こえるはずと思えるくらいだ。ベッカは、ミナが飛行機の航路を変更しなければソフィアに危害を加えると言っていたが、ソフィアは今、俺と一緒にここにいて無事だ――もしも貯蔵室に閉じ込められている状態を〝無事〟と呼んでいいならの話だが。ということはつまり、ミナは指示に従ったということだろうか。79便はハイジャックされたのだろうか。恐怖が襲ってくる。尻を冷やす石よりもずっと冷たい感覚だ。

飛行機は墜落したのだろうか。

「ソフィア、叫び声を上げてもらいたいんだ。いい？　出せる限り大きな声で。パパも大声を出すから、耳を塞ぎながら、できるだけ大きな声で叫ぶんだ。いいか？　一、二、三！」

耳をつんざくような音。音は貯蔵室中に跳ね返る。ソフィアの甲高い叫び声と、俺の怒りに満ちたベッカ！　という声。助けてくれ！　とは叫びたくなかった――すでに恐怖を感じているソフィアに、これ以上の恐怖を与えたくはなかった。

「いいぞ。次は静かにするんだ――聞いていて」

しかし、聞こえてくるのは『ロッキン・アラウンド・ザ・クリスマス・ツリー』だけ。ちらちらと揺らめく光は、ドアのすぐ向こう側に置かれているらしいラジオの明かりなのだろう。そして蛍光色のほのかな明かりは、その奥のキッチンの天井の照明の光。なぜベッカは、ラジオという、慰めになるかどうかも疑わしいものを俺に聞かせることに決めたのか、それを理解しようとしていたとき、こんな言葉が聞こえてくる。……シドニーへの就航フライトです。

最初に懸念が生じたのは、通信の準備が整っている状態であるにもかかわらず、航空交通管制官がパイロットと通信することができなくなったときでした。パイロットは、外国の領空に入る際と出る際に地上管制官に報告しなければならないことになっているのですが……。

「さっきよりもっと大きな声で叫べるよ」ソフィアが口を開く。

「ちょっとこれを聞かせて」

英国時刻で午後十一時を過ぎたころ、気候アクショングループに帰属するアカウントから、彼らのグループのメンバーが気候変動に対する抗議として79便をハイジャックしたと主張するツイートが送信されました。

気候変動。大量絶滅。ベッカはそんなことを話していた。なんとか理解しようとする。飛行機はテロリストにハイジャックされた。テロリストというのは普通、環境保護主義者ではなく、宗教的過激派のこと。

それでも……。

投稿されたツイートには『航空産業は環境にとって唯一最大の脅威であり、世界をリードする人々は今こそ行動を起こすべきである』と書かれています。

「ソフィア、こっちに来てパパのお膝に座ってごらん」ベッカが〝ミナは戦わないことを選んだ〟と言ったのは、このことだったのか。過激派への勧誘ではなく——少なくとも、狂信的な信者たちからの勧誘ではなく——飛行機を離陸させないようにするための、人々に空を飛ぶのをやめさせるための、航空会社を破綻させるための圧力だったのだ。

「79便って、ママの飛行機だよ」ソフィアの声が震えている。

うそをつくべきだろうか。二人で貯蔵室に閉じ込められているという事実があるというのに、それはミナの飛行機ではないと、ベッカはこのことにはなんの関係もないのだと伝えるべきだろうか。しかしソフィアは普通の五歳児とは違う——彼女の年齢にしてははるかに読み書きが上手だし、なんでも理解することができるし、ミナがどこにいるのか正確にわかっている。それにだ、この子にはもう十分すぎるほどうそをついてきた。


気候アクショングループは、この事件との関与を否定するコメントを発表しています。同グループは、自分たちのツイッターのアカウントがハッキングされたことを伝え、現在は安全対策の見直しを行っている最中だと主張しています。この話題につきましては、新しい情報が入り次第またお伝えします。


音楽がだんだんと小さくなり、やがて聞こえなくなると、キッチンから音が聞こえてきた。椅子が床をこする音。誰かが椅子からさっと立ち上がったかのような音。

「ベッカ！」

「ママの飛行機は79便だよ」

「わかってるよ、ソフィア。ベッカ！」ソフィアを怖がらせているとわかっていながら、それでも他にどうしていいものかわからず、俺はさらに大きな声で叫ぶ。ミナの乗った飛行機がハイジャックされた——こんなことは終わらせなければ。

「ママの飛行機はボーイング777。三百五十三人の乗客を乗せてる」

「その通りだ。ベッカ!」

また別の音が、今度はより近くから聞こえてきた。ベッカがすぐそばにいることはわかっている——理由などないが、それでもわかる。ドアの向こう側にいて、片方の耳を木製のドアに押しつけているはず。もっと落ち着いて話すよう努めながら、話し続ける。

「ベッカ、そこにいるんだろう? 君の望み通りになった。ミナが何をすることになってたかは知らないけど、ミナはそれをやった——飛行機は乗っ取られた。だからもう俺たちを解放してくれ」

鼻で笑うのと咳をするのの中間のような、くぐもった音がした。それからベッカが口を開いた。高くて辛辣な声色で、俺に薬を飲ませたときの落ち着いた、計算された口調よりも早口だった。

「まだ航路が変更されてないの。飛行機が航路を変えたら解放してやることになってる」

「ハイジャックされたんだぞ! ラジオで言ってたじゃないか——ベッカ、君は俺たちを解放するべきだ」

「黙れ!」

「やれと言われたことはもうやったんだ。もう——」

「黙れって言ってんの！」

「パパ！」ソフィアが階段の上から叫ぶ。俺はベッカに浴びせてやるに値する暴言を飲み込んで、声を落とし、できる限り温かく、安心させるような口調で話す。「可愛いソフィア、こっちに来て一緒に座ろう」

「なんでママの飛行機がラジオに出てくるの？」

「パパの膝の上の方があったかいよ」

地下を使い物になる部屋に改装することを断念したあと、俺たちはソフィアがこの貯蔵室に来ることを禁止した。階段は急だし、照明がない——いつ大惨事が起きるとも知れない。下に行ったらね、鼠さんにかじられちゃうんだよ、俺はソフィアにそう教えながら、その足を指でつまんだ。ソフィアは甲高い声を出して笑った。

「鼠なんていないから」それが正しいことを願いながら俺はそう言う。ベッカがラジオの音量を上げると、ドアの向こうから、作られた幸せを誘う音楽が流れてくる。ベッカの声はしない。まだそこにいて、これを聞いているのだろうか。

ソフィアは恐る恐る貯蔵室に向かって階段を下りてくる。それから俺の膝の上で体を丸める。その重さは安心感を与えてくれるもので、俺はソフィアを両腕で抱きしめたくてたまらなくなる。これまでもう何百回となくソフィアが自分のところに来てくれることを願い、どれほど頻繁にソフィアが俺でなくミナの元に駆け寄ったかを思った。今ソフィアは俺の胸に頭を預け、思わず出てくるあくびに大きく口を開ける。俺はソフィアの頭の上に唇を押し当てる。

「少し」自分で感じているよりもずっと落ち着いた声だった。「難しい状況にあるけど、パパがなんとかするから。いい？ パパがここから出してあげるから」

それにはまず、その方法を考えなくては。

26　座席番号　1G

ホームレスの男性を見つけると、立ち止まって彼が無事であるかを確認するのではなく、彼を避けるように反対側の通りに行く人たちがいる――あなたはそうではない、私はそう確信している。路上に置かれた器にコインを落としてあげたり、サンドイッチを買ってあげたりしない人たち。私にはそういう人たちが理解できないのだが、想像するに彼らは、受け入れ難い現実を――飢餓に苦しむ子どもたち、虐待された犬、汚水でいっぱいの手掘り井戸を――映したコマーシャルが流れるとチャンネルを替えてしまう人たちと同じ種類の人間なのだろう。見るに耐えないからという理由で。

もしそれを見るに耐えないと思うのであれば、その現実を生きるのがどのようなことであるかを想像してみるといい。

もしそれを見るに耐えないというのであれば、それに対して何か行動するべきだ。そうは思わないだろうか。お金を寄付したり、嘆願書に署名したり、抗議の行進に参加したり。そういう人たちが新聞を読むとき、過密状態の刑務所について、あるいは高速鉄道網がもたらす破壊についての記事を目にすることはないのだろうか。彼らがその記事を気に留めずページをめくるのは、その記事に気づいていないからなのだろうか、あるいは関心がないからだろうか。知らないでいることと、関心を持たないこと、どちらがより悪いのだろう。

マタイによる福音書九章三十六節には、イエスは『群衆が飼い主のいない羊のように弱り果て、打ちひしがれているのを見て、深く憐(あわ)れまれた』とある。

私たちの役目は、彼らの羊飼いになることだ。その羊たちを集めて——彼らが無知であれ、無関心であれ——正しい選択をするよう導くことだ。世界を救うよう導くことだ。私たちは人々を教育しなければならない。教育なしでは、私たちはみな道に迷ってしまうから。

二〇〇九年、私に啓示が降りた。ニュース番組をつけると、カリフォルニアの森林に広がる山火事に関するニュースが流れていた。

〝西海岸は記録的な暑さを経験しています〟、ニュースキャスターが言っていた。〝我々は先ほど、カリフォルニア大学のレイチェル・コーエン教授からお話を伺いました。コーエン教授は最近発表された論文で、森林火災と気候変動の関連について分析されています〟。コーエンが話すあいだ、彼女の頭上にある小さな四角の中で森林火災が広がっていく様子が映し出されていた。やがて画面はニュースキャスターに切り替わり、コペンハーゲン会議についての最新情報が伝えられた。国連の環境大臣が、気候変動を現代における最も深刻な問題の一つであると宣言していた。それを見ていた私はアドレナリンが放出されるのを感じた。

それまでに私は、社会から取り残された人々を支援するデモ行進に幾度となく参加してきた。しかし私の時間の大半を費やして支援してきたのは、動物愛護運動と環境保護運動だった。動物は声を持たず、森は沈黙する。彼らは自分たちのために戦うことができない。だからこそ私たちが彼らのために戦わなければならない。私は何年も戦ってきたが、私の戦略には欠陥があった。あまりに多くの小さな抗議行動に時間を振り分けてしまったために、力が分散されてしまった。

日々何エーカーもの熱帯雨林が破壊されているというのに、たった一つの未開発の土地を守るために戦うことになんの意味があるというのか。子ども自身が生きていく地球を失いつつあるというのに、たった一つの子どもセンターの閉鎖を阻止しようとすることになんの意味があるというのか。私が水を汲み出しているあいだずっと、ボートの底には穴があいていたのだ。

気候変動は致命的な熱波を引き起こし、山火事を広げる。ハリケーン、干ばつ、洪水。海洋汚染、氷冠の溶解。確認されている動物のうち、全種類の三分の一が絶滅。気候変動は世界が直面している最大の危機であり、唯一の重要な問題である。

これを知ってしまえば、あなたはもう反対側の通りに行くことなどできない。そうだろう？

27　シドニーまで七時間　ミナ

飛行機が急降下するのを、乗客が前によろめき、ギャレーの棚の中で飲料ボトルがかたかたと音を立てて揺れるのを待つ。地上に向かって真っ逆さまに落ちていく乗客から上がる叫び声に備えて心の準備をする。

しかし、どれも起こらなかった。

まだ何も起こっていない。

カーテンの隙間から四、五人の乗客の姿が見える。読書をしている人、眠っている人、テレビを見ている人。チェスカはファインリーの元を離れたあと、機内を歩く機会を有効活用して、まだ起きている乗客たちと静かに会話を交わしている。誰も私を見ていない。誰も私が何をしたか見ていない。

私は客室に戻ることができず、その場に立ちすくんでいる。罪の意識が胸を打ちつけ、脳には、何が起こっているのかに気づいた瞬間のマイクの顔が焼きついている。マイクは大柄で健康そうな男性だ。抵抗せずに屈することはないはず。声を押し殺そうとしても涙が込み上げてくる。自分のしてしまったことに対して、たった今操縦室の中で起こっているはずの悲劇に対して、生々しい嫌悪を強く感じている。

どうして飛行機は墜落していないのだろう。もう終わりにしたいのに。もうこれ以上、この状態に耐えることができない。

このニュースを聞かされるソフィアの姿を想像して、涙が頬を伝って流れる。あの子は五歳だ。私のことは忘れてしまうのだろうか。ソフィアの枕元に置いてきた手紙のことを思った。あれがソフィアに残していく最後の手紙になるとは、私たちを物理的につなぐ最後のものになるとは考えもしなかった。手紙はソフィアにとってよりも、私にとって意味のあるものであり、そのことに私はずっと気づいていた。それでも、急いで描いたあのハートを、ソフィアはこの先も持っていてくれるだろうか。あの手紙だけでも、あの子にとって特別なものになるだろうか。

涙がさらに勢いを増して流れる。ソフィアが学校から帰ってきて私を必要とする日のことを思って、アドバイスを必要とする日のことを、最近ようやく嫌がらずにさせてくれるようになったハグのことを思って涙を流す。中等学校の初登校日を、あの子の結婚式の日を、子どもができた日のことを思って涙を流す。

でもあの子はまだ生きている、私はそう自分に言い聞かせる。それにあの子にはパパがいるのだから。アダムのことを思って込み上げてくる涙をこらえる。アダム——うそをつき、結婚生活を裏切った、ここ一年のあの男ではなく、私が愛したあの男を思って。

今でも愛している、あの男を思って。

今年もいつも通り過ごしたっていいんじゃないかな、アダムはそう言っていた。クリスマス前の一週間を一緒に過ごして、プレゼントを買ったり、ホットワインを飲んだりしてさ。少し一緒に時間を過ごそう。そして私はそれを断った。家から離れていられるよう——そしてこの忌々しいフライトに搭乗するよう——計らった。でもそれは、アダムと一緒にいたくなかったからではなく、アダムと一緒にいたかったから。まだ彼のことを愛しているから。その事実は私をだめにしてしまうから。

チェスカが乗客の一人に答えながら、顔を半ば後ろに向けた状態でギャレーに入ってくる。もちろん——ここからがラストスパートですよ！　私は話ができるだけの湿り気を口の中に探そうとしながら、どんな言葉を使うべきかを必死で考えている——先ほどの自分の行動を、どう説明すればいいのだろう。あの手紙を開いた瞬間から——ソフィアの写真を見つけてからと言ってもいいかもしれない——ソフィアのことが片時も頭を離れず、出された指示についてばかり考えていた。しかしそれを遂行した今、次は何が起こるというのか。これから私たちはどうなってしまうのだろう。

「可愛い子ね。絡まったコードを直してくれたかどうか——」チェスカは私の顔を見るなりカーテンを閉じる。「どうしたの？」

答えることができない。動くことができない。操縦室のドアに背を向けて立ち、左右の壁に両手を押しつける。道を塞いでいるような格好になっているが、実際には、私自身の体を支えているのだ。現実だという感覚がない。何もかも全て、現実のこととは思えない。

チェスカは私の表情から何か読み取ったに違いない。表情をこわばらせて無理やり私の体を脇に移動させると、操縦室への入室を要求するコードを打ち込む。ハイジャック犯はわざわざ防犯カメラを気にして確認したりするのだろうか。ドアが開かずにパニックに陥るチェスカの顔を見ていたりするのだろうか。

背後で誰かが——おそらくエリックだろう——ギャレーに入ってくる気配がする。

「一体どうしたっていうのよ、マイク」チェスカはもう一度コードを入力し、ドアのロックが解除されたことを示す音が聞こえるのを待つ。

「どうしたんだよ？」エリックのぶっきらぼうな声に続いて、カーメルの柔らかい声が聞こえてくる。

「何かあったの？」

操縦室のドアの前に四人が群がっている。化粧室を使いたい乗客がいたら、あるいは飲み物を求めてギャレーにやってくる乗客がいたら、私たちはどんな行動を取るのだろう。何かひどく恐ろしいことが起こっていることが、乗客にも容易にわかってしまうはず。

「マイクが中に入れてくれないの」チェスカは小さな声で悪態をつき、指先をキーの上に滑らせている。呼吸が速く、ぜーぜーと音が聞こえていて、パニックに陥っていることが見て取れる。チェスカの薬指には華奢な結婚指輪がはめられている。「病気かしら、それとも……マイク！」その声は切迫しているものの静かで――叫び声であったところでマイクには聞こえないだろうが。声を出そうとするものの、口の中が乾燥していて、そこからは何も出てこない。チェスカはコードをもう一度、またもう一度打ち込む。エリックが私を見ている。

エリックは知っているのだ。エリックは私が……。

「マイクには子どもだっているのに」チェスカが言う。「どうしてこんなこと……」

「緊急アクセスコードを使えば」エリックが言う。

「だめ！」その言葉は、止める間もなく口から飛び出した。緊急アクセスコードは通常の入室要求コードとは逆の方法で作動する。パイロットは入室を許可するボタンを押すのではなく、入室を阻止するためのボタンを押す必要がある。しかしこれを行うためには、そんなボタンが存在することを知っている必要がある。どのボタンを押せばいいのか、知っている必要がある。

三人が私をじっと見つめる。

「それはだめ」私は静かに言う。

彼らは操縦室の中にいるのはマイクだけだと思っている。そしてマイクは病気か、あるいは正気を失っているのだと考えている。飛行機がハイジャックされたことを知らない。みな負傷する可能性があることに気づいていない。

「ミナだ」エリックが非難するように私を指さす。

「私――」

「こいつがなんかやったんだ」

全てがぐるぐると回転しているように感じられて、意識を失いそうだ。説明しなくてはならない。「私の――私の娘が。私――」

「離陸してからずっと、何か隠してるんだ」

どこから始めればいいのだろう。唇に塩気を感じてふと気がつくと、私はまた泣いていた。きっともう止めることができない。みんなの声が、長距離電話の向こう側からのように聞こえてくる。音が耳に入ってくるタイミングと、それを理解するタイミングにわずかに時間差が生じている。

「ずっと化粧室にいただろ。長すぎだったよ」エリックが言う。

ソフィア、心の中でつぶやく。ソフィアのためにやったことなの。

「ミナさんは手紙を受け取っていました。ソフィアのために。乗客から」カーメルがほのかに頬を赤らめて、私と視線を合わせないようにしながらチェスカに伝える。三人全員が私を取り囲んでいる。今起これればいいのに。飛行機が急降下を始めて、不可避の事故が起こり、何もかもに終止符が打たれればいいのに。

警察は、ハイジャック犯がどのようにして操縦室に入り込んだか明らかにするだろうか。人は、私がどうにもならない立場に立たされていたことを知るだろうか。新聞の見出しのことを考える。全員を裏切った女の顔写真を公表するために、どこかから引っ張り出される写真のことを思う。アダムはこの事実をソフィアに知られないようにするだろうか。アダムはソフィアに、私がこんなことをしたのはソフィアのためなのだと、ソフィアの命を守るために、無事でいてもらうためにこんなことをしたのだと伝えるだろうか。私がソフィアを深く愛していて、ソフィアを守るためならなんだってやるつもりでいたことを、ソフィアは理解するだろうか。ソフィアを救うためなら、自分の命だって捧げるつもりでいたことを。

「ミナ！」チェスカが私の肩をつかんで激しく揺さぶる。「もし何か隠している情報があるんだったら、今すぐに教えなさい」

私は口を開く。が、それと同時に、機内放送を通してガサガサという雑音が聞こえてくる。

みな凍りつく。

乗客のみなさま、当機は新たな管理下におかれました。私の名前はアマゾンです。ここからは私がパイロットとなります。全面的に協力をしていただける場合に限り、みなさまの安全を保証いたします。

衝撃のあまり訪れる沈黙。機内後方付近のどこからか上がる恐怖におののく悲鳴が、その沈黙を破る。そしてそれが引き金となり、まるでダムが決壊したかのように波のごとき騒音が押し寄せる。そんな中、乗客たちは座席によじ登ったり通路に座り込んだりしている。

「乗客に席に着くように伝えて」チェスカが言い、カーメルが大急ぎでその指示に従う。しかし乗客の半分がすでにギャレーの付近に群がっていて、カーテンを引っつかんで開き、何が起こっているのか聞かせろと要求している。これは冗談か何かか？　ハイジャックされたのか？　テロリストによる攻撃なのか？　七列続くビジネスクラスの最後部、バーへの出入り口になっている辺りで、ハッサンが片方の手からクロスを下げ、拭いている最中のグラスをもう片方の手に持った状態で立っている。その後方、バーの反対側の入り口付近では、エコノミークラスのクルーがなんとか乗客を制御しようと奮闘している。そしてそこら中で、人々が泣き、互いの体にしがみつき、まるで潮汐力を受けたかのように興奮状態が激しくなっていく。

エリックとカーメルが二手に分かれてそれぞれの通路に向かう。目に見えぬ恐怖に支配される中、二人が乗客にかける座席に座ってください、慌てないでくださいという声が聞こえてくる。すでに席に着いている乗客たちは、肘かけを握りしめている。中には、〝安全姿勢〟をとっている人もいる。わずかにではあるものの祈っている人もいる。

ようやく声が出るようになる。「ハイジャック犯は、7Gの席に座っていた男性です」チェスカが人目から引き離すように私の体を引っぱると、ロッカーのドアに私の体を押しつける。チェスカの指が私の両腕の動きを封じると、手首の骨がロッカーの金属のドアに激しく打ちつけられる。「どうしてわかるの?」

私は息を吸い込む。そしてすすり泣きと共に言葉を吐き出す。「私がその男を操縦室に入れたからです」

「あなたも共犯なの?」

「まさか!」

「あなたのことは信じられない」

「あの男は、私の娘に危害を加えると脅迫してきたんです。娘に関することを色々と知っていました——あの子の通っている学校とか。それからあの子の写真と——今朝撮られたばかりの写真です——、あの子のバッグの中に入っていた物を持っていたんです。もし彼に従わなければ娘を殺す、そう言われたんです——私は他にどうすればよかったんでしょう?」声がだんだん大きくなる。最後には許しを請うような形となったその弁明は、すでに客室を埋め尽くしている騒々しさがなければ、客室にも聞こえていたはず。

「助けを求めることだってできたじゃない！」チェスカが私を怒鳴りつけると、冷たいものが点々と顔に降ってくる。「あなたは、全員の命を危険にさらしたのよ！」

「もし私が仲間に話したら――」

「あなたはその男の言うことを信じたわけ？」チェスカは辛辣な笑いを漏らす。「私にはわからないわ、ミナ。あなたが危険な人間なのか、それともただ愚かな人間なのか――」

「娘の名前はソフィアです」私は声を落としてつぶやく。

「そんなこと私にか――」

「ソフィアは五歳です。学校に通い始めたばかりです。とても賢い子で、なんでも覚えることができて、本当に素晴らしい子なんです」言葉と言葉のあいだに間ができないほど早口で話している。チェスカを見ているのではなく、ソフィアの豊かすぎるほどのあの巻き毛と、両の大きなこげ茶色の目を見ている。自分の手の中にあの子の柔らかい手の感覚があって、両の腕にはあの子が抱きついてきたときの重みを感じている。「あの子は、あの子が生きていても死んでいても気にしないような女性の元に生まれて、私たちと一緒に暮らすようになりました。だって私たちは、ちゃんと気にしてあげたから」涙に声が詰まるが、それでも私は話し続ける。私の手首をつかむチェスカの手の力が、わずかに緩んだように感じられる。「だから誓ったんです、私はこの子を守るって。何があろうとも」

チェスカは私の手首を自由にすると、それっきり動かない。手首がズキズキ痛む。

「お子さんはいますか?」

長い沈黙ののち、チェスカは頷く。「三人」

「これがあなただったら、あなたも同じことをしていたんじゃないですか?」

チェスカは答えない。しかし一歩後退(あとずさ)りしてから体を震わせ、行動を開始する。「みんなを落ち着かせないと――パニックは誰の助けにもならないからね。客席を回って、一人一人と話をしていくの、いい?」

私は頷く。

「乗客全員の身の安全を確保するために、私たちはできる限りのことをするつもりでいると伝えていくの。残念ながら操縦室は突破されてしまったけど、私たちはハイジャック犯たちと会話を試みるって。この飛行機の主導権を取り戻すためにね。わかった?」

「はい」

「それから、ミナ?」チェスカが顎を上げ、私の目を射貫(いぬ)かんばかりの鋭い眼差しで見つめてくる。「私から見えるところにいて」

フルフラットベッドになっていた座席は椅子の状態に戻され、もう誰も見ていない映画からはヘッドセットが垂れ下がっている。パニックに陥っていることが一目でわかる表情をした乗客たちが、ブランケットや枕を床に散らかしながら座席を離れて群がり、小さな集団が複数できあがっている。ファインリーは母親の膝の上によじのぼっていて、母親の首に顔を埋めている。

客席の前方でリア・タルボットが赤ん坊のラクランを抱いていて、声を押し殺して流す涙のせいで、ラクランを包んでいる毛布に黒っぽい染みができている。私は彼らの座席のそばに腰を下ろし、かける言葉を絞り出す。

「大丈夫ですから」そう告げる自分の声が聞こえる。そんなうそを伝える自分自身を軽蔑する。

リアが私を見る。何か言おうとしているらしく、口を歪めている。「十年間、赤ん坊を授かるようにって頑張ったの」言いながら、赤ん坊を覗き込むようにして体を上下に揺らしている。

ポールがリアに手を伸ばす。「リア、よすんだ」

「でもダメなのよ——私たちにはどうしても……」辛そうに息を詰まらせるたびに、言葉が強調されて伝わってくる。「ポールの妹が、私たちの代わりにラクランを産んでくれたの。私たちはずっと妹たちといたわ。この子が生まれてからずっとね」

「リア……」リアの夫も今にも泣き出しそうだが、それでもリアは話し続ける。

「このフライトの搭乗手続きをしたとき、私たち三人でしたとき、幸せで胸が張り裂けそうだった。ようやく家族になったんだ。ようやくこの子をうちに連れて帰れるんだって」

「大丈夫ですから」それが真実であるように聞こえるよう、私はそう繰り返す。

「飛行機を私たちの管理下に戻せるよう、できる限りのことをしていますから」

「私たち、死ぬんでしょう？」リアが言う。そしてポールの腕の中に崩れ落ちる。ポールはリアの背中をさすり、妻を安心させるような言葉をかける。彼らが置かれてしまった状況への恐怖を打ち負かすには十分とは言えないものの、安心を与えるような言葉を。タルボット一家の元を立ち去る私の中で、何かが変わった。

こんなことを本当に起こさせてはいけない。

この飛行機に搭乗中の乗客の誰もが、なんらかの理由があってここにいる。彼らが会いにいこうとしている人たちがいて、彼らの乗った飛行機が到着しなければ涙を流す人たちがいる。どの乗客にも物語がある。生きるべき人生がある。私は自分の娘の安全を守るために、自分にできる唯一のことをした。しかし今、私たちは戦わなければならない。

顔を拭い、心の中で、自分のしてしまったことから距離を置く。今重要なのは、これにどう対処するかということ。重要なのは、ソフィアのいる家に帰ること。私以外の全員も、無事に家に帰すことだ。7Gの男は、私が彼を操縦室に入れてすぐには飛行機を墜落させなかった。ということはつまり、彼らには私たちをどこかに連れていく計画があるはずで、それを達成した後で飛行機を――。

最後まで考えないようにする。もしも犯人たちが私たちをどこかへ連れていこうとしているのであれば、私たちにも時間があるということ。

アリス・ダヴァンティが何やら書いているのが見える。私が近づくと顔を上げるが、私が話し終える前にまたノートに向き直り、一心不乱にペンをページの上に走らせている。

「お仕事……ですか？」常軌を逸した行動にも思えるが、実際に常軌を逸した事態に陥っているではないか。

「手紙」ダヴァンティがぞんざいに答える。「母に」

最初の一行が視界に入る——ごめんね。私はダヴァンティのそばを離れ、話をするべく次の乗客の元へ、そしてまた次の乗客の元へと移動する。乗客たちはさまざまな形で恐れ、戸惑い、怒っている。その全てを感じている人もいる。薄毛のジャーナリスト、デレク・トレスパスが通路に立っていて、駆け落ち中の恋人たちと話をしている。二人は酩酊（めいてい）状態にあり、そのために現実離れした発言をしている。

「いいからドアを開けて、そいつを引っ張り出せよ！」ダグが言っている。「俺がやってやるよ！」

「危ないことしないでよ、ダーリン」婚約者が彼の腕をつかんでいる。マスカラが彼女の頬に縞模様をつけている。

「めちゃくちゃそそるアイディアだな」トレスパスが言う。「少なくとも、何かはしてることになるからね」

「お客さまたちの不安は理解できますが、本当に、みなさんには落ち着いていただく必要があるんです。ご自身のお席にお戻りになって――」

「落ち着くだって？」ダグが言う。「ハイジャックされてんだぜ、勘弁しろよ！」

わずか一握りほどの乗客だけが席に着いていて、恐怖をこらえ、首を伸ばして操縦室のドアの方を見やっている。あの中で何が起こっているのだろう。マイクは死んでしまったのだろうか。チェスカが言っていたこと――マイクには子どもだっているのに――を思うと吐き気がする。

機内前方の座席に座っていた年配の女性が立ち上がり、小学校の先生がするように両手を打ち鳴らす。「いいですか！」甲高いけれど威厳を感じさせる声で、乗客たちはゆっくりと彼女の方に顔を向ける。「パニックは不必要だし無用です」バッグをロッカーに入れるのを拒み、持ち物をポケットに押し込んだ、白髪まじりの長い髪をしたあの女性だ。

どこからか不満そうなつぶやきが聞こえてきたものの、客室のほとんどが静まっている。危機的状況に陥ったとき、人は理性の声を必要とするもので、責任ある立場の人間よりも自分たちの声を信じるようになりがちだ。この女性が役に立つかもしれない。記憶の中からこの女性の名前を検索しようとするものの、何も思い出せない。

「協力さえしてくれれば、誰も傷ついたりしないわ」

私は計画を立て始める。この女性のような――権威も自信もある――乗客が他にもいるはず。その人たちが、みんなを落ち着かせる手助けをしてくれるかもしれない。そのあいだに私たちは——。

脳が、耳にしたばかりの言葉をようやく理解する。

協力してくれれば。協力すればではなく。

「飛行機は今、私たちの支配下にある」女性は六十代だ。先生かソーシャルワーカー、あるいは看護師のように見える。テロリストには見えない。彼女から二列後方の座席の男性が彼女に向かって動き出すと、女性は片手を挙げる。「私たちは武器を持っていて、ためらうことなくそれを使おうと考えている」

男性がゆっくりとした動きで誰も座っていない座席に腰を下ろす。

「私の名前はミズーリ」女性が言う。「でも私は一人じゃないの」ミズーリは、私たちがするように客席を見渡し、それから一人一人に目を向ける。私は乗客一人一人に、代わる代わる視線を向けていく。ジェイソン・ポーク、タルボット一家、ファインリーと母親。レディ・バロウ。神経を尖(とが)らせた乗客。離陸の際に泣いていた小柄なブロンド女性。

「私の友人や仲間が、あなたたちと一緒に座っているわ」ミズーリが言う。小さな笑みがその口元に浮かぶ。「何かおかしなことをしてごらんなさい、すぐにわかるから」

脈の鼓動を感じる。私はハイジャック犯の中の一人の——現在私たちの飛行機を支配下に置いている、鋭い角ばかりの顔をした男の——命令に従ったものとばかり思っていた。しかし他にもいたのだ。何人かはわからない。どの席に座っているのかもわからない。

誰も信用できない。

28 座席番号 1G

私は概して一人で仕事をするのが好きだ。一人の方がリスク（軽率なおしゃべりや諸々（もろもろ））が低いし、一人であれば、無駄口ばかりで動きのほとんどない堂々巡りの議論を避けることもできる。

しかしながら、一人で行うには大きすぎる仕事というのもある。

ここ何年かのあいだに、気がつけば私は、啓示に従って参加した気候アクショングループの分派を率いる立場になっていた。そこには政治運動に必要な推進力とエネルギーがありながら、階級や抑圧的な構造はない。それに、私たちは小さな集団だが、地球を救うことに関して情熱を持っている。自分たちに加わるメンバーについては慎重を期した。独立路線をひた走る人間、何をしでかすかわからない人物（ワイルドカード）、一匹オオカミはごめんだ。チームプレイのできる人物が欲しかった。指導者ではなく、追随者が欲しかった。

少しずつ、私は私の集団を作り上げていった。

環境保護主義者というのはマスメディアによって不当にステレオタイプ化されている。彼らは私たちをドレッドヘアで顎ひげを生やし、裸足で不潔な手をした人物として描写する。生活保護を受けていて、森で暮らしていて、木を抱きしめているように描写する。彼らは私たちを笑いの種にし、そうすることによって、環境問題までもが笑いの種であるように見えるよう遠回しに社会に影響を及ぼしている。環境保護主義者たちがお笑い草であるならば、環境保護そのものも同じに違いない、と。

しかし実際は、私たちの集団にはさまざまな立場の人たちがいる。

初期の段階で採用したメンバーは主婦だった。私は〈家事のコツ〉という名前のフェイスブックグループを運営していた。内容に関しては、もうしばらく前から、使い捨てプラスチックの使用削減に傾いていた。私はメンバーたちがどれほどグループに共鳴しているかを確かめるために、より多くの動物の写真を紹介するようになっていた。すぐにグループ名を〈気候アクション〉に変え、メインの集団と合併するつもりだった。そうすれば、すでに私は世界中の十万人以上の人々からなるコミュニティを築いたことになる。

私たち個人の声は小さいかもしれない。しかし力を合わせれば、私たちだって吠えることができる。

ある女性が、飢餓状態のホッキョクグマの写真に泣き顔の絵文字を投稿した。

〝プラスチックフリー月間〟八日目、女性はそう書き込んだ。正直大変だけど、この写真を見たら、どうしてこれを行っているのかを思い出すことができました！

彼女の投稿の下に、スレッドが表示された。

すごい——その調子！

ありがとう！　主人が、サンドイッチを包んだワックスペーパーがひどく気に入らないみたいで——代わりになるもので、何かいいものありませんか？

アルミホイルは？

そうだよね！　まったく——私ったらなんてばかなの！

彼女はよく夫について言及した。どうやら彼女の夫は、物事がいつも一定である状態が好きらしく、妻についても例外ではなかった。

今朝、固形シャンプーを試してみたの——お馬さんもビビらせちゃう感じになったよ（笑）！

彼女の投稿は、一つ一つを見ればどれもほとんど目立たないようなものばかりだったが——グループには三千人のメンバーがいたし、トピックはすぐにページ下に移動してしまうから——、注意深く読んでみると、ある一枚の絵が浮かび上がってきた。

ネクタイについた油を落とす方法を知っている人はいませんかー？　お願い！

バターの代わりにスプレー式のローカロリーオイルを使ってもいいかな？

彼女のプロフィール写真には、ほっそりとした腰の、ブロンドの髪をしたきれいな女性が写っていた。何年か遡って写真を見ていくと、ほとんど全ての写真に同じ男性が写っていて、男性は彼女のそばに立ち、彼女の所有権を示すように彼女の肩に手をのせていて、そのそばで彼女は小さく縮こまって見えていた。

私は彼女にメッセージを送った。

——こんにちは！〈家事のコツ〉に誰よりも多く投稿してくださってありがとう！あなたの投稿とコメントに心から感謝していることを伝えたく、メッセージを送っています。

すぐに返信がきた。

——わあ、ありがとうございます！なんて親しみやすいグループなんでしょう。ここに参加していなかったら、私、どうなっていたことか！

——ネクタイから油は落とせた？

——いいえ。この言葉のすぐ後に、涙が一本頬を伝っている悲しい顔の絵文字が入力されていた。

——まあ、でもね、私は打ち込んだ。世の中にはネクタイなんていくらでも存在するから！

——夫にもそう伝えてもらえるといいんですけど……。

私たちはほとんど毎日メッセージを送り合った。そのときすでに私は、この女性がどんな人間で、どんな結婚生活を送っているかに薄々気づいていた。しかし、彼女から連絡がこなくなって数日が経ったあるとき、ようやくメッセージが届き、左前腕にひどい骨折を負って入院していたと知らされたときにはさすがにひどく驚いた。

——彼のせいじゃないの、彼女は言っていた。仕事ですごくストレスがたまっていて。

またいつものように、彼女にとっては少しばかりセラピーのようなものへと変わっていく〝おしゃべり時間〟が始まるのを期待してキーボードの上で待機させていた指が、ぎゅっと丸まり、拳になっていた。かわいそうな女。最低な男。

——前にもされたことがあるの？

パソコンの画面が微動だにせず私を見つめてきた。彼女がためらっている姿が思い浮かんだ。打っては消す、打っては消すを繰り返している姿が。

——ほぼ毎日。でもこんなにひどくされたのは初めて。

かくして、蛇口をひねったかのように全てが放出された。彼女の夫の語った言い訳全て、過ち全てが。彼女の言葉の行間を読んで真実を知ろうとした。そうして明らかになった事実は、私を震え上がらせた。彼は、彼女を彼女の友人たちから引き離して孤立させることに成功していた。家計を牛耳り、夫婦が何をするか、どこへ行くかまで彼が決めていた。彼女は完全に身動き取れない状態に陥っていた。

——私、気候アクションググループを運営しているの、私は打ち込んだ。世界中に何千人というメンバーがいるんだけど、舞台裏で取りまとめをしているのはほんの一握りのメンバーだけなの。あなたも加わってくれないかしら。

――私なんて役に立たないと思うわ。子どもにもできるようなことすらできない、って主人にいつも言われるもの！

――〈家事のコツ〉ではいつだって解決策を思いついているじゃない。あなたがチームに加わってくれたら、とても役立つ存在になるわ。

――主人がよく思わないと思うの。

――ご主人には言わなければいいわ。全てオンライン上で行うんだから。あなたにコードネームをあげるわ。素晴らしいグループよ。他のメンバーもみんな、あなたのことが大好きになるのが目に見えるわ。

その言葉が決め手となった。それこそが、彼女が世界中の何よりも欲していたものだった。そしてそれは非常にシンプルなことでもあった。彼女は、自分を愛してくれる誰かを欲していたのだった。

――それなら参加するわ！　本当にありがとう！

後になって彼女は、「自分の幸運の星に感謝している」と言い、私から「メッセージを受け取った」のは、まさに彼女が話し相手を必要としているときだったと言った。しかし実際のところ、運など関係ない。宿命でもなければ、巡り合わせでもない。私たちは、私たち自身のオーケストラの指揮者であり、そこで演奏する人間を選ぶことができるのだから。

　それでも、サンドラに対しては責任を感じていた。私は、彼女が夫の暴力について打ち明けた唯一の人間だった――助けないわけにはいかないだろう。彼女は極めて不安定な状態にあったものの、その自信の欠如の奥には、環境問題に関心を寄せる、思慮深く、思いやりのある女性の姿が見えた。私はどん底にいる女性を見つけた。壊滅的な自己不信のために、どんなにちっぽけな褒め言葉にさえも感謝する女性を。自分の考えが別の誰かの考えに書き換えられることに慣れきってしまっているために、私の望むどんな姿にでも変えることができる人間を。

　私はチャンスを見つけた。

　羊たちよ、羊飼いの元へ。

29　シドニーまで六時間　ミナ

　ミズーリと名乗ったその女性は、厚みのある緑色の毛糸で手編みしたセーターを着ている。全身を駆け巡る恐怖が和らぎつつある――想像していたテロリストはこんなんじゃない。

誰かのおばあちゃんにしか見えないではないか。私たちは安全からかけ離れたところにいるものの、もしも残りのメンバーも彼女のような人間なのだとしたら……。

明らかに、こんな考えが頭に浮かんだのは私だけではなかった。立っていた乗客たちが、あらかじめ決めてあった合図でも受け取ったかのように、彼女に向かって動き出したのだ。頭がフル回転し始めて、彼女を床に押さえつけたときのことを先読みして考える。クルー用のロッカーにプラスチックの手錠が入っているし、相手が何人いようとも、こちらの人数の方が多い。私たちがしなければならないのは——。

しかしミズーリが緑色のセーターをまくり上げた瞬間、何もかもが一変する。

波のうねりのように押し寄せていた乗客たちがたじろぐ。セーターの下、胸のところに幅の広いベルトが巻き付けられていて、そのベルトに四つのプラスチックの袋が貼りつけられている。袋は黒く、袋の角が左右ともにわずかに折れ曲がっていることから、内容物が軟らかいものであることがわかる。そして細いワイヤーが二本、それぞれの袋から出て蛇のように曲がりながら上に向かって伸びていて、やがてセーターの下に消えている。

「座りなさい」ミズーリは移動して客席の一番前、ギャレーへの入り口付近に立つ。乗客たちはゆっくりと自分たちの座席に戻っていく。恐ろしいまでの静けさを打ち破るのは、ラクランの泣き声と、この最新の展開に気づいてない、機体後方に座る乗客たちの不安げな声だけ。エコノミークラスの客室乗務員が誰かに、全て順調にいっていますから、と告げる声が聞こえてきて、汗が背中のくぼみを流れていく。全て順調とは程遠い。

機内に爆弾があるのだから。

保安検査場の行列に誰もが不満を漏らす。靴を脱ぎながら愚痴をこぼす人々の声が聞こえてくるし、検査を受ける時間が十分に残されておらず、大急ぎでゲートに向かう人々の姿を目にすることもある。私がテロリストに見えます？ ボディチェックのために脇へ連れて行かれると、人々は憤慨しながらそう言う。しかしテロリストというのは千差万別であり、このテロリストは緑色の手編みのセーターを着ていたわけだ。

「はったりよ」チェスカがささやく。私たちはミズーリと同じ側の通路、彼女が立っている場所から数列後方にいる。ミズーリがセーターの裾を下ろしてくれたらと願う。爆発物が見えなくなったからといって、彼女がそれを爆発させる可能性が少しでも低くなるわけでもないのに。

「かもしれません。でも危険を冒して止めに入ります？」それは修辞疑問だった。私たちのどちらも、そんな危険を冒すつもりはない。空港の保安検査は非常に厳しいものではあるが、完全無欠のシステムなど存在しない。髪のブリーチ剤の入ったボトルは没収されるのに、過酸化水素が目一杯詰まったトラベルサイズの液体石鹸（シャワージェル）のボトルは網の目をくぐり抜ける。ナイフを持ち込むのは禁止されているが、編み針や裁ちばさみ、金属製の爪やすりなら持ち込むことができる。使い用によっては十分武器になり得るものが機内に持ち込まれる。

カーメルとエリックは客室の反対側にいて、カーメルが薬指の指輪をくるくると回しているのが見える。5Jの席の小柄な女性——バーでいちゃついていたブロンドの女性——がまだ立っていたため、私はエリックに、彼女を座らせるよう合図する。エリックが近づくと、女性はギャレーに向かって歩き出し、反対側の通路に立つミズーリの鏡に映った姿になるような位置で足を止める。それからミズーリに目配せして笑みを浮かべると、私たちに向かってぞんざいに頷く。「ザンベジ」女は言った。彼女が自己紹介をしていることに気づくのに、少し時間が必要だった。

華奢で、可愛らしいお人形さんのような女で、ブーケをなくした花嫁のように体の前で両手を合わせている。女の体の輪郭を上から下まで眺めて、爆発物らしきものがないか確認する。伸縮性のあるワンピースを着ていて、浮き出た鎖骨から薄いお腹まで、ワンピースが覆っている。そしてその下に、膝の辺りがゆるゆるの黒いレギンスをはいている。

ザンベジ。ミズーリ。思いも寄らぬ組み合わせだ。思いも寄らぬテロリストたち。

ミズーリは客室から決して目を離すことなく、後退りしながらギャレーに入っていく。ミズーリのベストから出ているワイヤーは袖の中に通してあるに違いない。左手に黒いプラスチックの小さなものを握っていて、ワイヤーがそれにつながっている。ミズーリは右手でインターホンを取ると、飛行機全体に向かって話し始める。

「私はこの飛行機に乗っている全員の命を終わらせるのに十分な爆発物を体に巻いている」

唯一聞こえてくるのは、静かな泣き声だけ。その音があまりに執拗に続くものだから、まるで飛行機の骨組みそのものから響いているように感じられる。

「誰もが死ぬことを恐れているのに、農作物が切に必要としている水を無駄遣いする。海の温度を上昇させて、水産資源を激減させている。歩けるところでも車を使い、野菜を育てることができるのに肉を食べ、手に負えない数にまで増えた人間を収容する家を建てるために木を伐り倒す。あなたたちは地球を殺している。地球は、今あなたたちが怖がっているのと同じくらい怖がっているの」

これなの？　これがこの飛行機をハイジャックした理由？　私の家族を脅迫した理由？　地球が怖がっている？　怒りが内部で爆発し、今の私にできることといえば、どうにかそれをそこにとどめておくようにすることだけ。宗教の熱狂者や狂信者、そういう人間を想像していた。こんなのじゃない。こんなのは、ただの正気を失った人間の姿ではないか。目元に皺と手に染みのある、緑色のセーターを着た白髪頭の女性、そうとしか見えない。環境抗議活動を伝えるニュース報道を思い出す。私はすぐにチャンネルを替えて、抗議者たちのことはすっかり忘れてしまった。確かに少しおかしな様子に見えたものの、完全に気がふれているようには見えなかった。危険には見えなかった。

「〝欲しい〟と〝必要〟は全く違う」ミズーリは続ける。目は黒いビーズのように輝き、顔は生き生きとしている。「あなたたちの誰も、こんな戦いに挑む必要はなかったはず。あなたたちの国には美しい場所があって、国内であれば電車やボートで移動することができる。Eメールや電話、ビデオ通話を使えば、世界中の会社と仕事ができる――地球を破壊する必要なんてない。そんなことをするのは利己的で、犠牲が大きくて、したがって止めなくてはならないの」

ラクランを家に連れて帰るリアとポールのことを思う。死に瀕した友人に別れの挨拶をするのに間に合うようにシドニーに到着したいと願っている女性のことを思う。悲しみから逃れるために旅をしているパット・バロウのことを思う。支払うべき住宅ローンと、食事を与えるべき子どもを抱えた、二十人のクルーのことを思う。〝必要〟なものは人によって異なる。

「だったらどうしてあんたは今飛行機に乗ってるんだよ?」

その質問の出どころを探すべくみなが振り返ると同時に、誰の耳にも聞こえるくらい大きくはっと息をのむ音が客室中に響いた。

「ダグ、やめてよ!」ジニーが、コメディクラブにいる酔っ払いのように大きく身振り手振りをする婚約者の腕をつかむ。

「電球を発明した人間はね、ろうそくの明かりで仕事をしたの」ミズーリは飛んできた野次に苛立つどころか、それを楽しんでいる様子で言う。「自動車の発明者は、馬車で移動した。よりよい未来のために働く私たちのような人間はね、新たな道具を見つけるまでは、今ある道具を意のままに使っていいの」

「どうしてまだ墜落してないの？　私はそれが知りたいの！」通路の反対側からヒステリックな声が聞こえてくる。単語を発するたびに、前の単語よりも声が甲高くなっている。「どうせ死ぬなら、すぐ終わらせてよ。こんなの耐えられない――耐えられない！」

「誰か黙らせろ」デレク・トレスパスが言う。「聞いただろ――協力すれば、痛い目には遭わないって」

「あの人、爆弾持ってるのよ！」

その言葉は客席中に新たな恐怖の波を巻き起こす。ザンベジのお人形さんのような顔に目を向けると、その唇の端には笑みが浮かんでいる。彼女はこれを楽しんでいるのだ。

ミズーリが片手を挙げると、みな静まり返る。「私たちは声明を用意していて、これから数分のうちに、その声明がソーシャルメディアで公開される予定なの。その中には、二酸化炭素の排出量ゼロの達成目標期限を二〇三〇年に繰り上げること、再生可能エネルギーに積極的な姿勢を示さない航空会社に対しては罰金を科すことを政府に要求することも含まれている」

2Dの座席の男性――私に〝気を落とすな〟と言ってきた、脚の長い男性――が前屈みになって額を両膝にくっつけている。他の乗客の顔に浮かぶ恐怖の表情が彼の顔には浮かんでおらず、ミズーリのスピーチに合わせるように頷いている。私はチェスカの腕を軽く突いて、チェスカが私の視線を追うまで2Dの方に向かって顔を動かす。

アマゾン、ミズーリ、ザンベジ、そしてここへきて2Dの男。これで四人。あと何人いるのだろう。さらに後方、エコノミークラスにもいるのだろうか。突如として、ある考えが心に浮かぶ。クルーの中にもいるのだろうか。

「私たちが人質に取っているのは、たった数百人でしょ」ミズーリが言う。「政治家たちがその手の中に収めているのは、全世界の未来なの」

客室の向こう側でエリックが動きを見せた。最後にエリックを見たときはカーメルのそばに立っていたのに、今はその場所から数列ギャレーに近いところにいる。ザンベジはミズーリのスピーチに夢中で、エリックはそんなザンベジからじっと目を離さずにいる。私が見ている最中にもエリックはまた移動した――一歩、もう一歩。あまりにゆっくりで気づかないほどの動きだ。固唾（かたず）をのんで見守る。一体何をしようとしているのだろう。

「この機体は飛行を続ける。政府が私たちの要求をのむまで、もしくは――」ミズーリは一瞬間（ま）を置く。「燃料が底を突くまで」

この脅しから想像し得る最大限の恐怖を、みなが共通のイメージとして同時に思い描いた瞬間、客室が静けさに包まれる。誰かが口を開く間もなく、ミズーリが再び話し始める。

「私たちは私たちの目的を達成する、それについてはこれっぽっちの疑いもないわ。だって政府が意思を持って数百人という自国民に死を宣告することがあれば、それはオウンゴールと呼ぶべきじゃない？　違う？」答えを期待しているようには見えない。「あなたたちもそのうち、協力する以外には道がなくなるわ」

エリックがまた動く。ゆっくりと、少しずつ。エリックが五人目なのだろうか。休憩時間、エリックだけがベッドの周囲にカーテンを引き、私たちのする噂話やゲームに付き合うことを拒否していたことを思い出す。眠りたいと言っていたが、本当は何かを隠す必要でもあったのではないだろうか。

「もし協力しなかったら？」デレク・トレスパスが声を上げる。

ミズーリが片方の腕を上げると、セーターの袖が肘の辺りまで下がる。ワイヤーが代弁していた。ジェイミー・クロフォードの妻が大きな声を上げて泣き始めると、みなビクビクとしながら彼女とミズーリに交互に視線を向ける。彼女が感情を爆発させたことが引き金となって、ハイジャック犯が行動を起こすのではないかと気が気でない様子だ。突然、ギャレーに向かって動きがある。エリックだ。前に走り出てザンベジの腕をつかみ、そのままその腕を彼女の背中に回す。客室に悲鳴が響き渡り、カーメルが前に走り出て、客室の騒音を凌駕（りょうが）するほどの大声で叫ぶ。

「エリック、やめて――みんな殺されちゃう！」

みな自分の席を離れ、泣き叫びながらてんでばらばらな方へ向かって動き出す。ミズーリがギャレーに姿を消し、中を通って再びザンベジの背後に姿を現すと、エリックにつかみかかる。カーメルは今や半狂乱でエリックの腕を引っ張り、赤ん坊のラクランは客室全体の騒々しさにも勝る大きな声で、声を限りに泣き叫ぶ。私は座席をよじ登りながら、前方に到達するための最短ルートを進んでいく。そこに到達したら何をするつもりでいるのか、自分でもわからぬまま。誰がどこにいて、どの方向に向かって引っ張り合っているのかもわからぬまま。わかっていることはただ一つ、このままでは誰かが傷つくことになるということ。もしこのまま――。

これほどまでに大量の血は、見たことがなかった。それは大きな弧を描いて座席上空を飛び、壁に深紅の斜線を引いた。誰かが叫び声を上げ、息をつく間もなく、延々と叫び続ける。きれいに整えられたひげの男性――彼の眼鏡には血が飛び散っている――が口を開く。「誰か、この人を床に寝かせるのを手伝ってくれ！」男の灰色のスウェットシャツは血まみれで、両手で傷を押さえている。どれほど強く押さえようと、決して塞がることがないであろう傷を。叫び声。さらに叫び声。

カーメル。二十二歳。アクセントウォールとくすんだピンク色のソファ、遠方のホテルとシティで働く恋人のことで頭がいっぱいのカーメル。高度三万五千フィートの上空で、彼女の血は見知らぬ人間の指先の下をどくどくと流れていく。コルクスクリューが、その首の奥深くまで突き刺さっている。

30 座席番号 1G

理解していただきたいのは、私だって誰かを傷つけたいと思ったことなど一度もなかったということだ。しかしことわざにもあるように、〝虎穴に入らずんば虎子を得ず〟。時として、暴力以外の方法では人々に理解してもらえないことがあるのだ。

コルクスクリューは保険だった。即座に使える武器が必要になった場合に備えて。爆弾で脅すよりも、もっと絞られたターゲットに対して使える武器が必要になった場合に備えて。あのコルクスクリューは、離陸後間もなくご立派なバーを拝みにいった際にポケットに忍び込ませたものだった。それを何に使用するのかという具体的な計画などはなかったものの、クルーたちが私の計画をぶち壊そうとしていることに気づいたとき、これを持ってきておいてよかったと感じた。金属が女の子の喉にぶすりと突き刺さった瞬間、妙に満足感を覚えた。直接この手で奪った最初の命。血塗られた両手。

彼女の死は、他の誰の死もそうであるように、気の毒だ。しかし、あの飛行機に搭乗中の人間の中では、クルーが最も罪深いことは疑いようがない。想像してみてもらいたい。もしもクルーたちが飛ぶことを拒否したら、世界に対してどれほど力強いメッセージを示すことになることか。もしも彼らが、排出ガスの削減や再生可能エネルギーへの切り替えを要求していたとしたら？

七面鳥が感謝祭に賛成票を投じるはずがない。そうではないだろうか。

あの子は犠牲だった。ミナに私たちの要求の重要性を理解させるために死んでいった1Jの男性と同じく。彼はバーで、自分の家族を自慢すべく財布を開いていた。そのときに、彼がフリークエントフライヤーであることを示すカードが入っているのが目に入った。クルーたちほど罪深くはないものの、全く罪がないわけではない。ロンドンからシドニーへ飛んでいくために、五・八トンの二酸化炭素を発生させることを選んだ。十五メートルもの北極の氷冠を破壊することを選んだ。自分で蒔いた種だ。

私はフルニトラゼパム（不眠症治療剤、麻酔導入剤）を砕いて彼の飲み物に入れ、インスリンを過剰投与して殺した。ひどく激しい痙攣（けいれん）の後、急速に昏睡（こんすい）状態へと陥り、あっという間に死が訪れた。インスリンを飛行機の貨物室に保管してはいけないのはご存じだろう。インスリンは一定の温度下での管理が必要なのだ。旅が一晩であろうが六ヶ月間であろうが、持っているインスリンは全て手荷物に入れていいことになっている。安全性を証明するためには医者の書きつけさえあればいい。考えてみればかなり異常だと言わざるを得ない。爆発物の検査のためにヒールの高い靴を脱がなければならなかったというのに、二ヶ月分の量に匹敵するインスリンと、〝パラセタモール〟と書いた容器に入れたフルニトラゼパム二十錠を持った私は、ぞんざいな一瞥（いちべつ）を投げられただけで容易にゲートをくぐり抜けることができたのだから。

控えめな武器かもしれないが、違法な毒物よりもずっと言い逃れしやすいし、それにご覧いただいた通り、とても効果的でもある。確かに、アダム・ホルブルックに投与されたフルニトラゼパムは思ったよりも効くのに時間がかかった。ヴォルガは、アダムの体の大きさや強さを考慮していなかったのだ。それでもまあよい――結局は倒れたのだから。

ああ、ヴォルガ……。これは実際、全て彼女から始まったことなのだ。彼女が当初からそのことに気づいていたというわけではないものの。

私たちはすでに航空業界を標的にし始めていて、英国最大の空港をドローン二機だけで封鎖に追いやるという、注目に値する成果を収めていた。それは驚くほど大々的に報道され――ようやく人々は聞く耳を持ち始めたのだ――、そのときに私は確信した。私たちにはもっと大きなことができると。非常に大規模で、権力者たちがなんらかの対策を講じずにはいられなくなるような何かができると。

次の夏、私が掲示板を確認している最中、ヴォルガが完璧な手段（ヴィークル）を提示してきた。それは文字通り完璧な乗り物（ヴィークル）だった。

そのときまでにヴォルガは、しばらく私たちと活動を共にしていた。何度もデモ行進に参加していて、騒動のある場所を、それがどこであれ嗅ぎつける能力を持っているらしい。そしてこれまでに前科が一犯ある。ヴォルガは、自分たちが不滅だと信じている若者の一人だった。処方薬を好んで使う傾向があって、その事実のために私は彼女をリードに繋(つな)いでおいた。

世界自然保護基金(WWF)から娘のために亀を引き取った人を知ってるんだけど、ヴォルガはそう書き込んだ。なんとそいつ、客室乗務員なんだって！

会話は、中流階級の口先だけの活動家に対する批判を軸に展開した。彼らは〝古き良き〟ガラス瓶入りの牛乳への情熱を大袈裟に表現するくせに、週末をプールサイドで過ごすために地球の裏側まで飛んでいくことについては何も考えていない。

偽善者が！　ガンジスがこう結論づけたのも頷ける。

そいつ、十二月にはシドニーまでの直行便に搭乗するんだって――それに伴う〝炭素の足跡(カーボンフットプリント)〟（商品やサービスのライフサイクルの各過程で排出される温室効果ガスを二酸化炭素量に換算したもの）を想像してみてよ！

足跡どころの騒ぎではない……。

私はその便のルートを検索した。そのニュースは大々的に報じられていて、タブロイド紙はすでに、その便で招待客としてシドニーに向かいそうなセレブたちの予想を始め、このような歴史的なフライトと彼らの名前をどうにか結びつけようとしていた。

ちょうどチケットの販売が開始されたところだった。

ヴォルガに個人的にメッセージを送り、彼女から絞り出せる限りの情報を絞り出し、クリスマスまで笑顔で過ごすのに十分な量のオピオイド（麻薬系鎮痛薬）を用意すると約束した。ヴォルガはその女を個人的に知っているわけではなかったが、その家に滞在中のウクライナ人オペアを知っていた。そのオペアに紹介状を書いてもらうことは可能だろうか、と私は考えた。もしヴォルガがその家に入り込むことに成功すれば、その家族についてより詳しく知ることができる。ヴォルガが二十代だということは知っていたため、年齢を実際よりも下だと偽ることができるかどうか考えてみてほしいと提案した。一般的に社会は、若い人間は疑ってかかる必要があるほどの知性を持ち合わせていないと考えている。そのことに気づいていた私は、この見かけ上の純粋さというものは利用できると考えた。

後はご存じの通りだ。ベッカ・トンプソン、十七歳。Aレベルに在籍中の学生（アート、歴史、フランス語を選択）。ベビーシッター。覆面活動家。ヴォルガは彼女の年齢にしては度胸がすわっている、私はそう確信していた。それに意外性も持ち合わせていることもわかった。

彼女に対する唯一の懸念は、少々やりすぎてしまう可能性があるという点だけだった。

31　午前一時　アダム

初めてミナと一緒に飛行機に乗ったのは、同棲を始めてすぐのことだった。車で空港まで行き、次に会えるのは二時間後になるのか三日後になるのかわからないまま、チェックインカウンターで別れの挨拶をした。

「幸運を祈る」ミナはそう言って俺にキスをしてからカウンターにいる男性の方を向き、祈りの儀式を真似(まね)するかのように体の前で両手を打ち合わせた。「できることはなんでもやらなくちゃ、ね？　これ、結構気に入ってるの」ミナは小悪魔っぽくウィンクをしてから、エメラルドグリーンのコートをひるがえして保安検査に向かっていった。彼女のキャリーケースが、後ろから遠慮がちについていった。ほんの数時間前には俺の枕に広がっていたミナの髪の毛が、今はうなじの辺りでかっちりとしたおだんごに、ヘアスプレー缶の半量を俺の部屋のバスルームに充満させて結ったおだんごにまとめられていた。

セキュリティゲートのところでみんなが列に並び、やがてトンネルをくぐり抜けていく中、俺はその前でパスポートをいじって待っていた。窓の向こうに目をやり、駐機場(エプロン)で駐機しているワールド・エアラインズの飛行機を眺めながら、ミナが乗客を迎え入れ、搭乗券を確認する姿を想像していた。

「最終のご案内を申し上げます。ウィリアムズさまがいらっしゃいましたら、お急ぎご搭乗ください」

アナウンスが聞こえなくなると、次に駆けていく足音が聞こえてきた。まだ席に座っている人々を見渡し、上の空で座っていた誰かが、急に驚いて表情を変えるところを想像した。ああ、ごめんなさい……、ぼんやりしてました……。大丈夫ですよ、お客さま、搭乗口へご案内します。俺がここで待っていることを思い出させるためにカウンターにいるスタッフと視線を合わせようとしたが、スタッフは誰かと話し込んでいた。出発は十分後の予定だった。

もしこの飛行機に乗れなかったら仲間に電話をかけてみよう、俺はそんなことを考えた。部屋のモップがけなどせずに、ビールを飲みに出ているのは誰だろうか。楽しい時間になるだろう。ローマで週末を過ごすより、もっと楽しいかもしれない。

「最終のご案内を申し上げます。ウィリアムズさまがいらっしゃいましたら、お急ぎご搭乗ください——当便はお客さまの搭乗が完了し、出発の準備が整っております。ウィリアムズさまがいらっしゃいましたら、お急ぎご搭乗ください」

もっと楽しい？　どの口がそんなことを。一年前であれば、職場の男連中とビール数杯とケバブを楽しむのが、思いつく限り最高の夜の過ごし方だった。しかし今じゃ正反対だ。ローマでなくたってよかった――ここから車で数時間で行けるスケッグネス（イギリス東海岸にある海辺の町）でミナと一夜を過ごすためだけにだって、一週間空席待ちをしたって構わないと思っていた。

「アダム・ホルブルックさんですか？」今度はスピーカーを通してではなく、カウンターから大きな声が聞こえてきた。あまりに急いで立ち上がったために、自分の手荷物につまずいて、携帯電話と、旅のお供に買っておいた雑誌を落としてしまった。グランドスタッフが笑って言った。「ラッキーな日になりましたねと言おうとしたんですけど、わからなくなってしまいました」

「行けます？」

「行けますよ」

搭乗すると、俺をのろまなウィリアムズと勘違いした乗客たちの、二百もの不機嫌な顔が待ち構えていた。俺はといえば、ミナがベッドの上で、裸で俺にまたがり、シャンパングラス片手に、安全に関する説明の練習をして見せてくれたのを思い出してにやけていた。絶頂時には、ここと、ここ、それからここから……。

最高の週末だった。あまりにも早く過ぎていってしまうのに、永遠に続くかのように思われる週末。笑うことも、話すことも止めることができない、そんな週末だった。俺たちの関係全体が、そんなふうだった。

それはどこへ行ってしまったのだろう？

お前がぶち壊したんだ。もう二度と、彼女に会うことはないかもしれない。

今ミナがどうしているか知ることができたら。一向に情報を更新しないラジオを呪う。今この瞬間に、この話題以外の話をしている人間がいるなんて信じられない。どうしたらライズFMは、いまだにクリスマスソングやマークス&スペンサーのコマーシャルを流していられるのだろう。もしかしたら何百人という人たちが――。

いいや！　乗客は死んでなどいない。ミナは死んでなどいない。

ミナを思い描こうとする。頭の中にある恐怖を、希望に満ちたものに置き換えようとする。しかし浮かんでくるのはパニック映画のシーンばかり。銃、爆弾、航空機の爆発、落下、ビルへの突撃……。

きつく目を閉じても悲惨なシーンが次から次へと浮かんできて、それと同時に、これは全て自分の責任なのだという自責の念も襲ってくる。もし俺が借金を作ったりせず、ミナにうそをつくことなどなければ、ミナは今でも俺を愛してくれていたはず。もしミナが俺を愛していたら、ミナは今ごろあの飛行機には乗っていなかったはず。

詮索していたわけではなかった。あの日ミナは公園までソフィアを迎えにきていて、俺は、三人で一緒にアイスを食べていこうとミナを説得した。ミナはずっと椅子の端に腰かけたまま、しきりに腕時計に目をやってはソフィアにもう食べ終わるかと尋ねていた。いつだってこの調子だった。俺が時間稼ぎをして、ミナが早く立ち去ろうとそわそわしている。丸一日一緒に過ごすことができたら……。しかしミナはそんなこと、検討すらしてくれないだろう。「一人の時間が必要なの」ミナはそう言い続けていた。

「来月、二人で一緒に何かしないか」最後にミナに会ったとき、俺は言った。「ソフィアが一日学校に行っているあいだに。樹木園なんかどうだろう。紅葉が始まったらさ。あそこ、好きだろ」〝ノー〟と答えるとき、ミナの目に申し訳なさそうな表情が宿ったのを見た気がした。でもそれは俺の希望的観測だったかもしれない。

俺は折れずに誘い続けた。「それかクリスマス。まだ一ヶ月も先なのはわかってるけど、もうすぐシフトを組むことになるから。クリスマスの前の一週間休みを取るから、マーケットにでも行こう。そしてソフィアに何か素敵なものを買ってあげよう」そう言えばミナの決意が揺らぐかもしれない、そう思った。しかしミナは、考えておく、とだけ言って会話を終わらせた。

それからミナは、ソフィアがスプーンを置いた瞬間に勘定書を引っつかみ、それをカウンターに持っていって支払いをした。テーブルの上でミナの携帯電話が振動したのを見て、俺は本能的に手を伸ばした——それは反射的な反応で、自分の携帯電話を無意識のうちに指でスワイプして、賭けサイトに移動させているときと同じ反応だった。画面にちらりと目をやる。〝ライアン〟という名前の誰かからだった。

クルー交代作戦、解決。君のシドニー行き決定。この取引、やっぱり結局は俺の方が得してるって思うけどね！

その内容が理解できなかったというよりは（実際には理解していなかったのだが）——むしろ、それが重要な内容だとは考えなかった。しかし去り際にミナがこう言った。「ああ、クリスマスマーケットのことだけど。休暇、取らなくていいよ。シドニー行きのフライトに乗ることになっちゃった。その週は丸々家を空けることになるから」

突如として、ライアンのメッセージの意味がはっきりと理解できた。

遠ざかる二人の姿を見ながら、俺は打ちのめされたように感じていた。一緒に過ごすくらいなら千五百キロメートル以上離れたところに行く方がましだと思うほどに俺のことを嫌っているなんて……。俺のせいだ、わかっている。わかってはいても。

ハイジャック犯に運命を左右されているミナのことを思い、責任の所在を遡って辿っていく。俺の膝の上でうとうとし始めたソフィアを起こさないよう気にかけつつ、脚の感覚を取り戻すべく冷たい石の上で体をもぞもぞと動かす。ソフィアは俺の胸にもたれかかっていたが、眠気が強くなるにつれて頭が一方にずり落ちてしまう。手の自由が効かず、その頭を支えてやることができないため、一方の肩を前方にひねって、ソフィアが倒れ込んでしまうのを防いでやるより他なかった。最初はぎこちなく、やがて不快になってきて、今ではもう耐えられないほどだが、俺がこれからどうするべきかを考えているあいだ、そしてどこまでが自分の責任なのかを考えているあいだ、ソフィアにとっては眠っている状態でいるのが一番いい。あれほど注意力が散漫でなければ――蹴られた痛みがあれほどひどくなければ――ベッカのような人間に屈することなど絶対になかったのに。

最初からミナに本当のことを言っていればよかったのだ。とはいえ、初めからうそをつこうなどと考えていたわけではなかった。スクラッチカードを買うことは厳密に言えばギャンブルということになるのかもしれないが、それが問題になるまでは誰もそれを〝ギャンブル〟とは呼ばない。そして問題が生じるまでは、それは問題ではなかった。あのころ、俺はあまりに不安で、あまりに恥ずかしくて、何がなんでもミナに気づかれる前に返済を済ませたいと思っていた。

壁から滴る水滴が背中を伝い、思わず身を震わす。ソフィアがぴくりと動き、俺は凍りつく。が、遅かった。ソフィアが目を覚ました。

「ママー！」さらに大きな声で、「ママー！」

「しーっ。パパがいるよ」

「ママー！」

ソフィアの体をそっと左右に揺らすと、その動きに肩が悲鳴を上げる。ソフィアは声を上げて泣き始めた。「ここ嫌い、ママがいい。ママー！」

「お話を聞かせようか」

「いらない、ママがいい！」ソフィアは体をこわばらせ、足で俺の脛を蹴りつける。

「〝おおきな　みどりのおへやのなかに　でんわが　ひとつ〟」

「ママ」先ほどより声が小さくなっている。

「〝あかい　ふうせん　ひとつ　えの　がくが　ふたつ――　それは〟……？」語尾を上げてその文を終わらせる。

「〝めうしが　おつきさまを　とびこす　えと〟」ソフィアがささやき声で答える。そして蹴るのをやめる。

「〝えと〟……？」

「〝さんびきのくまが　いすにこしかけてる　え〟」

俺は『おやすみなさい　おつきさま』の絵本が大嫌いだった。一度その本を取り上げて、ソフィアの部屋のラグの下に隠したことがあった。このばかげたルーティンへの依存と反復を断ち切り、別の絵本を読んで眠りにつくことは、ソフィアのためになるのだと自分に言い聞かせて。それにそもそも、それほど優れた絵本ではない――もっといい絵本がいくらでもある――、そう言い聞かせて。ウォーターストーンズで山ほど絵本を買ってきて、『もりでいちばんつよいのは？』や『まじょとねこどん　ほうきでゆくよ』を読んで罪悪感を和らげようとした。『星の王子さま』を取り寄せて、この絵本をフランス語で読んでやるとソフィアが喜ぶかもしれないと提案してみたりもした。「子育て中、お義母さんは君にアラビア語で話しかけたりしてた？」

ミナはにやりと笑った。「すっごい怒ってるときだけね」

「ソフィアに、伝統的なアルジェリアの絵本を探してあげるのもいいよね」

「あの子は『おやすみなさい　おつきさま』が好きなの」

「でも毎晩だぞ！」

俺を苛立たせたのはその反復だけではなかった。ソフィアがいつでもミナにばかり読んでもらいたがるという事実にも腹が立っていた。ミナが『おやすみなさい　おつきさま』を読むと、ソフィアも一緒に読み始めるのだった。ソフィアは絵を指さしたり、うさぎのお婆（ばあ）さんが〝しずかにおし〟と言う場面では指を立てて唇に押し当てたりしていた。俺はいつだって哀れな二番手で、負けチームの控えの選手だった。「〝おやすみ　ほしさん　おやすみ　よぞらさん　おやすみ　そこここできこえるおとたちも〟」俺が読み終えると、ソフィアはベッドの上でむくっと体を起こすのだった。「ママはいつ帰ってくるの？」

「傷つけてやろうと思って言ってるわけじゃないよ」ミナはそう言ったが、そんな言葉では俺の心に刺さった棘（とげ）を抜き去ることはできなかった。

「〝おやすみ　そこここできこえるおとたちも〟」そして今も、こうして物語を終える。

ソフィアが俺の顎の下に頭をすり寄せてくる。「ありがとう、パパ」

「どういたしまして、おチビ（バンプキン）ちゃん」

「すごく寒いの」

俺の胸に寄り添うソフィアの体は温かく感じられるが、その額に唇を押し当てると、ひどく冷たくなっているのがわかる。俺が上半身を揺らすと、ソフィアの体も左右に揺れる。

「さあ、立ってごらん。運動の時間だ」

ソフィアが立ち上がると、肩が解放されたことと、足を曲げることができたことからくる安堵と痛みが入り乱れて大声を上げそうになる。「スタージャンプのやり方は覚えてる？」ソフィアは頷く。「じゃあ、二十回飛んでみてくれないか。さあ、やって、やって！」ソフィアが両手足を縮めては広げ、縮めては広げを繰り返す中、俺は拘束具が許す限り体を動かす。血流が再び流れ始めると、四肢にピリピリする感覚が走る。ソフィアは息を切らし、笑いながらジャンプを終えた。「次は、その場駆け足だ。始め！」

体を動かせばすぐに空腹を感じるようになることはわかっていたものの、低体温症にかかってしまう危険とのバランスを取りつつ、ソフィアに運動をさせる。もうこのくらいで終わりにしようと告げるとソフィアは不満を口にしたが、これ以上続けて汗をかいてしまえば、やがて皮膚から熱が奪われて、今以上に体が冷えてしまう。

「物当て（アイ・スパイ）ゲームしてもいい？」

地下室の中を見回す。今では、この暗闇に完全に目が慣れている。石。階段。鍵のかかったドア。

私の小さな目で見つけ（スパイ）たよ。完全に抜け道などないことを……。

「パパはもっとおもしろいこと思いついたよ。ソフィアがパパの目になって、一緒に探検するのはどうだろう？」

「お外を？」ソフィアは期待するような調子で言う。

「この中で。今はね」

　ソフィアはため息を吐き出す。それでも渋々その提案を受け入れる。「いいーよー」

「隅っこから始めよう。あっちの隅だ」ソフィアは従順に地下室の奥の隅へとスキップしていく。「次は、壁に沿って両手を走らせていくんだ。見つけたものはなんでもパパに教えて」

「鼠が一頭でもいたら怖いよ」

「一匹ね。鼠なんていないよ。あれはパパのばかげた作り話なんだから。手で何を感じる？」

「煉瓦」

「床も触ってごらん。何かないかな？」緩くなって外れた煉瓦、置き去りにされた道具、なんだっていい。

　警察学校で、家宅捜索で薬や凶器を見つける方法を教わった。警察官が二人一組になり、各ペアのそれぞれが部屋の反対側の隅から探索を開始し、やがて交差するように移動して担当領域を入れ替わる。一つの空間を四分割し、各々が持ち場に対象物がないことをしっかりと確認してから次へと移動するのだ。

「警察官になったつもりでやってごらん」俺はそう言う。「手がかりを探しているんだ」

「パイロットになるんだもん」

「なったふりでいいから」

ソフィアは釘(くぎ)とダイエットコーラの缶を見つけた。そうして気づいたことは、この地下室は湿気がひどく、貯蔵しようとするものはなんであれ水垢(みずあか)がついてしまうということだった。

「それ、飲めるな」急に飲み物が欲しくてたまらなくなる。喉にかゆみを感じるし、唇はひりひりする。「自分で開けられる？」

ソフィアの小さな指が缶のタブを持ち上げるのに苦戦して、しばらく時間がかかっている。ようやく成功すると、俺の足のあいだに挟んでいた缶からコーラが噴き出してきて靴下を濡らす。ソフィアが最初に飲み――いつもは禁止されている飲み物を飲ませてもらって興奮している――、次に俺の口に缶を傾けてくれるのだが、あまりに勢いよく傾けたため、ひどくベタベタする飲み物が首を伝っていく。飲み終えると、ソフィアが特大のげっぷをした。〝ごめん〟と言おうとしたらしいが、そこで次のげっぷが出てしまい、ソフィアは思わず口に手を当てる。目を大きく見開いて、注意されるのを待っているようだった。注意する代わりに俺もげっぷをすると、ソフィアは驚いた様子で声を上げる。

「パパ！」

考えてみたら、俺はいつだってソフィアを叱っている。静かにしなさい、いい子にね、きれいに食べなさい、口答えしてはいけない。この子を褒めてやることよりも、叱っていることの方がはるかに多い。ソフィアがミナと一緒にいたがるのも無理からぬこと。

俺はもう一度げっぷをする。「ソフィア！」

「パパでしょ！」ソフィアは俺の上で飛び跳ねて脚に思い切り体重をかけてくる。それから両手で俺の顔を挟んで頬をぺちゃんこにして、その状態で俺が笑顔を作ろうとしてできた顔を見て笑う。

「抱っこしてあげられたらいいのに」

ソフィアは俺の両腕をぐいっと引っ張る。

「残念だけど、これ、すごく頑丈なんだ。だからソフィアが魔法みたいに鍵を出してくれない限りは……」俺は手錠を金属のバーにぶつけて音を鳴らす。

ソフィアは何か思いついたらしく、あっ！　と声を漏らす。それから這うようにして俺の膝から下りると、釘を手に取る。

「いいこと思いついたね、パンプキン。でも、それは映画の中でしかできないんだ」ソフィアの表情が曇ったのを見て、俺は体をねじって手錠の鍵穴をソフィアに見えるようにする。「でも、やってごらん。好きにやってみるといい」前傾姿勢を取って、ソフィアのやりたいようにやらせる。そして考える。この変わり者で美しい娘は、錠前破りの隠れた才能で俺を驚かせてくれたりはしないものだろうか。

俺たちはもう何時間もこの地下にいるに違いない。あとどのくらいここにいることになるのだろう。

再びベッカに呼びかけてみるものの返事はない。ベッカが俺たちをどうするつもりでいるのかがわからないことへの恐怖でいっぱいになる。これと釣り合う唯一の恐怖は、ミナの安否について感じている恐怖だけ。79便は数時間後にシドニーに着陸する予定だった。ラジオから得られた情報といえば、飛行機はまだ航路を変更しておらず、まだ墜落していないということだけ。

今はまだ。

32　座席番号　1G

飛行機を飛ばすのは簡単なことではない。

私たちにはパイロットが必要だった――それは明白だった――が、現役パイロットを説き伏せて私たちの考えに賛同させようとするのは困難なことのように思われたし、それに固執すれば私たちの計画が形になる前にご破算になってしまう危険も孕(はら)んでいた。そこで私は、信用の失墜したパイロットを探そうと考えたのだったが、そういった人間を見つけ出すことは、たとえば登録抹消された医者——彼らの情報はありとあらゆるところから入手可能だ——を見つけるほど容易ではなかった。

調査を続ける中で——その作業のほとんどをネット掲示板に頼った——、多くのパイロットたちがパソコンのシミュレーションゲームにはまっているということを知るにいたった。操縦席で一週間を過ごした後、休日にまで画面の向こうのピクセルで構成された飛行機を操作しようと思う人間がいるなどということは私には到底信じられないことではあるが、それでも実際そういう人たちがいるのだ。どうやら最近のシミュレーターは非常にリアルで、反応もよく、まるで本物の飛行機を飛ばしている感覚を得られるらしい。

ある時点まできて、自分が間違った方法でこれを進めようとしていることに気がついた。そもそもなぜ新たに仲間として迎え入れるパイロットを探す必要があるのか。今いる追随者の誰かをパイロットに仕立て上げることだってできるではないか。

二つの可能性が考えられた。長江（ヤンツー）は我がチームのIT専門家だった。ダークウェブ上に私たちの掲示板を設けたのが彼で、その掲示板は飛行機が離陸すると同時に、確実に、自動的に消滅するようになっていた。数えきれないほどのフェイスブックページを作成したのも彼で、私はそれを利用して、ほとんど誰にも気づかれることのない、目立たない方法で追随者を集めた。

ヤンツーに関しては、大部分の他のメンバーとは異なり、私がヤンツーを見つけたのではなく、彼の方が私たちを見つけた。私たちは、十分複雑なはずと思われる文字や数字を組み合わせたパスワードでロックをかけた、いたって初歩的な掲示板を使って活動していた。しかしあるときパソコンの電源を入れると、笑っているように見える頭蓋骨（グリニング・スカル）がログインボックスを覆うようにして貼りついているではないか。どうにかしてログインしようと試みると、画面がディゾルブしてモニターの下部に色がたまっていった。インボックスからピーンと音が鳴り、この巧妙なトリックの目的が示された。一千ポンド払えばこのウェブサイトを無事に返すが、それを断ればこのウェブサイトの内容を警察に提出する、そんな脅迫文だった。

私はその大胆さを笑った。そのころまでに私たちが成し遂げていたことといえば、ぎりぎりのところで違法にならない行為を繰り返していただけだった——見つかれば都合が悪かったものの、一巻の終わりというほどでなかった。相手が脅迫者のつもりであるならば、一千ポンドというのは奇妙なほど少額に思えたため、私は返信メールを書いて代案を提示した。もしも私たちがより意義のある直接行動を実行するつもりであれば、それまで以上に安全なオンライン上の拠点が必要になるはずだった。このとき私は、それを作ることのできる人物を見つけたのだ。

ヤンツーは妙な男だった。祖母から巨額の遺産を相続していて、そのために無気力で尊大な男になっていた。どうやらヤンツーは私たちがグループを作った動機には一切興味がなく、活動を隠すことにやりがいを見出しているらしかった。この提携により、彼は有益な人間にもなったし、危険な人物にもなった。ヤンツーに飛行機の操縦をさせると同時に、銃を与えるつもりだった。

アマゾンもどちらかといえば何をしでかすかわからない（ワイルドカード）人物だったが、彼を手懐（てなず）けることには成功した。同じ方法はヤンツーには決して通用しなかったが。他のほとんどのメンバー同様、私はアマゾンをオンライン上で見つけた。早い段階から、彼の技術はグループのために活用できるものだと判断していた。アマゾンは難しい男で、躁（そう）うつ病のために気分がかなり不安定だった。

採用の秘訣は、欲望と充足感を一致させることだ。あなたの基本給はこれだけ——年二万八千ポンド必要ですね、二万八千ポンド支払いますよ——だが、抜け目ない雇用主はもう一歩先を行く。腕の立つヘッドハンターは、ターゲットにとどめを刺す前に、彼らの泣き所を特定する目的で、彼らのソーシャルメディアアカウントを調べ上げる。我が社には素晴らしい育児制度があります、社内にジムが、医療パッケージもあります……毎週金曜にチームで飲みにいきます、在宅勤務です、ラフな格好で構いません……。

アマゾンの弱点は興味深いものだった。

ただゲームがしたいんだ！　彼のプロフィールには一行だけこう書かれていた。私は彼が投稿した残りのフィードを確認し、理解した。他者からの反応の欠如。共有しては削除するを繰り返す投稿の数々。違う、あなたは認められたいだけ、私は思った。あなたは好かれたいと思っている。両親に、自分は人生を無駄に過ごしてなどいないと示したいだけ。彼の他の投稿にも目を通す中で——極右の〝愛国的な〟写真の数々や、手当たり次第署名したと思われる、ありとあらゆる目的のために作成された非常に多くの嘆願書が共有されていた——、この男の抱える怒りや不満は、私の思い通りの方向に導くことができるものであることを確信した。

私は、クライムアクションゲーム『グランド・セフト・オート』の私のプロフィールへのリンクをアマゾンに送った。彼は何も質問してこないだろうと思っていた。そして実際、何も訊いてこなかった。質問することもなく、その日の午後に私を追加した。一緒にゲームをしながら、私は、種のように考えをまき散らしていった。

——左翼の奴ら、リメンブランス・ポピー（戦死者追悼のために十一月に着ける赤いヒナゲシ）を身につけることをやめさせようとしてるんだ。信じられるかよ?

——新聞に載ってたあの女、見た? 朝まで飲むことは同意してたくせに、レイプされたって騒いでやがる!

——〈国際女性デー〉だって? だったら〈国際男性デー〉は一体いつなんだよ!

アマゾンは一つ一つを受け入れ、同調していった。そしてそのことは、彼には彼自身の考えというものが一切ないのではないかという私の疑念を裏づけることになった。長年にわたってゲームだけをしてきた結果として、それほどまでに頭が鈍ってしまっていたのだ。そして今彼には、意見の補給が必要だった。ちょうど点滴を必要とする患者のように。私は投げかける内容をじわじわとフィルターにかけていき、やがて純粋な環境保護に関する話題だけを投げかけるところまでいった。そうしてそのうち、私ではなく、彼の方からそうした話題を提供してくるようになった。

アマゾンがすでに私たちの一員であることを確信すると、私はとどめを刺しにかかった。

——友人が、ゲーム好きの人を雇いたくて探してる。あるソフトウェア会社で、自分たちのシステムがどの程度安定しているかをテストする必要があるらしい。興味ない?

当然あった。

一年にわたって、私は彼を〝雇用〟した。あるFPSのシステムをハッキングするという任務を与え、彼がそれをこなすと、セキュリティを強化したと偽って、全く手を加えていない同じゲームを再度彼に送ってハッキングさせた。

——本当に素晴らしい! アマゾンがさらにもう一度システムを破ったとき、私は彼にこう伝えた。君がいなかったらどうなることか。

当然お金はかかったものの、私たちの収入は悪くなかった。飢餓状態のホッキョクグマの写真は——〈家事のコツ〉のページで活躍した写真だ——定期的に寄付金を集めるようになっていた。〝環境保護のため〟に金を寄付する人間は、それがどのように使われるかまでは尋ねてこない。

アマゾンをシューティングゲームからフライトシミュレーションゲームへと移行させるのは難題だったものの（人を殺せないのであれば、何が楽しいのだ？）、そのころまでにアマゾンは、私が与えたどんな仕事でも受け入れるような状態になっていた。アマゾンをイギリス中、北へ南へと移動させて、各地で実際のフライトシミュレーターに挑戦させ、ゲーミングチェアに座っているときと同じくらいに操縦席でも居心地よく感じられるようになるまでそれを続けさせた。それから軽飛行機の操縦の講習に複数申し込んだ――決して同じ飛行場に二回行かないよう注意して。

――教官に、生まれつき才能があるって言われた！　最初の講習の後、アマゾンはそんなメッセージを送ってきた。

彼がこれほど短期間で、ここまでできるようになったことについては、感慨深いものがあった。アマゾンに直接会ったことはなかったものの、彼がいつもより少しだけ真っ直ぐ背を伸ばして立ち、いつもより少しだけ高く頭を上げている姿を想像した。ザンベジも同じだった。今の彼女は、私が床から拾い上げたときのような虐待された妻とは大違いだ。私たちの仕事――私たちの、重要かつ世界を変えるような仕事――は、人々の人生を本来の状態へと変化させてもいるのだ。

自家用操縦士免許を取得するためには、総飛行時間が約六十時間必要になる。アマゾンはその年だけでも、何千時間もゲームで飛行してきた。79便に乗り込んだときには、彼は自家用操縦士免許を持っていて、ボーイング777のシミュレーターで何十時間という飛行経験を積んでいた。私が思い描いていた以上の出来だ。

いろいろと言ってはみたものの、空から落下するのに訓練の量など関係あるだろうか。

33　シドニーまで五時間　ミナ

悲鳴が、恐怖と信じられないという思いの充満する静寂に取って代わった。デレク・トレスパスがそこにいた乗客全員に、カーメルから離れて客室の左手に行くよう指示を出し、誰一人としてそれに応じないのを見ると、「少しは敬意を示すんだ！」と声を張り上げる。エリックとチェスカ、それから灰色のスウェットを着た眼鏡の男性が私と一緒に通路にしゃがみ込んでいて、その中心にカーメルが横たわっている。

「弱まってきてる」エリックが言う。私たち全員を赤く染めた血の噴水は勢いを失いつつあり、リズムも不規則になってきている。眼鏡の男性はまだカーメルの首の傷口辺りを手で押さえていて、指のあいだから血がぼこぼこと噴き出している。コルクスクリューはバーにあったもので、木製の持ち手に螺旋状の金属のついたごくシンプルなものだ。カーメルの首にそれが刺さったままになっているのは残酷に思えるが、それを抜いてしまえばそこに穴があくはずで、そうなれば失われる血液量はさらに多くなるはず。

これは論理に基づいた決断なのだ。

「弱まってるんじゃない」チェスカが顔を歪めて言う。「止まりそうなの」

私たちはカーメルの命の炎が消えていくのを見守る。彼女の臓器が働くのをやめ、意識が失われていくと同時に、発作が落ち着いていく。上を向いた両目が眼窩の中へぐるりと回り込む。その周辺の肌は湿っぽく、青みを帯びている。カーメルを救助しようとした男性は彼女の首から手を離すと、ぐったりと踵に尻を下ろす。それから眼鏡を外すと、眉をこすって汗と血を拭う。その顔は恐怖のためにやつれて見える。

男性の腕に触れると、彼はびくっと縮み上がる。今しがた体験したばかりの悪夢から抜け出せずにいるのだろう。

「できる限りのことをしてくださいました」

「もっときつく傷口を押さえることができたかもしれない。そうしたら――」

「あなたはできる限りのことをしてくださいました」最後の言葉を発する声がうわずる。

「ばかな娘」私たちと同じように、ミズーリもカーメルの血を浴びていた。しかしその顔は、私たちのものとは異なり無表情だった。

私はミズーリを睨みつける。「なんてひどいこと」

「指示を無視すればこうなるの」

「カーメルは何も悪いことなんてしていないのに、殺すなんて！」

「やったのは――」

言い訳を聞くのは胸が悪くて、私はミズーリの言葉を遮って立ち上がる。「モンスターね」

「黙れよ、ミナ。いい加減にしてくれよ！」エリックがぴしゃりと言う。

私はエリックの方を向く。「あんたが人にとやかく言えるわけ？　カーメルはあんたを止めようとしてたの――これは全部――」私はそこで口をつぐむ。良心が、残りの言葉を吐き出すのを許さない。エリックのせいではない。全て、私のせいだ。エリックはそれを知っている。私もそれを知っている。

顎ひげを生やした眼鏡の男性はカーメルの体から目を離さずにいる。

「お名前を訊いてもいいですか？」私はそっと尋ねる。

男性は一瞬うつろな表情で私を見るが、すぐにはっと身を震わせる。「ローワンです。彼女を移動させないと。彼女をこのまま床に横たえておくわけにはいきません。そんなのは間違っている」ローワンはぱちぱちと目を瞬かせると、着ているスウェットで眼鏡を拭くという無意味な動作をしてから再びその眼鏡をかける。

チェスカがパイロットの休憩室へと通じるドアの方を見やって言う。「あそこに――」

「座席に移動させましょう」私はとっさに口を開く。ベンとルイは今いる場所から動かない方が安全だ——休憩中の客室乗務員たちも同じだ。無事に着陸できる可能性がまだ残されているかもしれないというのに、彼らを危険にさらす必要などない。パイロットはまだ一時間は下りてくる必要がない。しかしそこで突然、休憩中の客室乗務員との交代時間がすでに一時間は過ぎていることに気がつく。彼らはどこにいるのだろう。休憩室から客室へは音が届かないようになっているものの、誰か一人くらい飲み物を取りに下りてきたりはしなかったのだろうか。ほんのわずかにでもドアを開けて、何が起こっているかを目撃したりはしなかっただろうか。彼らが部屋に舞い戻り、ドアを閉め、計画を立てているところを想像してみる。

チェスカはすぐに私の一連の考えを見抜いたようだ。「そうね、そうしましょう」

「私の席を使ってください」ローワンが言い、画面に音の聞こえない映画が流れている座席を指さす。「どうやら最後までは見られそうにありませんから」

チェスカが座席のボタンを押してベッドの状態にする。それからそこにいた全員でカーメルを床から抱え上げる。私は涙を押し殺しながら彼女の体をブランケットで覆う。

ごめんね、カーメル。本当にごめんね。

もし時間を戻せるなら、私はどうするのだろう。これほど大量の血が流れるとわかっていても、私はあのドアを開けるのだろうか。カーメルのまだ温かい体に手を置いて立っていると、ほんの一瞬ではあるものの、カーメルの代わりにここにソフィアが横たわっているという恐ろしい映像が脳裏に浮かぶ。私はやはり同じことをする、そのことには一点の疑いもない。

どんな親だって同じことをするはず。

客室の雰囲気が一変した。乗客たちは恐怖に怯え、いくつかの集団に分かれて身を寄せ合っている。もう誰も自分たちの座席には着いておらず、デレクに誘導されるままに通路の向こう側でひしめき合っている。ふと、バーの方から視線を感じる。離れたその場所に誰かが立っている。ミズーリとザンベジがビジネスクラス前方の通路のそれぞれの持ち場に戻ってくると同時に、その人物がそこに姿を現し、そこから客室の後方を見張っている。その息の合った動きに私は身震いする。この人たちは何ヶ月もかけてこれを計画してきたに違いない——私たちに勝ち目などあるのだろうか。エコノミークラスからのざわめきが小さくなったことに気づき、クルーたちが協力してくれていたら——協力しなければどんなことが起こり得るか、クルーたちがそのことに気づいていてくれたら——と願う。スカートで両手を拭うと、生地に黒ずんだ血の筋が走る。

私は客室を進んでいく。ソフィアの安全を確かめる必要がある。今起こっていること全てが無意味だったわけではないことを確かめる必要がある。私が近づくとミズーリが片手を挙げる。プラスチック製のトリガースイッチがその拳に握られている。パニックが喉の奥ではためくが、それでも私は歩き続ける。確かめなければならない。

誰にも立ち聞きされずに話ができるところまで近づくと、歩くのをやめ、手のひらを見せて自分が危険な存在ではないことを示す。

「娘はどこ？」

応答はない。

「あなたたちの望み通りに動けば娘には手を出さない、そう約束したでしょ。お願いだから――」この言葉を口にしなければならないことに強い不快感を覚えるものの、それでももう一度繰り返す。「お願いだから教えて、あの子は無事なの？　傷つけられたりしてない？」

必死で涙を止めようとする。これ以上、弱みを見せたりしたくない。ミズーリは依然として何も答えずにいる。その表情から、私の言葉が聞こえたのだということがかろうじてわかるだけだ。怒りが湧き上がるのを感じる。「約束したでしょ。言われた通りにやったのに！」

「私ったら失礼よね」ミズーリの顔に残酷な笑みが広がる。それからミズーリが声のボリュームを上げると、発する言葉が客室中に響き渡る。「私たちのハイジャック計画を実現に導いてくれたのに、お礼を言っていなかったわね」

「なんだって？」ジェイソン・ポークが鋭い口調で言う。

「ここにいるミナは、誰よりも役に立ってくれたの。彼女の助けがなければ、私たちはこの飛行機の支配権を握ることはできなかったもの」

「あんたも仲間なのか？」

「違います、私――」

「わかってたさ！」ジェイミー・クロフォードが言う。このクソ女が。「キャロライン、俺言ったよな、あの客室乗務員ちょっと妙なところがあるって。お前だいたい、どこの出身だよ？　イギリス人じゃないよな」

「それとこれとがどう関係あるっていうんだ？」デレク・トレスパスが言う。

「あいつはイスラム教徒に見えるってことだよ。だからだよ。今俺たちはテロ攻撃を受けてる真っ最中なんだから、それとこれとはかなり関係があると思うけどな。違うか？」

「彼らは環境保護活動家だ。聖戦士（ジハーディスト）じゃない。このばかが」

「どこの出身だろうと、セムテックス（プラスチック爆薬の一種）はセムテックスなんだよ。いいか、あの女は忌々しいテロリストなんだよ」ジェイミー・クロフォードはそう言って私に指を突きつける。彼と私のあいだには何列もの座席があるというのに、私は思わず体を後ろに引く。

疑いの目で見られたのはこれが初めてではない。あれはドバイからの帰りの飛行機でのことで、その前週にカタールであった爆破予告のせいで緊張が高まっていた時期だった。出発が遅延したために、ある男性の集団が怒りを爆発させる寸前の状態だった。二時間後、彼らは酔っ払っていた。彼らは互いにけしかけ、私が通り過ぎるたびに悪意のある嘲り（あざけり）を口にした。

「神は偉大なり（アッラー・アクバル）」

「テロリストと月経前緊張症（PMT）の女の違いってなんだと思う？　テロリストなら交渉できるって点だ」

「こっちこいよ、お嬢ちゃん（スウィートハート）。俺さ、パンツの中に、触れたら爆発するもの隠し持ってんだよ」

彼らはヒースロー空港で、テロリスト法違反で逮捕された。彼らが飛行機から降りるとき、私は彼らの目をしっかり見るようにした。膝がひどく震えていて、壁に寄りかからなければならないほどだったけれど。

通り過ぎるとき、そのうちの一人が言い放った。「ただの冗談だろ！」

これに憤りを覚えて、携帯電話で一連の様子を撮影していた乗客たちがたくさんいたため、事務弁護士（ソリシター）は罪を認めるよう彼らを説得するより他なかった。そのおかげで私は、法廷で証言する不安を感じずに済んだ。私なら平気です、そう上司に言ったものの、その出来事はその後何ヶ月も私を動揺させた。そして今、元サッカー選手の目に宿る憎悪を目の当たりにして、あのときに突然引き戻されたように感じる。

「あんたはどうなんだよ？」クロフォードが6Jに座る中東系の男性の方を向いて言う。男性の目が、瞬く間に恐怖に大きく見開かれる。「あんたも仲間なのか？」

「ジェイミー！」私の周囲にいる乗客たちから発せられる、はっと息をのむ音の合間に、キャロラインの驚き怯える声が響く。「人種差別はよして」

6Jの男性が両手に頭を沈める。この男性は、飛ぶことに神経質になっていると正直に話してくれていたというのに、その不安を煽ることになってしまった。いたたまれなさに胸が痛む。彼がどれほどひどい事態を想像していたとしても、目の前で繰り広げられているこの現実ほど恐ろしいものではなかったはず。

「あんたが俺たちを非難することはできないんだ」クロフォードは調子づいて続ける。そして支持を求めて周囲を見回すが、ありがたいことに彼を支持する人間はほとんどいないようだ。ほとんどの人たちが彼の視線を避けるように床を見つめている。「いつだって悪いのはお前たちなんだよ。そうだろう？」

「『お前たち』だって？」デレク・トレスパスが口を挟む。「言葉には気をつけるんだな」

「あなたがイスラム教徒でもヒンドゥー教徒でも、エホバの証人だったとしたって、そんなことはどうでもいいの」死に瀕した友人とクリスマスを過ごすために旅行中の女性が口を開く。「でももしこの人が――」私を指さして続ける。「――彼らに手を貸したんだとしたら、それは仲間ということよね。これは純然たる事実よね」

「娘に危害を加えると脅迫されたんです」私はどうにか落ち着こうと努めながら説明する。

「指示に従わなければ娘に危害を加える、そう言われたんです」

「だったら私の子どもはどうなるの？」リアア・タルボットが客室中に響き渡る声で叫ぶ。みながが彼女の方を振り返る。泣きわめくリアの顔を涙が伝い、息を詰まらせながら泣いているせいで言葉が途切れ途切れになっている。「母親になるために、私がどれだけ長いこと待ったか、知ってる？　十一年よ。十一年のあいだに、流産を繰り返して、不妊治療を続けて、養子を受け入れるにはふさわしくないと言われてきたの」リアはポールからラクランを引っつかむと、彼を見せつけるように目の前に掲げる。「この子の命はどうでもいいの？　どうしてこの子の命が、あなたの娘の命より大切ではないと言えるの？」

リアが泣き崩れて体を震わす中、ポールはリアに手を伸ばし、息子と妻をその両腕に抱きかかえる。自分がどれほど切実に赤ん坊を欲しがっていたかを、毎月子宮に感じる痛みが心まで痛ませていたかを思い出して、身震いする。

「みんな大切よ！」レディ・バロウが立ち上がる。小柄であるにもかかわらず威厳を放っている。「子どもたちみんなね。この若いお嬢さんが何をしたにしてもよ、危機に瀕しているのが自分の子どもだとしたら、あなたたちの多くが同じことをしたはずよ」今以外の状況であれば、〝若いお嬢さん〟と呼ばれて笑っていたかもしれない。しかし今私は、パット・バロウが、彼女自身の発言が誘発した独善的な怒号を沈めるべく叫び声を上げる中、口を閉ざしたままでいる。「もうよして！　みんな、もうやめてちょうだい！　私はね、こんなふうに喧嘩をして過ごしたくはないの。私に残――」そこでレディ・バロウは一瞬言いよどむが、最後には、〝私に残された時間〟を「――この旅に残された時間をね」と言い換えた。

客室が静まり返る。このあいだずっと、ミズーリは顔にかすかな笑みを浮かべたまま私たちを眺めている。彼女はこれを楽しんでいるのだ、私はそう気づく。しかも同時に嫌悪をも抱いている。ミズーリはこうなることを計画していた可能性さえある。私たちの敵意がハイジャック犯にではなく、互いに向くようになることを。

「あの中にいる男だけど」アリス・ダヴァンティが操縦室を指さしながらミズーリに話しかける。「訓練を受けたパイロットなの?」

「私たちが、自分たちの任務を危うくするようなことをすると思う? 彼は飛行機を飛ばす方法を知っているわ」

「それは訓練を受けたのとは別の話よ」

恐怖が火のように客室に広がり、ざわめきがだんだんとその音量を上げ、興奮状態が最悪のシナリオを作り出す。

「アマゾンは腕のいいパイロットよ。彼は私たちを、不幸な事故に遭わせることなく目的地まで連れていってくれる。あなた方が私たちの指示に従いさえすればね。でも、もし従わないのであれば……」ミズーリが意味ありげな視線をカーメルの体に向けると、みな恐怖を飲み下す。

いくつかのテレビ画面はまだついたままになっていて、誰の役にも立っていないヘッドセットが誰もいない座席に垂れ下がっている。ある画面の中、ザック・エフロンが無音のまま、怒りの言葉を、彼と同じだけ怒っていて無音の女性に向かって発している。乗客たちはゆっくりと再び小さな集団を作り始め、慰め合い、興奮を押し殺しながらささやき合っている。人々の注意がミズーリや私から別のところに移ったのを確認すると、私はもう一度ミズーリに尋ねる。耳に聞こえてくる、自分自身の懇願するような響きを嫌悪しながら。

「あの子が大丈夫かどうかだけ教えて」

ミズーリは、私が彼女を苛立たせる存在であるかのようにため息をつく。「それは私の責任外なの」

「でも約束したでしょ！」約束したでしょ。まるでアイスクリームか、新しい自転車でもおねだりしているみたい。そもそも彼らのことなど決して信じるべきではなかったのだ。彼らは犯罪者で、テロリストなのだから。私の手が、拳を握りしめている。まるで私が何かしでかしそうなのを察知したかのように、チェスカが私の腕に触れる。

「水を配って回りましょうか？」チェスカはミズーリに尋ねる。「乗客を落ち着かせる助けになるかもしれません」

ミズーリはしばし考えたのち答える。「いいわ。でも素早くね。妙なことはしようとしないことね」それから声を荒らげてエリックとローワンを客室の反対側に行かせる。ミズーリが通路を進んで飛行機の中ほどまで行くあいだに、通路からは誰もいなくなる。

チェスカが私の腕から手を離す。そしてそっと私にささやく。「娘さん、きっと大丈夫よ」チェスカにそんなことがわかるはずはないものの、それでもその言葉は私を落ち着かせ、私は一歩後退する。呼吸が安定してくる。止めどなく流れる涙を瞬きで払う。

冷静でいなければ。集中しなければ。

いつも必ずソフィアの元に戻る、そう約束したのだから。

どうにかしてその約束を守る方法を見出さなくては。

34　午前二時　アダム

ソフィアは〝最悪な状態〟に陥り、その結果として、俺の手の肉づきのいい部分に深く爪を突き立てることとなった。俺は痛みに悲鳴を上げ、強烈な鮮血の金属臭が漂った。大したことないから、俺はソフィアにそう伝えてシャツの背中に傷口を強く押しつける。最後に破傷風の予防接種を受けたのはいつだったろう。しかしソフィアはすでに悲鳴を上げている。あたかもこれまでずっと感情を押し殺していて、それが涙とホームシック、それからお門違いの怒りという形となってあふれ出したかのようだ。

ソフィアのメルトダウンにうまく対処できたことなどこれまで一度だってない、俺はためらうことなくそう認めることができる。その背景にある心理を知ってもなお——ソフィアが故意に人を困らせる行動をしているわけではないのだと知ってもなお——それに耐えるのは困難だった。

「炭酸飲料の入ったボトルを縦に振るようなものですよ」カウンセラーは言った。「新しい出会いを経験するたびに、新しい挑戦をするたびに、さらに少しずつボトルが振られることになるんです。蓋はしばらくそこにのっていてくれますが、そのうち吹き飛ばされることになるでしょう」

解決策は、蓋を非常にゆっくりと開けること——ソフィアに、調整しながら蒸気を少しずつ逃す機会を与えてあげること——、そうカウンセラーは言った。家に帰る途中に公園に寄ったり、十分間トランポリンにのせてみたりしてください、というのがアドバイスだった。理論上は正しく聞こえるものの、時には学校の校庭を出た瞬間に地べたに身を投げ出し、体調が悪くなるまで叫び続ける娘を目の前に、それは無意味というもの。

「ソフィア、もういいよ！」俺はソフィアにそう伝える。こんなことを言っても事態を悪化させるだけだとわかっていながらも、どうしても言わずにはいられない。

「さあ、ソフィア、抱っこしてあげようか」ミナならば、ソフィアが怒っているのではなく病気であるかのように優しい言葉をかけてやることだろう。そして俺の苛立ちと無力感から口論に発展するのだ。

「ママー！」ソフィアが叫んでいる。「ママ

「俺だってミナがいいよ！」ソフィアは俺の残酷な返答にショックを受けて黙り込む。一瞬、はじっと視線を合わせる。ふと自分が泣いていることに気づき、頭を垂れて肩で頬を拭う。ミナ、ミナ、ミナ……。

俺とソフィアは
「ママがいい！」

ミナが客室乗務員として働き始めて間もなく、別の航空会社でハイジャック未遂事件があった。誰もが恐怖を感じた。ミナが搭乗するたびに、俺は彼女が着陸したことを確認するまで呼吸ができない気がしていて、同じ業界でも別の仕事につくことを考えてみてほしいと頼んだ。

「でも私、この仕事が好きなの」

「でも俺はミナが好きなんだ。君が無事に帰ってくるとわかっていたいんだ」

まだ無事だよ、それからというもの、ミナは離陸と同時にそんなメッセージを送ってくるようになった。徐々に俺たちは肩の力を抜くようになり、年月が俺たちに根拠のない自信を与えた。ソフィアがうちにやってくるころには、もうほとんど飛行に伴う危険について考えないようになっていた。あれ以来、目立ったハイジャック未遂事件もなかったため、世界中がハイジャックなど起こらないのだと、起こるはずがないのだと信じているようだった。

しかし今、起こっている。

ソフィアはナイトガウンの袖を両手で摑んで引っ張ると、それで俺の涙を拭く。そして自

分の言葉を聞くことを恐れているかのように、小さな声でつぶやく。「ママの飛行機、墜落したの？」

俺は思い切り息を吸い込む。「いいや、墜落なんてしてないよ」ニュースは二十分ごとに伝えられていて、毎回心の準備をして待つが、聞こえてくるのはいつまで経っても同じ内容ばかりだ。連絡が途絶えています……航路に変更はありません……新しい情報は入ってきていません。気候アクショングループの広報担当者は、今回のハイジャックについては全く知らないと主張していた。私たちの精神は消極的抵抗と市民的不服従であります、広報担当者は言った。私たちは犯罪的暴力行為を容認することも、促すこともありません。ベッカは物音一つ立てずにいる。追跡アプリにかじりついて、航路の変更を待つベッカの姿を想像する。彼女の怯えた声は俺を安心させはしなかった。むしろその逆だった。恐怖に怯える重罪犯人は危険だ。予測不可能だ。

「ママ大丈夫なの？」ソフィアが俺のそばにしゃがみ込む。肌に彼女の息が感じられるほど、ソフィアの顔が俺の顔に近づく。喉が詰まったような感じがして、涙が込み上げてきて鼻の奥がつんと痛む。俺はどうすればいいのだろう。ソフィアに伝えるべきなのだろうか。

ミナならわかるのに。

愛情が激しい波となって押し寄せ、全身を駆け巡り、爆発とともにうめき声を上げる。心が痛み、体を二つに折らずにいられなくなる。ミナとの口論を、辛辣な言葉の数々を、俺がうそのために台無しにしてしまった関係のために生じた険悪な空気を思い出す。

「パパ？」ソフィアが俺の頭に触れる。その声からソフィアがどれほど怖がっているかが伝わってくるものの、俺は言葉を発することができない。自分の呼吸を、赤ん坊のように泣きじゃくるこのどうしようもない男の下に隠された俺自身を、必死で探そうとしているから。こんなこと、起こさせてはいけなかったのだ。借金などしなければ、ヤミ金に行く必要などなかった。それならカーチャが脅迫されることなど決してなかった。俺とミナを引き裂く秘密など生まれなかったし、その拳で何を破壊しようと塵ほども気にかけないような悪漢が玄関先にやってくることもなかった。そうだとしたら、ベッカが俺に薬を飲ませることは不可能だったし、始めもしないうちに失敗に終わっていたはずで、それならば俺とソフィアは今こうして出口のない地下貯蔵室に閉じ込められることもなかった。全て俺のせいだ。鍵をかけたのはベッカだったかもしれないが、もう何ヶ月ものあいだ、俺は自ら閉じこもっていた。

「パパ、怖いの」

しっかりしなくては。

少しずつ呼吸を落ち着かせることができるようになる。筋肉という筋肉を動かしていく。寒さと、同じ姿勢を続けていたために、筋肉がこわばっている。指の感覚がほとんどない。

「お腹も空いた」

「パパもだよ」声が割れる。咳払いをして、自分自身に――ソフィアだけでなく――、自分は落ち着いているのだと言い聞かせるように言葉を繰り返す。目が慣れつつある暗がりの中、奇跡的に食べ物が現れたりしないだろうかと期待するかのように、貯蔵室を見回してみる。

「もう一回、叫び声を上げてベッカを呼んでみるんだ、いいね？」

ソフィアの下唇が震えている。

「俺たちに食べる物を持ってくることができるのは、ベッカだけなんだ。ソフィアを傷つけさせたりはしないから、いいね？」

ソフィアの沈黙を承諾とみなし、出せる限り大きな声で叫ぶ。「ベッカ！　ベッカ！　ベッカ！」そこで一度、叫ぶのをやめる――何かが動く音が聞こえた気がしたが、確かではない。「ベッカ？　食べ物が必要なんだ！　水も！」

耳を澄ます。階上で足音がして、ドア下の狭い隙間から差し込む光に影ができる。唐突にラジオが消える。

「ソフィアには、食べ物と水が必要だ」

応答なし。しかし、少なくとも影はまだそこにある。俺はもう一度繰り返す。「水を少しでいいんだ――頼むよ、ベッカ」

「ドアは開けない。逃げようとするんでしょ」その声はこわばっていて、ストレスを感じていることが窺える。ベッカはどう行動していいのかわからずにいるのだろうか。あるいは、少しやりすぎてしまったと自覚しているせいだろうか。ベッカには冷静でいてもらう必要がある。冷静でいてくれれば、説得できる可能性がある。

「俺は動けないんだ——どうやって逃げるっていうんだよ？」背中側にあるパイプを引っ張ると、金属が手錠にぶつかって鈍い金属音が鳴る。

「何かはしようとするでしょ」

「頼むよ、ベッカ。ソフィアのためだけでいいから何かくれないか」ソフィアに目をやる。

「さあ」そしてささやく。「ソフィアも言ってごらん」

「ベッカ、お願い。すごくお腹が空いたの」

影がドアのそばから移動する。一瞬、ベッカがどこかへ行ってしまったのかと思ったが、すぐにキッチンから物音が聞こえてくる——戸棚の扉が開く音、カトラリーの音、それから冷蔵庫の開く音。再びラジオがつく。『ラスト・クリスマス』のコーラスの一部が聞こえてくるが、すぐに一年のうちのこの特別な時期に孤独でいるというのがどういうことかという話題に移っていく。

急いで考えなくては。これは唯一のチャンスかもしれない。

「ソフィア、ここから出ような」ソフィアは約束を求めるように俺の顔をまじまじと見つめる。ソフィアにどれだけのことができるだろう、俺は考える。「どのくらい速く走れる？」

「すっごく、すっごく速く。学校で一番速いんだよ」

「じゃあ、びっくりするくらいじっとできる？」

返答の代わりに、ソフィアは脚を組んで座り、両腕を折り曲げ、唇をぎゅっと結ぶ。名簿が読み上げられるのを待つ人のように。

俺は微笑む。「とってもお見事。これから、ゲームのようなことをやるよ。いいかな？まずはびっくりするほどじっとして、それからできるだけ速く走るんだ」

貯蔵室のドアは内側に、階段側に開くようになっている。ソフィアがドアが開いてくる辺りで壁にぴったりと体をくっつけていれば、ベッカには見つからないはず。

「ガウンを脱いでそこに置いておいて」言いながら俺は、部屋の隅っこの最も暗い場所を顎で指し示す。「ソフィアは床に横たわっていると思わせるんだ」

ソフィアはそれを聞き入れてくれるが、脱いだナイトガウンを床に広げながら歯をがちがちさせている。完璧ではないものの、ベッカの目は暗闇に順応するのに少し時間を要するだろう。ほんの数歩でも貯蔵室の中に足を踏み入れてくれさえすれば……。

「ソフィアは気分が悪くなった、ベッカにそう伝えるよ」俺はソフィアに言う。「それでベッカの助けが必要なんだって。ベッカが階段を下りてくると同時に、ソフィアはキッチンに向かうんだ。それでそのまま家から外に出るんだ、いいね？　何があっても止まっちゃいけない、わかった？」

「パパも？」

「ソフィアはこれを一人でやらなくちゃならないんだよ、可愛いソフィア」ソフィアから視線をそらさずに続ける。「ソフィアならできる。パパにはわかるよ」

ドア下の光がちらちらと揺らめく。ベッカがキッチンの中を移動しているのだ。あまり時間はない。

「さあ、ドアのところに行くんだ。鼠みたいに、静かに、じっとしているんだよ」

ソフィアは階段上の定位置まで小走りで行くと、壁に体を押しつける。光が弱すぎてソフィアの顔を見ることができないが、彼女が俺を見ていることはわかる。ソフィアに見えるはずもない笑みを浮かべて励ましてやろうとする代わりに、その調子だと言うように親指を立てて見せてあげられたらいいのに。ドアを向こう側から叩く音がする。「準備は?」俺はささやく。

「できてる」

しかしそこで気づいてしまう。ソフィアに走れと指示を出しただけで、どこに向かってとは伝えていなかった。もう遅い。モーおばさんは夜のこんな時間にドアを開けてはくれないだろう。それにテラスハウスの残りの一つ〈ファーム・コテージ3〉は別荘で、めったに人が訪れない。直線距離で次に近い家に行くには、公園を横切って住宅街まで行かなければならない。ソフィアがどうにか公園を横切ることができたとしても、一体どこのお宅の呼び鈴を鳴らすというのだろう。友達のホリーが住宅街のどこかに住んでいるが、迷路のように入り組んだあの通りでは俺さえもその家を探すのに苦労する。迷子になったらどうするのだろう。

ベッカがソフィアに追いついてしまったら？

危険を承知で、ソフィアに向かって大急ぎでもう一声ささやきかけようとしたとき、何かをこする音と大きなドスンという音が聞こえてきた。貯蔵室の階段の上に目をやるものの、そこには影もなく、ドア下から漏れる光の筋を遮る動きもない。突如として、頭上から冷たい空気が吹きつけてくる。ベッカは玄関の外に、石炭シュートのそばにいるのだ。その入り口——六十センチメートル四方ほどの穴——は家の正面の壁際に生えた草に隠されていて、地下貯蔵室の壁の中ほどにあいた穴につながっている。シュートの傾斜角度が大きいため、ここから外の世界を見ることは不可能だ。冷たい風が、肌に触れるほど近くに感じられるのに、見ることはできない。ミナは今、それとは真逆の状況に置かれているのだ、そんなことを思う。

壁から何か落ちてきて、俺の肩を打ち、それから床を跳ねる。コンクリート床版（スラブ）が入り口に引き戻される音が聞こえてくると、窓が閉められでもしたかのように空気が変わる。

俺はしばらくじっとしたまま、ベッカが玄関に駆け戻る足音を聞いている。玄関ドアがばたんと閉まる音が聞こえると、絶望が体中を駆け巡る。逃げるための唯一のチャンスだったのに、ベッカは俺たちが決してそのチャンスを手にすることがないようにしたのだ。俺はソフィアを呼び戻す。

「でもベッカがドアを開けたときのために、ここで準備してなきゃ」

「ソフィア、ベッカはドアを開けないんだ」

俺の肩を打った包みはスーパーのビニール袋で、結び目があまりにきつく縛ってあるために、ソフィアにはほどくことができない。ソフィアはプラスチックの袋を引きちぎって、中から水のボトルとアルミホイルで包まれたサンドイッチを二つ取り出すと、そのうちの一つを俺に差し出す。

「ソフィアがパパに食べさせてくれなくちゃ」

「赤ちゃんみたいに？」

「残念ながらそうだね」

ソフィアは両手にサンドイッチを持つと、自分のサンドイッチにかぶりつきながら、もう一方の手を伸ばしてもう一つのサンドイッチを俺の口に運ぶ。粗切りのチーズが挟まっていて、パンを湿らせるための何物も塗られていない。最初の一口が喉につかえる。息ができなくなって一瞬パニックに陥るものの、塊が食道を通っていって、再び呼吸ができるようになる。ソフィアは俺の真似をして、体全身を使って大袈裟に飲み込んでみせると、それからまた口いっぱいにサンドイッチをほおばる。

「さっきよりましな気分？」

ソフィアは頷く。口いっぱいに詰め込みすぎて話すことができずにいるのだ。深夜を担当するラジオパーソナリティの心地よい声が、今夜の最新ニュースについて詳しくお伝えすると告げるのが聞こえてきて、俺はソフィアを静かにさせてラジオの方に頭を傾ける。

首相は、今夜確認された気候変動活動家によるボーイング777機のハイジャックを受けて、緊急会議を招集しました。初のロンドン—シドニー直行便となる予定だった79便に搭乗中の三百五十人以上が人質になっていると考えられています。ハイジャック犯は、政府が、二酸化炭素の排出量ゼロの達成目標期限を二〇三〇年に繰り上げることと、再生可能エネルギーに積極的な姿勢を示さない航空会社に対しては罰金を科すこととする彼らの要求を受け入れない場合は、機体の燃料が切れるまで飛行を続けるつもりであるとする声明を出しています。先ほど首相は、この声明に対して……。

「パパ、それってママの飛行機だよ」

放送が現場で取材するリポーターに切り替わり、群衆の抑えられた音——カメラのシャッター音やジャーナリストたちの話し声——と、夜気の表現しがたいキーンと澄んだ音が聞こえてくる。照明で照らされたダウニング街十番地（首相官邸）に立つ首相の姿を想像する。状況があまりに深刻であるため、国内のマスメディアはこぞってベッドから抜け出すことになったのだろう。

とにかく〝イエス〟と言ってくれ、俺は心の中で首相をせき立てる。奴らの要求がなんであれ——ただそれを受け入れると言ってくれ。首相は約束を守る必要などないのだから。そうではないだろうか。相手は犯罪者だ。テロリストだ。とにかく〝イエス〟と言ってくれ。自分自身の危機だというのに、傍観者でいなければならないことに苛立ち、手首に巻きついている金属をぐいっと引っ張る。ラジオがニュースを更新するたびに無力感が強まる。

「79便に搭乗中の全乗客乗員のご家族のみなさまの心痛はいかばかりかと拝察いたします。ワールド・エアラインズは近親者全員と個人的に連絡を取り、最新の情報を迅速に伝えているところです」

携帯電話は階上(うえ)にあって、ソフィアを迎えにいったときにはすでにバッテリーが切れかかっていた。ワールド・エアラインズは俺に電話しようとしただろうか。いや、もしかしたら、俺の名前はもうミナの近親者として記載されていないのかもしれない。ミナが人事部にEメールをして、友人や父親の電話番号を報告している姿が浮かんで……。この度、別居をすることになりましたので、人事ファイルの情報の更新をお願いいたします。かっと怒りが込み上げてくる。それもミナに対してではなく、自分自身に対して。結婚は俺のすぐそばで崩壊したのだから、俺にはそれを阻止することができたはずだ。俺は何千キロも離れたところにいたわけではなく、ラジオでリポーターたちの話を聞いていたわけでもなかった。地下二メートルのところでパイプに縛りつけられてもいなかった。ミナのすぐ隣にいた——乗客としてではなく、副操縦士として——というのに、俺は何もしなかった。

首相は続ける。

「インドネシアの交通管制センターのオペレーターがハイジャックされた機体を確認し、軍事妨害の許可を得ました。我々は現在、79便との無線連絡が途絶えて以降、どのような対策が講じられたかについて検証しているところであります」

巧妙に自らの責任を回避したところで、首相は一瞬の静寂を作り出し、サウンドバイト効果を狙ったかのように次の言葉を発する。

「間違いなく」再び静寂。「これはテロ行為であります」

そうだ。俺はこの首相には、彼の党には投票しなかった。しかし、少なくとも彼は奴らを正しい名前で呼んでいる。活動家でも、環境保護主義者でもなく、雨乞いの踊りによって交通をまひさせる滑稽なヒッピーでもない。テロリストだ。

「そして我々が、テロリストの要求を受け入れることはありません」

なんだって？　うそだ！　うそだ、うそだ、うそだ、うそだ……。

「環境問題は我が党の方針の重要な一つでありまして、すでに航空業界に低炭素を達成するよう……」

そこから先は聞こえてこなかった。頭の中で轟音が鳴り響いている。見えるのはミナだけ。聞こえるのは、大切なものが危機に瀕してなどいない、愛する者がハイジャックされた飛行機になど乗っていない、そんな男の言葉だけ。政治的な情報操作のことばかり、支持率獲得のことばかり、来る選挙にて票を獲得することばかり考えている男の。

テロには屈しません。
それならば、ミナはどうなるというのか。

35　客席番号　1G

乗客たちが互いにいがみ合う姿は興味深かった。人間の品性の層というものは、なんと容易く剝げ落ちることか。そして剝き出しの本能と偏見がそれに取って代わることの素早さといったら……。

彼らの考えがイスラム教のテロリズムへと飛躍したのも自然なこと。実際私は、イスラム教徒のテロ行為について徹底的に研究し、彼らの強い信仰心、忍耐、方法論について多くを学んだのだから。二〇〇八年にムンバイで発生した同時多発テロは、一年に及ぶ訓練と計画の結果だった。しかしながら、彼らジハーディストの行動と私たちの行動のあいだには明確な違いがある。彼らは信条に突き動かされているのに対し、私たちを突き動かすのは科学だ。耳を傾けることを選ぼうと選ぶまいと、事実には議論の余地がない。

ビジネスクラスの乗客たちは、私たちがどこまでやってのけるかを目の当たりにした途端に——そもそも彼らが私にそこまでやらせたのだが——静かになった。カーメルを殺すことは予定外だったものの、彼女の死が我々の権力を強めることとなり、結果として、我々はより目的を達しやすくなるように思われた。残りの客室乗務員たちは水を配ることに忙しくしていたため、その機に乗じてエコノミークラスの客室を訪れることにした。ちょうどラウンジに足を踏み入れたところで、バーカウンターの後ろで何かが動くのが見えた。私は歩みを止めた。

「誰だ?」

男がゆっくりと立ち上がった。上に挙げた両手があまりにも激しく震えていて、まるで踊っているように見えた。

「名前は?」

「ハ、ハッサンです」

「あっち へ行け!」

男はすぐに反応し、腰をかがめてバーから出ると、半ば走り、半ば転がるようにしながら一メートルほど先のエコノミークラスへと急いだ。左手の通路にはニジェールが待ち構えていた。

「その男を残りのクルーたちのところに」

ニジェールは無愛想な表情のまま頷いて応じ、ハッサンが突進するように向かってくると脇に寄って通路をあけ、通り過ぎると背後から彼の腰の辺りを押した。押されたハッサンは通路を駆けていく形になった。エコノミークラスの客室の後方、ギャレーの入り口付近で座っていた制服姿の集団が、この不運なバーテンダーを床へと引っ張った。ニジェールはクルーたちを通路の一所に集めて、そこに座らせていた。そうすれば、どんな動きも容易に確認することができる。私は彼の自発力に感心した。路上での生活が、そう簡単に怖気づいたりはしない強靭さを彼にもたらしていた。ニジェールを初めて見たのは地球温暖化対策の強化を求めるデモに参加中のことで、彼はそのとき機動隊の車両のフロントガラスにワセリンを塗っているところだった。機動隊の車両は、その乗員が、完全に合法的な抗議行動を阻止しているあいだ、脇道に駐車してあった。彼がボンネットから滑り降りてきたちょうどそのとき、私たちの目がばちっと合った。ニジェールは目出し帽をかぶっていて、私はニット帽をかぶり、口をマフラーで覆っていた。彼には私の雰囲気を読み取るのが難しかったはずだ。「クソ豚野郎どもが」私はそう言った。十中八九、人生でそんな言葉を口にしたのはそのときが最初で最後だろう。

ニジェールは賛成するように頷いた。「ブリッジ・ストリートにもう一台ある」

「付いていく」

ニジェールはにやりと笑い、私に向かってワセリンを放り投げてきた。恐れ知らずで頭のキレる男。まだ弱点が見つかっていなかった。私がワセリンの容器を難なくキャッチしたところで、私たちは同時に走り出した。共通の敵に対して手を結んだのだ。その後、私はニジェールにいくつか頼みごとをした。そしてその日の終わりまでに、私は新しいメンバーを獲得し（そのときはまだ、ニジェール自身はそのことに気づいていなかったが）、ニジェールは生きる場所を獲得した。ニジェールは、私たちのグループにおける彼の役割と、私との偶然の出会いを結びつけて考えたりなどしなかった――オンラインでチャットをしたとき、私と彼がもうすでに直接会ったことがあるなどとは決して考えたりしなかった。私はそういう状態が気に入っていた。私は全員を知っているのに、誰も私のことを知らない。

　ニジェールとは全く対照的に、ガンジスに関してはすでに不安を感じ始めていた。ガンジスは若く――まだ二十代だ――、心理学の学士号を取得していて、当時、国民保険サービス（NHS）病院の臨床医として働いていたのだが、私はしばしば彼の判断が歪んでいると感じた。ガンジスがやっとのことで持ち場――エコノミークラスとバーのあいだの入り口を監視する場所――に就くのを見ていると、彼が神経の高ぶりから震えているのがわかった。彼が私たちをすっかり裏切ってしまうことさえ考えていたことは明らかで、監視しておく必要を感じた。

　機内を見回して仲間を数えていく。持ち場と名前、名前と顔を照らし合わせていく。どう見ても、ビジネスクラスよりもエコノミークラスの方が従順だった。ビジネスクラスの乗客たちには権利意識があり、それが彼らを挑戦的な態度に出させているのではないだろうか、そんな考えが頭をもたげた。しかしそれは考え過ぎなのかもしれない。単純に、すし詰め状態の座席に座らされている方が、人質という状況に適合しやすいだけなのかもしれない。

　中には、無駄に携帯電話をいじっている乗客たちもいる。おそらく離陸後間もなく伝えられた通り、Ｗｉ－Ｆｉが本当に〝一時的にダウン〟しているだけなのだと考えているのだろう。乗客たちは、やけになってボタンを突いたり、もっと高い位置に上げさえすれば信号が届くかもしれないと信じているかのように、携帯電話を頭上に掲げたりしていた。

　当然、この作戦においては通信が重要な鍵となっていた。私たちは操縦室の無線には不正侵入しないことに決めていた。ヤンツーはそれを実行することができるとかなり自信を持っていて、実際のところ、それを少しでも試したくてうずうずしていた。しかしそれは必要のないギャンブルだと思えた。ハイジャックの計画が始動してしまえば、航空交通管制はほぼ無力となるはずだったし、ヤンツーの傍受が早い段階で気づかれてしまえば、当局に警戒されるという危険も孕んでいた。

　客室のＷｉ－Ｆｉを使えない状態にすることの方がずっと重要だった。ミナの担う役割は、私たちの目的の達成にとって極めて重要だった。ミナがアダムと連絡が取れない状態に置かれること、全てはそれにかかっていた。そのせいで彼女は取り乱していたものの、まさにそれこそが狙いだった。

　それに結局、知らずにいる方がミナは幸せなのだから。

36　シドニーまで四時間　ミナ

チェスカと共にギャレー内を動き回ってピッチャーに水を入れながら、操縦室のドアにちらりと目を向ける。中では一体何が起こっているのだろう。飛行機がベテランパイロットの管理下を離れたことを示す兆候はまだない。アマゾンと呼ばれた男がうまく操縦しているのだろうか。あるいは、機体はいまだに自動操縦（オートパイロット）になっているのだろうか。

マイクがまだ生きている可能性はあるだろうか。

そんな希望を抱くのは藁（わら）にすがるようなものだとはわかっている。それでも、もしマイクが生きているのなら――気絶させられ、縛り上げられ、それでもまだ生きているのであれば――、私には彼のためにこの状況を正す義務がある。この状況を脱する方法を探さなくては。

ミズーリの姿は見えないが、ブロンドの女――ザンベジ――がこちらを見ている。私からチェスカ、そして客室の乗客の方へと視線を移動させている。ザンベジは百六十センチメートルほどしかなく、体はほっそりとしているものの、立っているその姿はまるでボクシング選手のようだ。その顔にはわずかばかりの緊張も表れていない。それどころかかすかな笑みを浮かべていて、さあ、お手並み拝見といきましょうかとでも言いたげだ。

2Dに座る脚の長い男が立ち上がり、背伸びをする。飛行機をハイジャックするのではなく、散歩にでも出かけるかのような様子だ。男はギャレーに入ってくると、操縦室のドアにもたれかかって状況を確認しているらしい。それからブロンドの女に向かって頷く。

「ヤンツーだ」男はザンベジの頭から足先まで視線を移動させながら、口角を上げる。「女かよ」

「だから何？」

なんとも素っ気ない返事だ。彼らの会話を理解するべく思わずチェスカを見るが、チェスカも私と同じく困惑していた。彼は爆発物を抱えているだろうか。Tシャツを着ていて、ワイヤーは見えないし、胸の辺りも膨らんではいない。男は私の視線に気づくと挑発的に片眉を吊り上げる。彼に対する強い嫌悪感が顔に表れる前に顔を背ける。

「グラスはだめ」ザンベジがチェスカの方を示して言う。チェスカは、ビジネスクラスの乗客用に使用しているゴブレットをトレイに並べているところだった。チェスカは無言のままゴブレットを錠つきの棚に戻すと、積み重なった紙コップを取り出す。私は意図的に時間をかけてカップボードを開く。ペットボトルの水と袋入りのプレッツェルを取り出しながら、頭の中でギャレーの隅から隅までを探索して、武器として使えそうなものがないか考える。飲食物、オーブン、コーヒーメーカー、冷蔵戸棚……。すぐに手に持って使えそうなものは何もない。

もしもグラスを割ることができたら、破片を一つどこかに隠し持っていることもできるだろうが、二人に監視されている状態ではそれを実行に移すことなどできないではないか。カップボードの中にワイングラスがしまってあるが――脚の部分が細くて、静かに簡単に折ることができそうだ――、その一脚を上着のポケットに入れようとしたら目立つだろうか。ポケットに手を滑り込ませて、食事提供の際には着用するのが好ましいとディンダーから言われている綿手袋を脱ぐ。

「急げ」

指にはまだカーメルの血が付着していてベタベタしている。ポケットの中、ソフィアのフラップジャックと一緒に入っていた手紙が指にくっつく。手紙を取り出したいが、ハイジャック犯たちに奪われてしまったらと考えると耐えられない。私と娘をつなぐ、この脆いつながりを奪われてしまったら。

ママへ。

ポケットの中で手紙を腰に押しつけながら、あの子がまだよちよち歩きだったころ、半分眠ってしまったあの子を車から抱きかかえたときに感じた重みを思い出す。両脚が一方に垂れ下がっていて、頭は私の胸にぐったりと押しつけられていた。私は、ゆっくりと息を吐き出す。

ソフィア、必ず戻るからね。

ハイジャック犯たちの注意深い監視の目にさらされる中、チェスカと共に客室を進んで乗客たちに水を注ぎながら、心の中で繰り返す。必ず戻るからね。反復するたびにそれが可能であるとより強く感じられるようになる。自分はこれを生き抜くに足る強い人間である、そう強く感じられるようになる。

「大丈夫ですか？」カーメルを助けようとしてくれた乗客、ローワンだ。血まみれのスウェットを脱ぎ、それよりやや濃い灰色ではあるもののほとんど同じに見えるスウェットに着替えていた。「手荷物から取り出すのを許してくれたんです」血の飛び散った私の制服を見ながらローワンが言う。「何か着るものを貸しましょうか？　預けた荷物が紛失したときに備えて、いつも数枚余計に持ってきているんです」

「ありがとうございます。でも大丈夫です」服にカーメルの血を残しておくことは、私が受けるべき報いのようにも思えるし、すでに失ってしまったものを覚えておくために必要なものであるようにも思える。

「他に爆発物を所持している人間はいないと思うわ」チェスカが声をひそめ、客室を見据えながら言う。「手に何かを持っているようには見えないもの」

ハイジャック犯たちは、手を見えるところに置いておくよう乗客に向かって大声で指示しながら、通路を行ったり来たりしている。私は犯人たち一人一人に順に目を向け、彼らが腕を振り回す様子を見ている。彼らが服の下に何かを身につけているか否かを判断することは不可能であるものの、チェスカの言う通り、誰も起爆装置を手に持ってはいない。

ミズーリを取り押さえて、起爆スイッチを押す機会を与える前に、その手から起爆装置を奪うことは可能だろうか。脈が速まり、額から汗が噴き出す。成功する見込みはごくわずかで、もし失敗すれば……。思えばアダムは、これまで幾度も凶悪犯罪者たちと対峙してきたのだった。そして後になって、なんということはなかったとでもいうように話してくれるのだった。ただの拳、ただのアイスピック、ただのナイフだよ。静かに、しかし勇敢に。必ず戻るからね。無言のマントラを繰り返す。しかし今回私の頭の中にいるのは、ソフィアだけではない。

ミズーリが再び通路に姿を現すと、私たちははっとして動きを止める。プラスチックとワイヤーを握るその姿は、私たちを従わせるのに十分なインパクトを持っている。

「エコノミーに移動しなさい。その水はもうどこかへやって」ミズーリは客室に向き直ると、再びあの、人を当惑させるほどに上品ぶったやり方で手を叩いた。それから大声で指示を出す。「全員、飛行機の後ろに移動して。早く！」ミズーリが最後の言葉を叫ぶと、パニックが湧き起こり、みな我先にとビジネスクラスからバーへ、バーからエコノミークラスへと移動し始める。

「計画変更」ミズーリのそばを通り過ぎるとき、彼女がザンベジにそう言うのが聞こえた。

「乗客たちを離れたところに置いておきたいの」

バーに入ったところでハイジャック犯たちは私たちを大まかに二つの集団に分け、それぞれをエコノミークラスのどちらかの通路に追いやる。私はチェスカとローワン、それからジャーナリスト二人と共に通路の右手に押しやられた。私たちの前には6Jの座席にいた中東系の男性がいて、固まったように動かずにいる。筋肉という筋肉が張り詰めていて、私たちが列を成して彼のそばを通り過ぎるとき、すえた汗の臭いが鼻を突いた。機内後方に、勤務中の残りのクルーたちがいて、身を寄せ合って床にしゃがんでいる。クルーレストへ通じるドアはまだ閉じたままだ。中にいるクルーたちは、階下(した)で何が起こっているのか気づいているのだろうか。そしてそのために隠れているのだろうか。

「座りなさい。今すぐ!」

私たちは大勢のエコノミークラスの乗客のあいだに急いで腰を下ろす。突然周囲の空間が狭くなったために、息ができなくなったような気がする。私が通路の一番前にいて、私の後ろにチェスカ、その後ろにローワン、デレク、トレスパス、アリス・ダヴァンティと続いている。

「両手を頭に」

何百対もの肘が一斉に動きを止める。ラクランはまた金切り声を上げている。お腹の空いた赤ん坊の大きな泣き声。客室の至る所で、押し殺したすすり泣きが火のように広がっていく。

脚の長いヤンツーはまだバーにいる。ミズーリが近づくと、彼は踵と踵を打ち鳴らして直立し、茶化すように頭を下げる。「ヤンツーです、着任を報告します」

ミズーリは少しも動じることなく応じる。「時間がかかったのね」

「あなたが全てうまくまとめてると思ってましてね」

ミズーリの顔が引きつる。褒められているのか、侮辱されているのか決めかねているといった様子だ。ギャレー前方で交わされる二人のハイジャック犯の奇妙なやりとりを見ていると、突如としてその不自然さの意味がはっきりとする。

女かよ。

だから何？

「あの人たち、互いのことを知らないんだ」私はチェスカに言う。「今初めて顔を合わせてるんですよ」

中東系の男はいまだに突っ立ったまま、客室中に視線を走らせている。私が彼と視線を合わせて、あなたは私たち全員を危険にさらしているんだということを伝えようとしていると、ミズーリが彼に向かって鋭い声を浴びせる。

「何やってるのよ、ガンジス、しっかりなさい」

ガンジス？

男は頷くと、客室の中心にしっかりと足を踏ん張って立ち、客席の向こう端を見据える。ゾクゾクとするものが体中を走り抜ける。なぜ私は、自らの疑念を無視してしまったのだろう。中東系の人々に対して後ろめたさを感じてしまったのだろう。

ミズーリは客室の反対側に立っている男に向かって指示を繰り返す。「ニジェール、通路をしっかり見ていてね」

ガンジス。ニジェール。

川だ。ようやくつながった。ミズーリが首謀者で、ブロンドのザンベジと脚の長いヤンツーと共にバーに立っている。ガンジスは若い男で、足先が私の膝からほんの数センチメートルのところに立っている。平均的な身長で華奢な体つき。運動し慣れていない人間にありがちな、柔らかく、不健康そうな肌をしている。灰色のフレームの眼鏡をかけていて、黒い髪の毛は、今指を通したばかりであるかのように逆立っている。しきりに体の位置を変え、両手でポケットを、ボタンを、襟元をいじっている。首を掻き、唇を噛み、通路の向こうに目をやったかと思えば、再び前方にいる二人のハイジャック犯たちの方に視線を戻したりしている。おそらく私の視線を感じて、目を伏せる。私が微笑みかけようとすると恥ずかしそうに顔を赤らめ、さっと目をそらして再び神経質そうに体をそわそわとさせる。通路の反対側には、ミズーリにニジェールと呼ばれた男が立っている。私からは、床に座るよう指示される前に、一瞬だけ彼の姿が見えただけだった。

私は後ろを振り返ってささやく。「飛行機を操縦中の犯人も含めて、六人います」

「もっといるだろうか?」デレクが口を開く。よく見ると、デレクは思っていたよりも若いことがわかる。髪の毛が早々に薄くなっていて、額には皺が刻まれてはいるものの。

「他の搭乗者たちは全員、両手を頭にのせているみたいだ」ローワンは膝をついて上半身を起こし、通路を後方に向かって視線を走らせる。乗客全員が自らの座席か床に座っていて、異様な静けさが漂っている。ローワンはハイジャック犯たちの方に視線を戻して身震いする。

「犯人たちは最初からずっと、自分たちと一緒に座っていたなんて。そしてそのことに少しも気づかなかったなんて」

「知ってる人もいたわ……」アリス・ダヴァンティが私の方に視線を向けるが、誰もそのバトンを受け取らない。今私たちがしなければならないのは、何か方法を考えることだ。

私が仕事を初めて間もないころ、ワールド・エアラインズは、ハイジャックに対処する技術を身につけることを目的とした訓練を開始した。引退したパイロットと武道の達人が指揮する訓練で、グロスターシャー州にあるプライベート飛行場の格納庫に設置された廃棄用のボーイング747の前半分を使用して行われた。教官が通俗心理学や交渉術を教え込もうとする中、私たちは飛行機のそばに置かれたプラスチックの椅子にコートを着たまま座り、震えながら朝の寒さに耐えた。昼食後は二つのグループ――客室乗務員グループと乗客グループ――に分けられ、残りの乗客とテロリストを演じることになる役者一座を紹介された。その中に、ドラマ『ホーリーオークス』に出ていた男性と、老舗デパート〈ジョン・ルイス〉の前の年の広告に出ていた女の人がいた。

「これから実際に演じるシナリオは、可能な限り現実の状況に近づけて作ってある」教官が言った。「この体験を通して実際に肉体的な傷を負うことはないが、心理的につらいと感じることもあるかもしれない。退出の必要を感じた者はホイッスルを鳴らして知らせてくれ。すぐに中断する」私たちは互いに神経質な笑みを交わしながら、心の中では、どうか自分がこの〝お楽しみ〟に水を差す人物になりませんようにと願っていた。

ばかばかしい気がするのだろうと思っていた。恥ずかしさを感じることだろうと。演技は大袈裟になり、反応は台本通りのものになるだろうと思っていて、おそらくは実際にその通りだった。最初のうちは。客室乗務員役の私たちが初めに搭乗し、乗客を出迎えて搭乗券を確認した。その場面は可能な限り現実に近いものになるよう、厳密に再現されていた。私たちは安全に関する説明を行ってからジャンプシートに移動し、〝離陸〟した。効果音と低い振動が機内中に響いた。

ポーンというチャイムと共にシートベルト着用サインが消えると、すぐに飲み物の提供が始まった。通路中に話し声が広がると、とてもリアルに感じられた。しかし衝撃的だったのは大きな衝撃音と悲鳴が聞こえた瞬間で、顔を上げると、目出し帽をかぶって手に銃を持った男の姿がそこにあった。二人目の男が一人の女性の喉にナイフを突きつけたまま、女性を操縦室のドアのところまで引きずっていくと、三人目の男が通路の私の前に何かを投げつけてきた。もうもうとした煙が座席中に広がっていくと、私は悲鳴を上げて、押していたミールカートの後ろに身をかがめた。さらに叫び声や悲鳴が聞こえてくる中、これはただの演技なのだからと考える余裕などこれっぽっちもなかった。

今ホイッスルを鳴らすことができたらいいのに。

ラクランの泣き声が激しさを増すと、通路の後方で私たちと同じようにしゃがみこんでいる男性が、誰にともなく大声でそのガキを黙らせろ！　と叫ぶ。

「お前こそ黙れ！」ポール・タルボットが叫び返す。

「そいつ、もう何時間も泣き続けてるよな——クソほどの配慮もねえな」ダグだった。先ほどのようにひどく酔ってはいないものの、不満を口にせずにはいられないことに変わりはなかった。婚約者はダグに身を寄せ、頼むから静かにしてくれ、注目を集めるようなことをしないでくれと懇願している。

「配慮だって？　もうすぐみんな死ぬっていうのに、礼儀作法についてとやかく言うつもりかい？」ポールは、はっと一声うつろな笑いを漏らす。

「俺には無理だ」ダグは立ち上がると、荒々しく頭を振って周囲を見回す。ドアに到達することさえできれば、そこから身を投げそうな勢いだ。

「両手を頭に置け！」通路にいるハイジャック犯がダグに向かって叫ぶが、ダグはそれを無視する。婚約者のジニーがダグの手を引っ張る。

「ダグ、座ってよ！　これを乗り越えるためには、従うしかないのよ」

「これを乗り越えるだって？　俺たちは何も乗り越えたりしないさ。俺たちは死ぬんだよ、ジニー」

客室中に異常な興奮が広がり、泣きじゃくる声が響き渡る。泣いていない人たちの視線はダグとジニーに向けられている。もしかしたら、今こそミズーリを振り切って操縦室に突入するチャンスなのかもしれない。が、ミズーリに目をやると、ミズーリはこの余興には全く動じていないと見えて、姿勢を保ったままの状態で立っている。

「そんなことない」ジニーが、前向きでいようとする決意を示すように顎先を上げる。「私たち、死んだりしないわ。シドニーに到着して、結婚して、そして——」

「君とは結婚できない」

身の毛もよだつような静けさが訪れる。これほどまでのことが起こっている最中だというのに、ジニーの顔がくしゃっと歪むのを見て心が張り裂けそうになる。

「どういう意味？」

ダグは顔を伏せる。「俺は舞い上がってたんだ——何もかも、ものすごい速さで展開して、君はあまりに興奮してて、俺は君を傷つけたくなくて、でも……」

ダグが口をつぐみ、ジニーが力強い声で言う。「でも何？」

「結婚してるんだ、俺」ダグは今にも泣き出しそうな声で答えるが、彼に同情するような表情を浮かべるものは誰一人としていない。

「最低だな」数列後方からそんな声が聞こえてくる。

「なんてタイミングなんだ」デレクがつぶやく。ジニーが声を上げて泣き出すと、隣にいた女性がジニーを抱きしめる。私は、ハイジャック犯の誰かが、両手を頭に戻せと怒鳴り声を上げるものと思って身構える。しかし犯人たちにとっては取るに足らぬことであるのか、あるいは気づいていないようだ。

顔を上げて、私たちのいる通路の前方に立っているハイジャック犯を見る。彼はダグの暴露を聞いて、哀れなジニーと同じくらい動揺しているように見える。この一件は、私たちが単に人質という存在ではなく、人間なのだということを彼に示すことになったのではないだろうか。私はどうにか笑みを作って彼に話しかける。「お名前は?」

「ガンジス」

「本当の名前」

「そんなこと教える必要がない」

「私はミナ。本当はアミナ。だけどみんな縮めてミナって呼ぶの」あの対応訓練の成果として、これくらいは覚えている。可能な限り自分の名前を使うように。私生活について詳しく話し、自分も犯人たちと同じく現実を生きる人間なのだと考えさせる。私はガンジスから目をそらさないようにするが、ガンジスが視線をそらす。「何が起こっているのか、話してくれない？」

　ガンジスは反対側の通路を見やる。床に座る私のところからでは、目の高さが低すぎて、彼が誰を見ているのかがわからない。しかしガンジスが疎外感を抱いているのは明らかだ。

「協力するんだ、そうすれば傷つけない」ガンジスには、気づかないほどに弱い訛りが——最初に過ごした国よりもかなり長い時間を第二の国で過ごした人間にありがちな、ほとんどないに等しいイントネーションが——ある。

「出身はどこなの？」

「それだって教える必要がない」

「どうしてあなたたちは今までに一度も会ったことがなかったの？」この問いは水を打ったような静けさをもたらしたものの、私は続ける。「でもあの人の方はあなたを知ってる、そうでしょう？　ミズーリだっけ？　それってなんかフェアじゃないね。彼女はあなたを知ってるのに、あなたが彼女を知ることは許されないなんて——」

「あの人が知ってるのは、自分たちの配置だけだ」ガンジスはつぶやくように答えながら、視線を素早くミズーリの方に向けて、ミズーリが聞いていないことを確認する。「あの人は、自分たちの立ち位置から名前を確認できてるだけだ」

「そうなの。つまりあなたたちは、オンライン上でしか話したことがないってことだよね？」

チェスカがじりじりと体を前に、私の右側の空間に寄せてくる。「今から手を引いても遅くはないのよ、ね」チェスカは焦ったように言う。早すぎる、そう思ってチェスカの方を見て、目だけで彼女に、静かにしていてほしい、私一人でうまくやれるはずだからと訴えようとする。「気が変わりそうだったら、代わりに私たちの力になってくれないかしら。警察はきっと――」

「黙れ！」ガンジスは握り拳を突き上げると、その手を勢いよく振り下ろし、チェスカの顔から髪の毛一本ほどの距離でその手を止める。

早すぎる。

「今のは警告だと思え」

チェスカは後退し、ローワン、デレク、アリスが彼女を取り囲むが、私はガンジスの顔を観察する。その顔に一瞬、不安の色がよぎるのを見た。チェスカが話していたときではなく、彼が拳を突き上げたときだった。ガンジスが拳を振り下ろさなかったのは、それが単に警告のためだったからではない。彼にはそれ以上振り下ろす勇気がなかったのだ。彼は私たちを傷つけたくないのだ。

ガンジスについて話すには、本人との距離があまりに近い。チェスカと他の三人に向かってそのことを暗に示すと、みな少しでもスペースを設けようと動き出す。デレクは膝立ちになってストレッチをする。両手は指示に従って頭にのせたまま。そして座った姿勢に戻るとき、元々座っていた位置よりも座席一個分後ろに腰を下ろす。アリスはガンジスが視線をそらすのを見計らって――ガンジスはまるで客室のどこかに転がっている答えを探すかのように数秒ごとによそ見をしている――、デレクが先ほどまで座っていたスペースに素早く体を滑らせる。私たち全員が、時間をかけてわずかに後方に移動する。ガンジスは気づいていないのか、あるいは、それまでのように接近していないことに安堵しているのだろうか。

私の隣、中央列通路側の前から三番目の席に座っている妊婦さんが、声を押し殺してすすり泣いている。

「大丈夫ですか?」そう声をかけるものの、大丈夫でないことは明白だ。私たちの中に、大丈夫な人などいるものか。

「夫は、私が飛行機に乗ることに反対してたの。でもクリスマスのあいだずっと夫は仕事で、赤ん坊はあと六週間は生まれてこないから、実家に帰ってママにちょっとお世話してもらうのもいいかなって思ったの。そうしたらこんな――」

彼女は言い終わらなかった。その必要がなかった。彼女の旦那さんはこのことを知っているのだろうか――私の家族のうち誰か一人でも、このことを知っている人はいるのだろうか。ミズーリの用意したパイロットが航空交通管制官との連絡をうまく維持できるほどの熟練者でなければ、三十分かそこらで、この飛行機と連絡が取れなくなっていることに誰かが気づくはず。ひょっとすると、もうすでにニュースになっているのかもしれない。アダムがリビングに座ってテレビに釘づけになっている姿が想像できる。ジャーナリストたちが空港に集まっていて、その背後で、リポーターの厳粛さとは釣り合わない休暇中の行楽客たちの群れが右往左往している様子が想像できる。

「ごめんなさい」

「あなたのせいじゃない。あの人たちのせいです」女性はバーに向かってこの最後の言葉を放つ。そこには、仲間たちと言葉を交わしているミズーリの姿が見えているはずだ。「あの人たち、狂ってる。しかも理由が気候変動って、勘弁してよ！　そんなばかばかしい、本当にばかばかしい理由で……」

「気候変動なんてないって言うじゃないか」隣の席の男性が身を乗り出す。「すでに反証されているんだ。全ては自然のサイクルにすぎない――奴らにもう百年与えてみるといい。今度は、地球は再び氷河期に向かっているだなんて文句を言い出すに決まってるんだ」

「なんのつもり？　ディベート部か何か？　これは現実なんですよ！」

「落ち着いて」男は言う。「血圧の上昇は赤ん坊によくない」

妊婦は男を見据える。「おたく、何度妊娠の経験があるんです？」

「いや、ゼロ回だな、当然。その、私自身では。でも――」

「だったら黙ってな」そう言うと妊婦は立ち上がり、重そうな体を動かして通路に出る。彼女がガンジスに近づいていくのを見て、手を貸すつもりなのか、妨害するつもりなのか自分でもわからぬまま私も立ち上がろうと半分腰を上げる。

「おしっこしたいの」

「我慢するんだな。座れ」

「三キロ近い赤ん坊が私の膀胱を圧迫してるの——私の骨盤底筋は、何も抑えておくことができないの」

ガンジスの顔が真っ赤になる。ガンジスはバーに向かうと、妊婦から目を離さずにミズーリの耳元で何やら話している。ミズーリは呆れたというように目を回してから、こちらに向かって歩いてくると、女性の袖をつかみ、女性を背後から押しながらトイレへと向かわせる。ミズーリが開け放したままの入り口に立つと、最前列に座っている男性は、哀れな妊婦のプライバシーを尊重すべく顔を背ける。

私は後ろを振り向く。みなの気がそらされたおかげで、わずかではあるものの会話のチャンスが訪れた。「何かしなくちゃ」

「何かって、例えば?」ローワンが言う。

「強行突破するとか」

「え?」デレクが笑う。「六人のテロリストに対して俺たちは五人で、テロリストの少なくとも一人は爆弾を抱えてるのに? しかも搭乗中の人間の中に奴らの仲間があと何人いるか、見当もつかないんだ!」

「デレクが正しいわ」アリスは絶望したような表情で私を見る。「たとえミズーリと他の奴らを切り抜けることができたとしても、それでなんになるっていうの？　コックピットへのドアには鍵がかかっているんでしょう？」

「緊急アクセスコードがあるの」チェスカが言う。「こちら側からロックを解除するコード」

五人全員が操縦室の方に目を向ける。私はよく見えるように膝をついて上半身を伸ばす。ここからガンジスのところまでは三メートルほど距離があり、彼の背後、バー内にはミズーリが立ち、そこからメンバーを眺めている。そのまた背後から操縦室のドアまでは、テニスコートほどの広さの空間が広がっている。ミズーリが起爆スイッチを押すまでに、どこまで進むことができるだろう。

ガンジスはもう一度、客室の反対側にいる共謀者の方を見る。私は彼の視線を追う。そして中央列の座席に体を寄せたまま、おもむろに腰を上げる。隣に座る乗客たちよりも低い姿勢を保つよう用心する。両腕が痛む。頭のてっぺんにのせている両手の指同士を絡ませて、腕にかかる負担を和らげる。

「それで、そのコードを知ってるの？」ローワンがチェスカに訊く。

「もちろん。ただ、どうやったら彼女に爆弾を爆発させることなく操縦室まで近づくことができるかがわからない」

「座れ！」ガンジスがぴしゃりと言い放つ。私はその指示に従って床に腰を下ろす。が、私はすでに、ミズーリがニジェールと呼んでいた男の顔を見ることに成功していた。彼には見覚えがある。あのぶかぶかのカーゴパンツと重そうなブーツ、腕まわりがパッパツのタイトなTシャツには、見覚えがある。そして彼に関して、ミズーリも知らないあることを私は知ってしまった。

これをどのように有効に活用すべきか、それを考えなくては。

37　午前三時　アダム

「これが全部終わったら、一緒にお菓子作りでもしようか」口いっぱいに頬張ったまま話すなんてマナー違反だとはわかっている。それでも、次第に不安定になっていく頭のネジが外れた人間に運命を握られた状態で地下貯蔵室に閉じ込められているという事実から、五歳の娘の気をそらせようとしているときには、通常の規則など適用されないはず。

ベッカが石炭シュートを閉めた後、玄関に駆け戻る足音と、まさに彼女が装っていたティーンエイジャーのようにドアを思い切り閉める音が聞こえてきた。今ベッカは家中を行ったり来たりしている。空気が一変したように感じられ、次に何をしでかすかわからないという恐怖に襲われる。

「パパはお菓子作りしない」そう言ったソフィアの言葉は、今にも泣き出すのではないかと思えるほど不明瞭だった。もしかしたら間違ったことを——ミナを思い出させることを——言ってしまったのかもしれない。

「お菓子作りをするパパだって、たくさんいるんだぞ。パパだってやってみることくらいできるさ。でもタンポポはなし——まずそうだから。ベッカもどうかしてるよ。一体、誰が雑草を食べたいっていうんだ」笑わせようとすればするほど、ソフィアは静かになっていく。

ソフィアは両手を顔に当てる。

「パパ！」感極まっているのか、ほとんどささやくような声だった。

「すぐにママに会えるさ。約束するよ、パンプキン」自分が限りなくうそに近いことを言っているように思えて、声がかすれる。でも可能性は確かにあるはず。ミナがこの危機を生き抜く可能性はゼロではないはずだ。ミナを失うなんて、考えるだけでも耐えられない。

「パ——」ソフィアの指が喉をかきむしるように動くのを見てはっとする。彼女の声を変化させたのは感情ではなく、パニックなのだ。ソフィアは目を大きく見開き、頭を左右に振り、唇は蜂に刺されでもしたかのように膨らんでいる。ゾウさんが床の上、ソフィアのすぐそばに落ちる。

「サンドイッチに何が入ってた？」

もう一度、今度はもっと大きな声で言う。ソフィアは恐怖に満ちた目で俺をじっと見つめたまま固まっている。「ソフィア、サンドイッチには何が入っていたんだ？ パパに食べさせて——早く！」言いながら俺は手錠を引っ張る。そうすることで、魔法のように鍵が解除できるとでも思っているかのように。

ソフィアは、先ほど彼女自身で床に丁寧に積み重ねたパンの耳を必死でかき集める。唇に触れる前からすでに、俺はそのものの匂いを、味を、感じることができた。

ピーナッツバターだ。

「家に置いておくことすらよくないよ」病院から帰ってくるとミナが言った。当時三歳だったソフィアは、なんとも幸せなことに、つい先ほど下されたばかりの命に関わる可能性のある診断の意味を理解していなかった。

「ソフィアのアレルギーはそこまでひどくないよ」医者の話によると、中には、ナッツから三メートル以内には近づけない人や、パブなどでナッツの袋が開けられた瞬間に唇が腫れてしまう人もいるらしい。

「でもソフィアが開けちゃったら？ どのスプレッドは自分のパンに塗ってよくて、どれがダメなのかを理解するには幼すぎるよ」

「冷蔵庫の一番上に置いておくよ——それならソフィアの視界にすら入らない」ピーナッツバターは俺の〝罪深い喜び〟だった。長距離ランニングに出る前に瓶からスプーンですくってそのまま食べたり、日曜の朝にトーストに塗って食べたりするのがやめられなかった。

　診断が下されてからは、一度だけアレルギー反応を起こしたことがあった。朝のコーヒーパーティで、ある軽率な母親が、ミナに確認もせずにソフィアにビスケットを与えてしまったときだった。

「すっごく怖かったんだから」後になってミナはそう言った。頭の中に蠅(はえ)でも閉じ込められているかのようにしきりに頭を振りながら。「エピペンを使ったんだけど、急に思っちゃったんだよね、効かなかったらどうしよう？　って。わかるでしょ——私たち、ペンを持っているよね、それで当然それは使えるものだと思ってるんだけど、使えないペンに当たったら？　工場が休みの日だったら？　不良品をつかまされたらって」

「でも実際には効いたんだ」俺は思い出させるようにそう言った。ミナの言葉がソフィアの様子を置き去りにして駆けていくように感じられたから。ソフィアはおもちゃのキッチンに鍋を叩きつけていて、その日の興奮などとうに忘れていた。

「そうだよ、だけど——」

　俺はミナのそばに行って抱きしめ、パニックを物質的に止めようとした。「効いたんだ」

　年齢が上がるにつれて、ソフィアは俺たち以外の人からは食べ物をもらってはいけないことを理解するようになった。出かける際には家から弁当を持っていくことに慣れたし、パーティに参加した際にはケーキにナッツが含まれているかどうかを自分で確認するようになった。俺たちの緊張は和らいだ。危機感が薄れた。それでもピーナッツバターの瓶は冷蔵庫の一番上、ソフィアの手の届かないところに安全に置かれたままだった。

「落ち着くんだ。呼吸をゆっくりしてみて」

ソフィアはもうほとんどまともに呼吸をしていない。誰かが胸の上に座っているかのように苦しく感じているはずだ。喉が腫れていて、息を吸い込むのさえ無理矢理でなければできないはず。ソフィアは唇を動かしているものの、言葉が出てこない。瞼もすでに腫れ上がっていて、目が線にしか見えないほど細くなっている。

「ベッカ!」俺は先ほど食料を求めて大声で叫んだが、その声は今出している声とは比べものにならない。わずかにでも高さが増せば、声をより遠くに届けることができると信じているかのように膝立ちになる。そして手錠を金属のパイプに何度も何度も、繰り返し打ちつける。「助けてくれ!」

アナフィラキシーショックで死に至るまでの時間は、数分のこともあれば数時間のこともある。最初にこの反応が出たとき、俺たちはかかりつけの診療所に直行した。到着するなり順番待ちの患者を飛ばす形ですぐさま有能な医者にエピペンを打ってもらい、同時に999番にも連絡してもらった。病院では、自分たちで持っておくためのエピペンをもらった。

「エピペンを持っていなかったら、この子はどうなるんですか? どれほどひどい反応が出るんでしょう?」

「なんとも言えませんね。辛いことは考えないことにしましょう」医者は若く思慮深い女性で、その目を見れば彼女の共感力の高さが窺えた。「予備のペンを持っておくのが一番いいでしょう」

合計で五つ受け取っていた。一つは学校に、一つはソフィアのバッグに、一つはミナのハンドバッグに、一つは俺の車に、一つはキッチンの引き出しに——合い鍵やばらばらの電池、三年前にマクドナルドのハッピーセットについてきたおもちゃと一緒に——保管してある。

「助けてくれ！」

キッチンでは、ザ・ポーグスの『ニューヨークの夢』の途中で急にラジオが聞こえなくなる。

俺はベッカが声を上げるのを待たずに口を開く。

「ソフィアのエピペンが必要なんだ。ソフィアにナッツを食べさせただろ、この大ばか野郎の——」

「私はあんたにナッツをやったの！ チーズが足りなくて、だから——」

「早くしろ！ 時間がない——ソフィアが死ぬかもしれないんだ、ベッカ！」ソフィアの顔を見た瞬間、自分の発言を後悔する。顔は腫れ上がり、パニック状態にあり、しかもやっとのことでどうにかできている呼吸を続けようと必死だ。「本当のことじゃないんだよ、ソフィア」俺は声を落として言う。「本当にエピペンが必要だから言っただけなんだ」

階上（うえ）から音が聞こえてくる。合い鍵のぶつかり合う音を聞いて、引き出しの中身が床に散らばっているところを想像する。手錠を思い切り引っ張る。恐怖と苛立ちが、真っ直ぐに伸ばされた両腕に力を貸してくれる。もしソフィアの呼吸が止まったらどうしたらいいのだろう。ソフィアの心臓が止まったら？

「急げ！」

「見つからないの！」

ミナが移動させたに違いない。理不尽な怒りがかっと湧き上がってくる。ミナがそのことを教えてくれなかったことに対して。玄関ホールとかバスルーム、食器棚に保管してある方がいいと思うんだけど、そんなふうにしてエピペンについて話し合わなかったことに対して。

「ソフィアの学校のバッグの中だ！」俺は怒鳴る。ベッカは泣き声と悲鳴の中間のような音を発する。

「そこにはないの、飛行機の中なの。昨日の夜に子守りをしてたときに抜き取ったの。誰かが取りにくるから、公園のベンチのそばに置いておくようにって、そう言われたの」

「それって――」質問をしている時間はない。「俺の車！」ソフィアが喉を詰まらせながら、〝パパ〟と言おうとしているらしい音を出す。本能的に両腕がソフィアに触れようとして、拘束具を強く引っ張る。「助手席前の物入れ（グローブボックス）の中にある！」大声を出しすぎて声がかすれている。ベッカが外に向かって走っていく足音が聞こえてきて、集中ドアロックのボタンのピーッという音がして、車のドアが開く音も聞こえてくる。

「大丈夫だ、大丈夫だからね、ソフィア」

再び足音が聞こえてきたあと、石炭シュートの入り口辺りからこすれるような音が聞こえてくる。エピペンが地下貯蔵室の中に滑り落ちてきて、かちゃりという音を立てる。

「ソフィア、それを拾って。キャップを外すんだ。そうだ、落としておけばいいから。そうしたら、太ももに押しつけるんだ」

ソフィアは動かずに俺を見る。腫れ上がった頬を涙が伝っていく。

「さあ、ソフィア、パパはやってあげられないんだ。パジャマについてるアクションマンが見えるかい？　そこそこ。膝の上にいる——もう少し上、もう少し、ほらいた。そこに刺すんだ。そしてパパが動いていいよって言うまで、ペンを刺したままにしておいて」

自分の娘が勇ましいことはわかっていた。膝小僧を擦りむいても、熱のせいで夜中に目を覚ましても泣いたりしない。遊具のある公園でも怖いもの知らずで、逆さまにぶら下がったり、〝巨大滑り台〟で遊びたくて公園を駆けていったりする。それでも、ソフィアが親指を握りしめた形でエピペンを握り、その手を上に持ち上げて、自分の太ももに押しつけるのを見るまでは、彼女の勇敢さがどれほどのものかわかっていなかった。俺は涙をこらえてソフィアの顔に目をやり、症状が改善する兆候が見られないものかと探る。が、その顔はまだ腫れていて、呼吸は苦しそうだ。ソフィアの拳はエピペンをきつく握りしめていて、正確にできたかどうか確認することができないし、エピペンが効くのか、針が正しい位置に入ったのかもわからない。

ソフィアを救うのにこれで十分なのかもわからない。

38　シドニーまで三時間　ミナ

ポケットの中の手紙に指を押し当てる。ソフィアが寝室でうつ伏せに寝転がっている姿が思い浮かぶ。一文字書くごとに舌先を突き出し、私が教えたように、〝y〟の書き終わりの部分が罫線(けいせん)の下でくるりと丸くなるよう注意しながら書いている。

ママへ。

ソフィアが私の持ち物に手作りのお菓子を忍ばせておいたのはこれが初めてではなかった——先月、ニューヨークで荷ほどきをしていると、紙ナプキンに包まれたバナナケーキが片方の靴の中から出てきた——が、手紙が添えられていたのは初めてだった。私が家を空けるたびにソフィアの枕元に置いていく手紙は、ソフィアの心にはほとんど響いていないように見えていて、私はよく、ソフィアは手紙を見てすらいないのではないかと考えたりもした。

でも実際には、私がそうやって手紙を置いていくことから何かしらを学んでいるのかもしれない。私たちの関係は、ようやく前進を始めたのかもしれない。

一瞬だけ目を閉じ、こうした考えから、それからポケットの中の手紙から強さを引き出そうとする。言葉に全エネルギーを注入して静かに確信の言葉を唱える。誓約だけがその言葉を現実にしてくれる、そう信じているかのように。あの子は無事。あの子を守るために、自分の役割を果たしたんだから。アダムがいれば、あの子に何かが起こることなんてないんだから。

アダムの名前を口にすると、夫の大好きだったあらゆる点が、別居してからずっと恋しく思ってきたあらゆる点が、はっきりと浮かび上がってくる。カーチャの一件以前は、全てがうまくいっていた。アダムは私のためになんでもやってくれていたし、私も彼のためになんでもやった。誰かを愛していると、自然とそんなふうになるものだ。

自然とそんなふうに……。

ガンジスの向こう側、長く続く、誰もいない通路に沿って視線を走らせ、操縦室のドアのそばに立つヤンツーに目をやると、ある計画の始まりの部分が頭の片隅にちらちらと姿を見せ始めた。私はおそらく、ハイジャック犯たちに関して、ミズーリさえも知らないあることを知っている。これにはかなり自信がある。それを利用すれば、私たちが操縦室に突入することも可能かもしれない。チェスカが機長席に滑り込むところを想像してみる。今ではすっかり聞き慣れた彼女の声が機内アナウンスシステムを通して聞こえてきて、客室乗務員に着陸の準備をしてくださいと指示が出される。帰宅への期待に胸が高鳴る。

「Wi－Fiにつながった！」客室のどこかから叫び声が上がる。あまりの焦りようにぎこちない動きで、ハイジャック犯の脅威さえも顧みずに私は立ち上がる。アダムと話したいという衝動が、自分の身を守ろうとする本能にさえ勝っている。誰かの腕が宙に上がり、勝ち誇ったように携帯電話を掲げている。「離陸してからずっと試してたんだが、ようやくつながったよ！」

にわかに波のような動きが起こる。乗客たちは先を競うように座席の下に潜り込んでバッグを探り、シートベルトを外して頭上の物入れを開く。デバイスの電源が入ると、明るくなった画面が乗客たちの顔を照らし出し、その場にそぐわぬ朗らかな音がそこかしこで鳴る。ハイジャック犯たちがこの知らせをどのように受け止めているのかを確認しようと彼らに目をやると、ミズーリは自分の携帯電話の画面をじっと見つめていた。そして眉をひそめ、両手の親指で猛烈な勢いで画面をタップしている。

「また接続をオンにしたんだ」ローワンが言う。

「どうして？」

ローワンは肩をすくめる。「自分たちの要求を伝えるために、とか？」私もローワンもバーに目を向ける。私たちのいる側の座席で、妊娠中の女性が夫とフェイスタイムをしている。

夫は手を伸ばして画面に触れながら、頬に涙を伝わせている。

「本当に愛している」夫が言う。

「私も、愛してるわ」

私は込み上げてくる涙をこらえて顔を背ける。自分以外の人たちの別れの場面を見せられる拷問には耐えられない。さらに多くの人たちが愛する人たちと連絡が取れるようになるにつれ、客室の騒音レベルは上がっていく。留守番電話に向かって発せられる、愛の告白や許しを請う言葉の数々。もしだめだったら、子どもたちに「愛してる」と伝えてほしい……。

チェスカは涙をこらえながらメールを送信している。その涙が流れてしまえば、彼女が感情を制御することでどうにか保っている冷静な仮面を突き破ることになるのだろう。手が、飛行機の前方に置いたままのバッグの中にある携帯電話を触りたくてうずうずしている。これほど多くの人が家に電話をかけようとしている中、ネットワークはどれほどの時間もつのだろうか。

亡くなる前の日、母は私に電話をしてきた。パイロット訓練学校を中退してから一年と経っていないころで、再挑戦を促すための尋問には耐えられなかった。あの日、空の上で何があったのかと問いただす、物柔らかではあるものの執拗な質問にうまく対応できる気がしなかった。携帯電話の画面に母の名前が表示されたのに気づいたが、留守番電話につながるまでそのままにしておいた。後で、朝にでもかけ直そう、そう思っていた。

が、結局かけ直すことはなかった。そして私は、そのことでまだ自分を許していない。いくつかの映像が心をかすめる。祭壇に立ち、バージンロードを歩く私の方を振り返るアダム。ソフィアとの出会い。家に連れて帰った日。バスモンスターごっこに、一緒に歩いた学校までの道のり。私とアダムでソフィアの手を片方ずつ握って、ソフィアを宙高くに持ち上げてあげたこと。私がアダムと結婚する姿を母が見ることはなかった。ソフィアに会うこともなかったし、母親になった私を見ることもなかった。ソフィアには私と同じ思いをさせたくない。あの子の大切な瞬間に、そばにいてやりたい――ソフィアを家に連れて帰った日、私はそう約束したのだ。

決してあなたのそばからいなくならないよ。もう二度と、独りぼっちにさせないから。

「どうぞ」

振り返ると、ローワンが自分の携帯電話を差し出していた。私は礼儀から「使えません――あなたこそ誰かに――」と言ったものの、手が携帯電話に伸びている。

「お先にどうぞ。旦那さんに電話してあげて。娘さんに」

「ありがとうございます」私は込み上げてくるものをこらえて思い切り唾をのみ込む。

アダムの携帯電話は電源が切られていたため、家の固定電話にかけてみる。アダムが飛び起きて、こんな夜中に電話をかけてくるなんて一体誰だろうかと考えている姿が思い浮かぶ。よろめきながら階段を下りて、ソフィアの寝室の開けっ放しのドアから中を覗いて、ソフィアを起こしていないことを確認している。

こちらはホルブルックです。ただ今、留守にしており――。

電話を切る。そしてかけ直す。二人はどこにいるのだろう。ハイジャック犯に言われたことは全てやったのに。ソフィアのために、ソフィアの安全を守るためにやったのに――ソフィアはどこにいるのだろう。

こちらはホルブルックです。ただ今、留守にしており電話に出ることができません。ご用の方はメッセージをどうぞ。こちらから改めてご連絡いたします。

「アダム？　いるなら電話に出て。アダム！」泣くものかと言い聞かせるものの、涙がものすごい勢いで込み上げてきて言葉を飲み込んでいく。私にはなす術がない。「飛行機がハイジャックされたの。ソフィアに危害を加えるって言われたの、もし私が――ああ、お願い、アダム、そこにいるなら、何も起こっていないなら、どこか安全な場所へ逃げて。お願いだから。犯人たちは、飛行機の燃料がなくなるまで飛び続けるって言ってるの。それで――」あまりに早口で話しているために、言葉が、前の言葉を待たずに次から次へと口から転がり出る。自制心を失いつつある自分に苛立ち、強すぎる力で通話終了ボタンを押す。

ローワンの手が私の肩に触れる。「呼吸をしないと」

ローワンの後ろでは、アリスが携帯電話のキーパッドを一心不乱にタイプしている。

私は息を吸い込む。「かけ直しても？」

「もちろん」

……ご用の方はメッセージをどうぞ。こちらから改めてご連絡いたします。

「アダム？　もしだめだったら、ソフィアに、大好きだよって伝えて。ソフィアは勇気があって、美しくて、賢くて、あなたを尊敬しなかった日は一日だってないって。あなたを守るためにママはできる限りのことをしたって伝えて。絶対に一人にしないってあの子に約束したの、だからあの子に、ママは申し訳なく思ってるってわかってほしいの。約束を破ってごめんねって。これからの人生、あの子は本当に色々なことを経験することになるよね。ソフィアはそばに私の姿を見ることができないかもしれないけど、それでも私はそばにいて、あの子を見守ってあげるの。あの子のことが大好きなの。それから——アダム、大好きだよ」

唾をのみ込み、声を大きくする。一言発するたびに、さらに言葉に熱がこもっていく。「でもそれはソフィアに伝えなくていいから。だって私、家に帰るからね、アダム。家に帰る」

そこで一度言葉を切り、誰もいないキッチンで留守番電話から声が発せられているのを想像する。それから電話を切り、深呼吸を一つする。家に帰る。

「大丈夫？」

ローワンに向かって無言で頷く。大丈夫なわけがあるだろうか。私たちの誰一人として、大丈夫なはずがない。

「燃料が切れたら、何が起こる？」デレクが静かに口を開く。私たち——私、チェスカ、ローワン、デレク、アリスの五人——は、席に座る乗客たちのあいだに押し込められる形で、身を寄せ合って小さな輪になって通路に座っている。アリスは相変わらず携帯電話で何やら打ち続けている。電話越しに別れを告げる会話の断片が、恐怖と悲しみに混じって周囲の空気を満たしている。先ほど数えた六人のハイジャック犯たちに思いを巡らせ、まだ正体を現していない共犯者はあとどれほどいるのだろうかと考える。その時点ですでにひどく乱れていたデレクの身なりが、より一層だらしなくなったように見える。シャツはしわくちゃで、眼鏡は強打された後であるかのようにわずかに傾いている。

チェスカは言葉に詰まる。が、やがてこう答える。「墜落する」

「でも何が起こるんだ?」デレクは引き下がらない。「どんなふうに感じるんだろうか?」

私は身震いする。

「よしてよ」アリスがぎゅっと目を閉じる。

「エンジンが止まる。まず片方が止まり、続いてもう片方も。数分以内に——数秒以内かもしれない——一つずつ止まるの。エンジンなしの滑空機(グライダー)になるでしょう」

「だったら、急に空に放り出されるわけじゃないってことか?」デレクが訊く。

アリスがまた顔をしかめる。視線はまだ携帯電話の画面に釘づけで、指の動きは速すぎて私には目で追うことができない。記憶が浮かび上がってきて、脈が速まる。耳鳴りがして、私は訓練学校に、あの暑く狭苦しいセスナ150のコックピットに引き戻される。息を吐き出し、手のひらの肉に爪を食い込ませて十秒数え、冷静になるのを待つ。チェスカはまだ話し続けている。

「ボーイング777の滑空比（エンジンを止めたまま滑空する際、前進した水平距離と降下した高度との比）は、わからないけど……おそらく十七対一とか？　つまり一万七千フィート進むごとに、一千フィート降下するの」

「現時点での高度は？」

「三万五千くらいかと」私は静かに応じる。みなが計算しようとするあいだ、静寂が訪れる。

「でもこれは正確な算出方法とは言えないの――滑空比は気象条件や高度、重量に左右されるから……」チェスカの声が次第に小さくなる。

「どちらにしても、そのうち」デレクが言う。「そのうち墜落するんだ」

デレクは事務的な口調で話す。まるで彼にとってはどうでもいいことであるかのように。私にはまるで、彼がそうなることを願っているかのように感じられた。

「今のところ」チェスカが再び口を開く。「この飛行機はまだ自動操縦になっているの。誰が操縦席に入ったって同じ、違いには気づかないでしょう。でも着陸は別よ。着陸のための、あるいは不時着水のための操作をしなければならないから――」

「不時着水？」

「水面に着陸することです」私は説明する。

「――それに機首をできる限り長く上げておく必要があるの。もしも私たちが〝死のダイブ〟をすることになったら――」チェスカはそこで急に口をつぐむ。上下の歯が下唇を挟んでいる。「そこから生還することは、まあ難しいでしょうね」

長い沈黙が流れる。

「でも、飛行機の墜落事故を生き延びる人もいるわよね？」アリスは指先をキーパッドの上で構えたまま私を見る。「あなたたちがやってる安全に関する説明、私たち全員が無視するやつね――それを行えばいいってことでしょ？」言いながらアリスは、自分の質問に自分で答えるように激しく首を縦に振っている。

「着席している乗客はね、そうかもしれない」デレクが言う。アリスは客室を見回す。エコノミークラスの乗客がみなシートベルトを締めているのが確認できる。中には、両手を頭上でしっかり握り合わせたまま、拘束具が許す限り体をねじって互いにもたれかかるように座っている人たちもいる。「残りの俺たちはぬいぐるみみたいに放り出されるんだ――地面に打ちつけられる前に死んでるさ」

目を上げて妊婦さんの方を見る。下まつ毛から、はらはらと涙がこぼれ落ちる。チェスカはデレクに鋭い眼差しを向ける。「集団パニックでも起こしたいわけ？」

「アリスさんの言うことには一理あります」私は口を開く。「どこにどうやって着陸するかによって、これを生き延びる可能性は確かにあります。ただ、席に着いていないとなれば、私たちが怪我を負う可能性はかなり高いかと」

「だったら私たちには席が必要ってことね」アリスは一段階高い声でそう言うと、膝立ちになり、見張り役のミーアキャットのように首をくるくると回す。「どこかで読んだの、飛行機は後方が一番安全な場所なんだって。それって意味のある情報よね」

「飛行機は満席です」私は言う。

「でも私たちの方が多く払ってるの！」アリスは私たち四人に代わる代わる視線を向けていくが、私たちの信じられないという表情には気づいていないようだ。「私たちは、座席を確保するためにより高いお金を払ってるの。だから、もし犯人がわたしたちをビジネスクラスに戻すことを許さないっていうんだったら、当然私たちは――」

「いや」ローワンが片手を挙げる。アリスがこれ以上何かしゃべるのを物理的に止めようとしているかのように手のひらをアリスの方に向けている。「いいから黙るんだ」アリスはローワンを睨みつけると、再び携帯電話をタイプし始める。一体誰に別れの言葉を送っているのだろう。アリスは指を止めると、一瞬画面をじっと見つめてから最後のキーを押す。

「よし」そして長く息を吐き出す。「保存完了」

デレクがアリスをじっと見つめる。「冗談だろ」それから、理解できていない私たちに向き直って続ける。「こいつ、今の状況を、新聞の記事にするためにまとめてたんだ」

「率直に話しましょうよ」アリスが言う。「あなただってこのことを思いついていたら、私と同じようにやってたはずよ。これってまだ誰もやったことがないと思うの。人質によるハイジャックの報告。しかもそれが実際に起こっている最中にね」

みな唖然として言葉を失う。アリスの記事がネットに上がるまでにどのくらい時間がかかるのだろう。アダムは記事を読むだろうか。

「ビジネスクラスの救命胴衣を使わせてもらえるように頼んでみたらどうだろうか」デレクが言う。「少なくとも、何かの役には立つだろう」

私はチェスカと目配せするが、二人とも何も言わなかった。飛行機はあと二時間あまりでシドニーに到着する――つまり、すでにオーストラリア北部、ノーザンテリトリー上空には入っている。もし今墜落すれば、救命胴衣を着たところで、ナイフを使った戦いにスプーンで立ち向かうほどにしか意味がない。

「そうですね」私は言う。周囲の座席には、すでに眩いばかりの黄色を身に纏った人々の姿がある。アリスに目をやると、一番近い座席に座る青ざめた顔をしたティーンエイジャーの着ている救命胴衣を意味ありげにじろじろと見ているのがわかる。このジャーナリストが、自分は高い航空券代を支払ったのだから、そうでない人間に比べて生存の可能性が高くなるのは当然だという主張のもと、青年から救命胴衣を剝ぎ取る姿が目に浮かぶ。

「私が行こう」ローワンが言う。

「だめです」チェスカと私は、同じ義務感、同じ責任感に駆り立てられて同時に口を開く。

「私の仕事ですから」私は簡潔にそう述べる。そして降伏の意思表示のために両手を挙げてよろよろと立ち上がる。それに私の責任でもあるから。

三列目からゆっくりと前に向かって歩き、二、三メートルほど先のガンジスが立っているところまで進む。ガンジスは異常なまでに汗をかいていて、左右の足に交互に体重を移動させている。

「ビジネスクラスから、救命胴衣を取ってきたいの」私は言う。

「誰一人として、飛行機のこのセクションから出すわけにはいかない」

「救命胴衣があれば、乗客を落ち着かせることができるの」ガンジスの心が揺らいだように見えたが、ミズーリからの指示を思い出したかのように頭を左右に振る。攻め方を変更しよう。「お家では、誰があなたを待っているの？　結婚はしてる？」

「両親と住んでるんだ」ガンジスはそこで唐突に口を閉ざす。まるで誤って話してしまったことに気づいたかのように。彼の左目の筋肉が痙攣する。

「ご両親、鼻が高いでしょうね」

ガンジスの頬骨の高いところに、怒りのせいで赤い斑点が現れる。「そうだな。僕が、自分自身の信じることのために立ち上がったことを誇りに思うだろうな」

「何百人という人たちに死の宣告をすることを？」

「誰も死んだりしない！」

「すでに死んでいるの」カーメルのことを思う。ほんの数秒のうちに尽きていった命。これ以上は、と私は思う。これ以上は誰も死なせるわけにはいかない。

「あれは――」ガンジスは口ごもる。「あれは事故だったんだ。協力さえすれば、誰も傷つかない。政府は僕たちの要求を聞き入れる、そしたらアマゾンが飛行機を無事に着陸させる」

「そしてあなたは刑務所に行く」

「僕たちは地球を守ることになる」

私は首を振る。「あなたいくつ？　二十五？　二十八？　あなたの人生はまだこれからなのよ。それなのに、洗脳されているせいで、その全てを台無しにしようとしてる」

「気候変動は地球にとって――」

「――最大の脅威。わかるよ。でもこれは解決策にはならない」

「だったら何が？　話し合い？　会議か？　言葉は変化をもたらさない。行動こそが変化をもたらすんだ。問題を作る側の一員になるのも勝手だ、でも僕は、解決する側の一員でいることを誇りに思う」

「座れ！」

ガンジス――今では、マラソンのラストスパートをかけている人間のように呼吸が荒くなっている――ではなかった。ミズーリだった。急いで床に腰を下ろす私を睨みつけ、ザンベジに向かって大声で指示を出す。「ガンジスについていて」

ザンベジは呆れたというように目を回すものの、指示に従う。ザンベジの背後でミズーリは大股で機体の前方に向かう。私はガンジスとザンベジの脚のあいだから覗き込み、ミズーリが操縦室のドアをノックするのを確認する。

ドアが開き、ミズーリが中に姿を消す。

あの中で一体何が起きているのだろう。

飛行機を操縦している男――アマゾンと名乗っていた男――はミズーリを中に入れることができるほどには操縦室に詳しいことがわかった。しかし彼らのうちのどちらかでも、緊急アクセスコードを無効化する方法を知っていたりするのだろうか。

「前は操縦してたって聞いたけど」チェスカが移動してきて私の隣に座り、私と同じ姿勢をとる。

私はチェスカに鋭い視線を向ける。「誰に聞いたんです?」

「秋ごろに、客室乗務員の一人からね。私がロンドン―シドニー直行便に乗るって話をしたら、自分も乗員名簿に名前があったんだけど、交代したって教えてくれたの。あなたが喉から手が出るほどやりたがってたからって」チェスカはわずかに笑みを見せながら、ライアンの口調を真似る。

「そうでしたか」私は少し安堵する。ライアンは事情を全て知っているわけではなく、彼が知っているのは、私がパイロットの訓練を始め、中退したということだけ。ライアンなら、取るに足らないそうした噂さえ人に話していても不思議はない。「最初に受けた操縦体験で、パイパー・ウォリアーに乗りました。両親からのプレゼントだったんです。十代の後半にも、さらに何回かやらせてもらいました。ほとんどがセスナ150でした」

「事業用パイロットの訓練も受けてたって聞いたけど」チェスカの表情は好奇心に満ちていながら、決して悪意はなく、それを見た私は彼女に全て話してしまおうかと考える。何年も経過した今になって全てを認めたら、どんな心地がするのだろう。死が影に潜んで待ち構える中、罪の告白をしたら。

しかし、ガサガサという騒音と、それに続いて聞こえてくる操縦室からのアナウンスが、選択のチャンスを奪う。

「こちらはパイロット」

女性の声だった。ミズーリだ。

「どうして彼女が操縦してるの?」チェスカが言う。

目を上げてガンジスを見るが、その当惑した表情を見れば、ガンジスが何も知らなかったことは明らかだ。「彼女、操縦の仕方を知ってるの?」

「わからない」ガンジスはささやくような声で答える。ガンジスが両親の家にいる姿を想像してみる。学校の思い出が記された寝室、十代の友情、大きすぎる音で流れる音楽。ガンジスの隣には、反対側の通路に目を向けているザンベジの姿が。それを見て私は考える、やっぱりそうだ、思った通りだ。計画が少しずつ形になってきた。

ミズーリの声は続く。

「残念なお知らせですが、英国政府は、再生可能エネルギーに積極的な姿勢を示さない航空会社に対して罰金を科してほしいという我々の要求には応じないとのことです」

私は周囲を見回し、チェスカと残りの三人と視線を交わす。みな愕然とした表情を浮かべている。これは一体何を意味するのだろう。

その答えはすぐに明らかになった。

「当機は針路を変えず、このままシドニーへ向かいます」ミズーリが言う。「そこで我々は、政府の不作為がもたらす真の影響を彼らに見せつけようと思います。シドニーの象徴、オペラハウスに突入します」

ガンジスはくるりと首を回してザンベジを見る。その顔に浮かぶ恐怖に怯えた表情は、残りのハイジャック犯たちの顔に浮かぶものと一致する。

彼らは知らなかったのだ。計画にはなかったことなのだ。

今にも胃が飛び出しそうだ。

窓際の席に座っていた男性が、携帯電話を片手に立ち上がる。「政府は戦闘機を緊急発進させたんだ！ ツイッターで話題になってる」

「空軍だ！」客室の向こうから誰かが叫ぶ。「救出に来たんだ！」歓声が――勇気づけられ、大胆になった人々の歓声が――上がる。私はチェスカと顔を見合わせるが、その顔は張り詰めていて、蒼白だ。胃がねじれるように感じる。ミズーリが目の前からいなくなったことを知った人々は、腕を下ろし、こわばった筋肉をさすっている。

「なんのための戦闘機？」私とチェスカの不安を読み取ったデレクが訊いてくる。

「この飛行機の針路をブリスベンに変更させる可能性もあるし」チェスカが答える。「シドニー空港まで護衛して、着陸するまでそばを離れずにいるかもしれない」

ローワンが体を寄せてくると、四人がぴったりくっついて円を作る形になり、アリスの入る隙間がなくなる。「もしミズーリが、宣言通りオペラハウスに突入しようとしたら？」

「この飛行機はそこまで到達できないでしょう」チェスカはそこで言葉を切る。それから声をひそめ、私たち四人だけに聞こえる声で続ける。チェスカにはわかっていた。客室を落ち着かせておく必要があることが。これから話す内容は、他の乗客に聞かせるべきではないということが。

「戦闘機が私たちを撃ち落とすから」

39　午前四時　アダム

ミナの声は美しい。言語学者がよくするような優雅な話し方をする。彼らの言葉はビロードのように滑らかで、それぞれのフレーズが辿ってきた道を理解した上で発せられる。ミナは、生まれてこの方ずっとこの国で過ごしてきたからという理由で、英語を自分の第一言語だと考えているが、フランス語も――彼女の両親が家で使っていた言語だ――全く同じように使うことができる。アラビア語も理解することができるのに、アラビア語は話せないと言い張る。しかし時折、英語にはどうにも翻訳しようがない言葉を一つか二つ口にすることがある。

「どんな単語も言い換えることができるんだ」俺は言った。ソフィアが家族になる前、結婚前のことだった。

「イシュク」間髪入れずにミナは反論した。

「どういう意味？」

「愛。ただ――」

「ほら——言い換えられるじゃないか！」

「——それよりも、もっとずっと大きいものなの。イシュクはその人の最大の情熱、その人の半身なの。つる性植物のアイビーを表す単語と同じ語源から派生しているの——イシュクっていうのは、互いにしがみつかずにはいられないほど偉大な愛のこと」言いながらミナは俺に微笑んだ。「イシュクは、私たちにあるもの」

留守番電話に録音されるミナの声を耳にして、イシュク、と頭の中でつぶやく。聞こえてくる声からは自信が感じられず——いつものような深みのある、滑らかな声ではない——、その声はか細く、恐怖に満ちていて、涙のせいで言葉は不明瞭になり、怯えながら性急に発せられる一つのぼんやりとした音の塊のように聞こえている。

「ソフィアは勇気があって、美しくて、賢くて、あなたを尊敬しなかった日は一日だってないって」

ミナの言葉は、マライア・キャリーの耳障りな曲をBGMに聞こえてくる。〝オール・アイ・ウォント・フォー・クリスマース、イズ……〟

「それから——アダム、大好きだよ」

胸の中のもつれがさらにきつくなる。ミナのような女性には出会ったことがなかった。ミナに出会う前には、そう、恋人たちが確かにいた。しかしミナに出会った瞬間、彼らの思い出はどこか遠くへ溶け去ってしまい、名前を思い出すことさえ難しくなった。俺はずっと待っていた、それだけのこと。ミナが現れるのを、待っていた。

ソフィアは俺の膝に頭をのせて床に横たわっている。ソフィアの首をじっと見据えていると、波打つ脈がかろうじて確認できる。ソフィアが浅い呼吸をするたびに、弱々しいぜーぜーという音が聞こえる。顔はあまりにもひどく腫れ上がっているせいで、誰だか判別できないほどだ。ソフィアを抱きしめ、顔を指でなぞり、両手で頬を包み込みたくてたまらない。

「大丈夫なの？」

石炭シュートを介してでさえ、ベッカのその声を聞けば彼女がパニックに陥っていることがわかる。いや、大丈夫なんかじゃない、そう言いたい。ベッカに、彼女がソフィアを殺したのだと思わせたい。ベッカに、俺が経験している痛み――娘がアナフィラキシーショックを起こすのを目の当たりにしている痛み――の百倍の痛みを経験させたい。それでも俺はそうはせず、沈黙を返事がわりにすることにして、ソフィアの閉じた目に、膝に感じる彼女の体の重みに意識を集中させる。手錠から解放されようと手首を何度も引っ張ったために皮膚がこすれて剝がれていて、汗と血でべたべたになった指には汚れがついている。

「あんたが確認すると思ったの」ベッカの声が、石炭シュートの金属の壁にぶつかって反射して聞こえてくる。「いつもは確認するじゃない！」

俺は地上から二メートル近く離れた地下室で、薬が効いてくるのを見守っている。ソフィアの体が、それを摂取したのと同じ素早さで有害なものに拒否反応を示す中、俺は心の中で祈る。家の前を照らしている明かりがシュートから地下に差し込み、床の上、伸ばし切った俺の足元を照らしている。

「ほとんど真っ暗だったんだ！」俺は叫び返す。「それに俺たちは、どうしようもなく腹が減ってた。普通じゃない状況なんだよ！」声が反響して跳ね返ってくる。ソフィアが突然、大きく息を吸い込み、すすり泣きと共に息を吐き出す。心が二つに引き裂かれそうだ。ソフィアを失っていたかもしれなかった。まだ失う可能性がなくなったわけではない。

「閉じ込められるってのがどんな気分なのか、必ず思い知らせてやるからな」俺は光の筋を見上げて声を上げる。まるで神々に向かって叫ぶかのように。見境なく攻撃をしかけてくる神々に、神の怒りを買うようなことなど何もしていない子どもに罰を与える神々に向かって。

「お前に可能な限り最長の刑期が科されるように、俺は全力を尽くすからな」

「地球は、ミナみたいな人間のせいで滅びかけてる」

「どうかしてるよ。ミナは気候変動とはなんの――」

「関係大ありなの！　もし全てのパイロットと全客室乗務員が働くのをやめれば――」

「代わりなんていくらでもいるんだ！」

「――飛行機を飛ばすことができなくなって、もし飛行機を飛ばせなくなったら、氷冠が解けることもない。わからない？　今からでもまだバランスを取り戻すことはできる。最悪なのは、私たちは航空機が環境に悪影響を及ぼしてることを知りながら、それでも飛ぶのをやめないってこと。肺がんだって診断されてるのにたばこを吸い続けるようなものなの！」

ベッカの声には俺をぞっとさせる何かがある。路上説教師や戸別訪問をする狂信者の声にあるような、震えのようなものだ。自分の言っていることを心から信じているのだということが伝わってくる熱烈さだ。もしベッカがそれを本当に信じているのなら、他にどれほどのことをなし得るというのだろう。

「自分が操られてるってことがわからないのか？　裏で糸を引いてるのが誰だか知らないけど、実刑の判決を受けるのはそいつじゃないんだ。そいつらは君のことなんて気にしちゃいないんだ――君をはめて、罪を着せようとしてるんだ。君は捨て駒なんだよ、ベッカ――それ以上じゃない――別の人間がやってるゲームの駒でしかないんだ。君は洗脳されてるんだよ」

「あんた間違ってるね。あの人たちがどんな人か、知らないでしょ」

「誰がどんな人なんだって？」

一瞬、ベッカが仲間の名前を口にするかのように思われた。が、ベッカは言わずに言葉を飲み込んだ。「私たちの指導者」

私たちの指導者とは。まるでカルト集団ではないか。

「刑務所で、君たちみたいな人間がどんな扱いを受けるか知ってる？　君たちみたいな、子どもを傷つける人間が？」

その言葉の意味がベッカの心に浸透するまで俺はじっくり待つ。取調室のテーブルで、強盗や殺人者、強姦犯と向かい合って座っているときのことを思い出してみる。そのときでさえ――彼らの犯罪がいかに残忍なものであろうと、彼らのやったことにどれほど胸くそ悪く感じていようと――今感じているような気持ちになったことなど一度もなかった。打ちのめしてやりたい衝動に駆られて筋肉がこわばったこともなければ、誰かを押さえつけて罪を償わせてやりたいと思ったこともなかった。誰かを殺してやりたいと思ったことなど、一度だってなかった。

しかし考えてみれば、娘の、あるいは妻の命が脅かされるようなことなどこれまでになかった。79便の機内で起こっていることを想像してみようとするものの、頭にあふれるのはビルに突っ込む飛行機の映像ばかり。映像が脳内で繰り返される。火、悲鳴、ねじれた金属片。

「どうやって私を刑務所に送るっていうの？」ベッカが言う。「私が存在していることを知っている人なんていないのに？」その声にはからかうような響きがあり、俺の怒りを激化させる。自由になろうと金属の中で手首をねじると、新しい血が指先に流れてくる。

「警察は君を見つける。俺が、君を見つける」

「私の本当の名前だって知らないくせに」

ソフィアの呼吸が先ほどよりも落ち着き、静かに眠りに落ちていくのを見ていると――アナフィラキシー反応で疲れ切っているのだ――、それまでソフィアが死んでしまうかもしれないという恐怖のためにぼやけていた視界が開けてくる。頭の中で繰り返し流れている、ハイジャックの登場するパニック映画を消す。そして自分が誰で、何に長けているかを思い出す。

「君のお母さん、赤いミニのクーパーに乗ってるよね。バックミラーからポンポンがぶら下がってるやつ」

続いて訪れた沈黙が、俺の推測が事実であることを証明していた。勝利の予感に勇気が湧いてくる。〈テスコ〉でベッカを見かけたのは、俺がタイムカードに退出時刻を記録してすぐのことだった。その日はミナに――自分自身にも――寄り道せずに真っ直ぐ帰ると約束していたにもかかわらず、ギャンブルをしたいという衝動があまりに強力で、気づいたときには、家とは反対の方向、隣町の郊外にある巨大スーパーマーケットに向かって車を走らせていた。そこなら誰かにばったり会ってしまう可能性も低い。ポケットいっぱいに小銭が入っていて、どういうわけかそれならば問題ないと思えた。そもそもスクラッチカード一枚くらいなんだというのか。何千人という人たちがスクラッチカードを買っている。オンライン口座にログインするわけではないし、十ポンド以上は使わないつもりだ。それに、最初のカードで負けたらもう買うのはよそうと決めているし……。

あまりにも多くの約束、あまりにも多くの自分との取り決め。

アルコール依存症の人間もこんなふうに感じるのだろうか。ビールくらい飲んだって平気だ——ビールはウォッカじゃないのだから。ハーフパイントくらい平気だ——一パイントではないのだから。友人と一緒なら、アフターファイブなら、〃y〃で終わる曜日なら、平気だ……。

俺は売り場のカウンターにポケットの金をあるだけ全部出す。心の内が見透かされることを恐れてレジ係とは目を合わせないようにする。そして家から約五十キロメートル離れた駐車場に止めた車の中に座り、七枚のなんの価値もないカードの銀色の部分を削った。自分が問題を抱えていることに気づくこと、これが最初のステップだ、みな口をそろえてそう言う。しかし、次のステップが何かを教えてくれる人はどこにもいない。

真っ直ぐ家に帰っていたら、彼女を見かけることはなかった。しかし俺はそのまま一分か二分、肌をひりひりさせる汗や罪悪感、羞恥心、もっと続けたいという欲望と戦いながら車の中に座っていた。助手席の前にある物入れから一ポンドが出てきて、使っていない灰皿の中には、パーキングメーター用に常備してある二十ペンスがたくさん入っていた。かき集めるとさらに二枚のスクラッチカードを購入するのに十分な金額になり、自分自身を嫌悪しながらも、それでも構うことなく車を出た。今度は別の種類を購入しよう。〃マッチ3　トリプラー〃にしよう。先ほどとは別のレジ係から買いたいと考えて、どの列に並ぶかを吟味した。もし同じ係にあたったら、悲しそうな笑みを見せよう。そして言うのだ、妻に、間違ったものを買ってきたと言われてしまってね。尻に敷かれた夫だと思わせよう、そう考えた。

真実を知られるよりはましだから。

店内に向かう途中、ベッカとすれ違った。ベッカは携帯電話の画面を見ながら、障がい者等用駐車区画に駐車してある車に向かって歩いていた。車の運転席に座る女性は、ベッカと同じ整った鼻の持ち主で、上唇がベッカと同じカーブを描いていた。姉だろうか、初めはそう思った。しかしブロンドの髪の生え際が灰色で、口元に皺が刻まれているのに気づいた。

俺は会話に巻き込まれたくなくて顔をそらした。当たりくじを手に入れる以外には何もしたくなかった。当たればなんだって構わなかった。そうすれば俺の行動を正当化できるから。

「なんのこと?」ベッカはそう言って白を切るが、もう遅い。その気後れした声の調子が全てを物語っている。俺は目を閉じ、店から駐車場まで続くあの屋根つきの歩道に意識を舞い戻らせる。ベッカは俺を見なかった——彼女は周囲を見ていなかった。俺のすぐそばを通り過ぎて母親の車に乗り込んだ。そのときは、そのことを深く考えなかった——もし〝マッチ3トリプラー〟で五ポンド勝ったら、損したのは四ポンドだけということになる、などとスクラッチカードのことばかり考えていて、正直ベッカのことなどどうでもいいと思っていた——が、心の一部は仕事モードだった。俺の一部は常に仕事モードだ。ベッカが髪の毛を後ろでまとめていて——それまでに二、三度うちで子守りをしてもらったことがあったが、そのときはいつも髪を下ろしていた——、胸元に何かのロゴの入った、ファスナーで開閉するタイプのパーカーを着ていたことを覚えている。それから濃い色のジーンズ。

いいや、ジーンズではない。パンツだ。濃紺色のパンツ。しかし考えてみれば、濃紺色のパンツを履くティーンエイジャーなどいるだろうか。何かが腑に落ちた。ベッカはなんの前触れもなく突然ミナに電話をかけてきたのだった。当時ミナは、ベッカの提案をあまりにありがたく思ったため、その不自然さに疑問を抱くこともなかった。

彼女、カーチャの友達なんだって——前に一緒に働いていたことがあるみたい。カーチャが彼女に、学校から帰った後のソフィアの面倒を見てくれる人を私たちが探しているかもしれないって話したんだって。

「〈テスコ〉で働いてるよな」俺は言う。

間違っていれば手詰まりだ。これ以上、優位に立つネタはない。交渉する余地はもう残っていない。

カーチャは何も答えない。

俺は正しかった。

「もし君がうその名前や住所を使っていたとしても、スーパーマーケットに防犯カメラの映像の提出を求めて、君の母親の車の登録番号を調べれば済む話だ。選挙人名簿に、君の名前が登録されてるんじゃないかと思うけど？」俺は話すにつれて早口になり、自信をつけ、日々昼夜なく繰り返している仕事のモードに入っていった。「そこから君の氏名や生年月日がわかる。ああ、それから当然俺たちは、君が俺たちの家にいた時期についてもわかっているから、その期間にログインした全てのデバイスの詳細をブロードバンド事業者に提供してもらうこともできる」

まるで第二の肌のように体にしっくりくる。捜査官。父親。俺を形作る二つの要素が、最悪な形で、しかしながら最も完璧な形で融合した。そしてその瞬間、俺は確信した。俺たちはここを抜け出す、そして俺はベッカを――彼女が本当は何者であれ――追い詰め、罪を償わせる。動きたくてうずうずしている拳を使ってではなく、俺の仕事人生の基盤となっているものを使って。

走る足音が聞こえてきて思考が中断される。

「ベッカ？」

音は家の中から聞こえてくる。地下貯蔵室のドアの前をベッカが通ると――一方に移動し、また戻ってきた――、ドア下から差し込む細い光に、ちらちらと揺れる影が横切る。俺はベッカを追い詰めすぎたことに気づき、まだ手遅れではないことを願いながら何度も彼女の名前を呼ぶ。玄関ドアの閉まる音に続いて、小道を駆けていく足音が聞こえてくる。門の開く音。門が再び元の位置に戻ってきたことを示す金属と金属のぶつかる音。スニーカーが舗装道路を蹴る音がだんだんと小さくなっていって、やがて完全に聞こえなくなる。

家の中から音がしないかと耳を澄ませるが、聞こえてくるのは家自体が発する音だけ。水道管がきしむ音、雪解け水が雨樋（あまどい）を伝う音、冷蔵庫から聞こえるブーンという低い音。

ソフィアが目を覚ます。目を開け——まだ腫れが引いておらず依然として細いままだ——、カサカサの唇を舌で舐める。「ベッカは？」

「いなくなった」

俺は手錠を引く。ベッカはいなくなった。

もう誰も、俺たちがここにいることを知らない。

40　座席番号　1G

死にたいと言ったらうそになる。死ぬ覚悟はできている、そう言った方が正確だろう。政治家たちが、彼らには我々の要求を受け入れるより他に道はないと理解してくれることを願っていた。燃料計は、彼らが思いを凝らすのに十分な燃料が残っていることを示していた。しかしながら、どうやら政府にとっては、何百人という人の命は使い捨て可能なのだということがわかった。決まり悪さはおそらくあっただろうが、すぐにより差し迫った問題に押しやられる。悪いニュースは伏せられる。

他のメンバーについて言えば、彼らに全てを話すことができなかったのは理解いただけるだろう。準備の途中で手を引く、あるいは怖気づく可能性があった。愛する者たちに涙ながらに別れを告げたりすることで――意図せずか、そうでないかはともかくとして――周囲に危険を知らせてしまう可能性もある。乗客にうっかり何か漏らしてしまい、それがある種の無条件反射的な反応を誘発し、それが原因となって海に不時着水してしまう可能性だってある。乗客には、自分たちには助かる見込みがあると思わせておいた方がいい。

――誰も死んだりしない、計画の概要を説明する際、私は彼らにそう言った。政府には、私たちは飛行機の燃料が尽きるまで飛行を続けるつもりであると信じてもらうことにする。そうすれば政府は我々の要求を真剣に受け止めるはず。私たちが支配権を維持するためにも、乗客には自分たちが死んでしまうかもしれないと信じてもらわないと。でももちろん、死者を出す計画はない！

厳密に言えば、それはうそではなかった。そんなふうに死者を出す計画ではなかった。

しかし彼らにした説明もまた、本当の計画ではなかった。

――アマゾンが航路を変更して、西オーストラリア州のギブソン砂漠の奥地に向かう、私はそう説明した。そこまで行けば、気候アクショングループの仲間がジープで待機してくれているから。私たちは飛行機から撤退して姿を消し、乗客をその場に残して救助させる。私たちは偽りの身元を捨てて、見つからないように逃げる。

もしそれが本当の計画なら、それは大失敗に終わっていたはず。見つからずに逃げる？

オーストラリア軍の半数に包囲された状態で？　しかしそれは本当の計画ではなく、単なる空想。私の忠実なる追随者たちの懸念を緩和するために必要となる要素を、それがどんなものであれ装飾して話したにすぎない。彼らが私の行く手に投げつけてくるあらゆる問題を巧みにすくい上げ、それに対する答えを投げつけることによって一連の質問を遮断したにすぎない。

——僕たちは〝気候ヒーロー〟になるんだ！　ガンジスはそう投稿した。ネット上に次々と声援が上がった。

もし私の真の狙いを知っていたら、弟子たちの多くはこのミッションに同行していなかったと思う。もしかしたら一人か二人は一緒に来たかもしれない——精神的にあまり安定しておらず、だからこそよりいっそう熱狂的な環境保護主義者が。しかし、そうでないメンバーは来なかっただろう。そうでないメンバー——ザンベジは絶対に来なかったはずだし、コンゴも確実に——は、約束された新しい人生のためにここに来たのだから。

私はコンゴが気に入っていた。私がコンゴを見つけたのは、グリーンピースへの支援を目的に開催された、あるコメディクラブでの自由参加型イベント〈オープンマイクナイト〉でのことだった。店は盛況で、激しい野次が飛び交っていた。コンゴがようやくその巨体をステージ上に引きずっていき、呼吸を整えたときには、彼に与えられた五分間のうち二分がすでに経過していた。笑いが沸き起こった。目下のコメディアンがようやくマイクをスタンドから外すのを見て、『パイを全部食ったのは誰だ?』というあの定番の野次曲の合唱が起こるのは避けられなかった。

「とっとと始めろ!」誰かが叫んだ。

コンゴのネタは弱く、タイミングは悪かった。そしてどのジョークも喘息のような咳で中断された。それでもコンゴは諦めなかった。そしてゆっくりとした拍手が聞こえ始めると、彼は赤面するでも口ごもるでもなく、店中を隅から隅まで時間をかけてじっくりと見渡し、そこにいた全員を大きな一声ではねつけた。「くたばれ、クソばか野郎ども。お前ら全員食い尽くしたって、まだケバブを食う余裕が俺にはあるんだよ」その晩一番の笑いが起こった。

私はコンゴの後を追ってタクシー乗り場まで行った。そのあいだずっと、足を交互に前に踏み出すことができる——恐ろしくゆっくりではあるものの——彼の能力に驚嘆していた。というのも、両方の太ももは互いに優位に立とうとしているように見えるほど幅があるし、足首の贅肉がスニーカーの上にのっかっていたから。コンゴは〈キオスク〉でハンバーガーを買うと、それを持って路地に入り、ものの三口でそれを食べ終えた。食べながら、街灯の明かりを受けて光る涙をずっと拭っていた。これほどまでに惨めで、それでいながらこれほどまでに勇敢な男を、私はそれまで見たことがなかった。

彼のウェブサイトの〝近日開催のイベント〟のページには何も掲載されていなかったが、ブログの方は内容が豊富だった。ここ数年のあいだに、それまで以上に用心深くなっているのがわかったが――おそらくは自分自身をスタンダップコメディアンとして売り込み始めたころなのだろう――、それ以前の彼の投稿は正直で生々しく、いじめと迫害に関する悲惨な物語を詳しく説明するものだった。彼は根っからの環境保護主義者で――だからこそチャリティイベントの〈オープンマイクナイト〉に参加したのだ――、気候変動について情熱的な書き込みをしていた。

――今夜のあなたの公演、見たよ。あなたおもしろいね。私は書いた。

私は自らを、探される心配がないくらい十分離れた町出身の、二十五歳のブロンド女性と偽った。独身。好奇心旺盛。興味のあることに関しては、彼のブログで見つけたあらゆることと一致させ、彼の方から、自分たちにはとても多くの共通点があると指摘してきたときには喜んで見せた。そして彼をグループに紹介し、私たちの計画に積極的に関わるように促した。

――あなた、素晴らしいわ。すごく勇気がある。それにすごく頭もいい。あなたなら大きな変化をもたらすことができるわ。

コンゴは会いたがった。当然会いたくなるだろう。

――じゃあ今度、私は伝えた。オーストラリアで。

私はオンラインで本名を使ったことがなかった。活動には、何年も前のミクルマス学期（秋から始まる第一学期）の途中で自殺した、ある学生の身元を使用していた。サーシャの家族は外国に住んでいて、私が彼女の所有物を箱に詰めることになった。予備の出生証明書とパスポートがあれば便利かもしれないと思いついたのはそのときだ。それまでは、どうにか警察に指紋やDNAを採取されることがないように暮らしてきたが、政治活動が活発になるにつれ、リスクは高くなっていた。かわいそうなサーシャに、私が不注意から受けてしまうかもしれない前科者の印を肩代わりしてもらう方がずっといいはず、そう考えた。

私はオンライン上でいくつかの偽名を使い、新しいメンバー一人一人に適切な師を与えられるようにした。ある人間に扮（ふん）しているときは、警察の手によって弟を失った一人となった。別の人間に扮しているときは、コンピューターゲームへの愛を共有した。ザンベジに対しては支えとなる友に、コンゴに対しては恋人になるかもしれない女性になった。一人の架空人物からまた別の人物へ出たり入ったりを繰り返し、彼らが他者と争って孤立するよう仕向けながら、それぞれが求めるものを与えていった。

多重アカウント（ソックパペット）を用いて、彼ら一人一人と議論した。偽アカウントの大半に、他から大きく外れた意見を攻撃させ、私の計画が擁護されるよう仕向けた。一度などは、追い出し劇を演じたこともあった。彼らに、秘密を漏らしたりすれば、一人の人間にとって不幸な結末を迎えることになると暗に知らせるためだった。みな一瞬で承諾した。

新たなメンバーたちはもう個人ではなく、それがどのような方向であれ、私の喜ぶ方向に移動する同種の集団だった。それでも、彼らの忠誠心はまだ試される必要があることを私は知っていた。牧羊犬は羊を一頭たりとも失わずに何キロメートルも追い立てることができるが、狐（きつね）一匹いれば、一瞬で羊の群れをまき散らすこともできる。私の真の計画通りに進めば、私たち全員が求めているようにマスコミを大きくにぎわせることになる。それでも彼らに真実を話すことはできなかった。

二千もの人々が讃美歌ボランティアのためにオペラハウスのコンサートホールへと向かっていた。三ヶ月間にわたって、五十以上もの別々の聖歌隊が教会やオフィス、パブや家などに集まって同じ十曲の讃美歌を練習してきた。出演者たちが舞台裏で初めて顔を合わせる姿を想像してみる。みな一様に黒い服に身を包んでいて、どこの町から来たかを示す、胸についたロゼッタの色によってのみ違いを識別することができる。招待客——著名人やジャーナリスト、〝オペラハウス友の会〟の会員——がこの特別な催しに敬意を表してカクテルを控える姿を想像する。

なぜオペラハウスだったのか？

たくさんの人がいるから。

テロリストは、誰もいない建物やシャッターの下りた店、閉鎖した工場を爆撃したりしない。殺し屋は、週末の学校や未明のショッピングモールに銃を放ったりしない。肝心なのは人であって、人が入っている建物ではない。そしてその人たちが狙うにふさわしい人間であることも重要だ。

寂（さび）れた団地で空き巣に入られたシングルマザーと、ロンドンの別荘に滞在中の大金持ちとでは、通報から警察が到着するまでのレスポンスタイムが同じだとお思いだろうか。きれいな白人の女の子が行方不明になったときと、美人でない子、肌の茶色い子が行方不明になったときの報道の違いに目を向けてもらいたい。そして教えてほしい、人々の関心の度合いは同じだっただろうか。

人々に関心を持たせる必要があった。世界中の政治家たちに、関心を持って真剣に考えさせる必要があった。我々は気候変動問題の解決に向けて何かしなくてはならない、と。彼らに言わせる必要があった。我々が取り組み方を根本的に変えなければ、我が国民を死なせることになる、と。〝地球〟が死に瀕している、その事実だけで十分なはずだった。が、実際にはそれだけでは人の心が動かないことに私はもうずっと以前から気づいていた。

操縦室のドアが閉まると私は祈りを捧げた。神にではなく、母なる大地に。大地の恵みに感謝を捧げた。私たちが特権を乱用して必要以上に搾取しているにもかかわらず、私たちに施し続けてくれていることに感謝を捧げた。飛行機が足元で震えるのを感じて、あたかも飛行機もチームの一員であるかのように感じられた。

当然、恐れを感じてはいた。そんな経験はないだろうか。遊園地の乗り物に自ら進んで乗り込んだというのに、乗った途端に怖くなってしまった経験が。恐怖を吸い込みながら呼吸をし、恐怖を受け入れる。痛みやパニック、恐怖の代わりに、新聞の見出しや首脳会談を思い描いた。この話題が世界中の人々の口に上ることを——胸のロゼッタをずたずたに引き裂かれた状態で瓦礫の下敷きになっている人々でさえ、このことについて会話を始めるところを——想像した。こうした人々は、未来の世代のために世界を変えることになる。ヒーローになるのだ。

そうした考えは私を鼓舞した。目的を達成するためには何を起こさなければならないか、そのことによりはっきりと意識を集中させることができるようになった。私たちを目標に近づけるはずの〝死のダイブ〟に思いを巡らせた。ねじ曲がった金属、粉々になったガラス、塵になっていくオペラハウスの象徴である帆。折れた手足、見開いた目、そして静けさ。彼らは地球から命を奪った。今度は地球が命を取り戻す番だ。

均衡はとても美しい。そうは思わないだろうか。

41

シドニーまで二時間三十分　ミナ

ミズーリが話し終えると、機内アナウンスから何も聞こえなくなる。息を吸い込むような静けさが訪れ、次の瞬間、悲鳴が上がる。

最初の悲鳴が次の悲鳴を呼び、さらにまた次の悲鳴が続き、今や飛行機は、確実に死が訪れるという事実に直面した三百五十三人の乗客たちのパニックによって振動している。私の隣では、男性が身を丸めてボールのように縮こまっていて、恐ろしさのあまり甲高い泣き声を漏らしている。振り返ると、恐怖に怯えるチェスカの顔が目に入る。ローワンはそばの座席に体重を預けて片方の手でデレクの腕をつかんでいるが、デレクはその手を振り払おうとしている。

アリスは自暴自棄に陥り、通路側の席に座る女性のシートベルトをものすごい激しさで引っ張っている。「どいて——どいてよ!」

女性はシートベルトの留め具を握りながら、何度も乱暴に手を振り下ろしてアリスを払いのけている。

「私の勤めてる新聞社はね、座席確保のために六千ポンド払ってるの!」

女性の肘が的に命中し、アリスが後ろによろめく。鼻から血が流れ出る。チェスカがアリスを乗客から引き離し、私は手を貸そうとして近づくが、アリスはそのまま倒れ込んでチェスカにもたれかかる。

「座席のためにお金を払ったの」アリスはすすり泣いている。

「みんな払ってるの」チェスカがアリスを放すと、アリスは通路に倒れ込み、座席の土台部分にしがみつく。指先の力だけで飛行機から放り出されるのを阻止できるはずもないのに。

私たちにできることは何もない。

水面への、あるいは着陸に適さない地面への制御着陸であれば、私でも対処できたかもしれない。絶対にこうした事態に直面しませんようにと願ったところで、結局、私たちの仕事は常にそうした危険と隣り合わせなのだから。救命胴衣、非常口、緊急脱出スライド……。目を閉じていたって全て使うことができる。

しかしミズーリがオペラハウスに突っ込んでしまったら、私にはもうなす術がない。三百五十トンもの重量のボーイング777がオーストラリアで最も有名な建物にぶつかる衝撃から、搭乗中の乗客を守るために私にできることは何もない。

妊婦さんが閉じた目から涙を流しながら、両手で腹の膨らみに触れている。彼女の向こう側、反対側の通路では、タルボット夫妻が赤ん坊を二人できつく抱きしめているのが見える。この飛行機には一体どれほどの子どもが乗っているのだろう、ふとそんな考えが頭をよぎる。まだ歩くのもままならない乳幼児から、恐怖に震えるティーンエイジャーまで。ミズーリは、まだ人生を踏み出したばかりの命を終わらせようとしている。

「オーストラリアで自殺しようと思ってたんだ」デレクが唐突に話し出す。

私たちは互いに顔を見合わせる。デレクは話し続ける。まるで時間切れになることを恐れているかのように、彼を蝕(むしば)んでいる何ものかを今すぐに吐き出してしまわなければならないかのように、早口で話した。「この仕事、誰かに与えられた任務なんかじゃないのさ。航空券は自分で買った。シドニーに兄が住んでいるから、このフライトを予約してシドニーに行って、新聞の別刷広告の旅行特集にでも記事を載せてもらおうと考えたんだ。でも次から次へと断られて、どこもだめだったよ」デレクの声がうわずる。チェスカが彼の肩に手を置き、その手にぎゅっと力を込める。私も同じように慰めてあげるべきだとはわかっているものの、私にはデレクが理解できない――このひび割れた仮面と、その割れ目から垣間見えてしまった男性とを一致させることができずにいる。ポケットからファインリーのヘッドフォンを取り出して結び目をほどき始める。指を動かしていれば、頭の中の緊張が抑えられるような気がする。アリスは画面をタイプする手を止め、ひどく怯えた表情でデレクを見ている。彼についているものがなんであれ、それが伝染性のものであると信じているかのように。

「失業したんだ、昨年。編集長に、キレがなくなったと言われたよ。俺の記者としての直感は、若者についていけるほど鋭くないってね。フリーランスでやっていこうともしたけど、アイディアを思いついて送るたびに、うちの社ではもうやっている、あるいは予算がないっていう答えが返ってきた。でも、だからってウェブサイトに載せるために記事を書きたいか？　ブログを始めたらいい、そう提案されたこともあったよ」デレクは虚ろな笑いを漏らす。

　ローワンが友情を示すようにデレクの上腕に拳をぶつけるが、デレクはそれを無視し、あてつけがましく顔を背ける。経験がデレクを辛辣で人を信用しない人間にしたのだろう。そう気づいたとき、私は連帯感によって彼に強く引きつけられるのを感じた。人の態度というものは、周囲の人間によって、周囲の人間が自分に対してどのような態度を取るかによって形作られる。アダムのことを、彼に対して抱いていた苦々しい感情のことを思い、今になってようやくその感情が剝がれ落ちていくのを感じる。許すことができるかはわからないが、忘れることならできるはず。

もしそのチャンスが私に与えられたらの話だが。

「辛かったよな」ローワンがややおぼつかなげに言う。それから私に視線を向けてくる。私は、わかっていると——あなたが助けようとしていることはわかっていると——伝えるため、小さく頷く。しかし今デレクを助けられる人などいない、そう思う。デレクは自分の物語をすっかり話してしまい、自分の転落を、生きる価値のなくなった人生という項目に分類しようと決意しているから。

デレクはチェスカに目をやる。「俺はただ——自分が役に立たない人間に思えたんだ、わかるだろう？　いや、役に立たないだけじゃない。無駄な人間だ」

アリスはデレクの告白に飽きて携帯電話に向き直っていた。

「どちらにしても飛行機に乗ることに決めたんだ。そしてシドニーにいる兄を訪ねようって。それからはホテルの部屋に閉じこもって、摂取できる限りの酒と薬を摂取して、それでおしまい。妙な感じはするけど、俺はそれを楽しみにしてた」

でいる。

「そして今……」私が言い終わるのを待たずにデレクが頷く。口元に苦々しい笑いが浮かん

「皮肉だろう？　でも死に直面すると、意識を集中することができるみたいだ。結局のところ、俺は死ぬって考えにそれほど乗り気じゃないらしい」

「乗り気な人なんていません」私は険しい表情で言う。それから立ち上がり、ガンジスとザンベジの方を見て、彼らに届く大きな声を出す。「あなたたち、知らなかったんでしょう？　彼女がこんなことを計画してるなんて、あなたたちは知らなかった」

ガンジスは振り返って操縦室の方に目を向けてから、反対側の通路にいるニジェールを見る。ニジェールはどうにか座席から立ち上がって通路に出ようとする客を両手で押さえつけていた。事態が変化してもなお、与えられた任務を全うしようとしているのだ。彼らはミズーリの影響で急進的になっていた。あまりに深く感化されていて、彼女の命令に従うのをやめることができずにいるのだ。

見ると、ポール・タルボットが赤ん坊のラクランを妻の腕に預け、空いている座席に座るよう妻を急き立てている。しかしリア・タルボットが動き出すより先にジェイソン・ポークがその座席に飛び込み、シートベルトを締めて不時着に備えた体勢を取る。

「何かしなくちゃ」私は他の人たちだけでなく、自分自身に向けて言う。

「何かって何を？」最前列に座る乗客が私に向かって怒鳴り声で質問を投げかけてくる。彼

の口元は恐怖で引きつっている。「できることなんて何もないじゃないか！」

ガンジスが一歩後退し、また前進する。指導者のいなくなった今、何をすべきか、どこに行くべきかがわからなくなっているのだ。今こそまさにチャンスではないだろうか。私はチェスカと残りの四人に顔を向ける。「操縦室に突入しましょう」

「でも爆弾が……」ローワンが口を開く。「近づいた瞬間、あの女は……」それから指を握って拳を作ったかと思うと、勢いよくその拳をぱっと広げる。

「でも俺たちが行動しなかったら」デレクが言う。「飛行機はオペラハウスに突っ込む」

話を聞いていた妊婦が言う。「どっちにしても、私たちは終わりよ」

「もしミズーリが今、起爆装置を押したら……」私は頭の中の考えをなかなか言葉にすることができず、唾をのみ込む。「……被害を受けるのは私たちだけです。機体がばらばらになって、おそらくはそう、地上でも犠牲者が出るかもしれない。でも、出ない可能性もありま す。一方で、もし私たちが何もせずにオペラハウスに突入することになれば、たくさんの人が死ぬことになりますよね、確実に」

「ミナの言う通りだわ」チェスカが立ち上がる。「今この瞬間にも、何千人という罪のない人たちがオペラハウスに向かってる――その人たちを巻き込むわけには――」

「だったら、この飛行機に乗ってる罪のない人たちは？」客室の向こうから声が上がる。その意見に賛同する多くの人たちの怒りに満ちた叫び声が客室中に飛び交う。ローワンが私を見る。その鼻筋には、二本の深い皺が刻まれている。

「諦めるべきだ、そう思ってるんですね」私は言う。

ローワンは一瞬だけ目を閉じる。まるで自分の内部から力を引き出そうとしているように見える。目を開けたとき、その目には絶望の色が宿っていた。「いいや。すでに負けたと思ってるんだ」

客室のずっと後方で、ピンクのトップスを着た女性が誰かに席でも譲ろうとするかのように立ち上がる。私はさらなる怒鳴り合いや口論が起きるものと思って身構えるが、その女性を見て少し安堵する。先ほど私たちの呼びかけに応じてくれた医者だった。まるで説教壇に立つ聖職者のように、前の座席の背もたれの上に手を置いて立っている。人の命を救うことができないというのは、どんな気分がするものなのだろう。その瞬間の記憶がつきまとうものなのだろうか、あるいは、あまりに多くの死を経験してきたために、何も感じられなくなっているのだろうか。

「さっきからぺちゃくちゃぺちゃくちゃと！」女性が苛立たしげに顔をしかめてそう叫ぶと、客室中が静まり返る。私は、彼女がいかにためらいがちに私に話しかけてきたかを思い出す。私は興奮に顔を紅潮させて、手間を取らせて申し訳ないと彼女に伝えたのだった。「操縦室に突入しましょうか、それともこのままここにいた方がいいかしら……」医者は泣き言を漏らすような声で言う。密謀をめぐらす私たちの悪意ある模倣だ。不安が体中を駆け巡る。

「やったらいいじゃない。いずれにしたって彼女は私たちを殺すんだから」

「簡単に言うよな」ジェイミー・クロフォードが離れた座席から叫ぶ。「あの女が着てた自爆ベストを見てないから言えるんだ――爆発物がぎっしり並んでたんだ」

医者は頭をのけぞらせて笑い声を上げた。その声は病的で、それを耳にした私の前に真実が少しずつ姿を現しはじめた。私は飛行機に医者がいるということで安心していた。彼女がいれば、乗客の救助を手伝ってくれる、負傷した乗客の手当てをし、瀕死の乗客のためにも力を尽くしてくれると思い込んでいた。

「航空機に爆発物を持ち込むのがどれほど大変かわからない？」医者は続ける。

私は腕時計に目をやる。シドニーへの到着予定時刻まであと二時間。客室にいる全員が、自分たちを救う何らかの計画を思いついてくれることを期待するような眼差しで医者を見ている。

「偽物よ、ばかな連中ね」医者は言う。「私たちは爆発物なんて持っていない――あんなのはただのワイヤーとビニール袋。爆弾なんてないの」

私たちは爆発物なんて持っていない。

彼女も仲間なのだ。

それが何を意味するのかについて考えている時間はない――他に誰が、正体を隠して私たちに紛れて座っているのかについて考える時間は。

ミズーリの爆弾は偽物。

操縦室に入ることができれば、ミズーリを取り押さえることができる。そうすればチェスカが安全に飛行機を着陸させてくれる。

まだチャンスは残されている。

ソフィアとの約束を果たすチャンスは、まだ残されている。

42 午前五時 アダム

取り返しのつかないことをしてしまった。また。事態がさらに悪化することなどあり得ないと、家族に――そして自分にも――すでに与えてしまった以上のダメージを与えることなどあり得ないと思った直後、さらに大きな過ちを犯してしまった。

「ベッカ、戻ってくる?」ソフィアは上体を起こして座っていて、今では声も先ほどより落ち着いている。いつものソフィアとはかけ離れているものの、こんな地下に閉じ込められて、誰がいつも通りでいられるというのだろう。

「いいや、パンプキン、戻ってこないと思うよ」くそ、くそ、くそ。調子に乗ってペラペラとしゃべってしまった自分を呪う。ベッカをビビらせたかった、そう、そうなのだ。ベッカを見つけ出すことなど簡単なのだと示すことで、ベッカが正気を取り戻し、俺たちを解放してくれることを望んでいた。それに、気分がよかった。自分の仕事を全うしていて、波に乗っているというあの感覚を取り戻すことができた。借金や結婚生活の破綻のことで頭がいっぱいになる以前には感じられていた、あの感覚を。一瞬、かつての自分の姿が見えたような気がして、ついしゃべりすぎてしまった。そして事態を悪化させてしまった……それまでよりもずっとひどく、悪化させてしまった。

ベッカはどこへ向かったのだろう。目立たないところに車を止めていたのかもしれない。運転はしないと言っていたが、そもそもベッカは真偽のわからないことをたくさん言っていたではないか。ベッカが両親の待つ家にたどり着き、玄関のドアを開けて中に入り、こっそりと二階に上がっていくところを想像する。服を着たままベッドカバーの上に横たわり、脈が落ち着くのを待っている。

ベッカは俺が思っているほど子どもではないのかもしれない。実家には住んでいないのかもしれない。〈テスコ〉での仕事は休暇中の一時的な仕事——あるいは辻褄を合わせるための工作であった可能性さえある——なのかもしれない。自分の部屋——シェアハウスのひどくむさ苦しい部屋——で、わずかな所持品をリュックサックに放り入れていくベッカを想像する。ベッカは次にどこへ向かうのだろう。こうした連中は、抗議活動を本職としている連中は、どこへ向かうものなのだろう。こんな記事を読んだことがある。ある企業の有力者が、イギリスのEU離脱か残留かを問う国民投票にひどく腹を立てて、全てを放棄してロンドンに越してきた。全財産を売却し、友人たちの家を渡り歩いてはソファを借りて寝泊まりし、三年ものあいだ、国会議事堂の外でメガホン越しに叫び続けたという。

俺には理解できない。人がある信念に情熱を注ぎ、公正な裁きが下されることを望むのはわかる――俺だって、物事を正したいという思いがなければ警察官にはなっていなかった。しかし一部の人間は信念のために自分の人生を捧げる。そのためには刑務所にさえ行く。

ミナの飛行機をハイジャックした犯人たちは、自分たちが死ぬことを承知のはず。何百人という人々を道連れにすることになるわけだが、それで構わないと思っているのだろう――戦いの最中で失われる小さな命、そう考えているのだろう。それほどまでに情熱を抱くことができるものがあるなんて、俺には想像もできない。

いや、できる。

ソフィア。

ソフィアのためなら戦える。ソフィアのために戦うつもりでいる。

でもどうやって？　手錠をあまりにも乱暴に引っ張ったせいで、手首の回りにはもう皮膚が残っていない。それでも壁に固定されたパイプはびくともしない。手錠を外すことさえできれば、階段上のドアなど簡単にぶち破ることができるのに……。

曲と曲の合間に臨時ニュースが飛び込んでくる。ソフィアの神経が張り詰めたのが伝わってきて、俺も同じように緊張する。頼む、静かに願った。母親を失ったことを、こんな形でこの子に聞かせないでくれ。

たった今、79便に関する最新情報が入ってきました。『テレグラフ』紙の旅行ジャーナリスト、アリス・ダヴァンティがハイジャックされた機内の様子を、人質本人による独占記事として公開しました。

飛行機がまだ墜落していなかったことを知って安堵の気持ちで胸がいっぱいになり、ダヴァンティの記事の最初の部分をわずかに聞き逃してしまった。しかしミナの名前が聞こえてきて、はっと我に返る。

「ママ！」

……彼女は79便に搭乗中の数百人の命よりも、彼女自身の家族の安全を優先させた。そのことで多くの人が彼女を非難することになるだろう。これを書いている私の周囲には、誰かの親、祖父母、そして子どもがいる。こうした人々の家族は理解に苦しむことになるだろう。自分の愛する者の命が、一人の女性の子どもの命よりも軽いということなどあるだろうか、と。

ラジオがパーソナリティに切り替わる。パーソナリティが事件の最新情報につきましては、またすぐにお伝えしますと言ったところで、ソフィアがどうにか背筋を伸ばそうとする。

「パパ、あの女の人は、ママのことをなんて言ってたの?」

怒りが血管を駆け巡る。これをソフィアに負わせるわけにはいかない。ソフィアに罪悪感を抱かせるわけにはいかない。ソフィアに母親のことを悪く思わせたりはしない。俺が知っているどんな親だって、ミナと同じ行動をとっていたはずだから。

「あの人は——」俺はそこで言葉を切り、次に出てくる言葉が涙に飲み込まれてしまうことがないように十分に間を置く。「あの人は、ママが世界中の何よりもソフィアのことを愛してるって言ってるんだ」

夜の静けさの中、車のエンジン音が響き渡る。この農道はどこにも続いていない。ここに住んでいるのでない限り、この道を通ることはない。そしてここに住んでいるのは、俺たちとモーおばさん、年に一度だけ数週間滞在していく女性だけ。その女性の車だろうか。そうだとしたら、なぜこんな時間に到着したのだろう。もう時間の感覚がないが、夜が明けてまだ間もないはず。

一瞬、希望が胸に湧き上がってくる。ベッカの心境に変化があったのかもしれない。俺の言葉が胸に刺さり、遅かれ早かれ警察に見つかることになると気づいたのかもしれない。それで——

しかし、聞こえてくるのはディーゼルエンジンの音ではない。つまり警察の車である可能性は低いということ。

ベッカの両親だろうか。あるいは、また別の活動家かもしれない。奴らが俺とソフィアをどこか安全そうな場所に移動させようと考えているのだとしたら、逃げ出すチャンスができる。パイプから手錠を外すためには、俺のどちらかの手を解放しなければならない。準備しておかなければ。それが誰であれ手錠を外しに近づいてきた人間に向かって腕を振り下ろす自分を想像する。右フック、左フック、どちらでもいい。最初に自由になった方の手を使うのだ。そして相手を気絶させ、ソフィアを階上まで連れていき、キッチンへ向かい、玄関ホールを通り、外に出る。

外から足音が聞こえる。静かな足音だ。用心深く、そろそろと歩いている。家の周りを行きつ戻りつしている。おそらくは外から窓を覗き、この家には地下室に閉じ込められている俺たち以外には誰もいないことを確認している。俺たちの叫び声が誰にも届かないことを確認している。

ここから出たら、どこへ向かおう。

ベッカはエピペンを探すのに俺の車の鍵を使った。元あった場所に戻してくれていれば、家から逃げ出す前にそれを引っつかんで中央警察署を——俺の職場だ——目指そう。そこならチームが交代で二十四時間体制の業務に当たっている。

しかしベッカが鍵をどこに置いていたって不思議ではない。まだポケットに入れて持っている可能性だってある。鍵を探し回っていては貴重な時間が無駄になる。すぐに走る方がいい。裏口がいいかもしれない。そこから出るとは思っていないはずだから。フェンスを越えて公園を横切ろう。そうすれば車では追いかけてこられない。どこへ向かうにしても、それがいい。鍵を探すのに時間を浪費することもない。ただ飛び出せばいいのだから。

両方の手の指を曲げてみる。あまりに長いあいだ動かさずにいたため、どの指先もほとんど感覚がない。手の指を伸ばしたり、曲げたりを繰り返していると、痺れていた指先が徐々にちくちくと痛みだす。両肩を回し——前に、それから後ろに——、爪先を曲げたり伸ばしたりしてから両膝を胸に抱える。

「パパ、何してるの?」

「体操だよ。一緒にやる?」

ソフィアは腰をもぞもぞと動かして壁に背中をくっつける。それから透明の手錠でつながれたように両手を背中の後ろに回す。俺たちは一緒に両脚を持ち上げ、頭を右へ左へ傾ける。ベッカは慌てて家を出ていったため、石炭シュートの入り口に床版を戻していかなかった。シュートを通して玄関ポーチから差し込んでくる光と、寒くはあるものの、そこから流れ込むそよ風をありがたく感じる。地下の空気は古くてよどんでいるように感じられ、この空間が密閉されてなどいないことはわかっているものの、それでも空気が薄くなってきているような気さえする。

「さあ、今度は三角みたいな形を作ろう、いいかい? お尻を前の方に移動させて、そう、その調子、それから脚を伸ばして上げるんだ。それから手で足先に触れるかやってごらん。背中を真っ直ぐ伸ばして――そうだ」俺が二辺を作るあいだにソフィアは三辺を完成させる。それを眺めながら、ソフィアへの愛情で胸が張り裂けそうになるのを感じる。「すごいじゃないか。どれだけ長くそのままで――」

はっとして顔を見合わせる。玄関の呼び鈴の音が小さく鳴り、次第に消えていく。

「ドアのところに誰かいるよ」

「ああ、そうだね」

「出なきゃ」

なぜ呼び鈴を鳴らすのだろう。何かがおかしい。もしベッカが仲間を呼んできたのだとしたら――あるいは、ベッカが良心の呵責(かしゃく)を感じて戻ってきたのだとしても――俺たちがここにいることを連中は知っているはず。俺たちが玄関に出ていくことはまず不可能だ。そうだろう。

誰だ？

その疑問に対する答えは、次に聞こえてきた音で、家中に響き渡るほどに激しくドアを叩く音で明確になった。

「開けろ、ホルブルック！」

自分の苗字が呼ばれたことに気づいたソフィアが顔を輝かせて俺を見てくる。俺は警告するように頭を振り、ささやくように「しーっ」と伝えながら何が起こっているのかを理解しようとする。とはいえ、胃が揺さぶられるような感覚がすでにその答えを俺に知らせていた。

借金取りだ。

男は執拗にドアを叩く。「中にいるのはわかってんだよ。ラジオが聞こえてるからな」「パパ！」ソフィアは慌てて膝をつき、俺の肩を揺さぶる。「叫び声上げて！　誰かがいるよ——助けてくれるかもしれないよ！」「ソフィア、あの人はね、パパとソフィアを助けてはくれないんだ。あの人は——」なんだというのだろう。俺たちを置き去りにする？　俺をぼこぼこにする？　ソフィアを痛めつける？　恐ろしすぎて想像したくもない。

始まりはショートメッセージだった——支払い期限が過ぎている。それから俺の車、家、ソフィアのナーサリーを写した写真がワッツアップで送られてくるようになった。支払いを済ませる努力はしたものの、俺が何のために金を必要としているかをミナが知らない状態では——知られるわけにはいかなかった——支払いを完了するのは至難の業だった。「共同名義口座にほとんど何も入ってないよ」ミナは言うのだった。「二、三百ポンドくらい入れておいてくれない？」同じ会話が何度か続いた。ミナが訊いてくるたびに、俺は忘れていたふりをして、それから数日間は冷や汗をかきながら過ごした。それからまた別のクレジットカードに手を出すのだった。俺の方がミナよりも多く稼いでいた。結婚当初、二人で最初のローンを組んだときに決まりを作り、それぞれが給料に対して同じ割合の金額を共同名義口座に入れることにした。大人みたいじゃない？　そんな冗談を言い合った。

奴らが最初に俺の前に姿を現したのは、ワッツアップの写真がくるようになってから半年後のことだった。仕事を終えて職場を出て、公園行きのバスに乗るためバス停に向かおうとしたところで、誰かに見られていることに気づいた。ナイトクラブの用心棒のような黒いボンバージャケットを着た男が、こちらに向かって手を振っているのとは程遠い形で手を挙げてきた。警告だ。お前がどこで働いているのかは、わかってるんだ。お前がお巡りだってことは、わかってるんだ。

自分が警察官であれば、問題を解決するのは容易いことだと思う人もいるかもしれない。相応しい人物、相応しい法律をみな知っているのだから、と。

しかしそれは間違いだ。

借金——特に俺が抱えているような、契約書も信用調査もない類の借金——は警察官を危険にさらす。それによって転落への一歩を踏み出すこととなり、悪の世界からの誘いを受けやすくなる。本来であれば自分が逮捕すべき、まさにそうした連中に借りを作ることになる。クソみたいな状況に陥ること自体が規則違反にあたるわけではないが、それを上司に言わずにいるのは規則違反だ。

それからというもの、奴らは容赦なく現れるようになった。バックミラー越しに奴らのうちの一人が追ってきているのを確認することもあったし、バス停に向かって路地を歩いていると、背後から足音が聞こえてくることもあった。連中は三人いて——少なくとも、俺が見たのは三人だ——、決して何かをしてくるわけではなく、ただ片手を挙げ、それから脇道に姿を消すのだった。警告のメッセージ、それだけだった。お前が誰だかわかってるんだ。お前の家族もわかってる。お前がどこに住んでいて、どこで働いてるかもわかってるんだ。

高利貸は、負債者に素早く返済させることには興味がない。むしろ毎日百ポンドずつ負債額が積み重なり、負債者がついに払うことができなくなる方が彼らにとってはずっと好ましい。そしてそのあいだもずっと、負債者に恐怖を与える戦術が効果をもたらし続ける。六ヶ月も経てば、俺はどんなことにだって手を出してしまいかねない。本当になんだってやるだろう。

「俺のためにちょいと仕事をしてもらいたいんだよ」受話器の向こうの声が言った。

「どんな仕事を？」

「俺んとこの若いのが一人、やってもいねえことのために訴えられていてな。その証拠を消してもらいたいんだ」低く、しわがれた声だった。俺に金を渡した男と同一人物だろうか。これ以上ないほど荒れた地域の、これ以上ないほど荒れた建物の階段の吹き抜けに立っていた、あの男だろうか。可能性はある。

「それはできない」汗が額を流れた。

奴らがカーチャを脅迫したのはその日だった。俺を叩きのめすこともできたのに、そうはせずに代わりにカーチャとソフィアの後をつけた。そうする方が、俺の目の周りにあざを作ったり、鼻を折ったりすることよりも効果的であると承知の上で。

「あなたにお金を貸している、そう言っていました」カーチャが泣きやみ、俺がどうにかソフィアに悪い奴らはもういないし、もう戻ってくることはないと納得させた後、カーチャが言った。「たくさんの、お金を」

「そうだよ」

「それならどうしてわかりますか？　もうあの人、戻ってこないと」

「わからない」

カーチャはあまりの恐怖からうちを出ることを決めた。俺はソフィアに、これは大したことじゃない、ママには言わないでほしいと言い聞かせた。ママに知らせたらママは心配してしまうからね、ママには心配をかけたくないだろう？　そんなことをしている自分を嫌悪しながら。

三日後、同じ男からまた電話がかかってきた。

「お前の家の前まで来てるんだよ、ホルブルック。金は集まったか？」

「集めてるところだ。そう言ったはずだ」俺は仕事中で、ＣＩＤのオフィスにいた。「集めてるっていうのは、集まったのと同じじゃない」

男は何も言わなかった。が、聞き間違えようのないライターの音を聞いた。シューッというガスの音、カチッという発火石（フリント）の音。俺は共用車の鍵を引っつかんで駆け出し、家までの道のりを運転しながら何度もミナに電話をかけた。ミナは出なかった。心臓をばくばくさせて家に着くと、家の中は真っ暗だった。煙の臭いはしなかったし、炎の明かりも見えなかった——口先だけの脅迫だったのだろうか。

寝室に明かりがついたのに気づいてもう一度ミナの携帯電話に電話をかけた。ミナとソフィアが無事でいることを確かめる必要があった。ミナは着信を拒否した。俺は農道に佇（たたず）み、仕事に戻るべきか考えた。

でも、もし脅迫が口先だけではなかったら？

ドアに向かって歩き出したところで、ミナがドアを開けた。火は出ていない。姿を現したのはミナだけで——怪訝そうな、怒ったような様子ではあるものの、怪我はなさそうだ——、玄関マットがガソリンでびしょ濡れだった。

「ホルブルック！　中にいるならドアを開けろ！」拳をドアに叩きつける音が執拗に続く。

「パパ」ソフィアの声はささやき声になっていた。「また悪い奴が来たの？」

「たぶんね」

「夜中までって言ったよな！　金は集まったのか、集まってねえのか？」

ソフィアの顔がくしゃくしゃに歪み、上半身が震えている。俺の命が続く限り、ソフィアにこんな思いをさせてしまったことで俺は自分を許さないだろう。

「出てこねえってことは、集まってねえってことだな」男は怒鳴り声を上げる。

「ソフィア、静かにしていないと。ここにいることを知られちゃいけない」

ソフィアは頷く。ソフィアを抱きしめたい気持ちで胸が締めつけられるように痛む。この忌々しい手錠が。何度も、何度も、手錠をパイプに打ちつけ、流れる血を、痛みを、喜んで受け入れる。俺が受けて然るべきものだから。

エンジン音が聞こえてきて、俺ははっとして動きを止める。ソフィアに目を向ける。これで終わりなのだろうか。本当に、これほどまでに簡単に諦めたというのだろうか。

「悪い奴はい――」言いかけたところで、何かが鼻をかすめる。刺すような臭いが胸を恐怖で満たし、俺に再び手錠を引っ張らせる。

煙だ。煙の臭いがする。

家が燃えている。

43　シドニーまで二時間　ミナ

自爆ベストは本物ではない。あれは爆弾ではない。周囲の声が、私の頭の中の言葉のこだまのように響いている。繰り返せば繰り返すほど、みなより深くその言葉を信じられる気がしてくるのだろうか。あれは爆弾ではない、彼女は爆弾など身につけていない。自爆ベストは本物ではない。

本当だろうか？

なぜこの女を、命を救うことよりも奪う可能性の高いこの偽医者を信用できるというのか。なぜこれが、我々を破滅へと追いやることを目的に練られた計画の一部ではないと言い切れるのだろう。

ガンジスの顔のこめかみから頬にかけて汗が流れ、襟がびしょ濡れになっている。荒い呼吸を繰り返し、爪先に体重を乗せて体を上下にゆすっている。しかし私は、ガンジスには暴走する危険がないと考えている——一押しすれば、すぐにでも転ぶだろう。ガンジスの背後、ビジネスクラスへの入り口にザンベジがしっかりと足を踏みしめて立っている。ガンジスから通路を挟んで反対側にはニジェールが待機していて、急な動きに対応できるよう筋肉という筋肉を構えているように見える。ニジェールは私をじっと監視していて、私たちが動きを見せた瞬間に動き出すであろうことはわかっていた。しかしそれを阻止することはできるはず。それに対応するための計画はすでにある。この人たちは、私と私の娘のあいだに立ち塞がっている。彼らの背後に娘の姿を認めることができるほどにはっきりとそれを感じている。娘の元に到達するべく突進する私を止められるものなど何もない。十一年前、私は恐ろしい過ちを犯してしまった。あれ以来、その過ちを抱えて生きてきた。私はここにいるべき人間ではない。しかし実際、今こうしてここにいる。それならば、その事実を有意義に使わなくては。

「彼女、あなたになんて言ったの？」誰よりも質問に答える可能性のあるガンジスに訊く。

「僕たちが知る必要のあることをだよ」信用できない回答だ。シフト終了時間から数時間後に帰宅したアダムが、友人に会いにいって、渋滞につかまって、車が故障して、などと説明してくるときと同じように信用できない。うそがどういう形をしているのか、私は知っている。

「ミズーリは私たちに、この飛行機はイギリス政府があなたたちの要求を受け入れるまで、それか燃料が尽きるまで飛び続けると言っていた。だとしたら、あなたたちが死ぬ可能性もあるってことを、あなたたち全員が知っているはずでしょ。でも今あなたの顔を見たら、知らなかったって書いてある。自分が死ぬことになるなんて、考えてもいなかったんじゃない？」

ガンジスは答えない。目は左右に行ったり来たりしていて、口元はガムを噛んでいるかのように動いている。一体何機の戦闘機がいるのだろうか。全機が一斉に——銃殺隊がするように——ミサイルを発射するのだろうか。政府が飛行機を撃ち落としたという事実を知りながら生きていかなければならない人もいるのだろうか。どんなふうに感じるのだろう。あっという間に終わるのだろうか。建物に突っ込むのと、どちらがましなのだろう。空が周囲でぐるぐると周り、高度が低下していくにつれてパニックが膨らんでいく感覚に陥る。しかしそれは私の想像ではなく、私の記憶で——

意識を現実に引き戻す。考えてはだめ。今に集中しなくちゃ。この場所に集中しなくちゃ。何百人もの乗客。七人のハイジャック犯。やれる。

それでも。

ほとんどの乗客が前屈みの状態で座席に座り、愛する人たちにしがみつき、故郷の人たちに必死でメッセージを送っている。私が彼らを必要としたときに、彼らが団結してくれると期待していいのだろうか。カーメルのことを思う。彼女の先の長い人生が、これ以上ないほど残酷な方法で絶たれてしまったことを思う。人を殺すのは爆発物だけではない。

「あの女はうそをついてたんだ！」客室の中ほどから叫び声が上がる。見ると、ひどく太った男が立ち上がろうとしている。男の体は通路を塞ぐほど大きく、脇の下と、膨らんだ胸の下に刻まれた幾重かの三日月の辺りに汗染みができている。「あの女は、計画はばったりで、誰も傷つくことはないと言ったんだ」

「このクソばかゴリラ野郎！」ニジェールが大声で言う。「誰にも――」

「――計画を話しちゃいけないって？」大男は皮肉な口調で言う。「なあ、教えてやろうか、うすばか野郎。そもそも計画なんてないんだよ！」

「ミズーリを信じるしかないんだよ」ニジェールは客室を見回して仲間たちに視線を向ける。「彼女についていくしかない――そうすることが、俺たちが共有してる唯一の目的地なんだ。俺たちがなんのために戦ってるのか思い出せよ！」

ザンベジが、ニジェールと閉ざされた操縦室のドアの中間地点をじっと見つめながら激しく頷く。ミズーリ不在の今、他のハイジャック犯たちの視線はニジェールに注がれている。このままでは負けてしまう、そう感じた。犯人たちがニジェールを代理指導者として見るようになれば、私たちは飛行機の主導権を取り戻すチャンスをすっかり失うことになる。動かなくては。ミズーリの計画がどのようなものかが当局に伝われば、すぐさま戦闘機に発射命令が出されるはず。

「落ち着くんだ」ニジェールが言う。「持ち場を守れ」

「彼の言うことを聞くつもり？」私は振り返り、可能な限りたくさんのハイジャック犯たちと目を合わせるようにして言う。「彼、あなたたちにずっとうそをついてるのに」

「お前、何言いやがるん――」

「彼はずっとあの人と会ってたの、あなたたちみんなに隠れてね」そう言いながらザンベジを指さすと、ザンベジは助けを求めてニジェールに視線を向ける。ザンベジは無言のまま口をぱくぱくさせている。ニジェールと呼ばれた男の顔を最初に確認したとき、すぐにバーで見かけた二人の姿が思い出されたのだった。男のポケットに両手の親指を引っかける、女のあの馴れ馴れしい様子。あのとき妙な感じがしたのだった。明らかに顔見知りの二人が、離れた座席で旅行するなんて。しかし、自分の直感が間違っているだけかもしれない――自分とアダムの付き合いたてのころのデートの思い出が、目にしているものに色をつけているだけかもしれない、そんなふうに考えたのだった。

「俺たちの中の誰一人として、互いに会ったことはないんだ」太った男はそう言い、断固たる態度で、しかし困惑を隠せない様子で頭を左右に振る。「俺はコンゴ。誰か知ってたか？」

ガンジスが加勢する。「名前を明かしてはいけないことになってる。ミズーリは――」

「クソ食らえよ、ミズーリなんて！」その叫び声は医者から発せられた。医者は席を離れて客室前方に向かって突き進み始めている。「ニジェール、あんた人間のクズね――あんた、この作戦を危うくするからって理由で私との関係を終わらせたよね。それなのに、そのあいだもずっとあいとあれとやってたってわけ！」

「レナ――」ニジェールが何か言いかけたが、ザンベジが激しい怒りからはっと息をのみ込み、持ち場を離れてニジェールの隣に立った。私は振り返って他の犯人たちに目を向ける。もしも絶好のタイミングというものがあるとすれば、それは間違いなく……。

「今だ！」私はそう言って駆け出す。隣で何かが素早く動いたのが感じられて、少なくともチェスカは私と一緒に来ていることがわかる。ヤンツーが操縦室のドアの前に立ちはだかっているが、ローワンとデレクも行動を起こしていたようで、二人がかりで若い男の肩をつかんでその場から引き離す。ヤンツーは、背こそ高いものの中身があまり詰まっていない。パンチを繰り出そうとして床に転倒し、捨てられたマネキンのように手脚を伸ばした状態で横たわっている。私たちに失うものはもう何もない。そう考えると、力がみなぎってくる。

チェスカが操縦室のドアについているキーパッドに緊急アクセスコードを打ち込む。

私は息を凝らして待つ。平時であれば、パイロットは今ごろ監視カメラに目を向けているはず。何かおかしな兆候を一つでも見つければ、パイロット側の操作で入室を阻止することができる。しかしミズーリがその方法を知らない可能性は十分にあって――

カチリ。

入室。

太陽が昇りつつあった。ほんのりと金色に色づいた雲が周囲に渦巻いている。果てしなく続く雲の渦が目眩を誘う。

いいかい、教えてあげよう……。

レナの言っていたことがうそだったら、ここで一巻の終わりということになる。起爆装置が作動し、激しい爆発の中で全てが終わる。炎に飲み込まれ、爆弾の破片や、二度と元に戻ることのない、おびただしい数の骨や金属の破片に紛れて全てが終わる。胸がぎゅっと締めつけられ、血管が脈打つ音が、飛行機の音さえもかき消すほど大音量で耳の中に鳴り響く。

いいかい、教えてあげよう……。

記憶を振り払おうとするものの、動くことができない。床に転がるマイクの体と、左側の座席にぐったりと沈み込んでいる鋭い顔をしたハイジャック犯――アマゾンだ――の体に釘づけになって立ちすくむ。どちらも死んでいる。アマゾンの首に索痕(さくこん)が残っている。マイクの首にも同じ痕が残っているのを目の当たりにして、機内に武器を持ち込むのがいかに容易であるかを思い知らされる――巾着袋やフードつきの上着に通してある、危険なところなど少しもない一本の紐でさえ凶器になる。

ミズーリは右側の座席に座り、片方の手を操縦桿にのせている。上着の裾から、無用になった黒いプラスチックがぶら下がっている。チェスカと私は一体となって同時に動き出す。狭い操縦室はすし詰め状態で、チェスカは不意に、床に投げ出されたマイクの腕を踏んでしまう。チェスカはよろめき、入り乱れた恐怖から叫び声を上げる。私はチェスカの体勢を戻そうと手を伸ばすが――

遅かった。

身の毛もよだつような音がした――喉の奥から発せられた、原始的な悲鳴だった。チェスカはほんの一瞬直立した。直後、頭の片側にできた傷口から血が噴き上げた。チェスカは床に倒れた。

ミズーリは機長席の脇に固定されていた非常用斧を留め具から外して手に持っていた。墜落機の残骸を切り裂いて道を作ることができるほど鋭い斧。頭蓋骨を破壊して、脳まで貫通させることができるほど鋭い斧。ミズーリはその斧を膝の上にのせる。

やめて。

私は声に出してそう言った。今回は、大声で、叫び声で、そう口に出して言った。あのとき、いや、いつだって、そう声に出すべきだった。太陽が窓から差し込み、虹が生と死を切り離し、操縦席を二分する。何もかもがゆっくりとなり、やがて呼吸一つ一つが、動き一つ一つが感じ取れるようになる。ミズーリの手が操縦桿に触れた瞬間、私はポケットに手を伸ばす。

いいかい、教えてあげよう……。

いや、頭の中でそうつぶやく。私が教えてあげる。

ファインリーのヘッドフォンをミズーリの首に巻きつけて引き上げる。コードの端を両手の拳に巻きつけて。ミズーリの手が首を掻きむしり、コードをほどこうともがく。私はさらに力を込めてコードを引っぱり、床に座り込んで両脚で座席の背面を押しつける。チェスカの血が、あの独特な金属臭を漂わせる。誰かの手脚が自分の手脚に絡みついてくる感覚がある。それでも私は引っ張り続ける。ミズーリの飛び出た眼球を――だらりと垂れ下がった舌を――思い描く。が、私が見ているのはミズーリではない。男だ。別のパイロットだ。

コードが切れると急に重さを感じられなくなり、尻をつく形で後ろに倒れ込む。慌てて立ち上がろうとするが、力を使いすぎたために両腕が痛い。ミズーリは動かない。殺してしまったのだろうか。これで終わりなのだろうか。周囲の空間が狭すぎると同時に広すぎるように感じられ、雲があまりに活発に動いているせいで、じっとしていられないのは私の方であるように思えてくる。気がつくとローワンとデレクがすぐそばにいて、マイクとアマゾンの体を部屋の外に引きずり出していた。耳が塞がれてでもいたかのように、突然音が戻ってくる。全てが、これまでなかったほどの鮮明さを帯び始める。私は動かなくなったチェスカのそばにしゃがみ込む。デレクが私に布を差し出してきたので、私はチェスカの頭の傷口にその布を押し当てる。

「頑張って、チェスカ」私はそうつぶやく。熱い涙が込み上げてきて目がひりひりと痛む。私たちは今では親しい仲になっていた。とても親しい仲に。顔を上げると、ローワンがそばに立っていた。「パイロットがあと二人いるの」私はローワンにクルーレストのコードを伝える。

閉じた瞼の下でチェスカの眼球が震えていて、小さな血管のネットワークがぴんと張った皮膚の下に浮かんでいる。

「チェスカをギャレーに連れていくのを手伝って。冷蔵庫の横の大きなロッカーに、救急箱があるの」

私たちが半分引きずり、半分運ぶ形で、操縦室からチェスカを外に出していると、突然ばんっという大きな音がして、クルーレストのドアが開いた。安堵から涙が込み上げてくるが、どうにかこらえる。もう大丈夫だ。アダムとソフィアにメッセージを送ることができる。二人は、私が約束を守ったことを知るだろう。私が家に帰ってくることを知るだろう。

しかし戸口に姿を現したのは、ベンでもルイでもなかった。

ローワンが私とデレクのあいだを見つめ、言葉を見つけようとするかのように口を動かしている。

「二人のパイロット」やがてデレクは口を開く。そうすることで自らが告げる真実を否定することができるかのように、頭を左右に振りながら。「二人とも死んでる」

耳の奥で血が脈打つ。

ベンとルイは死んだ。

チェスカは意識を失っている。

飛行城の支配権を取り戻したものの、搭乗中の誰一人として、操縦の仕方を知らない。

44　午前六時　アダム

頭上で炎がパチパチと音を立てている。枯れ葉の絨毯の上を歩く足音のよう。汗が手のひらを、背中を、額をじっとり湿らす。

「パパ？」ソフィアが好奇心と警戒心の入り混じった表情でこちらを見てくる。俺はソフィアを安心させるような言葉を言おうとして唇を動かす。と、家の中のどこからか、何かが転倒したような大きな音が聞こえてくる。玄関ホールのコートかけだろうか。写真？　玄関ホールにはカーペットが敷いてあり、ドアには隙間風の侵入を防ぐために分厚いカーテンをつけてある。それから、フックの数に対しては多すぎる数のコートが山のように重ねてある。燃えるものなら山ほどある。

「パパ、どうしたの？」

こういう火事なら見たことがある。ライターの燃料で、ガソリン缶で、油の染み込んだ布で焚きつけられた火事を。死体以外には何も残らないほどに激しく炎上した車も何度も見てきた。地面の上で硬直した死体は、腐肉食動物に肉を啄まれた巨大生物の骨のように見える。

複数のホースから放出される水をよそに、執拗に燃え続ける高層住宅の火事も見たことがあるし、放火事件の後に遺体安置所にたたずみ、わずかに一分だけ長く上の階に閉じ込められてしまった子どもの遺体から目が離せなかったこともある。目で確認せずとも、今階上で何が起こっているのかわかる。

俺は言葉を慎重に選ぶ。「上の階で、火が出ていると思うんだ」思う。あたかもそうでない可能性もあるかのように。火。まるでリビングで赤く燃えている石炭の火、あるいは、キャンプでマシュマロを焼くために用意した炉の中で燃える火と同様のものであるかのように。小さな火事、それだけのこと。心配には及ばない。上の階で起こっていること。ここからは階段一つ分、離れている。

火災報知器のピー、ピー、ピーという警報音が執拗に鳴り響く。椅子の上に立ち、木製のスプーン片手にリセットボタンを押そうとしていたミナを思い出す。またトースト焦がしちゃったよ。まあこれで、火災報知器が正常に作動するってことは確かめられたけど。

「お外に出なきゃ！」ソフィアが袖を引っ張ってくる。

「そうだね」自分の言葉と考えのあいだに生じているずれがあまりにも大きく、自分ではない誰か別の人間がしゃべっているかのように感じられる。冷静でいなければ。冷静でいなくてはならない。ソフィアのためにも。俺が冷静でいなければ、ここから出られるはずがない。

火事は上の階に向かって広がっていくだろう。炎がカーペットを舐め、手前から少しずつ奥へと進んでいく。手摺り(てすり)と並行するように伝っていき、ドア枠の周囲を飲み込む。炎はやがて自らの体をいくつかに分割し、そのそれぞれが空き部屋へと忍び込んでいく。そしてそこで大きく膨れ上がり、その空間を強烈な熱で満たし、塗装面を黒くし、カーテンを燃え上がらせる。まさに分割統治だ。

「パパ！」

パチパチという音が轟く(とどろく)。中古のソファ、ミナがテレビを見ながら寄りかかるために床に積み重ねたクッション。溶けて色鮮やかな一つの塊になっていく箱いっぱいのレゴ。キッチンのテーブル、椅子、家族それぞれの予定を書き入れる欄のあるカレンダー。

「パパ！」ソフィアが両手で俺の顔をつかむと、頬を叩かれでもしたかのように体がびくっとなる。ここを出なければならない。

俺たちを殺すのは炎ではなく煙だろう。すでに一筋の煙がドアの下から流れてきているのがわかる。今、煙は天井に向かって上昇しているところだろう。まだしばらくは、顔を床すれすれのところまで下げてキッチンの床を這っていくことができるはず――しかしすぐに煙の量が空気の量を上回るはず。煙が地下室に流れ込んでくるのはそれからだ。

「ソフィアを外に出してあげるからね」俺はソフィアに言う。

「パパは？」

「ソフィアが外に出られたら、助けを呼んでほしい。そうしたら誰かが来てくれて、パパをここから出してくれる」心で感じている以上の自信を纏(まと)ってそう言う。

ソフィアは大きく深呼吸する。「モーおばさんの家のドアを叩くね、そしたら――」

「だめだ」俺はソフィアを遮り、別の選択肢を考える。モーおばさんが眠っていて、我が家が燃えている真っ只中(ただなか)に、ソフィアがドアを叩き続ける姿を思い描く。

「孤立しすぎてると思う？」不動産業者がここの詳細を送ってきたとき、ミナはそう言っていた。

「落ち着いてると思うけど」俺は答えた。「ご近所さんはいないのに、パブまでは歩いて行ける」

俺は恐怖に怯える娘と視線を合わせながら言う。「警察署がどこにあるか、わかるよね？」

「ううん、わかんないよ――」

階上(うえ)で破壊音がした。「わかるじゃないか！」ソフィアがたじろぐのを見て、もう一度、今度はもう少し柔らかい口調で言う。「ソフィア、お前ならわかるよ。警察署がどこか、ソフィアは知ってるよ。本屋、それから空っぽの店、それから家を売ってる不動産屋さん。肉屋、〈セインズベリーズ〉……」最後の単語の語尾を上げ、ソフィアが一緒に声を出すよう促す。

「それから靴屋さん、八百屋さん」その声は不安定で、俺は慌ててソフィアを安心させようとする。

「いい子だ！　そしてその次が警察署。この時間はそこで働いている人はいないけど、ドアの外側に黄色い電話がある。ソフィアがしなくちゃならないのは、その電話を手に取ること――番号を押す必要もないんだ。そして家で火事が起こってる、そう伝えるんだ。住所は？」

「あたし――わかんないよ」

「わかるさ」俺は冷静でいるよう努める。煙の味がしてきて、舌に苦味を感じる。「ファーム・コテージ」

「2」

「すごいぞ。町の名前は？」

「ハーリントン」

「続けて言ってごらん」

「ファーム・コテージ、2、ハーリントン」

「もう一回」

　ソフィアは一度目よりも自信を持って繰り返す。もしソフィアがそこでパニックに陥ったり、住所を忘れてしまったりしたとしても、電話に応対した人間がソフィアの無事を確認するために警察署にパトカーを送ってくれるだろう。そうすれば到着した警察が、ソフィアが住所を思い出すのを助けてくれるだろうが、それでもだめなら……。胸が苦しくなる。まあそれでも、二人のうち一人は助かることになるのだから。

もう一度ソフィアと一緒に順路を確認したいが、時間がない。ソフィアを信じるより他ない。「パパが中に閉じ込められてる、そう伝えてもらいたいんだ。そうすれば、すぐに誰かをよこしてくれるから」

「パパは警察なんだよって言うね」ソフィアは熱のこもった口調でそう言う。あらゆる状況も忘れて俺は思わず顔をほころばせる。「パパは本物の警察官で、ちゃんと番号もあるけど、でもその番号は制服にはついていないけど、その番号は839なんだって言うね」

俺は娘を見る。いつもソフィアが飛行機の機体番号を唱えるのを、俺にミナの飛行経路や仕事内容について教えてくれるのを聞いていた。聞かされるたび、俺はわずかな嫉妬を覚えた。「パパの識別番号を知ってるのか」

「あなたは巡査部長839、CIDで働いてる。前はパトランプがついてるボクスホール・アストラに乗ってたけど、今はパトランプのついてない青い車に乗っていて、その車が角を曲がるときは戦車みたいな曲がり方をする」

「ソフィア・ホルブルック——君には驚かされてばかりだよ」俺は深呼吸を一つする。「さあ、もう行く時間だ、パンプキン。ママとやる〝飛行機遊び〟のやり方はわかるよな？」

ソフィアは頷く。

「ソフィアはママの足の裏で、素晴らしくうまくバランスを取ることができる——飛んでるみたいにね？」

また頷く。

「今からパパと、ここでもバランスを取れるかどうかやってみよう。これにはすごく勇気が必要だ、いいね？」

暗がりの中、ソフィアの目はまるで水たまりのようだ。石炭シュートから差し込む光は、彼女の顔に陰影をつけるにすぎない。「怖い」ソフィアはそう言って息を吸い込む。下唇が震えている。

「パパもだ」

石炭シュートは高いところにある──床に座る俺の肩にソフィアが立ったのでは届かないし、俺は両手が金属のパイプに固定されていて立ち上がることができない。代わりに俺は体をひねって床に背中をつけ、両脚を壁の方に向ける。不意に、ある晩仕事から帰ってきたミナが同じように寝転がっていたことを思い出し、胸がきゅっと痛む。背中が痛くて死にそう。

俺は背中を擦って壁の方に体を移動させ、肩を煉瓦の壁に近づけられるだけ近づける。そして両手に手錠をかけられた状態ではあるものの、足を可能な限り高いところまで上げる。

「〝飛行機遊び〟をする準備はいいか？」

「う、うん」

両脚を曲げて胸に近づけ、足の裏を水平に保つ。「パパの足の裏にひざまずいてごらん。そうだ──パパが痛いかもなんて考えなくていいから」

ソフィアは俺によじ登る。ゾウさんを片手に握りしめたまま、俺の顔を踏みつけて俺の足の裏に登る。煙が喉の奥に入り込み、ソフィアを上方に放り出してしまわないようにすることだけで精一杯だ。「いいかい？ 飛ぶよ！」

ソフィアが落下しないようにゆっくりと両脚を伸ばしていく。太ももの筋肉が不慣れな動きのためにこわばっている。ソフィアが俺の足につかまると体重が一方に傾き、俺はどうにかソフィアのバランスが崩れないよう踏ん張る。

両膝を固定させてそこで動きを止める。「ここで立てる？」石炭シュートの入り口は見えないものの、まだ十分な高さでないことはわかる。まだだ。

「ぐらぐらする！」

「ソフィア、立ってもらわなきゃならないんだ——頼むからやってみてくれないか」

一瞬、ソフィアはやらないのではないかと思った。できないのではないかと。もうこれまでだ、俺は考える。ソフィアを下ろして、ここで過ごすことになる——ここで死ぬことになる——このコンクリートの墓で。

が、ソフィアが動いた。ゆっくりと。慎重に。小さな片足を俺の足裏に押しつけて。ソフィアがバランスを崩したかと思った次の瞬間、もう片方の足が俺の足裏を踏んだ。俺は足の先に力を入れて、ソフィアのスリッパに食い込ませるように爪先を曲げる。そんなことだけでソフィアの落下を防ぐことができるはずもないのに。

「トンネルが見える？」

「頭のすぐそばにある」

また一つ深呼吸をする。「じゃあ、ここまでだ、パンプキン。ここからは這って外まで行くんだ。そして助けを呼んできてくれ」長いシュートではない。入り口に片足を踏み入れることさえできれば、体を伸ばして換気シャフトを通って――

ソフィアは五歳だ。

何を考えているんだ。

でもそれしか方法がない。ここにいればソフィアは死んでしまう。外は地面に雪が積もっているし凍えるほど寒い。ソフィアはパジャマにスリッパ姿だ。ソフィアは学期中ずっと、毎日歩いて学校に通っていた。どの交差点も、どの店も、すっかり頭に入っているはず。それでも、本当に一人で行くことなどできるだろうか。しかもこの暗さの中。

たとえたどり着くことができなかったとしても、ソフィアを火から、煙から遠ざけることになる。ソフィアは安全でいられる。

急に足が軽くなった。ソフィアが脚を一本、また一本とシュートの中に入れていく。ソフィアが芝生に向かって這っていくと、明かりが遮られる。「走っちゃだめだぞ！」後ろから呼びかける。「転ぶから！」

やがてソフィアが助けを呼んでくれる。かもしれないし、そうはならないかもしれない。

これは人生最大のギャンブルだ。

45　座席番号　1G

私から自由を奪うことはできない。私は逮捕されることも、尋問されることも、留置場に入れられることもない。刑事裁判の被告席に座らされ、私の生涯をかけた取り組み（ライフワーク）がずたずたに引き裂かれるのを聞くこともない。そんな幕切れは望んでいない。

裁判は開かれず、弁護士もつかず、新聞に私の顔写真が載ることもないだろう。手錠もなし、逮捕もなし。

運命の存在を信じたことなどなかった。しかし、どうやら私は運命に翻弄（ほんろう）されたようだ。別の結末が私を待ち構えていて、私はそれを受け入れた。

準備はできていた。

46

シドニーまで九十分　ミナ

「死んでる」デレクがミズーリの首から指を離して言う。

「本当に？」

デレクは頷く。

私が彼女を殺した。

流れた血を思って、自分たちがどれほど遠くまで駆り立てられてしまったかを思って、激しい絶望感を覚える。その絶望が水面下で静寂のうちに距離を保とうとしている様子は不気味だ。絶望自身が、自分はここにいるべきではないと知っているかのよう。十一年間、私は罪を背負ってきた、というよりはむしろ罪悪感を抱えて生きてきた。しかし今、罪を犯したという事実が、第二の皮膚であるかのように両肩に張りついている。私が彼女を殺した。そこに議論の余地はない。

今回は。

ローワンとデレクがミズーリの体を副操縦士席からドサリと床に落とし、操縦室の外へと引きずっていく。少しのあいだ、私はそこに、奥行きの深い大きな洞窟のようでありながら、同時に、息が詰まりそうなほど狭苦しくもある空間に一人残された。太陽の光が空を千もの色合いの金色に染める。それは美しく、えも言われぬ光景であるはずなのだが。

いいかい、教えてあげよう……。

体が震え出し、その振動が関節を揺らし、歯をがたがたと鳴らす。ずらりと並んだおびただしい数の制御盤が目の前で小さくなっていき、やがて人工水平儀しか目に入らなくなる。その線をただただじっと見据えるしかなかったあのときの記憶が蘇る。我慢の限界が訪れるまで、目を閉じてしまわなければならなくなるまでずっとそうして――

「ミナ！」

振り向きながら、大きく開けた口から叫び声を発する。そこにいるのがデレクとローワンだと気づき、声は小さくなっていく。ギャレーの床にミズーリの体が転がっているのを目にして、この人が裁判にかけられることはないのだ、残りの人生を刑務所で過ごすことはないのだという考えが頭をもたげて怒りが込み上げてくる。意識が怒りに集中する。パニックは依然として込み上げてきていて、今にも私を飲み込もうとしているが、それに屈するわけにはいかない。大事なことに集中しなくては。家に帰ることに、集中しなくては。

「待機中のクルーたちの様子も確認しないと」パイロットの仮眠室の光景を――ベンとルイの動かなくなった体を――思い出し、飛行機の反対側の端にあるクルーレストの状況を想像して恐ろしくなる。

「これからどうしたらいいんだろう?」デレクは私を見ている。私が全ての答えを知っているとでも思っているのだろうか。答えなど何一つ持ち合わせていないのに。

「後方はどうなってるの?」

「エコノミーのクルーがハイジャック犯たちをバーの端の方にとどめておいているけど、あとどれくらいそうしていられるかわからない。ミズーリがいなくなって、他の連中は何をしていいのかわからなくなっている——互いに攻撃し合ってるよ」

「チェスカは?」

「なんとか持ちこたえてる。君の同僚がチェスカについている。エリックだったかな?」ローワンが機長席の前に並ぶ計器を見ながら言う。「何が起こったか、誰かに伝えた?」

私は呆然(ぼうぜん)として頭を振る。足に根が生えたかのように、その場所から一歩たりとも動いていない。

「エリックが他のクルーたちと話していたよ」デレクが言う。「飛行経験のあるクルーはいないって」

「地上管制官が、無線(トークダウン)で誘導着陸を試みると思う」私は言う。まるで長いあいだ喉を使っていなかったかのように声がかすれている。「私たちを無事に着陸させることを目指して、手順を一つずつ教えてくれるの」

「目指して？」デレクが私を見る。私は何も答えない。これまでにどれほどのトークダウン着陸が試みられ、どれほどが成功したのか私は知らない。それでも、空中に浮き続けるのは簡単だが、着陸には訓練を受けたパイロットが必要だということなら知っている。

ローワンが私を押しやって右側の席に滑り込む。「これが無線？」

「まさか本気でこの飛行機を操縦しようとしてるわけじゃないよな」デレクが言う。

「誰かがやらなきゃならないんだ」

「自分が何をしてるのかわかっている誰かがな！　ミナ、君ならわかるはず――」

ローワンが振り返ってデレクを見る。「彼女はもう十分大変な目に遭ったと思わないのか？これまで彼女に押しつけるなんてフェアじゃない」

「でも飛行機の操縦ができるんだよな？」デレクは私の返答を待たずに続ける。「チェスカと話してるのを聞いたんだ。パイロットになる訓練を受けたんだろ」

「訓練を始めたの！　数週間在籍して……軽飛行機を操縦した、それだけ。セスナとかパイパーとか……」

「そんなに違いはないはずだろ――」

「全然違うの！」私は操縦室の全面を覆うスイッチを指差しながら言う。軽飛行機の操縦室の小さな制御盤に並ぶ二十余りの装置とは天地の差がある。デレクは顔をしかめている。彼の不安が私に重くのしかかる。デレクが正しいとわかっているから。私があの席に座るべきだとわかっているから。それでも……。

いいかい、教えてあげよう……。

「ミナはパニック発作みたいなものに襲われてるんだ」ローワンが穏やかで安心感を与える声でそう言うのが聞こえる。「ミナを客室に連れていって、座らせてあげよう。何か食べさせてあげて――低血糖になってるかもしれないからね。俺は無線の使い方をどうにか考えてみるよ」

彼女はパニック発作を起こしていて……。

セスナから立ち去ったときのことを覚えている。足元がふらついていて、頭はぼうっとしていた。私の肩を抱くヴィック・マイヤーブリッジの強く自信に満ちた腕。自分を責めるんじゃない、ミナ。諦めずにまたすぐに挑戦することだ――こんなことに屈してはいけないよ。

私はデレクの腕を振り払う。「私がやる」

ローワンが口を開く。「本当に――」

「ミナにやってもらおう。俺たちの中の誰よりも、彼女がこれをやるのにふさわしい」

二人の男が睨み合う中、感情を押し殺した静けさが流れる。やがてローワンが両手を挙げて降参する。それから私に向かって温かい笑顔を見せる。その笑顔がもたらした一抹の自信にしがみつき、記憶を脇へ押しやって機長席に滑り込む。背中にデレクの気配を感じる。デレクが大男だというわけではないが、操縦室は狭く、何かに胸全体が締めつけられているように感じる。

「ギャレーにいてもらえる？」私は振り返ってデレクに言う。「そしてここのドアを閉めてもらいたいの」

デレクは一瞬ローワンに冷淡な視線を投げかけるものの、私の言葉通りに動いてくれる。肩越しから人の気配が消えたことで気が楽になる。デレクが告白した自殺願望のことを考えると、彼が頑なに私に舵を取らせようとしていたことが気にかかる。彼が私に操縦させたがったのは、私は失敗するものと決めつけているからだろうか。私が失敗することを望んでいるからだろうか。

震える両手でヘッドセットを装着する。操縦室にコーヒーを運ぶたび、管制官と交信しながら操縦するパイロットの姿を目にしてきた。今その日々をありがたく思う。これなら私にもできる。

「メーデー、メーデー、メーデー。こちらワールド・エアライン79便」

無線がつながってから短い沈黙がある。まるで通信士が驚きのあまり話すことができずにいるかのように。しかしすぐに「ワールド・エアライン79便、どのような状況ですか」と聞こえてくる。

息を吐き出す。最後に飛行機を操縦したとき、次から次へとさまざまな出来事が起こった。あの時間を変えるためなら、なんだってするのに。

「当機はハイジャックされました。操縦室を取り戻しましたが、パイロット三人が死亡、四人目は重傷を負っています。搭乗中のクルーの中に、操縦技術を持つ者は一人もいません。繰り返します、搭乗中のクルーの中に、操縦技術を持つ者は一人もいません」言い終えるころには声が大きくなっていた。ごくりと喉を鳴らす。

「よくやってるね」ローワンがささやくが、私は恐ろしくて息をすることもできない。胸を締めつけているバンドが、私の中の理性的な考えを一つ残らず押しつぶそうとしている。

「ワールド・エアライン79便、名前を教えてください」

「ミナです。客室乗務員です」

「わかりました」通信士の女性が言う。「少しだけ待ってください」

待つ時間が永遠に感じられる。遠方に大地と海の出会う場所がかすかに認められる。金色の靄(もや)の中、その境界線はぼんやりとしている。私からは、この機体の下も、背後も見ることができない。迎撃のために緊急発進している空軍の戦闘機のことを考えると、汗が背筋を伝ってひりひりする。彼らは私がハイジャック犯の一味でないことも、私が脅迫されてここに座らされているわけではないことも知らない。もしかしたら、ハイジャック犯が私のすぐ隣に座っていて、何を言うべきか私に指示を出していると思っているかもしれない。わずかにでも間違った動きをすれば、彼らはすぐにこの飛行機を撃ち落とすだろう……。

「ワールド・エアライン79便、こちらはブリスベン・センターです」新たに聞こえてきたのは男性の声で、その声はヘッドセットから耳に直接流れ込んできて、まるでその声の持ち主が私のすぐそばにいるように感じられる。体が震え出し、震える脚を止めるために両手を太ももの下に滑り込ませる。「ミナ、私はチャーリーです——777のパイロットで、今からあなたが無事に着陸操作を行えるようお手伝いします」

目を瞬かせて涙をこらえる。「わかりました」

「まずは重要なことから始めましょう、燃料がどれだけ残っているか教えてください。目の前に二つのディスプレイがありますね——ちょうど真ん中に」巨大な計器盤や多数のレバーにつまみ、複数のディスプレイに目を通す。

いいかい、いい、教えてあげよう……。

「ミナ？」

「は、はい」

「右側の一番上に、八個くらいのボタンが集まっていますよね。その真ん中辺りに、〝FUEL（燃料）〟の文字があるのが見えますか」

私がそのボタンを見つけたのと同時に、ローワンがそのボタンに手を伸ばし、問いかけるような眼差しを私に向ける。

「そのボタンを押して」チャーリーが言う。私はローワンに向かって頷く。「そうしたら、二つのディスプレイの下にある数字を読み上げてください」言われた通り、私には理解できない数字を読み上げると、無線が切れてしまったのではないかと疑い始めるほど長いあいだ、沈黙が流れる。

「わかりました」ようやくチャーリーの声が聞こえる。「あと二時間ほどは飛べるでしょう」

「それって十分なんですか?」落ち着かなさを覚えてローワンを見ると、ローワンは腕時計に視線を落としていた。

「これから言うことは非常に重要ですよ、ミナ。あなたの右膝の辺りに、〝AUTO(自動)BREAKE(ブレーキ)〟と書かれたところが見えると思います。着陸後に飛行機を止める役割をするのがこれです。見つかります?」

　職場にいるアダムに電話をかけたことがあった。芝刈りの必要があったのだが、どうやっても新しい芝刈り機を動かすことができなかったのだ。そんなボタン見つかんない、私はそう繰り返し、アダムは辛抱強く最初のステップからもう一度説明を繰り返した。チャーリーも今、あのときのアダムと同じ口調で話している。ゆっくりと明確に、それでいて上から目線にならないような口調で。

「見つかりました」そこで私は、チャーリーが燃料の残量に対する私の質問には答えていないことに気づく。

「そのボタンを押して、〝3〟のところまで回して。完了したら教えてください」

「終わりました」

「お疲れさま。さあ、降下を開始させるまでにまだ少し時間があるので、これから必要になる計器類について一度説明していきましょう——この後は少し慌ただしくなりますからね」

チャーリーはフラップの出し方、速度の変更の仕方、着陸装置のレバーの場所を教えてくれる。説明を聞きながら、該当する装置に手を伸ばして触れてみて、記憶に刻みつけていこうとする。軽飛行機とは大きく異なっている。まるでオートバイの運転を学んだ後で車に乗るようなもの。ローワンに目をやると、ローワンは頷き、無言のまま装置の場所を確認しているのがわかる。

窓の外に視線を向けると頭がくらくらしてくる。それによって引き起こされた吐き気を抑えようと目を閉じる。

「大丈夫かい？」ローワンが声をかけてくれる。

真実とは程遠いものの、大丈夫だというように頷く。

「代わろうか？」

「平気です」

ローワンの手が私の腕に触れる。「娘さんは無事だよ。絶対にね」

「そんなことわからないでしょ！」その言葉と共に、痛みを伴う涙が堰（せき）を切ったようにあふれ出し、必死で食い止めようとしてきたありとあらゆるものが表面に押し寄せてくる。この飛行機を無事に着陸させることに集中するために、ソフィアとアダムのことを必死で考えないようにしていたのに。二人のことをどれほど愛おしいと思っているか――どれほど必要としているか――について考えてはいけない。ここから無事に生還できると確実にわかるまでは、考えてはいけないのに。

「すまない、ただ――」

「お願いだから！　いいから、ちょっと――」私はきつく目を閉じ、指先で頭を押さえつける。自分の指に、頭の中に存在しているものを変える力があると信じているかのように。ローワンは口を閉ざす。私は震える息をゆっくりと吐き出し、航空交通管制の通信士と交信するためのボタンを押す。「ワールド・エアライン79便」

「どうぞ、ミナ」

「着陸したら、直ちに救急車が必要です。パイロットの一人が危険な状態です」

「救急、消防、警察、軍――全ての部隊を待機させておくよ、ミナ」

「機内には死亡者も多くいます。ハイジャック犯が二人に、乗客一人、それからクルー四人です」

ほんの一瞬の間が、私の報告の意味するところがチャーリーに衝撃を与えたことを物語っていた。「了解」

「チャーリー？」

「どうぞ、ミナ」

私は唾をのみ込む。「ハイジャック犯たちは、私の家族に対する脅迫をしてきています」

そこで一旦話すのをやめ、チャーリーが割り込んできて、そのことなら知っています、アダムとソフィアは無事です、あなたが犯人の指示に従った瞬間から彼らに危険はありません、と言ってくれるのを待った。私がしたことは正しかった、そう言ってもらえるのを待った。

「もし私が要求に従わなかったら」チャーリーには私から伝える必要があるのだということがはっきりとし、私は先を続ける。「娘を傷つけると言われました。私はどうしても――どうしても――」

無線ボタンから指を離し、背もたれに頭を押しつけ、きつく目を閉じる。押し殺している涙で胸が張り裂けそうだ。

「娘さんが無事か知りたいんだね」チャーリーは私が頷くのを確認することができない。それでもまたすぐに話し始める。「こちらですぐに確認します」私は息を吐き出す。「今は、無線機の周波数を切り替えてもらう必要があります――これから着陸進入(アプローチ)を行ってもらいたいので――」

「席を離れないでください!」

興奮が言葉を紡ぎ出す。しかしチャーリーは動じずに応じる。「大丈夫、そう簡単に私から逃れることなんてできませんよ。今いる席から別の席に移動する、それだけです。次に私の声が聞こえてきたときには、私からあなたの場所をレーダーで確認することができるようになっていますから」

その約束は心強く、私はチャーリーの指示に従って無線を切り替える。しかしそれからの三十秒間は、人生で最も長い時間に感じられる――ロープを切り離され、係留場所から海へ流れていってしまうような心地がする。

「降下する準備はいいですか？」

安堵から顔がほころぶ。「準備オーケーです」

チャーリーは順を追ってステップを説明する。まず二万五千フィート降下し、それからさらに一万五千フィート降下する。チャーリーの誘導で〝IAS（指示対気速度） MACH（マッハ数）〟ボタンを見つけ、時速二百五十ノットまで速度を落とす。なんとか呼吸を落ち着かせようとするが、外に目をやることはできない。ローワンが動くたびに、チャーリーが言葉を発するたびに、脈がものすごい速さになる。

操縦室には、コーヒーの香りや洗浄剤の匂い、汗やプラスチック加工の座席の臭いが漂っている。視界がぼやけて、隅に黒い斑点が見え始め、目眩がしてくる。

あれから十一年。

「中退するっていうのは、どういうことだ？」父は怒っていた。母は困惑していた。「地上訓練では最高点を取っていたじゃないか――前回の試験でも、クラスのトップだったのに」

「ただもうやりたくなくなっちゃって」

払ってもらった学費は返済すると言ったが、どうにか返済することができたとしても、両親が私の訓練学校の支払いのために売却した家はもうとっくになくなってしまっていた。

諦める自分を嫌悪した。降参する自分を嫌悪した。客室乗務員になることは次善の策だったのだと自分自身に言い聞かせてはいるものの、それは残念賞というよりは贖罪だ。自分の下した選択を常に思い出させる役割も果たしている。

「ミナ?」チャーリーの声が耳の中に聞こえて、ローワンが私の袖を引っ張っている。二人は私に話しかけている。二人の男性が。しかし私には彼らの言葉が聞こえてこない。計器類がぼやけて茶色と灰色の塊となり、声が、ここでないときの、別の男性のものに変わる。

ヴィック・マイヤーブリッジ。

彼とは〈ホワイト・ハート〉で出会った。素敵な男性だったが、私のタイプではなかった。そもそも父ほどの年齢だったし、彼の持ち合わせた自信は、あまりにも頻繁に傲慢さに姿を変えるのだった。それでも、飛行機という共通の話題があったし、彼は私を笑わせた。彼との会話は、友人たちが先に帰ってしまった後の夜の過ごし方としては楽しいものだった。

「家の近所まで送るよ」ヴィックは言った。バーは訓練学校の近くにあって、本来であれば誰でも出入りできる店だったものの、店に来るほとんど全員がパイロット訓練生か、お金を払って個人の航空機を敷地内に駐機している有資格のパイロットだった。ヴィック本人から聞いたわけではなかったものの、おそらく彼は後者の分類に該当するのだろうと思っていた。

「中に招いてはくれないのかい？」私の部屋に到着したところでヴィックが言った。

私は笑った。なぜ笑ったりしたのだろう。気まずさを覚えたから、かもしれない。「もう、ちょっと遅すぎます。楽しい夜になりました、ありがとう」

ヴィックがキスしようと迫ってきて、私は笑うのをやめた。片膝を振り上げると、それも力を込めて振り上げると、彼も笑うのをやめた。私はドアを閉じて鍵をかけ、強いお酒を飲んだ。それから、彼が来なくなるまで数日はパブに行くのをやめようと誓った。

二週間後、私たちは初めての同乗飛行訓練を行うことになり、教官が割り当てられた。

彼は何も言わなかった。互いに自己紹介をしたときにも、握手をしたときにも、何も言わなかった。ずらりと並んで私たちを待つセスナに向かって歩いているときにも、機体の点検の際にも、地上走行（タキシング）中にも、何も言わなかった。きっと忘れてしまった、あるいは、私に気づかないのだ——それか、自らの取った行動を恥じていて、気持ちを切り替えるのが一番だと思っているのかもしれない、そう思った。

九千フィートの上空で、彼は私に、飛行機が私の操縦に対してどのように反応するかにもっと意識を集中させるようにと、その反応を感じるようにと言ってきた。

「どんな行動にも必ず反応が伴うんだ。いいかい、教えてあげよう」彼は腕を伸ばしてきて私の胸にその手を置いた。

私は固まった。

　彼は私の乳首の周りを撫でてから、親指と人差し指で思い切りつねった。「反応を感じるかい？」ヘッドセットから聞こえてくるその声は、耳のすぐそばで聞こえていて、彼の呼吸の湿り気まで感じられるように思えた。

「いいえ」

「感じられると思うけど」彼はもう一度私の乳首をひねった。硬くなっていることが私のうそを証明しているとでもいうように。操縦桿に置いた両手が震え、その瞬間、私にとっては墜落する方がまだましなように思えた。彼がその手を私の脚のあいだに移動させたとき、これは私ではない別の誰かに起こっていることなのだと自分に言い聞かせた。セスナ150の操縦室は幅がわずか九十センチメートルほどしかなく、二つの座席が互いに押し合うようにぴったりくっついている。自分の座席から腕を伸ばせば、操縦室の両端にも、前にも、後ろにも、天井にも触れることができる。どこにも逃げ場はない。私は人工水平儀に視線を固定し、その線が涙でぼやけて見えなくなるまでそうしていた。それから目を閉じ、彼に支配権を委ねた。

「ミナ？」ローワンが肩を揺さぶってくる。

　十一年遅すぎるものの、意を決して口を開く。「触らないで！」

　ローワンは困惑してすぐに身を引く。これはヴィックではないとわかっている。もし私がこの飛行機を無事に着陸させようと思うのであれば、この操縦室にローワンと――それが誰であっても――一緒にいてはいけない、それもわかっている。

「出ていってほしいの」私はローワンに伝える。

「ミナ、落ち着くんだ」

「落ち着けなんて言わないで！」私はヘッドセットを脱ぐ。ローワンがこちらに手を伸ばしてくるが、私はその手を振り払う。なんの助けにもならないから。耳の奥で血管が脈打ち、ここは777の操縦室ではなくセスナの狭い空間で、ローワンはローワンではなくて――出ていって！　出ていって！　出ていって！　私は乱暴に彼に殴りかかる。ローワンが落ち着くんだ、大丈夫だから、全てうまくいくからと言いながら、座席を後ろに下げ、私の拳から身を守ろうと両腕を挙げるまでずっと殴り続ける。

大丈夫なんかじゃない。

全てうまくなんていかない。

ローワンが出ていき、操縦室のドアを閉め、一人きりになれるまでは、大丈夫になどならない。しかし頭の中に響いていた轟音が静かになるやいなや、別のものがそれに取って代わった。警報だ――警報サイレンのウォーン、ウォーン、ウォーンという音、制御盤のライトの点滅。

ディスプレイに表示されたメッセージを読んだ私は、再びパニックに襲われる。

飛行機はもうオートパイロットになっていない。

47

走っちゃだめ、転ぶから。

公園を過ぎて、丘を上って。〝緑の人〟を待って、まだ、まだだよ……。

今だ！

窓辺の猫。置物みたい。小さな小さなしっぽの先だけが動いてる。ぴく、ぴく、ぴく。

渡らなきゃならない道路がもう一つ。〝緑の人〟もいないし、〝棒つきキャンディのおばさん〟もいない──ここにいるはずなのに……。

右も左も確認して。まだ、まだだよ……。

今だ！

走っちゃだめ、転ぶから。

郵便ポスト、それから街灯、それからバス停、それからベンチ。

大きい学校──私の学校じゃない、まだ私のじゃない。

本屋さん、空っぽのお店、それからおうちを売ってる不動産屋さん。

そうしてお肉屋さん。窓のところに、首に巻いた紐で吊るされた鳥さんたちが見える。ぎゅっと目を閉じる。そうすれば、こっちを見つめ返してくる鳥さんたちの目を見なくて済むから。

死んでる。みんな死んでる。

飛行機に死んでる人が乗ってる――ラジオの人が言ってた。パパは私に聞こえないようにおしゃべりしてたけど、聞こえた。聞こえちゃった。鳥さんたちが見てる――こっそり目を向けたら、鳥さんたちが私をじっと見てる。近づいていく私をじっと見ていて、だからママが言ってたことは無視して、目を閉じてできるだけ速く走らなきゃ。だって鳥さんたちと、悪い奴らと、地下にいるパパと――

ばんっ！

激突。

硬くて、熱くて、ひりひりする。顔に涙が。雪に血が。

不動産屋さん、それからお肉屋さん、それから……それから……。

それからどこ？

何もかも違っている。暗くて、雪まみれで、通り過ぎたくないお店のドアに影が見える。まだ私のことを見てる。頭にインクを垂らしたみたいに、黒いビーズみたいな目をした鳥たちが見てる。あそこには死んだうさぎもいる――見たことがある。それから三匹の豚の足。

みんなお店からこっちを見てる。私のことを待ってる。

スリッパに雪が積もってる。私にも、私のガウンにも、パジャマにも雪が積もってる。

とても寒い。とっても、とっても寒い。

次は、どこ？

48　シドニーまで三十分　ミナ

飛行機が横に傾き始め、サイレンが、頭の中で響くパニックと同じだけ大音量で執拗に鳴り続け、もうこれまでだ——ここで終わりだ——と知らせてくる。息ができない。突然襲ってきた閉所恐怖症に打ちのめされ、窓の向こうで私を嘲（あざけ）る果てしない空がさらに状況を悪化させる。

ウォーン、ウォーン、ウォーン。音は鳴り続け、すでにいっぱいの頭に押し入ってくる。

訓練学校から家までつきまとった苦痛、怒り、生々しい敗北感は、それから十一年間、片時も私から離れることがなかった。もしライアンと勤務を交代していなければ、もしソフィアを受け入れてから仕事に復帰していなければ、もし十一年前のあのとき凍りついていなければ。自分を信じていたら、自分の直感を信じていたら。苦情を訴え、自らの立場をしっかりと守っていたら。もしあのとき。そうすれば、こんなことにはなっていなかったのに。ウォーン、ウォーン、ウォーン。目の前には、理解しがたい名前が白い文字で刻み込まれたスイッチが百はあるに違いない。〝FLIGHT DETENT〟、〝STAB TRIM〟、〝VERT SPD〟、〝F/D ON〟。このうちのどれかがオートパイロットのスイッチだ――でもどれが? 系統的に見ていくよう自分に言い聞かせる。一度に一列ずつ。しかし目が落ち着きなく周辺に移動し、どこを見ていたかわからなくなる。見つからない。ここにはないのだ。

ヘッドセットを装着する。「チャーリー!」呼出符合(コールサイン)や無線のルールなど気にしている暇はない。サイレンは大音量でもって私への支援を表明している。

「聞こえているよ、ミナ――オートパイロットだ」チャーリーは、やかんの湯が沸騰したことを伝えるかのような落ち着いた口調で応じる。「防眩板(グレアシールド)の真下にある、一番上の細長い計器を見て」

「チャーリー、降下してるの」目の前にある大きなディスプレイに人工水平儀が表示されている。飛行機はゆっくりと左下に向かって降下していて、右側に読み出された数字を見ると、高度が少しずつ下がっているのがわかる。九千八百、九千七百……日の出の真下に、シドニーが広がっている。

「一番上のパネルの右側に――」

九千六百。

「〝VERT SPD〟、〝V/S〟、〝HOLD〟」目の前に並ぶうんざりするほどたくさんの白い文字を読んでいく。そうしながらも、飛行機が頭を下にして、私たちには脱出不可能な急降下を始めることを想像していた。「〝A/P ENGAGE〟?」

九千五百。

「〝A/P ENGAGE〟。そこにボタンが三つあるね――今必要なのは左側のボタンです。〝L CMD〟。それを押して」

ボタンを押す。たちどころにサイレンが止まり、警告灯が消える。しかしまだ息をつけるほどには自分を信用していない。

「ミナ、大丈夫?」

「大丈夫――と思います」手が震えている。「チャーリー、私、何をしてしまったのか」

「もういいんだよ」

「パニック発作を起こしていて――スイッチを切るつもりなんてなかったんです――私、そんな――」無線送信機を離す。私の言葉は、頭の中と同じだけ混乱している。自分が何に触れてしまったのか覚えていない。覚えているのは、一人きりにならなければ、ローワンを操縦室から追い出さなければとばかり考えていたことだけ。

「ねえ――もう終わったんです。もう全て、大丈夫」

訓練学校を辞めた後も私は学校のウェブサイトを見続け、グーグルで彼らの運営する小さなプライベート空港のニュースの断片を検索し続けた。そうする中で、軽飛行機の操縦を誤ったあるパイロットに関するニュースを知るに至った。大衆の一人が、飛行機が落ちてくるのを目撃したが、救急隊が現場に到着したときにはすでに機体は炎に包まれていたという。生存者はいなかった。

教官はヴィック・マイヤーブリッジ。同乗していた訓練生は、新人の女性パイロットだった。キャス・ウィリアムズ。

死因審問で飛行機のトランスミッションの記録が再生されると、それは機内でなんらかの争いがあったことを証明するものとなった。この結果を受けて学校側は、検視官が不運な事故による死と判定したにもかかわらず、ウェブサイトに掲載していた故人を称賛する追悼記事を密かに削除した。

それから数ヶ月ものあいだ、自分は行動を起こさないことによってその場しのぎで自分の命を救ったが、そのせいでキャスは命を失うことになったのだという事実がかたときも頭を離れなかった。命は助かったものの、すんでのところで命拾いしたことに対して感じるはずの、この上ない幸福感などこれっぽちも感じなかった。それどころか、罪の意識の重さに囚われていた。物理的に反撃せずとも――自分の命を危険にさらさずとも――誰かに話すことならできたはず。そうすれば調査が行われ、マイヤーブリッジには停職処分が言い渡されていただろう――そうすれば、キャスはあの男と一緒にあの飛行機に乗ることなどなかっただろう。

しかし私はそうはせず、あの男が私の肩を抱くのを許し、まるで私がポンコツであるかのように見せるのを許し、そして何も言わずに飛行場から立ち去った。私のいないところであの男が誰かに、私はパニック発作みたいなものに襲われていたのだと話すのを許した。あの男の意のままに、私は私自身の記憶を疑うことになった。

アダムにはこのことを話していない。彼の目に批判の色が宿るのは見るに耐えない。自分自身の批判だけでも耐え難いのだから。

「ミナ」チャーリーが呼びかけている。「アプローチを開始できますよ」

後方の客室にいる乗客たちのことを思う――夫にフェイスタイムをしていた妊娠中の女性、ラクランと彼の両親、レディ・バロウ、かわいそうなジニーと乗り気でない婚約者。伸ばした指が機内アナウンス装置の上を漂う。乗客に伝えなければならないことがあるとわかってはいるものの、彼らに安心感を与えられる自信がない。

ボタンを押し、声がうわずりそうになるのをこらえる。「みなさま、こちら機長です」乗客たちに、全てうまくいっていると思わせるのだ。自分たちは無事に着陸するのだと、せめて信じさせるのだ。「当機はまもなく、シドニーに向けて最終降下を開始します。座席を元の位置にお戻しになり、シートベルトをお締めください」慣れ親しんだ早口の台詞を口にしたことで落ち着きを取り戻し、ヘッドセットを元に戻した私は、窓の外に目を向け、眼前に広がる広大な空を見つめる。私にはできる。客室で耳にした、電話越しの絶望的な会話のことを――乗客たちが口にしていた約束や告白、宣言のことを――思う。私には、この飛行機を無事に着陸させる義務がある。もう二度と独りぼっちにしないと約束したソフィアに対して、義務がある。私が抵抗する勇気を持ってさえいれば死ぬことなどなかったはずのキャス・ウィリアムズに対して、義務がある。

私自身に対しても義務がある。私は操縦することができる、そう私自身に証明しなくては。チャーリーの尻上がりの言葉がヘッドセットいっぱいに聞こえてくる。「ミナ、五千フィートまで降下できますか?」

頭がほんの一瞬真っ白になり、それからALTボタンのことを思い出す。高度を下げ、それから速度を落とす。「はい――できました」

「〝HDG〟と書かれたつまみを探して――旋回するのに使います」

チャーリーが話し終える前につまみを見つけると――それはグレアシールドの下、オートパイロットボタンの左にあった――、彼の指示に従ってつまみを百八十度のところまで回し、それからボタンを押す。その直後、飛行機が旋回を始める。

「よくやったね、ミナ。フラップレバーがどこにあったか、覚えている？」レバーに手を伸ばす。「レバーを持ち上げてから、スロット一個分、引き下げて」ぎしぎしとこすれるような音がしてきて、次に、自分の居場所を見つけたフラップから鈍い衝撃音がする。普段であれば安堵を覚える音たちだ。このフライトが予定通りに進んでいれば、今私は一体どこにいたのだろう。客室を練り歩いて、座席位置やテーブルの位置を確認していただろうか。ホテルの部屋や、シドニー探索を心待ちにしていたことだろう。しかし今私が望むのは、無事に地上に到着することだけ。

「四千フィート」

チャーリーの指示を繰り返して確認しながら、言われた通りに行っていく。機首方位（ヘディング）070。三千フィート。フラップ。ヘディング030。機首方位を変更するたびに飛行機はより大きく旋回し、やがて前方に空港が見えてきた。

「〝APP〟と書かれたボタンを探してください」チャーリーが言う。「それがアプローチボタンです――これでローカライザー信号とグライドスロープ信号を受信（キャプチャー）することによって、安全に自動着陸を行うことができますから」

ボタンを見つけるのに少々時間がかかり――オートパイロットボタンのすぐ下にあった――、私がそれを押しているときにはすでにチャーリーは次の指示に移っていた。着陸装置（ランディングギア）を下げること。ハンドルは真ん中に位置していて、それを手前に引き、下げると、空気が吹き込んでごーっという轟音が長く続く。

「ミナ、APPボタンは押した？　その下にあるバーは点灯していますか？」

パネルを見る。何も点灯していない。

「ボタンは押しました、でも……」

「受信に失敗したんだ。もう一度やってみよう。燃料はどれだけ残っています？」当該ボタンを見つけ、ディスプレイの下に表示された数字を読み上げる。ブリスベン・センターのパソコンの前に座り、LEDライトがゆっくりとモニターを横切っていくのを見守るチャーリーの姿を想像する。長い沈黙ののちに再び口を開いたとき、チャーリーのその声には無理やりに保たれた冷静さが感じられた。「了解、ミナ——もう一度やりましょう」

「燃料は十分なんですか？」

束の間の沈黙。私は目を閉じる。ソフィアとアダムのことを思う。チャーリーは燃料が十分かどうか教えてくれていない。答えがわからないからなのだろうか、それとも、燃料が十分ではないことを知っているからなのだろうか。

「厳しいです、ミナ。うそはつきたくない」

息を深く吸い込む。十分であってくれないと。ここまでゴールに近づいておきながら、失敗するわけにはいかない。

「ヘディング090」

「090」機体を旋回させてから、指示を繰り返す。飛行機は現在、高度三千フィートを飛行中で、機体の下の空気は澄み切っている。海は濃紺色で、小さな白馬たちが波の上を全速力で駆けている。ロンドンを出発したのが昨日だなんて信じられない。この二十時間のあいだに、本当にさまざまなことが起こった。疲労が、私自身と同じくらいに凝り固まってしまったように感じられる。肩に厚手のコートがかかっていて、上から圧迫されているかのようだ。恐怖に焚きつけられて、今は偽りの覚醒状態にある。コーヒーを飲んだ後の一時的なエネルギーの爆発に近い。

「080」

「080」

「310」

最後の旋回を行うと、機首がゆっくりと空港の方に向く。私はこの飛行機を操縦しているのではなく、導いているだけ。数百トンもの金属を空中で動かすことを可能にした工学技術の偉業には驚嘆せざるを得ない。

「じゃあここでAPPボタンを押してください」

私はボタンを強く押し、指の下で水平のバーが点灯するのを確かめてからようやくボタンを離す。ほどなくして、飛行機が旋回し、滑走路に向かって真っ直ぐになるのがわかった。ついにローカライザー信号を受信したのだ。

「ミナ、フラップを全て展開させましょう」

チャーリーが最後の速度を指示すると、飛行機は、飛行機を滑走路へと導くグライドスロープが示す角度から下降を始める。ほんのわずかにでも装置に触れてしまえば計器着陸装置(ILS)のスイッチが切れてしまうとわかっている私は、じっとして待つ。

平行滑走路が二股フォークのようにボタニー湾に突き出していて、降下していくに従い、左側の滑走路には航空機の姿がなく、隣の滑走路に複数の飛行機が駐機しているのがわかる。たくさんの緊急車両が脇に集まっている。

自動カウントダウンが始まる。五十、四十、三十……。

母はいつも、頼むから日曜のミサに一緒に行こうと熱心に私を誘ってきた。しかし私は信心深い人間ではなかった。それでも、左右を青い海に囲まれて、滑走路がこちらに向かって駆けてくるのを目の当たりにしている今、私は中心線をじっと見つめて祈りを捧げている。

49　午前七時　アダム

どのくらい時間が経過しただろう。

秒数を数えて何分経過したかを把握しておこうとするが、上から衝突音が聞こえるたびに時間がわからなくなる。ソフィアがいなくなってからもう何時間も経過したような気がする。電気が落ち、ドアの下から差し込む蛍光灯の明かりが二度明滅して消えていく。ラジオも、ニュース速報の途中で途切れていく。

79便がシドニー空港に近づいたところで、航空交通管制の通信士が搭乗中のクルーの一人と交信することができた模様です。飛行機が現在もハイジャック犯の支配下にあるかどうかの確認は取れておりません。緊急車両がシドニー空港で待機しています。

地下貯蔵室は真っ暗で、その闇は深く、重苦しい。煙は目視できないものの、体で感じられる。味さえする。煙が喉の奥に入り込み、えずくほど咳が出る。痙攣する腕が金属の手錠をぐいっと引っ張る。もう手にも足にも感覚がなく——痺れと冷えが手を組んだ——、ベッカに引きずられた直後に感じたのと同じように頭が重い。煙のせいなのか、疲労のせいなのかはわからない。

ソフィアはもう町に着いているはず。ソフィアのたどる経路を声に出していき、今ごろどの辺りまで到着しているかを予測する。本屋、空っぽの店、家を売ってる不動産屋。走り続けたために息を切らした状態で、警察署の外に立っているソフィアを思い描く。彼女の頭上に、ヴィクトリア時代からそこにあるガラス製の青い電灯が見える。古い独房は現在ロッカーで埋め尽くされていて、この署に職員が配置されるのは週に三日だけ。それでも署の外に設置された黄色い電話は制御室に直接つながるようになっていて、ソフィアがやらなくてはならないのは、その受話器を持ち上げることだけ……。

早く、急いでくれ！

階上からまた衝撃音が聞こえてくる。階段からだろうか。二階？　隣に住むモーおばさんのことを思う。まだぐっすり眠っていて、手遅れになるまで何も耳に入らないであろうモーおばさん。郵便配達員が毎日八時にやってくるが、玄関灯が切れた今、石炭シュートから差し込む光は皆無だ。ということはつまり、まだ早い時間だということ。

全てはソフィアにかかっている。しかしうまくいかない可能性だって大いにある。ソフィアが経路を覚えていたとしても、渡らなければならない道路が複数あるし、善意の他人もいる――当然、変質者だっている。もしもソフィアが電話までたどり着けなかったら？　電話が故障中だったら？　勇ましく美しい娘を心に描く。アクションマンのパジャマとユニコーン柄のナイトガウンを身につけ、スリッパは雪で濡れている。涙がこぼれる。

最初、サイレンの音は俺の想像かと思った。

音は同じ速さで大きくなったり小さくなったりを繰り返している。俺は目を閉じ、必死で耳を澄ます。あまりに強く願っているために、音が聞こえていると錯覚しているのかもしれない。しかし、また聞こえた。けたたましい消防車のサイレンと並行して、パトカーのリズミカルなサイレンが聞こえている。階上でまた何かが崩壊する音が聞こえるが、サイレン音が次第に大きくなっていて、燃え盛る炎の音はもう聞こえない。聞こえてくるのは救助の音だけ。

ソフィアは俺の場所を正確に伝えたに違いない。すぐに石炭シュートから懐中電灯の明かりが飛び込んできて、ちょうど俺の足元をスポットライトのように照らした。

「ここです！」叫び声を上げようとするものの、喉が応じない。酸性の煙が喉を詰まらせる。石炭シュートは大人が通るには小さすぎる。パニックが込み上げてくる。俺をここから引き上げることができなかったら？　ギシギシと軋む音、バリバリと割れる音——階上で凄まじい音がしていて……家が崩壊するのだろうか。瓦礫の下敷きになっている自分を想像する。壁につながれている以上、俺には抜け出す方法がない。

「アダム？　もう少しそこで辛抱していて——今助けに行きます」

地下室の階段の一番上辺りに明かりがちらつくのが見える。ものすごい衝撃音が家中に響き渡ると同時に、地下室に塵と瓦礫が舞い込んでくる。俺は両膝を抱えて顔を埋める。誰かの手が肩に触れる——別の手が俺の頭を持ち上げて、上から何かをかぶせる。急に空気が清々しくなり——もう呼吸が喉に詰まらない——、目からちくちくとした痛みが消える。地下貯蔵室に消防士が二人いる。女性消防士が俺に向かって親指を立ててきて、俺はそれに応じるように頷く。それから消防士は、体を前に曲げるように俺に身振りで示してくる。もう一人はすでに手錠を確認中で、彼らが入る空間を確保できるよう、俺は尻で移動しながら壁から離れ、できるだけ体を前に低く倒す。火花が散り、何かを削る音が聞こえてくる。体が滑り落ちてしまうことに備えて心の準備をして待ったが、実際には、大きな衝撃とほぼ同時に体が急に前に倒れ込んだ。ようやく解放されたのだ。

彼らが切ったのは手錠ではなくパイプの方で、立ち上がろうとすると、両腕が背中に回っているためにバランスが取れずよろめく。足首は体重の下敷きになったまま、長い時間、動かさずにいたために固まってしまっている。走ることなど到底無理だが、歩くことさえどのようにやるべきかわからず戸惑っていた矢先、両側からあっさりと抱え上げられて担架にのせられ、胸と脚をきつく固定される。

消防士たちは俺を階段の上へと運び——一段進むごとに、担架の車輪ががたがたと弾む——、建物の残骸を乗り越えて地下室のドアを出る。キッチンが見えてきて、すぐに玄関ホールに出る。壁紙を伝って二階へと向かおうとする炎。それから水——どこを見渡しても水が。そうして外に出る。雪の中へと引きずり出されると、四方八方から青い光に照らされる。救急隊員が一人、俺について走っている。防炎マスクを外されながら、俺は大声で叫ぶ。

「ソフィア——ソフィアはどこ？」しかし誰も聞いていない。

「一、二、三」救急車に乗せられる際、激しい揺れを感じ、滑るような感覚がある。

「娘に会わないと」

「まだ手錠がかかってる――警察のものみたいだな。鍵を持ってる人間を呼んでくれないか？」

彼らは俺の言葉など聞かず話し続ける。彼らの仕事を邪魔しないようにそっと目を閉じると、極度の疲労感にのみ込まれる。頭が持ち上げられ、酸素マスクが顔につけられる。それから体を横向きにされる。救命隊員が俺の出血している手首を見てくれている。

「手錠の鍵が必要だった？」女性の声が潜在意識に入り込んでくる。手首が引っ張られる感覚があってから、解放される至福の感覚がある。しかし手首を動かそうとすると、即座に激痛が襲ってくる。女性はまだ話し続けている。その声には聞き覚えがあるのだが、誰だったろう。

「……完全に取り乱してるわね、かわいそうに。あの子を連れてきても大丈夫？」

「ソフィア！」俺が急いで上半身を起こそうとするのと同時に、開け放たれた救急車の扉からナオミ・バトラー警部補に付き添われた黒い豊かな巻き毛が顔を出す。

ソフィアは怯えた目を大きく見開いて俺をじっと見つめている。ソフィアに俺の顔が見えるよう、酸素マスクを外す。ソフィアはバトラー警部補の革のライダースジャケットを羽織っていて、袖は床を擦っている。前のファスナーは閉じられていて、顎の下からゾウさんが顔を覗かせている。

「転んじゃったの」ソフィアは言う。下唇が震えている。

「とってもよくやったよ、パンプキン」

「十代の子がこの子を見つけてくれたの」バトラー警部補がソフィアを抱え上げて救急車に乗せると、ソフィアは駆け寄ってきて俺に抱きつく。「肉屋の隣に住んでいる子よ——昨晩、公園でソフィアに会ったって言っていたけど？　いい子よ——すぐに通報してくれたの」

「パジャマ破いちゃった」

「買い物に連れてってあげるよ。新しいのを買おう」

「ママも？」

心臓が激しく震える。口を開けたものの何も言うことができず、警部補に目を向ける。警部補はソフィアに向かって微笑みながら、携帯電話を差し出していた。

「パパに見せてあげたら？」

ソフィアの顔がぱっと明るくなる。「ママ、飛行機を操縦したんだよ」ソフィアは小さな画面上の〝プレイ〟ボタンに触れてから、俺の頭に自分の頭を押しつけてくる。そんなふうにして俺たちは、ミナが79便を無事にシドニー空港に着陸させる様子を一緒に確認する。

50 クリスマス・イヴ ミナ

「緊張する」私は目を上げてローワンを見る。「おかしいよね？」私たちはロンドン・ガトウィック空港の手荷物受取所に立っている。もう百回はここに立ったことがある——同じようなスーツケースがぐるぐると回るのを見ながら。コンベアの真ん中にはクリスマスツリーが立っていて、厚紙で作られたスーツケースのパネルがツリーを飾っている。

「報道陣のせい？」

「そうだね」報道陣のことなど頭になかったが、そう答える。アダムに会えるのだと考えると、不安で胸がいっぱいになる。この六日間、私たちは毎日話をした。接続状態の悪さは、私たちのあいだに流れるぎこちない空気を少しもよくしてはくれなかった。画面に映るアダムの顔を見れば、そこに見えるのはこれまでと変わらぬアダムなのだが、最後に彼に会ったときからあまりにも多くのことが起こっていた。

アダムは何もかも話してくれた。ギャンブルのこと、借金取りのこと、目眩がするほどの金利のこと。職場でついていたうそ。職を失うかもしれないという事実。男がカーチャを脅迫したときの話を聞かされて、ソフィアの夜驚症がちょうどその週に始まったことを思い出した。それ以上はもう聞いていられなかった。電話を切り、携帯電話の電源をオフにしてホテルのバーに向かった。コーヒーを一杯飲むごとに感情が高まった。

クルーは乗客たちと同じホテルに滞在することになった。一階の廊下全体を封鎖するために非常線が張られ、その階の部屋が取調室として使われることになった。私たちは療養中の患者のようにレストランからラウンジを移動し、医者や警察、ジャーナリスト、それに――必要なときにはいつでも――カウンセラーのところに案内された。

「あなたと他のクルーたち、それから乗客たちの関係は、複雑なものになるでしょう」一人目の心理学者が言った。彼女はシドニー空港の会議室で私たち全員に話をしてくれて、私たちに〝これから数日間を生き延びるための方法〟を教えてくれた――私たちの試練がここで終わりではないことを伝える意味でも。「あなたたちは互いに憎み合うことになるかもしれません。互いの顔を見るたびに、起こってしまった出来事を思い出すことになるからです」心理学者は言った。「あるいは、互いのことを、本当の家族以上に近しい存在に感じることもあるかもしれません。二十時間ものあいだ、共に地獄の苦しみを味わったのですからね――あなたが今どんなことを感じているにせよ、それは普通のことです、間違いありません」

今の私は普通とは程遠い。目を覚ました瞬間から、取調べや不安、起こった出来事を頭の中で繰り返したいという衝動のために疲労困憊(こんぱい)して、ようやく目を閉じる瞬間までずっと罪悪感に苛(さいな)まれている。ホテルは心に傷を負った乗客でいっぱいで、みなラウンジの隅に集まっては何度も思い出してしまうの、あのとき……と言葉を交わしている。毎日、観光客たちがホテルに到着してチェックインを済ませる。私たちは彼らをじっと見つめて、休暇でシドニーに到着するのというのは、時差ぼけ以外の不調を何も抱えずに飛行機から降りてくるというのは、どのような気分がするものなのだろうと考える。

アダムは私に一人の時間を与えてくれた。チェスカがここにいてくれたらと願いながら、ローワンとデレクと夕食を取った。斧の刃はわずか数ミリメートルの差でチェスカの脳を外れていた。医者の話では、彼女の容態は依然として深刻で、どれほど長期にわたって損傷が続くかについてはまだわからないものの、それでも一命は取り留めたようだった。病院は、安心してイギリスに帰国させることができるようになるまでは、チェスカをセント・ヴィンセント病院の集中治療室(ICU)に入院させておくと言った。チェスカに会いにいきたかった。会って、最後に彼女を見たときのイメージを、血みどろでもつれた髪を、脳裏から消し去りたかった。しかし病院は、チェスカの容態が安定するまでは誰の面会も許可しなかった。

私たちには日課ができていた。クルーズ船で旅行中の行楽客のように、食事の時間になると顔を合わせ、それを終えると各々の部屋に戻った。決してホテルの外には出なかった。私は——真偽のほどはわからないものの——他のクルーたちから自分に向けられる敵意に気づいていたものの、それも当然のこと、そんなふうに思えた。そのせいか、優しく手を差し伸べてくれる乗客に会うとありがたい気持ちになった。命が続く限り、自分のしてしまったことに折り合いをつけることなどできないだろう。

「誰だって同じことをしていたさ」ローワンが言った。夕食後に一杯飲んでいたときのことで、デレクはすでに部屋に戻っていた。私も眠る必要があったが、一人になるのが怖かった。どんな夢を見ることになるのかを思うと、怖かった。

「それでも実際にやったのはみんなじゃない。私なの」カーメルの目の表情が、マイク、ベン、ルイの無意味な死が、記憶から消えずにいた。失われたたくさんの命。

「救われた命もたくさんある」ローワンは教師だったが——なんの因果か、数学の！——、彼がいい教師であることは見ていればわかった。笑うと目尻に皺が寄り、彼が何かを説明すれば、たちどころに物事が明確になるのだった。そして独身だった。当然、私には関係のないことではあるのだが。「理想の女性に会えていなくてね」ローワンはそう言っていたずらっぽい笑みを見せたが、その表情が徐々に真剣なものに変わっていくのを見て、私は息が胸につかえるような感覚に襲われた。私たちは同時に視線をそらし、今夜はこの辺でお開きにしないと、とどちらからともなくそう言った。私たちは別々の廊下を進み、別々の部屋に向かった。疲れすぎて眠ることができず、目を覚ました状態で横たわりながら考えた。以前と同じように感じられる日などやってくるのだろうか。

次の日、娘の身を危険にさらしたことでアダムに感じていた怒りよりも、アダムに会いたいという衝動が上回り、私からアダムに電話をかけた。アダムに――みんなに――うそをつき続けてきた歳月のことを思った。パイロットになる夢を諦めた理由のことを思った。一つのうそが、別のうそより悪いということがあるのだろうか。

「会いたいよ」私は言った。

「俺も、会いたい」

家に帰りたくてたまらなかった。アダムは、ソフィアは元気だと請け合ってくれて、私はそれを信じた。それでも、私と娘をつないでいる糸が私の心をぐいっと引きつけた。あと一日、取調べを受けて、繰り返しそう告げられた。一日だけ、そうしたら家へ帰れますから。

ワールド・エアラインズは、〝敬意を表する〟として直行ルートを一時停止させ、私たちは上海で飛行機を乗り継いでイギリスに向かうことになった。会社の株価は四十二パーセント下落した。ミズーリと仲間たちのせいで被った損害を修復するには、どれほど長い時間が必要になるのだろう。ある意味で犯人たちは勝利を収めたことになるのだろう。

私たちが帰国するにあたり、ディンダーはビジネスクラス全席を確保してくれた。誰も座っていない座席は、必要に応じて使用可能な予備の座席としてそのままにしてあり、それはちょうど女王が搭乗する際に安全確保のために行うのと同じようなやり方だった。クルー全員と、ハイジャックの悪夢によって旅行の計画変更を余儀なくされた乗客たちがここに乗り込んだ。夫の待つ家に帰ることを選択した妊婦。彼女の夫は——酌量すべき事情により——クリスマスに休暇を取ることが認められた。ダグは一人で帰国の途についた。後に残されたジニーは、二人の〝ハネムーン〟のためにダグが予約していた五つ星のリゾートホテルで、一人、傷を癒すことになった。

ローワンはある会議に参加するためにシドニーに向かう途中だったが、結局その会議に出席することはかなわなかった。「もうここにいる理由がないな」帰りの航空券が提供されたとき、ローワンはそう応じた。ここに残って観光でもしようなどと思う者はいなかった。

ジェイソン・ポークもイギリスに戻った。他にも一握りほどの乗客たちがイギリスに向かう飛行機に乗り込んだ。中には、元々はエコノミークラスの航空券を持っていて、二度とビジネスクラスに搭乗する機会がないかもしれないからという理由でこの便で帰国することを選んだ一家もいた。なんとしてもクリスマスは家で過ごしたい、唐突にそんな思いに駆られたのは私だけではなかった。

ファインリーと彼の母親は隣同士の座席に座った。離陸の直前、私はファインリーに小さなプレゼントを渡した。ファインリーは包み紙を破るなり目を輝かせた。

「エアポッツだ！　最高！」

「気に入るかなと思って」私は笑みを見せてそう言い、ファインリーがワイヤレスイヤフォンを耳に滑り込ませるのを見ていた。

「ありがとう――なんて親切なんでしょう」ファインリーの母親は言った。離陸から着陸までのあいだ、彼女が息子から目を離すことはなかった。ファインリーが疲れて起きていられなくなると、母親は二人のあいだのパーティションを下げた状態で横たわり、息子が眠るのを見守った。

デレクのことが心配だった。私はシドニー空港のラウンジに座りながら、エコノミークラスの床に身を寄せてうずくまっていたときの、彼の絶望した声を思い出していた。あのとき、デレクの心には確かに変化が生じていた。しかし彼のあの言動は、状況の圧力に支配されてのことだったのだろうか。自制心を失った故の言動だったのだろうか。記者会見の日、デレクはツイッター上にあるブログ記事へのリンクを張った。記事には、機内で彼がつづった別れの言葉が羅列されていた。痛ましく、ブラックユーモアに満ちたもので、私は感極まって涙した。デレクは再び心変わりしてしまったのだろうか。これはデレクの遺書なのだろうか。

搭乗ゲートがもう間もなく案内されるだろうというころになって、デレクがキャリーケースと新聞を手に大急ぎでラウンジに駆け込んできた。聞けば、『タイムズ』紙にコラムを掲載しないかと依頼されたという。大袈裟に喜んでいる様子は見せなかったものの、背筋が伸びていて、表情は晴れやかだった。デレクに幸運が訪れたことを知って、私は嬉しく思った。

帰りの飛行機では五つ星の扱いを受けた。カウンセラーと医者が同行していて、医者は私に、怖くて目を閉じられないときに飲む薬をくれた。汗を流して叫び声とともに目覚めると、ローワンが語りかけてなだめてくれていて、高い岩棚に登ってしまった私を低い位置に引き戻してくれた。

眠っている最中に叫び声を上げたり、飛行機は気流の悪いところを通過中です――シートベルトをしっかりお締めくださいというパイロットからのアナウンスを聞いて体の震えが止まらなくなったりするのは、私だけではなかった。同乗客に目を向けて、全員に見覚えがあることを確認し、どういうわけか網の目をくぐり抜けてこの飛行機に乗り込んだミズーリの一味がいないことを確認していたのは、私だけではなかった。

私のスーツケースがベルトコンベアの角を曲がってこちらに向かってくるのが見える。一歩前に踏み出すが、ローワンが先にそのスーツケースに手を伸ばす。「取るよ」

角を曲がって到着ロビーに向かうと、耳をつん裂くような音が聞こえてきた。目が眩むほど激しいカメラのフラッシュがロビーを満たしていて、ローワンの提案でサングラスをかけてきたことに感謝する。最初は、セレブ気取りの人間のようで気恥ずかしい感じがしたが、激しく降り注ぐフラッシュは身がすくむほど強烈で、本能が身を隠せと伝えていた。ローワンは安心感を与えるように私の背中にしっかりと片手を添えて、出口まで誘導してくれる。

こっち、こっち！　という叫び声があちこちで上がっている。

アリス・ダヴァンティが携帯電話で話をしている。大勢のリポーターたちを避けるように迂回して真っ直ぐ出口に向かっている姿が見える。この足で会社に向かい、ここ十年で最悪のハイジャック事件をどこよりも先に報じるつもりなのだろう。ハイジャック被害に遭った乗客たちの第一便がイギリスに帰ってきて……。

「ホルブルックさん、ご自身は刑事責任を問われると思いますか？」

部屋が回転し、焦点が合ったりずれたりを繰り返す。おびただしい数の顔が目の前ではっきり見えたりぼやけたりしている。自分がくずおれるのがわかる。飛行機に引き戻され、操縦室のドアを開けるとマイクの顔が見えて……。

「医者を！」

都合のよい卒倒、不愉快な新聞の一つはそんなふうに書き立てるだろう。ヒロインのような到着に圧倒される、別の新聞はそう書くだろう。別の見出しを提供することだってできるのに。恐れおののいた。取り憑かれた。罪の意識。

ローワンの手を借りて立ち上がると、応急処置のためにそばに駆け寄ってきた人を払いのける。運転手たちの掲げるボードやジャーナリストたちのテープレコーダーの隙間から、あるものが垣間見えたから。そしてそれこそが、私にとっての唯一の薬だから。

それは厚紙に書かれていた。ソフィアが慎重に書いた文字が赤い絵の具で塗りつぶされ、ラメで装飾されていた。

〝ママ、おかえり〟

カードの縁に沿って、花びらのような形に並べた小さな紙切れが貼ってある。ソフィアを家に残して仕事に出発するたびに、私があの子の枕元に置いていった手紙だ。ソフィアはその手紙を一枚残らず取っていたのだ。

スーツケースをその場に残して駆け出す。カードに向かって、娘に向かって、我が家に向かって、全速力で駆け出す。

「ママ！」

ソフィアを抱き上げて強く抱きしめる。ソフィアの髪に顔を埋めて、ソフィアのシャンプーの香りを、皮膚の匂いを、ソフィアの存在そのものを吸い込む。ソフィアは泣いていて、私も泣いている。それから、私の肩を抱く誰かの腕。とてもよく知っている重み。とてもよく知っている心地よさ。

「遅かったね」アダムがそっとつぶやく。

きつく目を閉じ、79便の恐怖を頭から追いやる。そして夫の懐かしい両腕に、二人のあいだで押しつぶされそうになっている柔らかな体の感覚に心を傾ける。これが私の人生。

「遅くなってごめん」

51　三年後　アダム

「どれどれ、お顔を見せて」ミナはソフィアと目の高さを合わせるように顔を近づける。もうミナがしゃがみ込む必要がなくなっていることに気づいて俺は驚く。ソフィアはぐんと背が伸びているのだ。「完璧じゃないの」

「パパが髪をやったの」

「パパってすごい」

ソフィアにせがまれた俺は、ユーチューブの動画をいくつも視聴して髪の結い方を覚えているところだった。今日は編み込みに挑戦した。分け目は真ん中から始まっているというのに、最初に左に蛇行して、それから右に蛇行している。両耳の下から突き出ている癖のある毛先の一つは大きく、一つは小さい。

「上手だね」ミナはいたずらっぽい笑みを俺に向けてから、コーヒーを飲み干し、マグカップを流しに放る。火事の後、俺たちがこの家に戻ってこられるようになるまでに半年かかった。ありがたいことに保険で全ての費用をまかなうことができ、ようやく再び我が家に足を踏み入れたときには、火事の痕跡は全く残っていなかった。新しいキッチンは以前と同じではなかった。地下貯蔵室が存在することなどわからなくなるよう、食器棚を壁にぴったりとくっつけて配置した。家のどこを歩いてもベッカの姿を見てしまう気がしていたが、一階をどのようにするかについて三人で非常に長い時間を費やして話し合った結果、〝家〟以外の何ものもそこに見えてくることはなかった。

バトラー警部補が——酌量すべき事情により——俺にクリスマス休暇を与えてくれたため、あの日、俺たちは空港からミナの実家まで車を走らせた。ミナの父親は、彼女の母親がよくしていたのと同じように、来客用ベッドの端に折り畳んだタオルを置いていた。そして床には、ソフィアのために小さなエアベッドを用意してくれていた。

「コーヒーをいれてこよう」二人の距離が離れていることの口実のように、荷物を二人のあいだの床に置いたまま立ち尽くしている俺とミナを残して、義父のレオはその場を離れた。

「別居してるって、パパには言ってないの」ミナが言った。

「ソフィアとベッドで寝てもいいよ。俺はこっちのエアベッドで寝るから」

「いいよ、大丈夫」ミナはためらっていた。「もしそっちが大丈夫なら、だけど」

鼓動が速まるのを感じた。「それってつまり……」

ミナは頷いた。

俺たちは途切れ途切れに眠った。ソフィアはエアベッドを放置して俺とミナのあいだに丸まって眠った。これでまた一つ、俺たちが言葉を交わさない言い訳ができたわけだ。人と会話をすることを中心に回る仕事に従事している二人の大人だというのに、どちらも恐ろしく会話が不得手だ。

それでもそれからの数日間、間欠的にではあるものの、俺たちは言葉を交わした。レオがソフィアを連れて、吹きさらしの浜辺に沿って行われるレースに向かおうとしていたとき、風の中でくるくる回るソフィアをよそに、レオが俺たちの方を振り返って心配そうな視線を向けてきた。レオには最初からわかっていたのだろう。

停職処分は受けなかった。制服警察官に戻され、バトラー警部補からは、自分の問題をきっちり処理してから、あなたの仕事を取り戻しにきなさいという熱烈な命令を授かった。福祉課に紹介され、カウンセリング、債務整理アドバイザーにも紹介された。俺が手を出してしまったヤミ金業者に関して俺が警察に提出した情報は、関連する犯罪を芋づる式にいくつも炙り出す結果となり、バトラー警部補から〝お手柄〟とだけ書かれたメールが届いた。

アリス・ダヴァンティの所属する新聞社に焚きつけられた魔女狩りをよそに、ハイジャック事件関連でミナが刑事訴追されることはなかった。俺たちがそれを知るまで一年を要したのだったが――眠れぬ夜と、もし刑務所に行くことになったら？　という恐怖が一年も続いた――、ある日、地味な服装に身を包んだ男性が二人家にやってきて、検察庁(CPS)は、操縦室のドアを開けたことでミナを訴追することに公益性は認められないと判断したと伝えていった。

その決定がミナの罪の意識を弱めることはなかった。ローワンがミナに、自分の友人である心的外傷後ストレス障害（PTSD）治療の専門家を紹介してくれて、徐々にではあるもののミナは、自分が強制されてあの行為を行わなければならなかったのだと受け入れるようになってきていた。

それよりも時間を必要としたのは、パイロット訓練中のミナの身に起こった出来事の告白だった。ミナからマイヤーブリッジの話を聞かされたとき、俺は何かを――誰かを――殴りたい衝動に駆られた。

「学校に訴えるべきだよ。それか、航空当局か」

「それで何になるの？」ミナの方が俺よりも楽観的だった。「今は、あのころとはまるで違ってる。ちゃんとした方針もあるしね――確認したの」ミナはそのことから解放されようとしていた。だから俺もそれに従うことにした。

「でも、もう秘密はなしな」俺は言った。「二人のうちどちらも」

「もう秘密はなし」ミナは同意した。

驚いたことに、ソフィアは、比較的傷の少ない状態で事態を切り抜けた唯一の人間ということになりそうだった。カウンセリングに連れていったが、ベッカや火事のことを割り切って考えていて、それよりも警察からもらった表彰状に満足していた。ソフィアの立ち直る力の強さが赤ん坊時代の経験の中で培われたものなのだと思うと、誇らしさを覚えると同時に胸が痛んだ。いつの日か、そうした記憶がソフィアの中から全て消えてしまえばいいのに。

「いい？」ミナが言う。ソフィアに目をやると、ソフィアは頷いている。

「よし、行こう」俺は車の鍵を手に取る。


「私の名前はサンドラ・ダニエルズです。79便に搭乗した瞬間に、これまでの人生に別れを告げました」

被告席の女性は小柄で――百六十センチメートルそこそこだ――、新聞に掲載されている、〝ザンベジ〟の名で世間に知られるようになったハイジャック犯の顔写真とは似ても似つかない。未決拘禁中の数ヶ月のあいだに日焼けは薄くなり、濃い茶色の髪が根元から伸びてきていて、まだブロンド色を残した毛先は乾燥して痛んでいた。俺の隣に座るミナの体がこわばるのがわかった。ダニエルズは、その日証言を行う最初の被告人だった。公判の一部は少なくともあと二週間は続くと予想されている。今日の午前中に、最後の証人が呼ばれていた。

そこにはソフィアも含まれていた。

ソフィアにはビデオリンク方式で証言する許可が与えられた。モニターに映ったソフィアの瞬き一つしない目が、巨大に見えた。ソフィアは真っ直ぐにカメラを見据えていて、下唇の内側をかじるたびに口元がピクピクと動くことだけが、彼女が緊張していることがわかる唯一のサインだった。

「どのくらい長い時間、地下の貯蔵室にいたんですか、ソフィア?」

ソフィアは顔をしかめた。「わからない」

「長い時間?」

「はい」

「一時間? もっと長い時間?」

ソフィアは視線を横にそらした。得られるはずのない法廷付添人ジュディス——白髪のおかっぱ頭の——からの助けと、後でもらえるはずのお菓子を求めていたのだろう。ジュディスと一緒に迷路のような廊下を通って、最も被害を受けやすい証人たちのために用意された部屋へと向かう中、ミナはずっとソフィアの手を握っていた。ソフィアが証言するあいだ、ミナは廊下に置かれたプラスチックの椅子に座っていて、俺は中央刑事裁判所（オールド・ベイリー）の反対側から、もうじき九歳になる娘が反対尋問されるのを見守った。

「一時間より、ずっと長い時間です」

　俺たちはソフィアを法廷に立たせたくなかった。ソフィアの証言が争われることはなかった。生き延びた六人のハイジャック犯たちは無罪を主張したものの、ベッカは抵抗せずに降参していた。ベッカは母親の家で、血眼（ちまなこ）になってパソコンの検索履歴を一掃しようとしていたところを警察に見つかっていた。俺を地下室に監禁するのに使った拘束具を購入した記録が、彼女の個人情報に紐づいていたから。

「ごめんなさい」ベッカは、自分を捕らえた警察官にそう言ったという。手錠をかけたのが俺だったらよかったのに。

ソフィアを〝証人〟に立てたのはCPSの法廷弁護士だった。「あの子は非常に雄弁です」法廷弁護士は、まるでそのことが俺たちにとっては驚くべき発見であるかのようにそう言った。「あの子なら、陪審員に好印象を残すことができるでしょう」

ソフィアは証拠を挙げるために法廷に呼ばれたわけではなかった。陪審員の心を溶かすため、あの子のひたむきな返答と無垢な理解で陪審員を味方に引き入れるために法廷に呼ばれたのだった。ソフィアは彼らに、ハイジャック犯の起こした行動が――最終的にはそれは失敗に終わったとしても――もたらした人的被害を目に見えるものにするために呼ばれていた。

「私からの質問は以上です」

ソフィアは依然として無表情を貫いていたものの、下唇の痙攣が止まっていた。俺はようやく呼吸することができた。ソフィアは裁判所に来るためにかなりの日数学校を欠席し、それでも結局丸一日ただ待つことになるという日々を繰り返した。ソフィアの順番は何度も何度も先送りされた。今は被告人たちが証言台に立つ番になったため、俺とミナは交代で彼らの証言を聞きにきていて、ソフィアはもう何日も裁判所近くの公園やカフェで過ごしている。ミナと俺が順番でソフィアの面倒を見るか、俺たちのどちらもが裁判所にいなければならないときには、ローワンかデレク、チェスカがソフィアに付き添ってくれている。彼らはみなソフィアをとても可愛がってくれている。

チェスカは一時危険な状態に陥ったものの、完全な復活を果たした。チェスカは担架に縛りつけられた状態で一番先に飛行機から降ろされた。待機していた救急輸送機が離陸すると、武装警察官が飛行機に乗り込み、ハイジャック犯を一人ずつ別々の装甲車に移動させた。

ミナが家に戻ってきてから数週間後、ミナが携帯電話でニュース映像を見ていたことがあった。画面上に、小さな人の姿が出てきては消えていった。「現実のこととは思えないよ」ミナは言った。そして手錠をかけられた犯人たち一人一人の名前を静かにつぶやいた。ガンジス、ニジェール、ヤンツー、コンゴ、レナ。彼らに続いて降りてきたのは乗客たちだった。みな顔が青ざめ、体は震えていた。その次にクルーたち。みなシドニーの明るい日差しにさらされて目を瞬(しばたた)かせていた。ディンダーが思い描いていた到着写真とは違っていた。

「もう十分だよ」俺はミナに言ったが、ミナは首を横に振った。

「見る必要があるの」

遺体袋が運び出される映像が流れると、ミナは泣いた。ロジャー・カークウッド、マイク・カリヴィック、カーメル・マーン、ベン・ノックス、ルイ・ジュベール。彼らを攻撃した犯人たちの名前と同様に、世界中の人々に知られることとなった名前。検視の結果、休憩中の二人のパイロットには、最初の死者となったロジャー・カークウッドに使われたのと同じ薬が投与されていたことが確認された。ハイジャック犯の一人が、すり潰した薬を、カーメルが控えのパイロットに提供するために作った飲み物の中にこっそりと混ぜたらしかったが、本当のところは知る由もない。ミズーリが死に、彼女の計画が〝知る必要のある〟部分以外は共謀者たちとさえ共有されていなかったため、答えの出ない疑問が非常に多く残ることとなった。控えの客室乗務員たちは体をこわばらせ、脱水症状を起こし、怯えた状態で発見されたものの、幸いなことに命は無事だった。彼らは狭苦しい休憩室にずっと閉じ込められていたのだった——ハイジャック犯の一人によって、客室へのドアが開かないように細工されていた。

『デイリー・メール』紙の全面に、九人の共謀者——搭乗していた八人とベッカ——たちの顔写真が巧みに配置され、各々の写真の下に彼らの本名が記載された。反対側のページには世界地図が載せられ、ハイジャック犯一人一人のコードネームの語源となった川を示す矢印がつけられていた。『ガーディアン』紙は数日分のインターネットコンテンツを、それらの川の危機的状況を伝えるために当て、同時に、世間の人々に気候の非常事態に関する情報を伝え続けるための寄付金の呼びかけを掲載した。

裁判が開始されるまでに三年近くかかり、裁判所の端に設置されたガラスで仕切られた空間に二列になって座る被告人たちに対する起訴内容が読み上げられるのに二時間かかった。テロ活動の準備、資金集めのための犯罪、テロ目的での物品の所持、殺人、共同謀議、誘拐……項目はいくつも続き、最後に偽造公文書行使——ミズーリが仲間全員に調達した偽造パスポート——が挙げられた。

裁判そのものは五ヶ月を要した。あまりにも長いあいだ事件の余波を背負って生きてきたため、時々わからなくなることがある。今とは違う生き方などあるのだろうか。その週の証言以外のことを話題にする日など、俺たちにやってくるのだろうか。

サンドラ・ダニエルズの主張——自分は、グループの計画がどれほど広範囲に影響を与えるかを知らなかったという主張——は、反対尋問の途中で破綻した。ダニエルズは、虐待を伴う結婚が原因で長年抱えることになったトラウマを理由に減免を主張していたが。これから二週間のうちに、残りの被告人たちから同じような弁明——交わされていた約束、計画されていた逃げ道——を聞くことになるのだろう。そうしてやがて、一人の女の手による心理操作、グルーミング、急進化という一枚の絵が浮かび上がってくるのだろう。

ミズーリ。

どの支流も行き着く先にはミズーリがいる。ミズーリは証拠をうまく隠蔽していたものの——ハイジャック犯たちが使っていたインターネット上の邪悪な掲示板は、二度と復元されることがないよう処理されていた——、警察は彼女の自宅から、共犯者一人一人と彼女を結びつける書類を発見した。

公判の最終日、俺たちは判決を聞くために裁判所に招集された。俺は法廷内を見回して、ここに通うようになって半年が経った今、自分の家族と同じくらいに親しみを覚えるようになった人たちに目を向ける。デレクは、今日はスーツを着ている――この後、面接があるに違いない。デレクは自然な流れで活字媒体からテレビへと仕事の場を移し、アリス・ダヴァンティとは明暗が分かれることとなった。79便の乗客の一人が、アリスがすでに人の座っている座席に無理やりよじ登ろうとするところを撮影した動画をリークすると、彼女のキャリアは完膚なきまでに叩きつぶされた。

ジェイソン・ポークはもっとうまくやった。彼はこれまでの全ての無神経な冗談に対して、心から熱のこもった謝罪をした。そして79便で座席を奪ったことの償いをこれからしていくつもりだと約束した。「もう死んでしまうのだと思ったとき」情報番組〈グッド・モーニング・ブリテン〉でポークは言った。「これまでの人生が走馬灯のように目の前を駆けていくんだ――そのとき俺が目にしたものは、誇れるようなものじゃあなかった」ポークは災害ドキュメンタリーの司会者になり、世界中を回って、津波や地震、森林火災などの背景にある人々の物語を紹介している。タブロイド紙は彼を〝目覚めたポーク〟と名づけた。生まれ変わったエンパス。

キャロラインとジェイミー・クロフォードは判決を聞きに戻ってはこなかった。ジェイミーは証言を済ますとすぐに裁判所を去ったが、キャロラインはしばらくその場にとどまり、〝クロフォード青少年スポーツ基金〟を立ち上げたことをみなに公表した。伝わるところによると、彼らの離婚は厄介なものであるらしい。〝舐めた態度にムチ〟、あるタブロイド紙はそんなタイトルとともに、ジェイミーが妻の慈善基金に何百万ポンドを寄付する同意書に署名をしたこと、にもかかわらずジェイミーに言い渡されたのは離婚宣告だったことを伝えた。マスメディアはやがてこの事件に飽きるだろうと思っていたが、報道は容赦なく続いた。ハイジャック犯たちは未決拘禁されていたため、新しいネタを提供するのは決まって乗客たちで、〝ハイジャックの悪夢を経験したオーストラリア人代理カップル、奇跡の双子を出産〟というものから、カーメルの両親の悪夢に取り憑かれた顔写真とともに掲載された〝私たちは必ず娘の仇(かたき)を討つ〟というものまであった。

裁判官は彼らに命を与えた。とはいえ実際には奪ったも同然で、それぞれに四十年以上の懲役を言い渡した。俺はミナの手を強く握る。最も若い被告人であるベッカ(彼女の本名は新聞中に書かれているというのに、俺は今でも彼女のことをその名前で記憶している)でさえ、出てきたときには六十代になっている。子どもを望むことも、キャリアを望むこともできず、人生に楽しみなどない。

俺たちは喜ばなかった。今こうして裁判所を後にしながらも、強い幸福感など込み上げてこない。長期にわたった裁判のあいだにアドレナリンを出し尽くしてしまったらしい。ようやく終わった、そんな安堵感にただただ圧倒されている。

「これでおしまい、ってことだよな」デレクはがっかりしているようにさえ見える。俺の背中を叩いてから、ぎこちなく〝男同士のハグ〟に持っていき、それからミナの頬にキスをする。「勇敢な娘だよ」

ミナが〝娘〟と呼ばれることを許す相手はわずかにしかいないが、デレクはその一人だ。彼はすでに俺たちの人生に入り込み、もう一人のおじのような存在になっていた。デレクの方でも俺たちのことを家族だと思ってくれているといいなと思う。

「次のディナーはチェスカの番だったよな？」デレクが続ける。

「その通りよ」チェスカが答える。「みんなにメールで知らせるから」

一回きりのつもりで始めた夕食会が、毎月恒例の行事になっていた。最初の会を開いたのは、チェスカが退院して数週間後のことだった。ソフィアと俺を、チェスカやローワン、デレクに紹介したいからという理由でミナが提案したことだった。最初は堅苦しい会話が続いた。みな自分たちがこうして集まるきっかけとなった出来事について話すことを避け、たわいのない話題を探した。

その緊張をぶち破ったのはソフィアだった。「ハイジャック犯たちはどうなるの？」

「刑務所に行く」俺は断言するように言った。

「全員飛行機に乗せて、これからこの飛行機は墜落しますって言えばいいのに。そうしたら犯人も、ママたちと同じくらい怖い思いをするのに。それから凍えるほど冷たい地下室に閉じ込めて、家に火をつけて、それが気に入るかどうか確かめさせればいいのに」

ソフィアのこの短い演説の後、わずかに沈黙が流れた。俺は娘の正義感の強さを称賛すべきか、サイコパスを育ててしまったことを憂慮すべきかわからずにいたが、ミナの方を見るとミナは声を上げて笑っていた。「全く同感」そしてグラスを掲げて続けた。「ソフィアに乾杯」

「ソフィアに！」俺たちはミナに続いた。

「大きくなったら裁判官になるのはどうだろう」ローワンが言うと、ソフィアは首を横に振った。

「警察官になるの」ソフィアは俺に笑みを見せてからミナの方を向く。「それからパイロットにも」

「そりゃまた忙しいな」デレクが言った。

「それから環境保……」ソフィアは言葉に詰まりながらも続ける。「……護主義者にも」

部屋いっぱいの役者たちを前に、〝マクベス〟と言ったも同然だ。デレクはたじろぎ、チェスカは目を閉じた。そしてローワン――普段は決して動じないローワン――は、髪の中に隠れて見えなくなってしまうほど大きく眉を上げた。

「学校でやってるんだよね」ミナが言った。「氷冠とか、使い捨てのプラスチック容器とか、そういうのを」その声に潜む弁明するような響きを、全員が感じ取った。

「学校全体のリサイクルの責任者なの」

「ミルクシェイク屋さんを説得して、生分解性のストローに切り替えさせたんだよね」

三組の瞳がソフィアをじっと見つめた。俺たちはもうこれに慣れていた。それを誇りにさえ思っているのだと思う。まるで、実際の倍の年齢の人間と同じだけ優れた知的能力を娘に授けた遺伝子が、完全に自分たちから受け継がれたものであるかのように。とはいえ、ソフィアの言動に対して、畏怖というよりはむしろ、警戒をあらわにする人もいるだろう。それでも俺たちは平気だった。俺たちは、ソフィアが特異であるからこそソフィアを愛していた。

「そうだね」ローワンが出し抜けに言った。テーブルの上にのせた拳が、その言葉に感嘆符を付加していた。「これは私個人の意見になるけど、それは素晴らしいことだと思うよ」ローワンがそこでチェスカとデレクに視線を向けると、二人はローワンに対して熱烈な興味を示した。「五歳で――」

「もうすぐ六歳だよ」ソフィアが言った。

「まだ六歳にもならないというのに、すでに変化をもたらすことができるなんてね」

「ブラボー、ソフィア！」デレクが付け加えるように言った。「未来のパイロット兼警察官兼自然保護主義者！」ソフィアが歯磨きのために退出させられる前に、俺たちはその晩二度目となる乾杯をした。

「絵本を読んでほしいの――」

ソフィアの言葉に反応して、ミナがグラスを置いて立ち上がろうとした。

「――ねえ、パパ？」

俺は心に湧き上がる喜びを隠すことができなかったし、ソフィアと二人でみんなにおやすみの挨拶をするとき、ミナの顔に嫉妬のサインを探した。ナンバー2でいるのがどのようなことか、俺にはわかっていたから。しかし、ミナの顔には何も表れていなかった。それから何週間か経ったころ、自分が完全に間違っていたことに気づいた。俺は娘から、公平さを――平等な愛情を、平等な関心を、平等な地位を――期待していた。俺はずっと、自分が彼女に求めることばかりを考えていて、彼女が俺に何を求めているかについては考えてこなかった。俺とミナの両方に。ソフィアは俺に本をせがむときもあれば、ミナに読んでもらいたがることもある。俺の手を握ってくることもあれば、握っていた俺の手を振りほどくことも、俺にそばに来るなと言うこともある。愛着障害が一夜にして治ることはない。それでも俺たちは、ゆっくりと前進している。

最初のその夕食会の後、それが月一度の集まりとなり、次の夏までには、時折自然発生的にはしご酒やパブでの昼飲みが開催されるようになっていた。外部の人たちには、俺たちが経験したことの十分の一も理解できないだろう。それを説明する必要がない仲間といる方がずっと気楽だ。ソフィアにとっても、俺たちがこの苦境をどのようにして乗り越えてきたかを間近で見るのは、そして大人だって挫折することがあるのだと知るのはいいことだと思った。俺はソフィアがチェスカやローワンと熱心に会話しているのを見るのが好きだった。そうかと思えば突然、真面目な空気がばかばかしいものに変わり、大爆笑する姿を見るのも好きだった。これは俺たち全員にとっていいことなのだ、そう実感した。

俺たちは今、オールド・ベイリーに背を向けて歩き出している。狭すぎる歩道を歩きにくそうに進む集団。裁判所の手荷物一時預かり所の役割を果たしている旅行代理店に携帯電話を受け取りにいく。ソフィアは通りの窓に掲げられた看板を順番に指差しながら、チェスカと何やら話をしている。

「アテネ。ギリシャにあるよ。ローマはイタリア。バルバドスは……アフリカ？」

「カリブ海でした」

ソフィアは顔をしかめる。チェスカに対してなのか、自分の間違いに対してなのかは定かではない。

「賢い子だよ、あの子は」ローワンが言う。

「俺よりは、はるかに」俺はいたずらっぽく笑ってみせる。「ソフィアが先月、議員に自分で手紙を書いたって、もうミナから聞いてるかな？　全部一人でやってたよ。返事も来てね、何もかも自力でやったんだ」

「実に素晴らしいじゃないか。あの子が政治の道に進むことに賭けてもいいくらいだ。そう思わないかい？」

ローワンの表情に悪意は読み取れない。それでも俺の体はこわばる。「いや、俺は賭けはやらなくてね」軽い調子でそう応じる。ミナは他のみんなに、俺のギャンブル依存について話しているのだろうか。知りたくもない。俺は今でも自助グループの集まりに参加していて、火事による被害の大きさを知らされたときにふと魔が差した一度を除いては、もう三年近く賭けをしていない。三人そろって九死に一生を得る確率は、限りなくゼロに近いほどに低かった——これ以上金を投げ捨てるようなことをするつもりはない。

俺たちは通りの角で立ち止まり、互いに別れを告げる。チェスカは電車に遅れないように走らければならないし、デレクは編集者に会うために街へ向かうという。ローワンと何やら熱心に話し込んでいたソフィアは、会話が終わると、リュックサックから紙袋を取り出した。

「これ、あげる」

ローワンは袋の中を覗く。「ビスケット？　ありがとう」

「週末中、焼いてたの」ミナが言った。「うそじゃなくて私、そのうち家くらいの大きさになっちゃいそう」

ミナに、今でも十分素敵だよと言おうとしたちょうどそとき、ローワンがミナの冗談を否定するように舌打ちする。「君は美しいよ」ローワンのその言葉を聞いて、俺は無理やりに笑みを作る。ここで俺が何かを言ったとしても、後から思いついた発言のようにしか聞こえないだろうから。

「じゃあ、また」俺はローワンに言った。ミナが片眉を吊り上げて俺を見るが、ローワンは俺の手を握り、俺の唐突な別れの言葉に対しても嫌な表情を少しも見せない。ローワンはこれからどこへ向かうのだろう——出たばかりの判決を、誰に伝えるのだろう。俺がローワンのことで——それもソフィアという代理人を通して——知っていることといえば、ミナと親密な友情を築いているということだけで、それ以外のことは三年前と変わらず何も知らない。距離を置こうとしているのがローワンなのか、俺なのかはわからない。どちらにしても、俺たちは互いに警戒し合っている。まるで友人ではなく、ライバルであるかのように。

俺の背後で、長い握手が交わされ、何度も手が打ち合わされ、それからローワンがミナを抱きしめる。ハグを終えた後もローワンは片手をそっとミナの腰に当てていて、俺は、ミナの所有権を主張するようにミナの体に手を回したくなる衝動と戦わなければならない。ローワンがいけすかない男だったらもっと楽だったのに。ローワンが尊大だったり、偏屈だったり、鬱陶しいほどのごますりだったら、楽だった。しかしローワンはそのどれにも該当せず、彼に対する俺の警戒心が、彼の振る舞いからではなく、俺自身の力の及ばなさから生じていることは、セラピストの力を借りるまでもなくわかっている。俺がそばにいなかったとき、ローワンがそばにいた。俺が地下室のパイプに手錠でつながれて、五歳の娘に頼って救出されることを待っていたとき、ローワンはミナと一緒に操縦室に突入していた。事件直後、俺はビデオ画面を通してミナを支えたが、ローワンは滞在中のシドニーのホテルでミナを食事に連れ出し、帰りの飛行機の中で涙を流すミナの手を握っていた。

ミナはローワンと過ごした時間について率直に話してくれた。「ローワンがいなかったらどうなっていたかわからないよ。デレクとチェスカもね」二人の名前を言い添えたのが俺を気づかってのことだということは、ミナにも俺にもわかっていた。

「三人が君のそばにいてくれてよかったよ」俺はそう言った。本心からそう思っていた。

「仕事復帰、頑張ってね」チェスカがミナの頰にキスをして、そう声をかけている。ハイジャック事件の後、ディンダーはミナによくしてくれた。給与を全額保証したまま六ヶ月間の休暇を与えてくれて、ミナはそのあいだにソフィアと一緒に時間を過ごすことができた。その後は、空港から離れて行う管理者の役割を与えられた。その仕事であればソフィアの学校の送迎も問題なくすることができた——俺もミナも、まだ再びベビーシッターを利用しようという気にはならない——ものの、ミナが飛ぶことを恋しがっていることを俺は知っていた。

「私、戻りたいと思ってるんだ」ミナが言った。「裁判が終わったら」

「だったら戻ったらいいよ」

ミナは微笑んだ。そして俺に、「そういうところ、パパに似てる」と言った。「もちろん、ちょっと怖いけどね」ミナは今でもミズーリや他のハイジャック犯たちの悪夢を見るという。

「でもあいつらに勝たせるわけにはいかないの、そうでしょう?」そう言っていた。

「家に着いたら、フィッシュ・アンド・チップス食べない？」ローワンが角を曲がって再び三人だけになったところで俺は言う。

ソフィアの目が輝く。「やった！　でもその魚が——」

「——持続可能な漁業で獲られたものだったら、だろ？」ソフィア、俺の娘は、年齢よりもはるかに賢い。そしてこの三年のあいだにさらに賢くなっていた。俺とミナはある程度それに抵抗しようとしている——遊ぶように、ばかになるように、子どもっぽくいるように働きかけたりもした。それでも俺は、賢く、情熱的で、明敏なこの子を誇りに思っている。

学校から徒歩で帰宅中、ソフィアが俺の手を握ろうとせず、俺ではなくベッカにそばにいてほしがったあの日のことを思い出しながらタクシーを呼び止める。あのときどれほど心が痛んだかを思い出し、それから考えればずいぶんと前進したものだと感じ入る。今ではソフィアとの距離がどれほど縮まったことか。起こってしまった出来事は、積年の敵にさえ起こってほしくないような最悪な出来事だった。それでも、どんな雲の裏側も太陽の光に照らされて輝いている。この出来事にも良い面が必ずあるはず。

「大好きだよ」そう口にする、思っていたよりも強い口調になっていた。タクシーが止まる。

俺はドアを開けて、二人を先に中に入らせる。

「私も大好きだよ」ミナが俺の手を強く握る。

俺たちの真ん中で、ソフィアが幸せそうにため息を吐き出す。「三人とも大好き」

52　座席番号　1G

終身刑。正直、それは予期していなかった。確かにテロリズムに対しては標準的な量刑といえるが、地球を保護するためのテロ行為である場合にも同じような量刑が下されるべきなのだろうか。人々に、彼らが世界にもたらしている破壊に気づくきっかけを与えるテロ行為である場合にも？

裁判所はそうだと判断した。

彼らは、私たちの行動と、宗教的熱狂者のそれを同じものと見なしている。地球を救う行為と、破壊する行為を。次世代の子どもたちに残していく未来を気にかけている私たちにはあまりに明白である事実が、彼らには見えていないのだ。

仮釈放が認められるのさえ四十年先だ。私がこの世でそれを見守ることができるかどうかさえわからない。外の世界と接触することなく鉄格子の中で過ごす四十年。〝死〟の方がまだいい。

その点においては、ミズーリは勝利したと言える。ミズーリは逃げたのだ。死ぬことで、法律を負かしたのだ。

まさか君は、これがミズーリの計画したことだったとは思ってはいないだろうね。これほど偉大で、これほど意義深い計画を成功させるのに必要となる複雑さを一手に担っていたのが、ミズーリだとは思っていないだろうね。

仮に君がそう思っていたとしても、そのことで君を責めるつもりはないよ。結局のところ、彼女はやり遂げたのだから。彼女は自分のことを、追随者ではなく指導者だと考えて行動していた。だから種を蒔くことも、その種を彼女に育てさせることも実に容易だったよ。ミズーリは自分のことを羊飼いだと思い込んでいたが、彼女だって最初からずっと私の羊にすぎなかったのだ。何か問題が起きれば全て彼女のところにつながるようになっていて、そのおかげで私の手はきれいなままでいられた。オンラインで行われた私たちの話し合いは機密性が高かったが、それでも私は連絡を取り合うたびに、そして何事かを決定するたびに、その内容を細部に至るまで紙に記録しておいた。そしてミズーリが空港に向けて家を出た後で彼女の家に侵入し、彼女の机にファイルを忍ばせるという懸命な決断をした。

スケープゴートを用意するのは私が初めてではないし、当然最後でもない。実業界から政治の世界に至るまで、どこにだって見られる。そうして与えられた時間が尽きると、彼らは墜落して炎上する。それをよそ目にCEOたちが無傷のままその場を立ち去り、新たな企業に投資する。そして政治の指導者たちは、新しい操り人形に忠誠を誓う。

他のメンバーはミズーリを尊敬していた――というより、それがミズーリだと信じている人間を尊敬していた。彼らが聞いていたのは、私がミズーリに吹き込んで言わせた言葉、彼女自身のものとして提示することを私が彼女に許可した計画だった。〝私はあまり口がうまくない〟、私は彼女にそう言った。〝あなたの言葉の方が心に響きそうだ。人々はあなたの言葉に耳を傾ける。あなたは生まれながらの指導者だ〟

人間というものは、自分たちの見たいものを見る。信じたいものを信じる。ミズーリは世界中を回っては、高額な金を受け取って不公平について講演してきた。自分の言葉に傾聴する人々の前に立つことに慣れていた。エゴが彼女自身の首を絞め、私の身を隠した。

それにしても、四十年とは。

自分たちが失敗するとわかっていても、私はもう一度同じことをするだろうか。刑務所の扉が激しい音を立てて閉まり、その中にあまりにも多くの未来を閉じ込めてしまうとわかっていても?

私が生きているあいだに、大きな自然災害は三倍にまで増加した。島国に生きる人々は海面の上昇によって海に沈む運命にある。蜂たち――私たちが大きな恩恵を受けている、あの謙虚な花粉媒介者たち――はその姿を消そうとしている。気候変動が原因で、二千種という恐ろしい数の生物が絶滅の危機にある。世界は死に向かっている。

私はもう一度同じことをするだろうか。

考えるまでもない。

私は同じことをする。

私は捕まるほど愚かではないから。

当然、時折心配になるようなこともあった。ほんの束の間ではあるものの、自分を制御できなくなり、自分こそがこの計画の黒幕であると暴露しそうになることがあった。若い客室乗務員のそばにひざまずき、彼女の首の傷の周囲を両手で押しつけるあいだ、私の脈拍は急激に上昇していた。誰かの手が肩に触れるのを待った。糾弾、真実。彼女を殺してしまったのは無謀だった——乗客の誰かが、私の手がコルクスクリューをつかむのを見ていてもおかしくなかった——が、乗客たちの視線はずっとミズーリに向けられていた。その視線が私に向いたときには、私は彼女の命を救おうとしているところだった。私は危険人物ではなく、ヒーローだった。

広範囲な捜査が行われ、乗客全員の身元が調べられた。テロ撲滅に向けての意気込みがひしひしと感じられた。しかし何も出てこなかった。私は長年かけて磨いてきた技術でもって、自分の行動の痕跡を消し去っていたのだから。ローワン・フレイザーは、模範的な市民だった。

もちろん、こういう結末を望んでいたわけではない。私は飛行機が盛大にオペラハウスに突入することを望んでいた。私たちの起こした行動を収めた映像が——史上最も重要な政治的声明だ――何十年にもわたって、全大陸で、全家庭で、全学校で、全施設で繰り返し流されることを望んでいた。〝速報〟の見出しと共に気候変動に強烈なスポットライトが当たり、誰もがそれを無視できなくなることを望んでいた。ミズーリもそれを望んでいた。彼女は弟の正義のために――そして環境活動家のために――戦うことにうんざりしていた。二十年以上も前に殺された弟に対する同じメッセージを、繰り返し人に聞かせようとすることにうんざりしていた。これを最後の行動にする、ミズーリはそう言っていた。弟のために。

乗客たちがミズーリの原始的な仮装に縮み上がるのを見るのは愉快だった。ジハーディストに感謝しなければならないのだろう。ワイヤーとプラスチックを一目見るだけで、あれほどまでの大混乱を引き起こすことができたのだから。ミズーリの〝爆弾〟は、靴下を詰めた犬用のエチケット袋をスーツケースのゴムバンドで縛りつけたものと、イヤフォンからもぎ取った色つきのワイヤーにすぎなかった。それぞれの道具は咎められることなく保安検査のX線装置を通過し、機内の化粧室で組み合わせられた。

もしレナがあの爆弾が偽物だと気づいていなければ、それで十分クルーたちを追い込んだままにしておくことができたはず……。後講釈というのは素晴らしいものだ、そうではないだろうか。

私はミナが操縦室に突入するのを防ぐためにできる限りのことをした。私は、自分が関わってしまった出来事を〝修復したい〟というミナのばかげた願望を当てにしてはいなかった。

ミナを力で押さえつけることもできただろう。おそらくは、ミナとチェスカのどちらも。しかし、ミナとチェスカとデレク？　三人が完全に無計画の救出作戦に力を注ぐつもりでいることがはっきりしたところで、私は考えた。私たちが望むように世界中のマスコミをにぎわそうとするのであれば、彼らの仲間になって一緒に操縦室に踏み込むことが、私に残された唯一の方法になると。

正直に言うと、私はミナが感情的に崩壊すると見込んでいた。その場面が目に浮かぶようだった。私は追い討ちをかけることにして、ミナに家族のことを思い出させるようなことを言った。ミナが気を強く持つ必要を感じていたちょうどそのタイミングで、彼女の弱点を利用したのだ。支配権はもう私のものになりかけていて、任務は完了しかけていた。

私が彼女を強く押しすぎたのだろうか。私の悪意ある言動に対するミナの反応はあまりに激しく、彼女は感情を剝き出しにして怒りを爆発させた。ヒステリー状態に陥ることを想定した私の言動に対しては釣り合わないほどの憤り方だった。それで私は諦めることにした。最強の軍隊でさえ、引き時を知っている。再編成。生き延びて次の戦いに備える方がいい。よりうまく戦う方がいい。

負け戦のただ中にありながらも、いくつか小さな勝利も収めた。ハイジャック事件の後、英国政府は飛行機のマイレージ制度を禁止した。人々に飛行機を利用することを思いとどまらせる、小さくとも重要な一歩だ。製品を海路で輸送する企業に対しては優遇税制措置が設けられ、新しい航空機の購入には付加価値税が課されるようになった。私たちがそれを実現したのだ、悲観的な気分に陥るとき、私は自分にそう言い聞かせている。

そして今、君に言いたい。私たちがそれを実現したのだよ。これが抗議行動の力というものなのだ。変化をもたらすことなどできない、本当の意味でこの世界を変えることなどできない、そんなふうに考えないでほしい。世界のために。君の子どもたちや、そのまた子どもたちの未来は、君にかかっている。

しかしながら、そろそろ次のアプローチに移るときがきた。母に連れられてグリーナムコモン空軍基地に行ったときから、抗議活動の形態は変わった。法律が変わり、技術が変わった。私たちはより利口になれる。より静かにやることができる。そしてより力を持つことができる。

私たちのハイジャック計画から数年のあいだに、気候変動に対する世間の見方が著しく変化したことに私は気づいている。君ももう目にしているだろう。新聞に取り上げられる機会が増え、より多くのドキュメンタリーが作られ、より多くの著名人たちが立ち上がって声を上げるようになった。潮目が変わりつつある。波に乗るなら今だ。

しかし乗るのは私ではない。大量消費とソーシャルメディアに支配されるこの世界では、ブランディング戦略が全てだ。それに、表舞台に立つのは私の流儀ではない。必要なのは、若く、情熱的で、その清らかさが放つ輝きによって世界の注目を集めることのできる誰かだ。君のような人だ。

君の準備が整っていることを私は知っている。君は私の言い分を聞き、問題を理解した。重要なのは大義であり、人間ではないことを、君は理解した。

身がすくむのも無理はない。でも私もそこにいる。舞台の袖で、君を待っている。君がスピーチを書く手伝いをするし、集会の準備もする。君のエネルギーと純真さで人々の心を動かす方法を教えよう。やがて人々が君の一言一句を信じるようになるその時まで。私は背後から君を支えるが、功績は君のものだ。君の存在は全世界の知るところとなり、世界中の人々は姿勢を正して君に耳を傾けるようになるだろう。なぜなら君の声は理性の声だから。未来の声だから。

今のところは見習い期間だと考えてくれればいい。私が話し、君は学ぶ。やがて君は人々の心をつかむようになるだろう。そして機が熟したら、人々はそれがどこであれ君の進む後からついてきて、私たちの誘導する道へ向かうことになる。私がやり方を教えよう。

君の両親についてはどうか？

ああ、ソフィア、彼らは君の両親などではない。彼らは世話人、それだけのこと。君の先生たちが家族でないのと同じこと。君の面倒を見るのが彼らの役割なのだ。それ以上ではない。アダムとミナはどの子でもいいから子どもが欲しかった――君を選んだわけじゃない。

私のようには。

そう。そうなのだ。私は、君を選んだのだ。

みんなが裁判を傍聴するあいだに、こういったことを全て君に話すことを選んだのだ。

なぜかって？

君に可能性を感じたから。私たちは一緒に世界を変えられる。それに君はこうした変化をもたらすだけでなく、その道中で流れる血に耐え得るほど強いことを私は知っているから。

私は君に、副司令官に、私の活動の未来になってもらいたくて君を選んだ。

私が君を選んだ。君はどう応えるだろう。

いい子だ。君は正しい判断をしている。

みんなが見ている——もう行かないと。みんなには、私が話したことを話してはいけないよ、いいね？　これは私たちの小さな秘密だ。もうしばらく待っていて。誰にも、一言も漏らしてはいけないよ。彼らが望む子でいるんだ。今はまだ。

その時が来たら、君に知らせるよ。

エピローグ

ソフィア

タクシーの中、私はパパとママに挟まれてぺしゃんこになってる。テニスコートの真ん中にあるネットみたい。ママからパパ、パパからママへと言葉が行ったり来たりを繰り返してる。何度も、繰り返し。

私の頭の上を。

何かを理解できないとき、人はそんなふうに言う。頭の上を越えていく。溺れてるときの水みたい。

大人は、自分たちの言ってることが私の頭の上を越えていくと思ってる。私が小さいから、大人の言葉がわからないと思ってる。ある日、パパがデレクに話してるのを聞いた。デレクが、なんか妙なところがあるんだよなと言うと、パパが、ミナは彼の悪口には耳を貸さないんだと言った。二人は私を見ると、うそみたいに急に話すのをやめた。デレクが、もしかしてこの子――と言うと、パパが、大丈夫、全部この子の頭の上を越えていくよと言った。

でも越えてはいなかった。

二人はローワンのことを話していたんだ。

私はばかじゃない。すごくよく耳を澄ませて話を聞いている。いつだって耳を澄ませている。理解できないことがあったら、どういう意味なのか確かめる。ほとんどママかパパに訊いてみるけど、時々……時々、ローワンに訊くこともある。

ローワンは、私が幼すぎて理解できないとは思ってない。ローワンは私に、気候変動のことや、どうして首相はちっとも役に立たないのか、どうして喧嘩や戦争みたいなよくないことが起こるのかなどについて教えてくれる。大人たちはよく子どもと話すときに声を変えるけど、ローワンは声を変えたりしない。君は賢い子だよ、そう言ってくれる。君を子ども扱いしたくはない。

自分が賢いかどうかはわからない。でもいろんなことに興味がある。いろんなことを突き止めると、脳がそれを記憶する。ベッカがパパと私を地下室に閉じ込める前にみんなで夕食を食べてたとき、お菓子作りの話をした。そのときベッカが、タンポポでビスケットを作れるんだと教えてくれた。ウェブサイトが山ほどあるんだから、そう言っていた。

ママが、レシピを調べるのにインターネットを使わせてくれたから、探してみた。ベッカの言うことは本当だった。野草採取（フォレジング）と呼ばれてて、草を食べるという意味だ。食べられる草は山ほどある。ナッツ、ベリー、イラクサ……、たくさんある。私はどんぐりマフィンを作った。パパとママは好きだと言ってたけど、パパが、誰かがハムスターのケージを掃除したみたいな味だなと言ったのが聞こえた。腹が立って爆発しそうだった。

家のすぐ裏の公園に、イラクサとブラックベリー、それにスミレやスイートロケット、ウスベニアオイなどの食べられる花が咲いてる。

でもジギタリスはない。ジギタリスには毒がある。

なぜ私にそんなことがわかるのか。まだ九歳なのに……。

ローワンはたくさんのことを教えてくれた。私が見てることを誰にも知られずにインターネットで何かを調べる方法とか。パパとママに、私が何かよくないことをしようとしていると思わせない方法とか。

ローワンは演技がうまい。ママはローワンのことがとても好きだけど、パパは好きじゃない。それなのに、二人は友達同士みたいに握手をする。ローワンは、パパはすぐにでもまた宝くじを買い始めるはずだと言う。前回はどんな目に遭ったことか。

ママがまた飛行機に乗ると初めて伝えたとき、私はローワンが何か言うと思った――ものすごく怒ってたから。でもローワンはママにキスして、おめでとう、大きな決断だったよねと言った。その後みんなで公園に行ったとき、ローワンは私に、ママは気候変動に抗議することができたはずなのにしなかった、そう言った。それどころか、新聞各紙がこぞって仕事に復帰する勇気ある客室乗務員について書き立てることになった、と。

「ママに言った方がいいよ」私はそう言ったけど、ローワンは首を振った。

「もっといい計画を作成中なんだ」

ローワンはその計画がどんなものなのか、ずっとずっと教えてくれない。代わりに、自分には大きな秘密が——誰にも話してはいけないとても大きな秘密が——あると言った。デレクにも、チェスカにも、そして特にパパとママには話してはいけない秘密だって。

みんなローワンがやったことだった。ハイジャックも、ベッカも、何もかも。私たちを地下室に閉じ込めることになって申し訳なかった——でもそれはより大きな善のためだったことを理解してほしいと言った。裁判が始まると、パパとママはよく一日中法廷にいるようになって、私はよくローワンと一緒にカフェでホットチョコレートを飲んで待っていた。話はここで終わりではないんだ、ローワンはそう言った。君なら正しいことをしてくれる、そう信じることができるよ。ローワンは寝る前の読み聞かせみたいに、毎日少しずつ話をしてくれた。

その時が来たら、君に知らせるよ、そう言っていた。

ローワンは、ローワン自身が法律を破ったときの話を私にしたことを忘れたんだ。警察官に石を投げたときの話をしたことを。私の年齢が、私のしたことを無罪にしたんだ、そう言ってた。どういう意味なのかと尋ねないとわからなかった。それは、ローワンが九歳だったという意味だった。幼すぎて逮捕されない年だったという意味だった。

私と同じ年。

それなら私もぐずぐずしてはいられない、違う？

週末、私はビスケットを焼いた。ママは、気が紛れることができて嬉しいと言って、私にとって裁判がそれほど重圧にならなかったことを喜んだ。私が花を入れてると、パパがキッチンにやってきた。「何作ってるんだ？」私はボウルを四つ使っていて、それぞれのボウルで別々のフレーバーのビスケットを作っていた。

「焼き菓子だよ」私は言った。「食べられる花を入れたやつ」急に体中が熱くなった。二人に心の内が見透かされるに決まってる、そう思った。警察官に石を投げたとき、ローワンもこんなふうに感じたのだろうか。

「おいしそうだね」パパは言った。

私はビスケットの上に花びらを押し込んで飾りつけた。黄色いパンジーをのせたもの、青いルリジサをのせたもの、それからピンクの薔薇（ばら）をのせたもの。

そして最後に焼いたビスケットには、紫色のジギタリスの花びらの小さな破片をのせた。

これもまたローワンが教えてくれたこと。隠し事をするなら、人の見ているところで。

警察はそう、やがて突き止めるだろう。私はばかじゃない。捜査を行って血液検査をすれば、ジギタリスが見つかるだろう。そして警察は、それをビスケットに入れたのが私だと気づくだろう。実際、かなりの量を入れたから、三種類のビスケットに花びらの飾りをつけて、ジギタリスのビスケットだけに飾りをつけなければ、あまりにもバレバレだっただろう。

警察は、やったのは私だと突き止めるだろう。でも警察は私を逮捕することができない。私はまだ九歳だから。

タクシーが動き出した矢先に、また止まる。パパはため息をつく。「歩いた方が早そうだな」

「ソフィアはくたくただよ」ママが言う。窓が開いていて、周りの車から排出される、町を窒息させそうな汚れたガスの臭いが漂ってくる。「電車を逃したら、絶対に先に何か食べて帰るから――もうお腹が減って死にそう」

「私が作ったビスケットがあるよ」私は、今思い出したかのようにそう言う。それからリュックサックを開けて、紙袋を取り出す。一人に一つずつの紙袋。

「ソフィアがいなかったらどうなってたことか」パパはにやりと笑う。私も笑みを作るけど、心臓がバクバク、バクバクと音を立ててる。ジギタリスの毒で死ぬまでに、どのくらい時間がかかるんだろう。どのくらい苦しむんだろう。

私たちはビスケットをむしゃむしゃ食べ、タクシーはまたほんのちょっぴり前に進む。

これでおしまい。

気が楽になった。時には、悪いことをしなくてはならないこともある。さらに悪いことが起こるのを防ぐために。ローワンがやったのと同じように。

「この花びら、すごく可愛い」ママが言う。そして身を乗り出してパパのと私のを見比べる。

「へえ――ソフィアの一番のお気に入りは、ローワンにあげたんだ」それからパパの方を見て笑う。「私にはつまみ食いもさせてくれなかったんだよ！」

「だってローワンは、裁判のあいだずっと私の面倒を見ててくれたから」私は応える。「それに、おもしろい話をすごくたくさん聞かせてくれたの。ローワンは一人で住んでるし、ビスケットを作ってくれる人もいないと思うんだ。それに私、本当に、心から、ローワンには紫のを食べてもらいたかったから」

私の両親は、〝あらまあ！〟というように視線を交わしている。二人が、自分たちがどれほど娘を愛しているかを嚙みしめているのがわかる。なんていい子なのだろう、そう考えているのがわかる。

「すごく優しいんだね」パパが私の肩に腕を回してぎゅっと抱きしめる。私は二人の顔を見て、とびっきりの笑顔を浮かべる。

「そんなことないよ。だってローワンには、あれがふさわしいと思うから」

著者あとがき

本のアイディアが、準備の整わない状態でずっと頭の中に浮かんでいることがある。太陽と水がちょうどよく組み合わさるその時をじっと待ち続ける、地中で発芽する種子のように。多くの作家と同じように、私もアイディアをノートに書き留めているが、その多くは根を張ることがない。そのノートの最初の数ページには、一握りほどのフレーズが書いてある。客室乗務員。ハイジャック犯の脅迫。子どもを救うべきか、飛行機を救うべきか?

こうした言葉を書き出してからしばらく経ったころ、世界初となるロンドンからシドニーへの直行便が準備段階にあるという記事を読んだ。その時点で私が経験したことのある最長飛行時間は十三時間だった。それからさらに七時間長くなるのだと考えると慄然とした。アガサ・クリスティの『オリエント急行殺人事件』を思わずにはいられなかった。乗客たちが、大雪で立ち往生した列車の中に殺人犯とともに閉じ込められるというあの小説だ。身を隠す場所もない状態で、高度三万五千フィートの上空に浮かぶことになるだなんて、考えただけでぞっとする。これについて書くのに一年を費やそうと決めたのも自然な流れだったわけだ。

私は旅がとても好きだ。多くの旅を必要とする仕事につけているというのはとても幸運なことだ。しかし最近になって、自分が搭乗するフライトが環境に与える影響について懸念するようになってきた。旅をするたびに、仕事上の観点から見て、それは本当に必要な旅であるかどうかを判断しなければと思うようになった。電車に乗れるときには電車を使うようにし、家に多くの小さな変化をもたらすことによって、旅によってもたらした環境への悪影響を相殺しようとしたりもしている。塵も積もれば山となるだろう。空港のラウンジに座って、同じフライトに搭乗予定の乗客たちを眺めながら、彼らが旅をする理由について考えることがよくある。飛行機に乗ることが〝必要〟か否かは主観的な質問であるが、この本を書くにあたって、空の旅と環境保護を取り巻く認識と判断について調べてみたくなった。執筆中に新型コロナウイルス感染症が発生し、世界各国が次第に封鎖されていった。飛行機は飛ばなくなり、航空会社の職員たちは休職させられるか、あるいは完全に解雇されることになった。そして空はきれいになった。私は昨年、十三ヶ国を旅したが、今年のスケジュール帳はまっさらだ。航空業界がほとんど停止状態であるまさにそのタイミングで、飛行機利用に反対する運動について書くことは、不安であると同時に創作意欲を掻き立てられるものであった。そして私は、これほど短期間のうちに、環境に良い影響が現れることが証明されたことに心を打たれた。世界が今後どのようになるかは知り得ないものの、このことが私たちの旅行手段を永久に変えることになると確信している。

この小説に登場する環境保護活動家たちは――控えめに言っても――ヒーローではないこ

とはわかっている。彼らは原理主義者であり、原理主義者というのは同情的ではない。それなのに私はなぜ、慎重かつ完全に合法的な方法で価値のある仕事をしている多くの科学者や生態学者についてではなく、過激主義者たちについて書くのだろう。端的に答えると、そうでなければ退屈な犯罪小説になってしまうから。より長い答えを探すと、その始まりはオックスフォードに、私が警察官になりたてのころにある。私が警察に加わったころ、大学の構内に非常に多くの実験室が入っていたため、毎日のように動物実験に反対する抗議活動が起こっていた。法の執行人として、私たちには個人的信念と職業上の必要性を切り離して考えることが求められる。動物実験に対する私の個人的な考えはさておき、私には非難の対象となっている科学者たちを保護する義務があった。参加者たちの圧倒的多数は法律を順守し、抗議をする正当な権利を行使していたに過ぎない。しかしながら数少ない主張の激しい参加者たちは違った。動物のことを心から案じていて、動物を保護することに人生を捧げ（ささ）げているような人間が、人間のことをそれほど気にかけておらず、住宅に火を放つことさえやってのけるという事実に興味を引かれた。動物一匹救うためなら、人間一人を殺しても構わないのだろうか。森林を守るためなら？　川なら？

　後に私は、抗議連絡調整官となった。警察と活動家の窓口にあたる係だ。イングランド防衛同盟（イングリッシュ・ディフェンス・リーグ）や反ファシズム組織（ユナイト・アゲインスト・ファシズム）、正義のために戦う父親たち（ファーザーズ・フォー・ジャスティス）の代表者たちと同じ部屋で膝を突き合わせ、それぞれの――全く異なる――目的の合意点を探そうとしたものだ。抗議者たちの心理について大いに学ぶことのできる、大変興味深い仕事だった。

本書の草稿を執筆中、ある抗議者のために、ロンドン・シティ空港に駐機中のダブリン行きの飛行機が地上に待機するという事件があった。一人の男が客室乗務員に機内から連れ出されそうになりながらも、気候変動について機内で一席ぶったのだ。地球温暖化の影響が悪化するに従い、空港や機内でより多くのデモが行われることになるだろう。環境保護主義者たちは、自分たちの声を世間に届けるためにより過激な行動に出るようになるだろう。抗議に対する個々の見方がどうであれ、科学に反論することは難しい（驚くほど多くの人々がしようとするのだが）。未来の世代のために地球を守るために、今すぐに行動を起こさなくてはならない。電車移動をし、使い捨てプラスチックを禁止し、肉を食べる量を減らし……。小さな変化の積み重ねが明日に大きな変化をもたらす。今日できることは百もある。

最後になるが、本書を読んで飛行機に乗ることをためらうようになった心配性の読者を安心させる一言を記しておきたい。これは全て架空の話だ。自分の乗った飛行機がハイジャックされる確率は、雷に打たれる確率の十分の一だ。それだって、野原の真ん中で天気を観察することが習慣になっているのでない限りはめったに起こることではない。

読んでくださったことに感謝します。安全な旅を。

クレア・マッキントッシュ

謝辞

いつものことながら、私は大勢の人々に多大なる感謝をしている。彼らがいなければ、本書が完成することは不可能だった。自分たちで選んだ名前を作品中に登場させる特典のために慈善団体に寄付してくださった読者のお二方、ターニャ・バロウとマイク・カリヴィックに感謝します。ターニャの義母パトリシアは実際に〝レディ〟の称号を持っていた。そしてマイクは元カンタス航空の社員で、一九八九年に就航した、史上初となるロンドン―シドニー直行便に搭乗していた。マイク、小説内におけるあなたの死は高潔でした。二人は、障がいのある人々の飛行を支援する素晴らしい慈善団体エアロビリティ（Aerobility）の趣旨に賛同して、今回このような寛大な寄付を行った。その団体の活動は実に画期的で、彼らの寄付金を集める運動を支援することができたことを誇りに思う。

愛着障害の自身の経験を話してくれたロンダ・ヒーロンズと、養子縁組に関して話を聞かせてくれた友人たちに感謝している。人生の出発点において、無秩序、育児放棄、あるいは虐待を経験することの影響は深刻で、その影響は長期間にわたって続くものであり、そのような子どもたちに安全で幸せな家庭を提供している両親たちには畏敬の念を抱かずにはいられない。

客室の構造やシフト勤務のパターン、着陸の手順やその他多くの事柄に関して、私の間違いを指摘したくてたまらないパイロット、航空エンジニア、そして乗務員の方々が多くいるだろう。みなさんには、この（架空の）ワールド・エアラインズの顧客サービス課を謹んで紹介させていただきたい。彼らは喜んであなた方の苦情に対応してくれるはずだ。航空交通管制官のシャーロット・アンダーソンと乗務員訓練のスペシャリストである（エミレーツ航空の）ジリアン・フルクからは助言と専門的意見をいただいた。大いに感謝している。そして私をエミレーツ航空の航空体験に招待してくれたトニーとアテナにも感謝している。息子のジョシュと共に、本書でミナが直面したまさにその状況下で、ボーイング777をシドニー空港に着陸させる体験をすることができた。世界中の何人かのパイロットが私のリサーチに協力してくれたが、とりわけそのうちの一人――彼は匿名を希望している――は、驚くほど寛大に、多くの時間を割いて私に協力してくれた。ミナが辿（たど）った正確な下降路を記した注釈付きの写真を送ってくれて、着陸について説明し、戦闘機から雲量に至るまで、ありとあらゆることに関する数えきれないほどの質問に答えてくれた。私がどれほど感謝しているかが彼に伝わっていることを願う。間違いがあるとすればそれは全て私の責任であり、その大部分は物語の面白さを追求した結果である。

鋭い観察眼を持つ代理人のシーラ・クロウリーにも感謝の言葉を。シーラは、サッカー選手であるジェイミー・クロフォードが、シーズンの最も重要な時期に飛行機でオーストラリアに向かっていることはあり得ないと指摘してくれた。元サッカー選手のグラハム・ブラン氏にも謝意を捧げる。ジェイミーが仮に怪我で離脱中だったとしても、トレーニングに参加し、サポートをしなければならないはずであることを確認することができた。そこでジェイミーには、第二草稿か第三草稿で、奥ゆかしく引退してもらうことにした。

カーティス・ブラウン・タレント・アンド・リテラリー・エージェンシーのシーラ・クロウリーは単なるサッカー(そしてラグビー)ファンではない。彼女は途方もなく素晴らしい代理人であり、師であり、戦略家であり、そして大切な友人だ。私がサポートを受けたいと思う人物はシーラ以外には考えられない。そしてカーティス・ブラウン・チームの一員として大変な努力をしてくれたサイヴ・カランとエミリー・ハリスに感謝したい。

幸運なことに私は、二〇一三年にデビュー小説の出版が決まったとき以来、同じ編集者——ルーシー・マラゴーニ——に担当してもらえている。ルーシーは明敏で野心的で、本を出すたびに私をもうわずかに先へと駆り立ててくれる。まさに私が好きなやり方で。ルーシーはリトル・ブラウン・ブック・グループ社の情熱的かつ働き者の優秀なチームのメンバーの一人で、そこから本を出版することができていることを私は非常に誇りに思っている。アート部、販売部、マーケティング部、経理部、宣伝部、オーディオ事業部……、関わっていただいた全ての人たちに謝意を述べるスペースがここには残されていないのだが、私はあなた方一人一人をとても大切に思っている。中でも、ジェマ・シェリー、ブリオニー・フェンロン、カースティーン・アスター、ミリー・シーワード、ロザーナ・フォーテ、アビー・パーソンズ、それから非凡なコピーエディターであるリンダ・マックイーンに特別な感謝を表したい。

著作権チームのアンディ・ハイン、ケイト・ヒバート、そしてヘレナ・ドーレ、ありがとう。あなた方が共同して力を尽くしてくれたおかげで、私の本を四十以上の国の読者たちの元へ届けることができた。私には、世界中に実に素晴らしい編集者たちがいる。あなた方が私の本を各国の市場に合うように形作ってくれるのを見るのが私は大好きだ。

この辺りで、最も重要な人たちについて言及したいと思う。読者のみなさんだ。最初からずっと私と共にいてくれた読者なのか、本書で初めて私の作品を読むことになったのか、電子書籍で読むのか、借りてきた本を読んでいるのか、オーディオブックなのか、ハードカバー版なのか、ペーパーバック版なのか、一年に読む本が一冊なのか百冊なのか、そういったことは問題ではない――読んでくださったことに感謝します。あなた方がいるからこそ、私は自分の好きなことをして暮らしていくことができています。どうかレビューを残し続けてください。あなたの立ち寄ることのできる個人経営の書店をサポートしてください。図書館を利用し続けてください。本を読み続けてください。まだ私のブッククラブの会員でないのであれば、あなたの参加を心からお待ちしております。

www.claremackintosh.com/jointheclub

最後に、決して忘れてはいけないことを。私をじっと見守ってくれたロブ、ジョシュ、イーヴィー、ジョージー、ありがとう。

訳者付記

本文中に登場する絵本『Goodnight Moon』（マーガレット・ワイズ・ブラウン作、クレメント・ハード絵）の引用部分の翻訳にあたっては、題名、引用文ともに、一九七九年に評論社より刊行された、せたていじ氏による邦訳版『おやすみなさい おつきさま』の訳文を拝借いたしました。ここに記して謝意を表します。

解説

大矢博子

トロッコ問題、という言葉をお聞きになったことがあるだろうか。

線路を走っていたトロッコの制御が不能になり、このままでは線路上で作業中の五人が轢き殺されてしまう。あなたの目の前には線路の分岐器があり、切り替えればトロッコは別の線路へ引き込まれて五人は助かる。しかしそちらの線路にも一人の作業員がいる。あなたは五人を助けるため一人を犠牲にするべきか？

——という問題である。人命の重さを数で測ることが道徳的に認められるかどうかを考える有名な問題で、万人が認める正解が存在しないがゆえに、議論する人の倫理観が問われることになる。

では、少し条件を変えてみよう。トロッコが目指す先には一人の人間がいる。それがあなたの家族や恋人といった大事な人だったら？　もちろん迷わず分岐器に飛びつくだろう。しかし、もしも線路を切り替えた先に五人の見知らぬ人物がいるとしたら？　それが五人ではなく三百五十三人だったら？　あなたはいったいどうするだろう。

本書『ホステージ　人質』は、そう問いかける物語である。

まずはあらすじから紹介しよう。

世界初のロンドン―シドニー直行便が就航する。初フライトにはセレブやジャーナリストなどの招待客も搭乗し、世間の注目が集まる。

CAのミナもその便に乗ることになった。夫と顔を合わせたくないため、敢えて拘束時間の長いフライトを選んだのだ。心配なのは小学校に入ったばかりの娘ソフィアだが、シッターもいるし、ミナが留守の間は別居中の夫のアダムが面倒をみることになっている。

かくして飛行機はロンドンを飛び立った――

と、ここまで書いてちょっと迷っている。宣伝文句などにも載っているのでハイジャックに遭うということは明かしてもいいと思うのだが、実はハイジャックだとはっきりするのは全体の四割ほど話が進んでから。つまり中盤になってからなのだ。そこまでにはいろいろ奇妙な出来事があって、そうかハイジャックだったのかとわかるまでが最初の読みどころなので、本来なら何も知らないままお読みいただきたいところではある。

だがその情報なしでは本書のテーマを掘り下げることができないので、解説ではそこまでの展開を（ふんわりとではあるが）明かすことをお許しいただきたい。

物語は序盤、CAのミナと警察官のアダムの夫婦、娘のソフィアの事情を綴ったパートと、フライトが始まった機内の様子が交互に綴られる。家族のパートで描かれるのは、子どもを望んでも得られなかった二人は養子をもらうと決めたこと、しかしソフィアはなかなか難しい子でミナもアダムも時々疲れてしまうこと、それでもソフィアを愛していること、そんなときアダムの浮気を疑うような事件が起きたこと、アダムはアダムでミナには言えないある秘密を持っていること、などだ。

一方、機内の方では、ミナたちクルーの業務の他に搭乗客たちの様子が綴られる。生まれたばかりの赤ちゃんをつれた夫婦や、イヤフォンのコードをすぐにもつれさせてしまう少年、夫のDVから逃げてきたらしい女性もいれば、妊婦、ゲーマー、記者、ユーチューバー、有名な元サッカー選手とその妻もいる。それぞれの会話やモノローグから彼らの事情が察せられ、機内パートはさしずめ群像劇のようだ。

だが、次第に不穏なできごとがミナを襲うのである。ありえないものを機内で見つけ、そのあとに死者が出て、しかもその死者の持ち物の中に……いや、ここでは多くは語るまい。不穏さはどんどん増し、ミナの混乱が読者に伝播(でんぱ)する。どういうことなの、どうなるの、と思った時点でもうあなたは著者の術中だ。

詳細はお読みいただくとして、ここでのポイントは、ミナは娘の命と引き換えにハイジャックに協力するよう脅迫されるという展開である。

冒頭に紹介したトロッコ問題だ。大事な娘の命か、三百五十三人の乗客の命か。彼女が決断を下すまでの懊悩(おうのう)、狼狽(ろうばい)、恐慌。そしてその決断を実行した後に待ち受けるもの。そこからはもう、一気呵成だ。

シドニーまでの二十時間というタイムリミット。少しのミスが命取りになる機内の緊張感。説得、駆け引き、騙し合い。目まぐるしく変わる状況と、次々明らかになる意外な背景。まったく、息つく暇もないとはこのことだ。

一方、ソフィアとアダムの側も見逃せない。娘と一緒に留守を守るアダムが陥った罠は、こちらもサスペンスに溢れている。上空の密室と地下の密室で同時進行するパニックにミナとアダムとソフィアがそれぞれどう立ち向かうのか、どうか存分に味わっていただきたい。とにもかくにもソフィアがいいぞ！

読んでいる間は無我夢中で、物語の展開に翻弄されるだけだが、読み終わってからこの物語がどれほどの問いかけを孕んでいたかに気づいて呆然とした。

本書は選択の物語だ。

ＣＡとしての責任、社会的道義、三百五十三人の命といったものと、娘の命。その選択を迫られるミナだけのことではない。登場人物ひとりひとりが大小様々な選択に向き合っていることにお気づき願いたい。

秘密を話すか話さないか。それが犯罪であっても信念のために行動を起こすか。極限状態の中、他者を押しのけてでも自分の安全に飛びつくか。夫と別れるか、親に逆らうか、娘を厳しく叱るか優しく機嫌を取るかといった身近なことから、人の命、果ては地球環境にかかわることまで、本書は読者に「あなたがミナだったら」「あなたが犯人だったら」「あなたがこの人物だったら」どうするか、と問いかけてくる。

だが、それだけではない。本書の真骨頂は選択の、その先だ。

人は生きていれば否応（いやおう）なく選択を迫られる。中には誤った道を選んでしまうこともあるかもしれない。誤りだとわかっていても、そちらを選ぶしかないかもしれない。正しいはずの選択が思いがけない結果になるかもしれない。どちらを選んでも後悔するかもしれない。

問題は、そのときにどうするか、なのだ。

彼女が、彼らが、何を選択し、そのあとで何を思ったか。どう行動したか。どうかそこをじっくりと味わっていただきたい。後悔した選択であっても、その後の行動次第でリカバリーは可能なのだと本書は告げているのだ。

ソフィアが養子というのも実は大きなポイント。つまりミナとアダムは我が子を「選べる」立場にあったのだ。生後一年でソフィアが彼らの娘になったときには、育てるのが難しい子だとはわからない。ソフィアが成長するにつれ苦悩することが多くなったものの、だからといって彼らはその選択を一度たりとも後悔はしていない。これは物語を象徴するエピソードと言っていい。

一方、本書では悪とされた側の選択も、本当に百パーセント誤りなのかと考えさせてくれる。ただ手段の選択を間違えただけではないのか、と。トロッコ問題同様、正解のない問いかけが本書には無尽蔵に詰まっているのだ。そのひとつひとつを考えることは、きっと読者に新たな発見をもたらすに違いない。

――と、ここで終わってもいいのだが、やはりこれは書いておきたい。なんだかんだ言って、本書は最高のエンタメだ。とにかく最後の最後まで油断しないように！　フライトが終わっても、著者の企み（たくら）は終わらないぞ。


著者のクレア・マッキントッシュは二〇一四年、轢き逃げ事件を描いた『その手を離すのは、私』（小学館文庫）でデビュー。事件を追う刑事とその部下の話と、被害者の母親の話が語られる。さらに第二章に入るとまったく別の人物の視点も加わり、物語は重層的なサスペンスへとなだれ込む。

デビュー作と本書の二冊を読んで感じるのは、著者は特に「追い詰められた者」を描かせると抜群に上手（うま）いということ、そして複数の視点を並行させて物語を構築する手腕の見事さだ。そしてデビュー作でもやはり、間違った選択が物語の底辺にある。二冊で判断するのは早計だが、著者は「誤った選択」に対してとても優しい励ましを物語に込めているのではないだろうか。

それを確かめるためにも、ぜひ他の作品も邦訳を期待したい。現代社会が孕む危機を俎上（そじょう）

にのせ、人の弱さを優しく包み、それらをノンストップのサスペンスの中に組み込むマッキントッシュの作品は、きっと読者を魅了するに違いない。

なお、上空での究極の選択という本書の設定が気に入った方には、セバスチャン・フィツェック『座席ナンバー7Aの恐怖』（文藝春秋）とT・J・ニューマン『フォーリング ―墜落―』（早川書房）をお薦めする。いずれも身内が誘拐され、飛行機を墜落させるよう指示されるサスペンスだ。本書とはまた違った展開をお楽しみいただけることと思う。

（おおや・ひろこ／書評家）

本書のプロフィール

本書は、二〇二一年にイギリスで刊行された小説『HOSTAGE』を本邦初訳したものです。

小学館文庫

ホステージ
——人質（ひとじち）——

著者 クレア・マッキントッシュ
訳者 高橋尚子（たかはしなおこ）

二〇二三年五月七日 初版第一刷発行

発行人 石川和男
発行所 株式会社 小学館
〒一〇一-八〇〇一
東京都千代田区一ツ橋二-三-一
電話 編集〇三-三二三〇-五七二〇
販売〇三-五二八一-三五五五
印刷所 ——中央精版印刷株式会社

この文庫の詳しい内容はインターネットで24時間ご覧になれます。
小学館公式ホームページ https://www.shogakukan.co.jp

ISBN978-4-09-407149-8